राजकमल गौरवग्रंथ

WORLD CLASSICS

अलेक्सांद्र फ़देयेव
24 दिसम्बर, 1901
13 मई, 1956

पराजय

РАЗГРОМ

THE ROUT

उपन्यास

पराजय

अलेक्सांद्र फ़देयेव

अंग्रेज़ी से अनुवाद

निर्मल वर्मा

राजकमल  गौरवग्रंथ

अलेक्सांद्र फ़देयेव के 1927 में प्रकाशित रूसी उपन्यास 'РАЗГРОМ' के अंग्रेज़ी अनुवाद 'THE ROUT' से अनूदित
पहली बार 1954 में 'पराजय' शीर्षक से प्रकाशित

राजकमल गौरवग्रंथ माला में पहला पेपरबैक संस्करण : सितम्बर, 2024

राजकमल गौरवग्रंथ माला : कालजयी साहित्य की विशिष्ट प्रस्तुति

राजकमल प्रकाशन प्रा. लि.
1-बी, नेताजी सुभाष मार्ग, दरियागंज
नई दिल्ली-110 002
द्वारा प्रकाशित

शाखाएँ : अशोक राजपथ, साइंस कॉलेज के सामने, पटना-800 006
पहली मंजिल, दरबारी बिल्डिंग, महात्मा गांधी मार्ग, प्रयागराज-211 001
1, अनमोल सोराबजी सन्तुक लेन, धोबी तलाव, मरीन लाइंस, मुम्बई-400 002
वेबसाइट : www.rajkamalprakashan.com
ई-मेल : info@rajkamalprakashan.com

विकास कंप्यूटर एंड प्रिंटर्स
ट्रॉनिका सिटी-201 102
द्वारा मुद्रित

मूल्य : ₹299

PARAJAY
Novel by Alexander Fadeyev
Translated by Nirmal Verma

ISBN : 978-93-6086-819-2

पराजय

I

मोरोजका

अपनी पुरानी जापानी तलवार को सीढ़ियों पर खनखनाता हुआ लेविनसन आँगन में उतर आया। खेतों से रामदाने की भीनी सुगन्ध आ रही थी।

जुलाई का सूरज उत्तप्त श्वेत-गुलाबी फेन में तैर रहा था।

अर्दली मोरोजका, चाबुक से दुस्साहसी गिन्नी-मुर्ग़ियों के एक झुंड को हाँकता हुआ तिरपाल की एक चादर में जई के दाने सुखा रहा था।

"सुनो, इसे शाल्दिबा की टुकड़ी के पास ले जाओ!" लेविनसन ने एक मुहरबन्द लिफ़ाफ़े को आगे बढ़ाते हुए कहा, "और उससे कहना...ख़ैर, रहने दो। सब बातें चिट्ठी में लिख दी गई हैं।"

मोरोजका ने झुँझलाकर अपना मुँह फेर लिया और चाबुक फटकारने लगा। वह जाना नहीं चाहता था। इन उबा देनेवाली शासकीय गश्तों, बेकार के सन्देशों, और सबसे बढ़कर लेविनसन की आँखों के उस विचित्र भाव से वह तंग आ चुका था। बड़ी-बड़ी और झीलों के समान गहरी,

लेविनसन की आँखें मानो जूतों से लेकर सर तक समूचे मोरोजका को अपने में समा लेतीं, और उसमें ऐसी अनेक बातों को देखतीं जिनका मोरोजका को स्वयं बोध न था।

"हरामज़ादा!" अर्दली ने सताए हुए भाव से आँखें मिचमिचाकर मन में गाली निकाली।

"क्या बात है, काहे का इन्तज़ार है?" लेविनसन ने कड़ककर पूछा।

"इसकी क्या वजह है कॉमरेड कमांडर कि मोरोजका को ही हर जगह जाना पड़ता है? क्या मेरे अलावा और कोई है ही नहीं?"

मोरोजका ने अपनी बात में शासकीय पुट भरने के लिए जानबूझकर 'कॉमरेड कमांडर' कहा। आम तौर पर वह लेविनसन को केवल उसके नाम से ही पुकारा करता था।

"शायद मुझे स्वयं जाना चाहिए, क्यों?" लेविनसन ने भन्नाकर पूछा।

"आप क्यों जाएँ, और बहुतेरे लोग पड़े हैं...।"

लेविनसन ने लिफ़ाफ़े को एक ऐसे फ़ैसलाकुन अन्दाज़ के साथ अपनी जेब में ठूँस लिया मानो उसके धीरज का बाँध टूट चलेगा।

"जाओ, अपनी राइफ़ल क्वार्टर-मास्टर के हवाले करो," उसने कहा, "और अपना रास्ता नापो। मुझे यहाँ लफंगों की ज़रूरत नहीं है।" उसका स्वर भयंकर रूप से शान्त था।

नदी से चलनेवाली मन्द वायु के एक झोंके ने मोरोजका की बेक़ाबू लटों को उलझा दिया। शेड के पास सूखे चिरायते की झाड़ों से उठनेवाली टिड्डियों की अनथक ध्वनि गरम-सुर्ख़ हवा में मानो सूराख़ कर रही थी।

"ठहरो!" मोरोजका ने उद्विग्न स्वर में कहा, "वह चिट्ठी मुझे दे दो!"

अपनी वर्दी की तह के भीतर उसे घुसाते हुए उसने सफ़ाई पेश की— लेविनसन को समझाने के मक़सद से उतना नहीं, जितना कि अपनी तसल्ली के लिए :

"कम्पनी छोड़ दूँ, राइफ़ल त्याग दूँ? अजी तौबा करो!" उसने अपनी धूल भरी टोपी को सिर के पीछे सरकाया और एक उमंग भरी, अप्रत्याशित रूप से प्रसन्न लहज़े में अपनी बात ख़त्म की। "तुम्हारी ख़ूबसूरत आँखों की ख़ातिर हमने यह खेल चालू नहीं किया था, मित्र लेविनसन! खनिकों की खरी-खरी भाषा में बताए देता हूँ तुम्हें!"

"अब की न तुमने दिल की बात," कमांडर ने हँसकर कहा, "इतना खर-दिमाग़ बनने की क्या ज़रूरत थी, मूर्ख?"

मोरोजका ने लेविनसन के कोट के बटन को पकड़कर उसे अपने पास खींच लिया और एक भेदभरी फुसफुसाहट के साथ बोला :

"देखो भाई, मैं वार्या को अस्पताल में जाकर देखने की अभी तैयारी कर ही रहा था कि तुम अपनी चिट्ठी लिये आ धमके। इससे यह साफ़ ज़ाहिर हो जाता है कि मूर्ख तुम हो।"

उसने अपनी हरी-भूरी कपट-भरी आँख मटकाई और घिघियाता हुआ हँसा और उसकी हँसी में—अब भी, जबकि वह अपनी पत्नी की बात कर रहा था—कुछ ऐसा था जो अश्लील था, जो वर्षों से घुन की तरह उसे खाए जा रहा था।

"तिमोशा!" लेविनसन ने एक व्यक्ति को पुकारा जो चबूतरे पर गठरी-सा पड़ा था और आँखें मटकाकर नींद भगाने की कोशिश कर रहा था। "जई का ख़याल रखो—मोरोजका सवार होकर जा रहा है।"

अस्तबलों के पास, एक उलटे हुए कठौते पर बैठा सुरंग लगानेवाला गोंचारेंको चमड़े के कुछ थैलों की मरम्मत कर रहा था। उसका सिर नंगा और शरीर धूप से तपा हुआ था, और उसकी गहरी सुर्ख़ दाढ़ी घनी और पसीने से तर थी। अपना पत्थर-सा कठोर चेहरा थैलों के ऊपर झुकाए, वह अपनी सुई को इतने ज़ोर से चला रहा था, मानो हेंगी चला रहा हो! गाढ़े की क़मीज़ के नीचे उसके शक्तिशाली कन्धे चक्की के पत्थरों के समान चल रहे थे।

"यह क्या, फिर कहीं चल दिये?" सुरंग लगानेवाले ने पूछा।

"हाँ, जनाब!" मोरोजका तनकर 'सावधान' की मुद्रा में खड़ा हो गया और अपनी जाँघों के बीच हाथ ले जाकर सलामी दागी।

"आराम!" गोंचारेंको अफ़सराना अन्दाज़ में भुनभुनाया। "कभी मैं भी बेवक़ूफ़ बना करता था। किस काम से भेजा गया है तुम्हें?"

"अरे, कुछ ख़ास नहीं; कमांडर मुझसे कुछ कसरत कराना चाहता है। उसे डर है कि यदि मैंने जी भरकर कसरत नहीं की तो यहाँ पड़ा-पड़ा हरामी पिल्ले पैदा करने लग जाऊँगा।"

"बेवक़ूफ़!" गोंचारेंको बड़बड़ाया, "सूचान के बकवासी गधे!"

मोरोजका अपने घोड़े को अस्तबल से बाहर ले आया। लम्बी अयालवाले घोड़े के कान चौंककर खड़े हो गए। वह एक सुडौल, रोयेंदार दौड़ाक था, और अपने मालिक से मिलता-जुलता था; वही निर्मल हरी-भूरी आँखें, उसी के समान नाटा और मोटा, टेढ़ी टाँगोंवाला, और वैसी ही बदमाशों जैसी निर्लज्ज मुद्रा।

"मिश्का! शैतान!" उसके ज़ीन को कसते हुए मोरोजका स्नेह से गुर्राया, "मिश्का, अबे कुतिया के खूँसट पिल्ले!"

"अगर सवारी के लिए अक़्ल का होना ज़रूरी हो," गोंचारेंको ने गम्भीर भाव से कहा, "तो भगवान क़सम, तू मिश्का पर नहीं, बल्कि मिश्का तेरी सवारी गाँठेगा।"

मोरोजका दुलकी चाल से आँगन के बाहर निकल गया।

झाड़-झंखाड़ से अटी देहाती सड़क नदी के किनारे-किनारे चली गई थी। नदी के उस पार रामदाने और गेहूँ के खेत सूरज की रोशनी में चमचमा रहे थे। उमसते धुंध में सिखोटे-अलिन पर्वतमाला की नीली चोटियाँ जब तक दिखाई दे जाती थीं।

मोरोजका एक खनिक का बेटा था और ख़ुद भी खनिक था। सूचान में ख़ुद अपने इष्टदेव द्वारा परित्यक्त और इनसानों द्वारा ठुकराए गए, उसके दादा ने किसानी की थी; किन्तु उसके पिता ने ही काली ज़मीन को छोड़कर कोयला काटने का पेशा अपना लिया था।

नम्बर 2 खदान के निकट एक अँधेरे बैरक में मोरोजका का जन्म हुआ था। सुबह पाली की तीखी सीटी अभी बज ही रही थी।

खान के डॉक्टर ने ज्योंही छोटे कमरे से बाहर निकलकर ख़बर दी थी, उसके पिता ने पूछा था, "लड़का है क्या?" और हताश भाव से उसने गिनाया था, यह चौथा है। "क्या मज़े की ज़िन्दगी है!"

फिर उसने अपनी तिरपाल की जाकिट, जो कोयले की धूल से काली पड़ गई थी, ओढ़ ली और भारी क़दम उठाता हुआ काम पर चला गया।

बारह साल की उम्र में ही मोरोजका ने सीटी के साथ उठना, कोयले की गाड़ियों को धकेलना, बेमतलब गन्दी क़समें खाना और वोदका पीना सीख लिया था। सूचान की खानों में जितने भारी पियक्कड़ थे, उतने ही शराबख़ाने।

खान से दो सौ गज़ की दूरी पर घाटी ख़त्म हो जाती थी और ज्वालामुखी पहाड़ियाँ शुरू हो जाती थीं। उनकी ढलानों पर से काई से लिपटे विशालकाय देवदार के वृक्ष गम्भीर भाव से तलहटी की बस्ती को निहारते थे। जिस दिन सुबह कुहरा और पाला होता, उस दिन ताइगा के हिरण अपनी आवाज़ों से मानो सीटी की आवाज़ को डुबो देने का प्रयत्न करते। पहाड़ों की नीली दरारों में से गुज़रतीं, गहरे-तिरछे दर्रों को पार करतीं, अन्तहीन राहों से होकर मोटर-ट्रकें दिन-रात कानगौज स्टेशन की ओर रेंगती रहती थीं। ढालुआ टीलों पर काले तेल से सने और तनाव से काँपते हुए ढोलाई के यंत्र अपने मोटे रस्सों को समेटते रहते थे। दर्रों के तल पर, जहाँ ख़ुशबूदार देवदारों के बीच पत्थर की इमारतें बेतुकी-सी मालूम देती थीं, लोग मेहनत करते थे, बिना यह जाने कि किसके लिए वे अपना पसीना बहाते हैं; रेल के इंजनों की बेसुरी सीटियाँ बजती थीं; बिजली की लिफ़्टें भनभनाती रहती थीं।

वह एक मज़े की ज़िन्दगी थी।

उस ज़िन्दगी में मोरोजका ने नई राहें नहीं खोजी थीं, बल्कि पुरानी और सुरक्षित राहों पर ही चलता रहा था। जब वक़्त आया तो उसने साटिन का एक कुरता और बढ़िया चमड़े के टॉप-बूट ख़रीदे। छुट्टियों में वह

नीचे घाटी के गाँव में उतर आता। वहाँ अन्य युवकों के साथ मिलकर वह अकार्डियन बजाता, लच्छेदार गीत गाता, और गाँव की लड़कियों को 'ख़राब' करता।

लौटते समय 'खान के लफंगे' ख़रबूज़े और पके हुए खीरे चुराते और पहाड़ी नदी की तेज़ धारा में गोते लगाते। उनकी मस्त चिल्लाहट ताइगा को जगा देती; चट्टानों की दरार से डूबता हुआ चाँद उन्हें ईर्ष्या के साथ निहारता; नदी के ऊपर गुनगुने नम धुंध की एक चादर तैरती रहती।

जब वक़्त आया, तो मोरोजका को एक ऐसी गन्दी पुलिस चौकी में बन्द कर दिया गया जहाँ खटमलों की और पसीने से तर पाँव में बँधी पट्टियों की बदबू आती रहती। यह उस समय की घटना है अब अप्रैल की हड़ताल अपने पूरे ज़ोर पर थी, जब खान के अन्धे घोड़ों के आँसुओं के समान गँदला भूमिगत पानी दिन-रात खान की खाइयों के अन्दर चूता रहता, और उसे पम्प से बाहर उलीचनेवाला कोई न होता।

उसे नज़रबन्द इसलिए नहीं किया गया था कि उसने कोई भारी पराक्रम दिखाया था, बल्कि केवल इसलिए कि उसकी ज़बान बहुत चलती थी : उनका ख़याल था कि वे उसे डरा-धमकाकर गड़बड़ करनेवालों की खोज-ख़बर पा लेंगे। बदबूदार कोठरी में माइखे के चुंगी-चोरों के बीच बैठा वह अपने सहबन्दियों को अश्लील क़िस्से तो सुनाता रहा, किन्तु हड़ताल के नेताओं के साथ उसने विश्वासघात नहीं किया।

जब उसकी बारी आई, तो वह लड़ाई के मोर्चे पर चला गया और उसे घुड़सवार सैनिक दल में दाख़िल कर लिया गया। वहाँ उसने सभी घुड़सवार सैनिकों के समान 'पैदल घिसटनेवालों' को हिकारत की दृष्टि से देखना सीखा। छह बार वह घायल हुआ, बम-विस्फोट के झटके का दो बार शिकार बना और क्रान्ति के ठीक पहले हमेशा के लिए बर्ख़ास्त कर दिया गया।

घर लौटकर वह एक पखवारे तक ख़ूब शराब पीता रहा और फिर उसने खान नम्बर 1 में गाड़ी ढोनेवाली एक दयालु और मनचली औरत से विवाह कर लिया। वह जो भी काम करता, बिना सोचे-समझे करता;

ज़िन्दगी उसे उतनी ही सीधी-सादी प्रतीत होती जितनी कि सूचान के ख़रबूज़े के खेतों में खीरों की चोरी।

शायद वह एक उमंग ही थी जिसके कारण वह अपनी पत्नी के साथ 1918 में सोवियतों की रक्षा के लिए चल पड़ा था। कुछ भी हो, उसके बाद खान में लौटने की बात वह सोच भी नहीं सकता था : सोवियत की रक्षा करने में वे सफल न हो सके थे, और नये अधिकारी मोरोजका जैसे लोगों को सन्देह की दृष्टि से देखते थे।

मिश्का अपने नाल जड़े खुरों को ग़ुस्से से खनखनाता हुआ दौड़ा चला जा रहा था। नारंगी रंग की गोमक्खियाँ उसके कानों के इर्द-गिर्द भनभनाती हुई उसे परेशान कर रही थीं; वे उसके घने बालों से उलझकर ऐसी चिमट रही थीं कि ख़ून निकल आता था।

मोरोजका ने स्वियागिनो सैनिक क्षेत्र में प्रवेश किया। क्रिलोव्का गाँव, जहाँ शाल्दिबा की टुकड़ी का पड़ाव था, हरे हेजल-वृक्षों से आच्छादित एक पहाड़ी के पीछे छिपा हुआ था।

"इज्ज-ज-ज...ज-ज-ज," गोमक्खियों की अनथक भनभनाहट जारी थी।

पहाड़ी के पीछे एक विचित्र ध्वनि का धमाका हुआ और गड़गड़ाहट गूँज गई। फिर एक दूसरा धमाका हुआ, फिर तीसरा; मानो कोई जंगली जानवर अपनी साँकल तोड़ काँटेदार झाड़ियों के बीच से भागता चला जा रहा हो।

"रुको!" मोरोजका ने रास खींचते हुए दबी ज़बान से कहा।

आज्ञाकारी मिश्का निश्चल खड़ा हो गया, उसका सुडौल शरीर आगे को तन गया।

"सुनी वह आवाज़? गोली चल रही है!" ज़ीन पर तनता हुआ अर्दली बुदबुदाया, "गोली चल रही है, ऐं?"

रैन-टैट-टैट—पहाड़ी के पीछे से मशीनगन की फुंकार मानो अपनी प्रज्वलित डोरों से शॉट-गनों के अचानक धमाकों और जापानी बन्दूक़ों की पैनी तड़तड़ाहट के बीच टाँके लगा रही थी।

"आगे बढ़ो! सरपट!" मोरोजका तनाव की आवाज़ में चिल्लाया।

सरसराती झाड़ियों को चीरता हुआ मिश्का पहाड़ी की चोटी की ओर बढ़ चला; और मोरोजका ने अपने पाँव के पंजों को रकाबों में गड़ाते हुए, काँपती उगलियों से अपने रिवॉल्वर के थैले को खोला।

चोटी पर पहुँचने के ठीक पहले मोरोजका ने एकाएक लगाम खींच ली।

"यहाँ रुको!" ज़मीन पर छलाँग मारते हुए और लगाम को ज़ीन के ऊपर फेंककर उसने कहा। मिश्का को बाँधने की आवश्यकता न थी। अपने मालिक का वफ़ादार ग़ुलाम जो ठहरा!

मोरोजका हाथ-पैर के बल चोटी की तरफ़ रेंगने लगा। बाईं ओर क्रिलोव्का को एक तरफ़ छोड़ते हुए, हरी-पीली पट्टियोंवाली टोपियों से लैस छोटी-छोटी और एक जैसी आकृतियों की लहरें ऐसी चुस्त क़तारों में आगे बढ़ रही थीं मानो परेड कर रही हों! बाईं ओर, सुनहरे बालोंवाले जौ के खेत में आदमियों के झुंड बेतहाशा भगदड़ मचाए हुए थे, और भागते-भागते गोलियाँ दागते जाते थे। ग़ुस्से से पागल शाल्दिबा (मोरोजका ने उसे उसके काले घोड़े और रोयेंदार खाल की टोपी के नुकीले कंगूरे से पहचान लिया था।) अपनी चाबुक को दाएँ-बाएँ फटकार रहा था, किन्तु अपने दौड़ते आदमियों को रोक नहीं पा रहा था। मोरोजका ने देखा कि उनमें से कुछ नज़र बचाते हुए अपने लाल फीतों को उतारकर फेंक रहे थे।

"सूअर के बच्चे! भला क्या सोचकर वे भगदड़ मचाए हुए हैं? क्या कर रहे हैं वे?" मोरोजका बुदबुदाया। गोलीबारी के कारण उसकी उद्विग्नता बढ़ती जा रही थी।

आतंकित आदमियों के अन्तिम झुंड में एक हल्का-फुल्का नौजवान सिर पर एक सफ़ेद रूमाल बाँधे, एक छोटी शहरी जाकिट पहने, अपनी राइफ़ल को अटपटे ढंग से घसीटता हुआ लँगड़ा रहा था। लगता था मानो झुंड के बाक़ी लोग इसलिए धीरे-धीरे भाग रहे थे कि कहीं वह पीछे न रह जाए।

झुंड तेज़ी से घटता जा रहा था, और सफ़ेद रूमालवाला नौजवान भी गोली खाकर गिर पड़ा, किन्तु वह मरा नहीं; वह उठकर रेंगने की कोशिश करने लगा; उसने अपनी बाँहों को फैलाया और चिल्लाकर कुछ कहा।

बाक़ी आदमी उसे पीछे छोड़कर, और बिना पीछे की ओर देखे तेज़ी से भागने लगे।

"हरामज़ादे कहीं के! वे कर क्या रहे हैं?" मोरोजका फिर चिल्लाया। रिवॉल्वर से लिपटी हुई उसकी पसीने से तर उँगलियाँ परेशान हो उठीं।

"मिश्का! इधर आओ!" वह ऐसी आवाज़ में चिल्लाया जो उसकी अपनी नहीं मालूम देती थी।

खरोंचों से लहूलुहान घोड़ा एक धीमी हिनहिनाहट के साथ अपने नथुनों को फुलाकर चौकड़ियाँ भरता हुआ पहाड़ी की चोटी पर आ गया।

कुछ ही क्षणों में, उड़ान भरते पक्षी के समान डैना फैलाए, मोरोजका जौ के खेत के ऊपर उड़ा जा रहा था। ख़ूँख़्वार फुंकारों के साथ सीसे की प्रज्वलित गोमक्खियाँ उसके सिर के ऊपर से भन्नाती हुई निकल जाती थीं; घोड़े की पीठ मानो किसी खाई में गिर गई थी; जौ की बालें उसके पैरों के तले सरसरा रही थीं।

"लेट जाओ!" लगाम को एक तरफ़ फेंकते हुए और मिश्का की कमर में अपनी एड़ियों को कसकर गड़ाते हुए मोरोजका चिल्लाया।

मिश्का गोलियों की बौछार के नीचे लेटना नहीं चाहता था। सिर पर ख़ून से तर सफ़ेद रूमाल बाँधे नौजवान के इर्द-गिर्द, जो चारों खाने चित पड़ा कराह रहा था, वह चक्कर काटने लगा।

"लेटो!" मोरोजका लगाम के झटके से घोड़े के होंठों को चीरता हुआ भर्राई आवाज़ में चिल्लाया।

काँपते घुटनों को मोड़ता हुआ मिश्का ज़मीन पर लेट गया।

ज़ख़्मी नौजवान को उठाकर अर्दली ने जब ज़ीन के ऊपर पटका तो वह कराह उठा : "दर्द होता है...दर्द होता है...।" नौजवान का चेहरा पीला और स्वच्छ था, मसें अभी नहीं निकली थीं। वह ख़ून से लथपथ था।

“चुप हो जा, अबे...” मोरोजका ने फुंकारती हुई आवाज़ में कहा।

कुछ ही मिनटों में लगाम को ढीला छोड़ और अपने बोझ को दोनों हाथों से सँभालता वह सरपट दौड़ता हुआ और पहाड़ी की परिक्रमा करता हुआ उस गाँव में जा पहुँचा जहाँ लेविनसन की टुकड़ी का पड़ाव था।

2

मेतचिक

सच्ची बात पूछो तो मोरोजका को उस लड़के की शक्ल-सूरत पसन्द नहीं आई, जिसे वह मौत के मुँह से बचा लाया था।

मोरोजका को भले और साफ़-सुथरे लोग अच्छे न लगते थे। वह अनुभव से जानता था कि वे अनिश्चित, बेमतलब और अविश्वसनीय होते हैं। इसके अलावा, शुरू से ही ज़ख़्मी लड़के ने बहुत ही कम आत्म-बल का परिचय दिया था।

रियाबेत्स की झोंपड़ी में बेहोश लड़के को एक बिस्तरे पर लिटाया गया।

"अपनी चहचहाहट बन्द करो!" लेविनसन ने उसे फटकार बताई। "बाक्लानोव! अँधेरा होने से पहले ही इसे अस्पताल ले जाओ।"

लड़के के ज़ख़्मों पर पट्टी बाँधी गई। उसकी जाकिट के बग़ल की जेब में उन्हें कुछ पैसे, काग़ज़ात (नाम : पावेल मेतचिक), चिट्ठियों का एक पुलिन्दा, और एक नवयुवती की तसवीर मिली।

लगभग दो दर्जन आदमियों ने, जिनके हाव-भाव खिन्न, दाढ़ियाँ बढ़ी हुईं, और चेहरे धूप से काले पड़े हुए थे, बारी-बारी से युवती के सौम्य मुखमंडल और सुन्दर लटों का मुआयना किया और फिर एक खटकनेवाली ख़ामोशी के साथ तसवीर अपनी जगह पर रख दी गई। ज़ख़्मी लड़का बेहोश पड़ा था, उसके होंठ अविचल और रक्तहीन थे, और हाथ बेजान से कम्बल पर फैले हुए थे।

उस उमसती सुरमई संध्या को जब उसे एक गाड़ी में डालकर गाँव के बाहर ले जाया गया, तो झटकों के बावजूद उसे कुछ महसूस न हुआ; जब उसे स्ट्रेचर में लिटाया गया तो उसकी संज्ञा लौटी। स्ट्रेचर के हल्के झटके के प्रथम बोध के साथ-ही-साथ उसे अपनी आँखों के ठीक सामने तारों से भरे आकाश का धूमिल दृश्य दिखाई दिया। चारों ओर से रोयेंदार, नेत्रहीन अन्धकार मानो उसे दबोच रहा था; चीड़ के सुईदार पत्तों और सड़ते हुए पत्तों की तेज़ गन्ध उसकी नाक से टकराई; ऐसा लगा मानो वह गन्ध शराब में डूबी हुई थी।

उसके हृदय में उन लोगों के प्रति कृतज्ञता की एक कोमल भावना जाग उठी जो उसे इतनी होशियारी और सावधानी से उठाए ले जा रहे थे। वह उनसे बतियाना चाहता था। उसने अपने होंठ चलाए, किन्तु मुँह से कुछ कहने के पहले ही वह फिर बेहोश हो गया।

जब वह दोबारा होश में आया, तो दिन निकल आया था। सिडार-वृक्ष की टहनियों से उठती हुई भाप के बीच उन्मत्त सूरज अलस भाव से कंचन घोल रहा था। मेतचिक छाँह में एक बिस्तर पर पड़ा था। उसकी दाईं ओर सलेटी रंग का अस्पताली लहँगा बाँधे एक लम्बा आदमी तना हुआ खड़ा था, और बाईं ओर एक सौम्य कोमल स्त्री की आकृति उसके बिस्तर पर झुकी हुई थी। उनकी सुनहरी चोटियाँ उसके कन्धों पर झूल रही थीं।

मेतचिक पर जिस चीज़ का सबसे पहले असर हुआ—शान्त आकृति से, उसकी बड़ी-बड़ी स्वप्निल आँखों से, फुज्जीदार चोटियों और उसके गर्म भूरे हाथों से जो चीज़ फूट पड़ती थी—वह था कोमलता और नम्रता का भाव, लगभग असीम, सबके लिए और सबको अपने आँचल में समेटता हुआ।

"कहाँ हूँ मैं?" मेतचिक ने कोमल स्वर में पूछा।

लम्बे, तने हुए व्यक्ति ने एक सूखा, दुबला हाथ आगे बढ़ाया और उसकी नब्ज़ को टटोला।

"ठीक है," उसने शान्त स्वर में कहा, "वार्या, पट्टी के लिए सारा सामान तैयार कर लो और खारचेंको को बुलाओ..." वह क्षणभर मौन रहा, फिर यों ही, अकारण बोल उठा, "...लगे हाथों, समझी?"

मेतचिक ने मुश्किल से अपनी पलकें उठाईं और बोलनेवाले को देखने लगा। उस खड़े आदमी का चेहरा लम्बा और पीला था और आँखें चमकीली तथा गड्ढों में धँसी हुई थीं। उसकी आँखें अनमने भाव से मेतचिक पर झुकी हुई थीं और सहसा एक आँख बिना किसी मुस्कराहट के मटक गई।

भरते हुए घावों के अन्दर जब खुरदरे गेज को ठूँसा गया तो बहुत दर्द हुआ, किन्तु स्त्री के हाथों के स्नेहभरे और कोमल स्पर्श की सहलाहट के कारण मेतचिक चीख़ा-चिल्लाया नहीं।

"ठीक है," लम्बे आदमी ने पट्टी बाँधने का काम समाप्त करते हुए कहा, "तीन पूरे घाव, लेकिन सिर पर केवल मामूली खरोंच। महीनेभर में भर जाएँगे, नहीं तो मेरा नाम स्ताशिंस्की नहीं।"

वह कुछ और फ़ुर्तीला हो उठा और उसकी उँगलियाँ अधिक तेज़ी से चलने लगीं, किन्तु उसकी आँखों में अब भी वही वेदनापूर्ण चमक थी और बाईं आँख भावहीन ढंग से फड़क रही थी।

उन्होंने मेतचिक के मुँह और हाथों को धोया। उसके बाद वह अपनी कुहनियों के बल उठकर अपने चारों ओर देखने लगा।

लकड़ी के बैरकों के पास कुछ लोग चहल-पहल कर रहे थे। चिमनी से नीला धुआँ ऊपर को उठ रहा था; छत की कड़ियाँ धूप में चमक रही थीं। जंगल के किनारे एक कठफोड़वा बड़ी व्यस्तता से खटखट कर रहा था। लाठी पर झुका हुआ उजली दाढ़ीवाला एक शान्त बूढ़ा, जो अस्पताली लहँगा पहने था, स्नेह-भरी दृष्टि से चारों ओर देख रहा था।

बूढ़े आदमी, बैरकों और मेतचिक—सबों पर ताइगा के चीड़ की गन्ध में डूबी ख़ामोशी छाई हुई थी।

लगभग तीन सप्ताह पहले, अपने जूतों में एक सरकारी आदेश पत्र छिपाए और जेब में रिवॉल्वर डाले जब मेतचिक शहर से पैदल चला था, तो उसे इस बात का हल्का-सा भी एहसास न था कि कैसी हालात का उसे सामना करना है। मस्ती से वह एक ख़ुशगवार शहरी धुन में सीटी बजाता हुआ चल रहा था, उसकी नस-नस में ख़ून हिलोरें ले रहा था; संघर्ष के लिए और कुछ कर गुज़रने के वास्ते उसकी नसें फड़क रही थीं।

बारूद के धुएँ और वीरतापूर्ण कार्यों के ताने-बाने में लिपटे ज्वालामुखी पहाड़ियों में बसनेवाले लोग (जिनसे वह समाचार-पत्रों के द्वारा ही परिचित था) उसकी आँखों के सामने वास्तविक जीवन का आकार ग्रहण कर रहे थे। उसका हृदय जिज्ञासा, साहसिक कल्पनाओं और उजली लटोंवाली उस युवती की मीठी और सुखद स्मृति से भरा हुआ था जो अब भी सुबह के नाश्ते के लिए कॉफ़ी के साथ बिस्कुट खाती थी और उसके बाद नीले काग़ज़ की जिल्दोंवाली अपनी पाठ्य-पुस्तकों को फीते में बाँधकर स्कूल के लिए रवाना हो जाती थी।

ज्योंही वह क्रिलोव्का के निकट पहुँचा, झाड़ियों के पीछे से अनेक आदमी अपनी बेर्दानी राइफ़लों को ताने सड़क पर कूद आए।

"तुम कौन हो?" नाविक की टोपी पहने एक व्यक्ति ने पूछा, जिसका चेहरा कुल्हाड़े के फाल जैसा चपटा था।

"मैं...मुझे शहर से भेजा गया है...।"

"काग़ज़ात?"

अपना आदेश-पत्र निकालने के लिए उसे अपना बूट खोलना पड़ा।

"सामुद्रिक...प्रादेशिक कमेटी...समाजवादी...क्रा-न्ति-का-री।" नाविक ने रह-रहकर मेतचिक पर काँटों-जैसी पैनी दृष्टि फेंकते हुए रुक-रुककर पढ़ा। "सऽऽ..." वह अकारण भुनभुनाया।

एकाएक उसका चेहरा लाल हो उठा। उसने मेतचिक के कोट के कॉलर को पकड़ लिया और तनी हुई तीखी आवाज़ में चिल्लाया :

"क्यों बे, कुतिया के पिल्ले!..."

"क्या है? क्या है?" मेतचिक घबराहट में बुदबुदाया, "लेकिन ये काग़ज़ात तो मैक्समैलिस्टों* के हैं, पढ़ के देखो, कॉमरेड!"

"इसकी तलाशी लो!"

कुछ ही मिनटों के बाद, आहत और निहत्थे मेतचिक को एक व्यक्ति के सामने ढकेला गया तो रोयेंदार खाल की नुकीली टोपी पहने था और जिसकी काली आँखें मेतचिक को सिर से पैर तक भेद गईं।

"वे समझ नहीं पाए," मेतचिक ने घबराहट के साथ सिसकते और हकलाते हुए कहा, "काग़ज़ में सब कुछ लिखा है—मैक्समैलिस्टों ने भेजा है...।"

"इसके काग़ज़ात मुझे दे दो।"

नुकीली टोपीवाले व्यक्ति ने अपनी आँखें आदेश-पत्र पर गड़ा दीं।

उसकी जलती हुई निगाह के नीचे काग़ज़ मानो सचमुच झुलसने लगा। फिर उसने अपनी आँखों को नाविक की ओर घुमाया।

"बेवक़ूफ़ कहीं के!" उसने कड़ी आवाज़ में कहा, "क्या तुझे दिखता नहीं कि यह मैक्समैलिस्टों का है?"

"देखो, मैंने कहा था न!" मेतचिक ने ख़ुशी की साँस ली। "मैंने तो यही कहा था तुमसे—मैक्समैलिस्टों ने भेजा है! इससे तो फ़र्क़ पड़ता है न, क्यों?"

"सो हमने बेकार ही इसकी मरम्मत की!" नाविक ने निराश होकर कहा, "यह भी अच्छा मज़ाक़ रहा।"

---

* मैक्समैलिस्टों : ये भी सामाजिक क्रान्तिकारी ही थे, पर उनसे ज़्यादा उग्रवादी थे। रूसी क्रान्ति में इन्होंने बोल्शेविकों का साथ दिया था।

उस दिन से मेतचिक को उस टुकड़ी की सदस्यता के पूरे हक़ मिल गए।

उसके आसपास के लोग तनिक भी उन व्यक्तियों जैसे न थे जिन्हें उसकी रंगीन कल्पना ने मूर्त किया था। वे उनसे अधिक गन्दे, मैले, तगड़े और सीधे-सादे थे। वे आपस में कारतूसों की अदला-बदली करते थे, छोटी-छोटी बात पर बुरी तरह गाली-गलौज करते थे और गोश्त के एक टुकड़े के लिए बहशियाना ढंग से लड़ते-झगड़ते थे। ज़रा-ज़रा-सी बात के लिए वे मेतचिक पर गालियों की बौछार करते थे; कभी उसकी शहरी जाकिट को लेकर, कभी उसकी शुद्ध भाषा को लेकर, कभी इस बात को लेकर कि वह अपनी राइफ़ल साफ़ करना नहीं जानता, यहाँ तक कि खाने के समय आध सेर से अधिक रोटी खाने में उसकी अनिच्छा को लेकर वे उसे गालियाँ सुनाया करते थे।

लेकिन इन सब बातों के बावजूद वे किताबी चरित्र न थे, बल्कि जीते-जागते, हाड़-मांस के मनुष्य थे।

ताइगा में जंगलों से घिरे एक शान्त मैदान में पड़े-पड़े मेतचिक की आँखों के सामने यह सब फिर मूर्त हो उठा। अब उसे अपनी उस सहज, किन्तु सच्ची भावना पर ख़ेद हुआ। जिसे लेकर वह इस दस्ते में शामिल हुआ था। अपने प्रति आसपास के लोगों के स्नेह और ताइगा के तन्द्रिल मौन के प्रति उसके हृदय में एक विशेष, पीड़ादायक सजगता का आविर्भाव हुआ।

अस्पताल दो नदियों के संगम पर स्थित था। जंगल के किनारे जहाँ कठफोड़वे की अनथक खट-खट जारी थी, काले मंचूरियाई मेपल वृक्ष, जिनमें रक्ताभ छितरने पड़ी हुई थीं, आपस में फुसफुसा रहे थे और नीचे ढलान के तल पर रजत फर्न पौधों की झालर के बीच नदियाँ लगातार गुनगुनाती हुई बह रही थीं। अस्पताल में थोड़े से ही बीमार और ज़ख़्मी लोग थे और गहरा ज़ख़्म तो केवल दो आदमियों को ही था—फ्रोलोव नामक सूचान के एक छापेमार सैनिक को जिसके पेट में गोली लगी थी, और मेतचिक को।

हर सुबह जब उन्हें बैरक की बन्द झोंपड़ी के बाहर लाया जाता, तब उजली दाढ़ीवाला शान्त बूढ़ा पिका मेतचिक के पास आ जाता। उसे देखकर मेतचिक की आँखों के सामने एक पुराना, विस्मृत चित्र मूर्त हो उठता : शान्त स्तब्ध वातावरण में प्राचीन, काई से ढके आश्रम के पास कैलोट पहने एक शान्त और उज्ज्वल ललाटवाला बूढ़ा किसी झील के हरे-भरे किनारे पर बैठा मछली पकड़ रहा है। बूढ़े के सिर पर एक शान्त आकाश का चादर तना है; चारों ओर शान्त और तन्द्रिल फर-वृक्ष खड़े हैं; बड़े-बड़े घासों से आच्छादित गम्भीर झील। शान्त, स्वप्निल, और मौन...।

क्या मेतचिक की आत्मा इसी स्वप्न के लिए व्यग्र थी?

ग्रामीण पादरी के समान मंत्र-पाठ के स्वर में पिका ने उसे अपने बेटे के बारे में बताया जो पहले एक लाल रक्षक रह चुका था।

"हाँ, वह मेरे पास चला आया; जी हाँ, मेरे पास चला आया। मैं अपने शहद के छत्तों के बाग़ में बैठा था...और कहाँ बैठता?...हमने एक-दूसरे को ज़माने से नहीं देखा था, सो कहने की ज़रूरत नहीं कि हमने एक-दूसरे को प्यार किया, लेकिन मुझे साफ़ दिखाई दे रहा था कि उसके दिमाग़ में कोई बात घूम रही है।

" 'पिताजी,' वह बोला, 'मैं शहर जा रहा हूँ।'

" 'क्यों?' मैंने पूछा।

"बात यह है, पिताजी,' उसने कहा, 'वहाँ कुछ मौत के प्यारे चेकोस्लोवाक घुस आए हैं।'

" 'लेकिन चेकोस्लोवाकों से तुम्हारा क्या वास्ता?'

"मैंने कहा, 'तू यहीं बना रह,' मैं कहता गया, 'देख, यहाँ तू कैसी अच्छी ज़िन्दगी बिता सकेगा।'

"और सच मानो, मेरा शहद के छत्तोंवाला बाग़ बस, बिलकुल स्वर्ग के समान है—बर्च के पेड़, पुष्पाच्छादित नीबू के पेड़, समझे, और भनभनाती हुई छोटी-छोटी मधुमक्खियाँ—इज्ज-ज-ज-ज।"

पिका अपनी मुलायम काली टोपी को उतारकर ख़ुशी से हवा में फहराता।

"और क्या समझे? वह रुका नहीं! नहीं जी, वह रुकनेवाला कहाँ था। वह चला गया। और अब कोलचकों ने मेरे शहद के छत्तोंवाले बाग़ को पैरों तले रौंद डाला है, और मेरा बेटा जाता रहा। क्या ख़ूब ज़िन्दगी है!"

मेतचिक उसकी बात को बड़े चाव से सुनता था। उसे बूढ़े की धीमी हरकतें, उसकी कोमल लोचदार आवाज़, जो मानो सीधे आत्मा से निकलती थी, बहुत अच्छी लगती थीं।

इससे भी अधिक जो बात उसे अच्छी लगती थी, वह थी नर्स द्वारा उसकी देखभाल। वह सारे अस्पताल के लोगों के कपड़े धोने और सीने-पिरोने का काम करती थी। उसे देखकर लगता था कि लोगों के लिए उसके हृदय में अगाध प्रेम है। मेतचिक के प्रति वह विशेष कोमलता और स्नेह दिखाती थी। जैसे-जैसे उसके घाव धीमी गति से भरने लगे, वह नर्स को सांसारिक दृष्टि से देखने लगा। उसके कन्धे कुछ झुके हुए थे, उसका चेहरा कुछ पीला था और उसके हाथ औरतों के हाथ से कुछ बड़े थे, लेकिन उसकी चाल में एक विशेष लोच और सजीवता थी और उसकी आवाज़ मानो हमेशा किसी चीज़ का आश्वासन लिये रहती थी।

जब वह उसके बग़ल में बिस्तर पर बैठती, तो मेतचिक के लिए शान्त पड़े रहना कठिन हो जाता, लेकिन उजली लटोंवाली युवती के सामने वह कभी इस बात को क़बूल न करता।

"मनचली है यह वार्या," पिका ने एक बार कहा था, "उसका पति मोरोजका कम्पनी के साथ है और यह यहाँ साँठ-गाँठ करती फिरती है, बेशर्म कहीं की!"

बूढ़े ने आँख मटकाकर इशारा किया। मेतचिक ने देखा कि नर्स मैदान में कपड़े धो रही है और डॉक्टर का सहायक खारचेंको उसके इर्द-गिर्द मँडरा रहा है। जब तक वह उसकी ओर झुककर कुछ संकेत भरी बात कहता और वह अपना काम भूलकर स्वप्निल दृष्टि से उसकी ओर देखती। 'मनचली' शब्द ने मेतचिक के हृदय में एक तीव्र जिज्ञासा का भाव पैदा कर दिया।

"और भला वह...ऐसी क्यों है?" उसने अपनी परेशानी को छिपाने का प्रयत्न करते हुए पिका से पूछा।

"ख़ुदा जाने, उसमें इतनी मोहब्बत क्यों भरी हुई है। बस, यही बात है कि उससे 'न' कहते नहीं बनता।"

मेतचिक पर नर्स ने जो पहली छाप डाली थी, उसे याद कर उसके हृदय में एक विचित्र क्षोभ हिलोरें लेने लगा।

उस क्षण से वह उस पर अधिक कड़ी निगरानी रखने लगा। उसने देखा कि वह सच ही काफ़ी आदमियों के साथ—केवल निपंगों को छोड़कर हरेक के साथ—'साँठ-गाँठ' किये रहती है, लेकिन यह बात भी थी कि अस्पताल में केवल वही एक स्त्री थी।

एक दिन सुबह जब वह मेतचिक के ज़ख़्मों की मरहम-पट्टी कर चुकी, तो उसके बिस्तर को ठीक-ठाक करने लगी।

"थोड़ी देर तो मेरे पास बैठो," वह बोला। उसके गाल सुर्ख़ हो गए।

वह देर तक उस पर नज़र गड़ाए हुए कुछ खोजती-सी रही, ठीक वैसे ही जैसे कि अस्पताल के कपड़े धोते समय उस दिन उसने खारचेंको को देखा था।

"तुम भी..." वह अनायास ही कुछ आश्चर्य से बोल उठी।

फिर भी, बिस्तर को ठीक कर लेने के बाद वह उसकी बग़ल में बैठ गई।

"क्या तुम खारचेंको को पसन्द करती हो?" मेतचिक ने पूछा।

ऐसा मालूम पड़ा कि उसने सवाल को सुना ही नहीं। मेतचिक को अपनी बड़ी स्वप्निल आँखों से वशीभूत करती हुई अपने ही विचारों के अनुरूप उत्तर देती हुई वह बोली :

"और इस छोटी उम्र में ही।" फिर, सँभलकर उसने उत्तर दिया, "खारचेंको? ठीक ही है वह। तुम मर्द लोग सब एक जैसे हो।"

मेतचिक ने अपने तकिये के नीचे से समाचार-पत्र के काग़ज़ में लिपटा एक छोटा-सा पुलिन्दा निकाला। धुँधले फ़ोटो से युवती का परिचित चेहरा अब भी उसे निहार रहा था, किन्तु इस बार उसे वह पहले जैसा मोहक नहीं प्रतीत हुआ;

उसकी मुद्रा विचित्र थी, उसका उल्लास कृत्रिम था। यद्यपि मेतचिक अपने-आपसे यह बात स्वीकार करते हुए डरता था, पर वह यह नहीं समझ पा रहा था कि आख़िर इस लड़की में उसने ऐसा क्या देखा जो इतना अभिभूत हो गया? बिना यह जाने कि वह ऐसा क्यों कर रहा है, और न यह जाने कि ऐसा करना उचित भी है या नहीं, उसने उजली लटोंवाली लड़की के फ़ोटो को नर्स के हाथ में थमा दिया।

नर्स ने पहले उसे नज़दीक से ध्यानपूर्वक देखा, फिर बाँह-भर के फ़ासले से उसे टकटकी लगाकर देखने लगी। सहसा एक चीत्कार के साथ उसने फ़ोटो को गिरा दिया, बिस्तर से कूदकर उठ खड़ी हुई, और पीछे की ओर चकित दृष्टि से देखने लगी।

"अच्छी ख़ूबसूरत पतुरिया है!" मेपल-वृक्ष के पीछे से एक मोटी व्यंग्य-भरी आवाज़ आई।

मेतचिक ने निगाह उस दिशा में फेंकी और एक विचित्र परिचित चेहरे को देखा, जिसकी टोपी के अन्दर से एक बेक़ाबू लट झूल रही थी और जिसकी हरी-भूरी आँखों का भाव, उसे याद हो आया, एक समय बिलकुल भिन्न था।

"क्यों, डर क्यों गई?" मोटी भर्राई आवाज़ वाला व्यक्ति अविचल कहता चला गया, "मेरा मतलब तुमसे नहीं, तुम्हारी उस तसवीर से था। बहुतेरी औरतों के साथ मैं सो चुका हूँ, लेकिन किसी ने भी मुझे कभी तसवीर नहीं दी। शायद किसी दिन तुमसे मिल जाए।"

वार्या सँभल गई और खिलखिलाकर हँस पड़ी।

"डरा दिया था तुमने मुझे!" वह एक निपुण पत्नी जैसी आवाज़ में बोली जो उसकी अपनी आवाज़ से बिलकुल भिन्न थी, "अचानक कूद पड़ा तू, बन्दर?" फिर मेतचिक की ओर मुड़कर बोली, "यह मोरोजका है, मेरा पति। मज़ाक़िया है, जी हाँ...।"

"ओह, हम एक-दूसरे को जानते हैं...थोड़ा-बहुत," अर्दली बुदबुदाया, 'थोड़ा-बहुत' के उच्चारण में व्यंग्य का पुट था।

मेतचिक दुखी और लज्जित होकर हतप्रभ-सा पड़ा रहा। उससे कुछ कहते न बनता था। वार्या फ़ोटो की बात भूल चुकी थी, और अपने पति के साथ बात करते समय उसका पैर उस पर पड़ गया। मेतचिक को उससे फ़ोटो को उठाने के लिए कहते हुए शर्म आ रही थी।

और जब वह जोड़ी ताइगा में प्रवेश कर गई, तो वह उठा। उसके पैरों में पीड़ा हो रही थी। वह अपने दाँतों को भींचकर लँगड़ाता हुआ कुचले तसवीर की ओर आगे बढ़ा और उसके टुकड़े-टुकड़े कर डाले।

3

दिव्य दृष्टि

मोरोजका और वार्या, थके और अलसाए हुए, एक-दूसरे से नज़र बचाते हुए दोपहर के बाद वापस लौटे।

मोरोजका मैदान में निकल आया। उसकी मुद्रा डाकुओं जैसी थी। मुँह के अन्दर दो उँगलियाँ डालकर उसने तीन तेज़ सीटियाँ बजाईं और तब—ठीक परियों की कहानी के समान—जंगल से अपने खुरों को खनखनाता हुआ एक घने बालोंवाला घोड़ा लपका चला आया, तो मेतचिक को स्मरण हो आया कि उसने उन दोनों को कहीं देखा है।

"मिश्का, मेरे दोस्त, कुतिया के पिल्ले, काफ़ी लम्बा इन्तज़ार था, क्यों?" अर्दली स्नेहभरे लहज़े में गुर्राया।

सवार होकर जब वह मेतचिक के पास से गुज़रा, तो उसके चेहरे पर एक चालाकी-भरी हँसी खेल रही थी। बाद में, जब वह छायादार हरी घाटियों की ढलानों को चढ़ता-उतरता पार कर रहा था, तो मोरोजका का

ध्यान बार-बार मेतचिक की ओर चला जाता। 'उस जैसे लोग, कमबख़्त, किसलिए हमसे आ मिलते हैं?' उसने क्रोधित और हैरान होकर सोचा, 'जब हमने काम शुरू किया, तो कोई भी नज़र नहीं आता था और जब सिलसिला चल पड़ा है, तो ये सब आ मिलना चाहते हैं।'

उसे ऐसा मालूम होता कि उनमें शामिल होने के पहले मेतचिक मानो 'सिलसिला शुरू होने' के लिए ही रुका हुआ था। सच पूछा जाए तो उन्हें अभी एक लम्बा और मुश्किल रास्ता तय करना था। 'ऐसे दुधमुँहे कहीं से आ टपकते हैं, फिर ज़मीन में लोटने लगते हैं और क़ीमत हमें चुकानी पड़ती है...। मेरी उस बेवक़ूफ़ औरत को न जाने उसमें क्या नज़र आया?'

उसके मस्तिष्क में यह विचार भी आया कि ज़िन्दगी जटिल बनती जा रही है : सूचान की पुरानी राहें अब मिट गई हैं और उसे अपने लिए एक नई लीक डालनी है।

मोरोजका अपने बोझिल विचारों में इतना डूबा हुआ था कि उसे इस बात का बोध ही न हुआ कि वह मैदान में उतर आया है। गाँव के लोग अपने दिन के कड़े श्रम में जुटे हुए थे; ख़ुशबूदार गठीली घास पर और घुँघराले क्लोवर पर चलते हुए उनके हँसिए झनझना उठते थे। क्लोवर के समान ही घुँघराली दाढ़ीवाले और पसीने से तर लम्बे कुरते पहने आदमी, अपने पैरों पर झुके हुए नपे-तुले क़दम उठाते थे और ख़ुशबूदार झूमती हुई घास, सरसराती हुई, उनके पैरों पर कट-कटकर गिरती जाती थी।

हथियारबन्द घुड़सवार को देखकर उन्होंने आहिस्ते से अपना काम रोक दिया और हथेलियों से अपनी आँखों पर छाया करते हुए वे बहुत देर तक उसे ताकते रहे।

"ठीक मोमबत्ती की लौ की तरह लगता है!" उन्होंने मोरोजका की चाल को प्रशंसायुक्त नेत्रों से देखते हुए कहा, जब वह रकाबों पर कुछ उठा हुआ, ज़ीन पर आगे को कुछ झुका हुआ—मोमबत्ती की लौ के समान बिना हिले-डुले, दुलकी चाल से अपने घोड़े को उधर से दौड़ाता हुआ गुज़रा।

नदी की एक मोड़ से आगे, गाँव के प्रधान होमा रियाबेत्स के ख़रबूज़ों के खेतों के पास, मोरोजका ने अपने घोड़े की रास खींच ली। खेत ऐसा दिखाई देता था मानो उसका कोई देखभाल करनेवाला न हो। जब कोई किसान सामूहिक कार्यों में तल्लीन हो जाता है, तो उसके ख़रबूज़ों के खेतों में झाड़-झंखाड़ उग आते हैं। उसके परदादा की झोंपड़ी की छप्पर-दीवार का पता नहीं रहता। ख़ुशबूदार चिरायते के बीच मोटी तोंदवाले ख़रबूज़े धीरे-धीरे पकते हैं, और चिड़ियों को डरानेवाले पुतले मरते हुए पक्षी के समान प्रतीत होते हैं।

इधर-उधर मुजरिमों जैसी नज़रें डालते हुए मोरोजका ने अपने घोड़े को टूटी-फूटी झोंपड़ी की दिशा में घुमाया। उसने सावधानी से झोंपड़ी के अन्दर झाँका। झोंपड़ी ख़ाली थी। उसकी फ़र्श पर चिथड़े, एक ज़ंगदार टूटी हुई हँसिया, ख़रबूज़ों और खीरों के सूखे छिलके बिखरे पड़े थे। ज़ीन पर से एक ख़ाली बोरा लेकर मोरोजका नीचे कूद आया और क्यारी में रेंगने लगा।

ख़ुशबूदार ख़रबूज़ों को तेज़ी से तोड़-तोड़कर वह अपने बोरे में भरने लगा; कुछ ख़रबूज़ों को तो वह वहीं बैठा-बैठा, अपने घुटने पर तोड़कर खा गया।

अपनी दुम हिलाता हुआ मिश्का अपने मालिक को एक ऐसी चालाक दृष्टि से देख रहा था, मानो वह सब कुछ जानता-बूझता हो। एक सन्देहजनक आवाज़ सुनकर उसने अपने घने बालों से ढके कान खड़े कर लिये और अपने अस्त-व्यस्त सिर को झटके के साथ नदी की दिशा में घुमाया।

जल-बेतों के झुरमुट से एक लम्बी दाढ़ीवाला, दुबला-पतला बूढ़ा, जो लिनन की पतलून और खुरदरे फेल्ट का टोप पहने था, बाहर निकला और नदी के किनारे दिखाई पड़ा। वह अपने हाथ में एक जाल पकड़े हुए था, जिसमें चपटी गलफड़ोंवाली एक बड़ी मछली छटपटाती हुई दम तोड़ रही थी। उसका ठंडा, जल-मिश्रित रक्त पतलून के ऊपर चू रहा था जिससे उस पर लाल-लाल धब्बे पड़ रहे थे।

होमा रियाबेत्स की झुकी हुई आकृति में मिश्का ने उस मोटी-बड़ी चूतड़ोंवाली कुम्मैद घोड़ी के मालिक को पहचाना, जिसके पास ही लकड़ी

के पट्टों की दीवार से जुदा किये गए एक अस्तबल में वह पला और सोया था, और जिसकी ओर वह बुरी तरह आकर्षित हुआ था। उसके कान मानो सलामी में तन गए। उसने अपना सिर उठाया और ख़ुशी से भरकर भद्दे ढंग से हिनहिनाने लगा।

बोरे को दोनों हाथों से पकड़कर मोरोजका घबराकर उठ बैठा।

"क्या कर रहे हो वहाँ?" रियाबेत्स ने काँपती और चोटीली आवाज़ में पूछा और असहनीय रूप से कड़ी, अपनी शिकायत-भरी दृष्टि मोरोजका पर गड़ा दी। ज़ोर से झटकोले खाते जाल को उसने ढीला नहीं छोड़ा; छटपटाती मछली उसके क़दमों पर उतनी ही ज़ोर से उछल-कूद रही थी, जितनी ज़ोर से कि ग़ुस्से से भरा उसका हृदय धड़क रहा था।

मोरोजका ने बोरे को वहीं छोड़ दिया और सिर झुकाकर मिश्का की ओर लपका। घोड़े की पीठ पर सवार हो जाने के बाद ही उसे यह ख़याल आया कि ख़रबूज़ों को वहीं फेंककर बोरा अपने साथ ले आना चाहिए था, ताकि कोई सबूत न मिल सके, किन्तु यह सोचकर कि ऐसा करने का वक़्त अब हाथ से निकल गया है, उसने घोड़े की बग़ल में अपनी एड़ियों को गड़ा दिया और वह घोड़े को एक बदहवास, सरपट चाल से दौड़ाता तथा धूल उड़ाता हुआ तीर की तरह सड़क पर निकल गया।

"ठहर जा बच्चू, तुझे इसका बदला मिल जाएगा! तुझे इसकी क़ीमत चुकानी पड़ेगी!" अन्तिम वाक्य को दोहराता हुआ रियाबेत्स चिल्लाया।

उसे यह विश्वास नहीं हो रहा था कि जिस व्यक्ति को उसने पूरे एक महीने तक अपने बेटे के समान खिलाया-पिलाया था, वह उसके ख़रबूज़ों को चुराने की कोशिश कर सकता है, और वह भी ऐसे समय में जबकि सम्पूर्ण गाँव की सेवा में जुटे रहने के कारण उसके खेतों में जंगली घास छाई जा रही थी।

रियाबेत्स के छोटे बग़ीचे की छाँह में लेविनसन एक छोटी और गोल मेज़ पर पुराना नक़्शा फैलाए, एक गुप्तचर से, जो अभी-अभी लौटकर आया था, सवाल पूछ रहा था।

गुप्तचर, जो किसानों का ओवरकोट और लकड़ी के जूते पहने था, जापानियों की मोर्चेबन्दियों के अन्दर गहराई तक पैठकर लौटा था। उसका गोल और सूरज के तपन से भुना हुआ सुर्ख़ चेहरा ऐसे व्यक्ति की आनन्दपूर्ण विह्वलता से दमक रहा था जो अनेक ख़तरों को अपने पीछे छोड़कर सही-सलामत वापस आ गया हो।

गुप्तचर के अनुसार जापानियों का सदर मुकाम याकोवलेवका में था। दो कम्पनियाँ स्पास्क-प्राइमोर्स्क से सान्दागोऊ पहुँच गई थीं; दूसरी तरफ़, स्वियागिनो पर्वतमाला को ख़ाली कर दिया गया था, जिस कारण गुप्तचर को शाल्दिबा की कम्पनी के दो सशस्त्र छापेमारों के साथ शाबानोव्स्की झरनों तक रेलगाड़ी से जाना पड़ा था।

"शाल्दिबा ने पीछे हटकर कहाँ पड़ाव डाला है?"

"कोरियाई फ़ार्मों में।"

गुप्तचर ने नक़्शे पर फ़ार्मों को ढूँढ़ना चाहा, किन्तु यह उसके लिए आसान नहीं था। चूँकि वह अनाड़ी नहीं समझा जाना चाहता था, इसलिए उसने पड़ोस के एक ज़िले की तरफ़ यूँ ही उँगली से इशारा किया।

"क्रिलोव्का में उनकी ख़ूब पिटाई हुई," नकियाते हुए वह अपनी धुन में कहता चला गया, "अब उनके आधे सैनिक अपने गाँवों को लौट गए हैं और शाल्दिबा एक कोरियाई फ़ार्म में सर्दियाँ बिता रहा है और चुमिजा गटक रहा है। सुनते हैं कि वह पीता भी बहुत है। पट्ठे का दिमाग़ बिलकुल फिर गया है।"

लेविनसन ने इन नई सूचनाओं का मिलान उन सूचनाओं से किया जो उसे एक दिन पहले स्त्रिक्शा नामक एक चुंगीचोर से मिली थीं, और जो शहर से उसके पास भेजी गई थीं। कहीं कुछ मामला गड़बड़ था। इस क़िस्म के मामले में लेविनसन को विशेष कमाल हासिल था, अँधेरे में चिमगादड़ के समान, मानो वह किसी दिव्य दृष्टि से लैस हो।

सहकार के प्रधान का इन दो हफ़्तों में स्पास्सकोये से लौटकर न आना, सान्दागोऊ के बहुत-से किसानों का, जिन्हें सहसा परसों अपने घरों

की याद सताने लगी थी, भाग खड़ा होना, और अन्त में ली-फू नामक लँगड़े चुंगीचोर का, जो उबोर्का की कम्पनी के साथ जाने का इरादा कर चुका था, अज्ञात कारणों से मुड़कर फुदजिन नदी के ऊपरी भागों की ओर रवाना हो जाना—इन सब बातों के पीछे कुछ गड़बड़ ज़रूर था।

लेविनसन बार-बार सवाल पूछता रहा, और इस दौरान में लगातार अपने नक़्शे को ग़ौर से देखता रहा। उसमें अद्‌भुत सब्र और लगन थी। वह ताइगा के उस बूढ़े भेड़िए के समान था जो अपने अनेक दाँत खो चुकने के बाद भी, केवल बीती पीढ़ियों से विरासत में मिली समझ-बूझ के बल पर सम्पूर्ण दल को अपना नेतृत्व स्वीकार करने पर बाध्य करता है।

"ख़ैर, पर क्या तुम्हें वातावरण से कुछ विशेष भनक नहीं मिली?"

गुप्तचर उसकी बात समझ न पाया और उसे टुकुर-टुकुर देखता रहा।

"अपनी नाक से कुछ सूँघ नहीं पाए क्या?" लेविनसन ने अपनी दो उँगलियों को अपने नाक के पास ले जाते हुए चिल्लाकर कहा।

"नहीं, मैं तो कुछ सूँघ नहीं पाया, सच कह रहा हूँ," गुप्तचर ने मुजरिम जैसा चेहरा बनाकर कहा, "मैं भला कोई कुत्ता हूँ क्या?" झुँझलाहट और परेशानी में उसने सोचा और उसका चेहरा तत्काल ही तमतमा उठा और सान्दागोऊ के बाज़ार में बैठनेवाली मछुआरिन के समान फूहड़ लगने लगा।

"अच्छी बात है, अब जा सकते हो," लेविनसन ने अपना हाथ हिलाते हुए और गहरी झील के समान अपनी नीली आँखों में कुछ परिहास भरकर तिरछी नज़र से उसे देखते हुए कहा।

गुप्तचर के चले जाने के बाद वह विचारमग्न अवस्था में बग़ीचे में टहलता रहा। एक सेब के पेड़ के सामने रुककर वह कुछ देर तक एक बड़े सिरवाले भूरे कीड़े को पेड़ की छाल में छेद करते हुए देखता रहा और किसी रहस्यपूर्ण विचार-प्रणाली के द्वारा इस नतीजे पर पहुँचा कि यदि वक़्त रहते ही कुछ न किया गया, तो हमारी कम्पनी को जापानी चौपट कर देंगे।

फाटक पर लेविनसन की रियाबेत्स और अपने सहायक बाक्लानोव से मुलाक़ात हो गई। उसका सहायक ख़ाकी वर्दी पहने एक तगड़ा, उन्नीस साल का युवक था। उसकी पेटी से लटकी हुई पिस्तौल कभी अधिक देर तक बेकार न रहती थी।

"मोरोजका के साथ हम कैसे निपटनेवाले हैं?" बाक्लानोव ने छूटते ही लेविनसन पर तीर छोड़ा। उसने अपनी भौंहों को कसकर सिकोड़ लिया था और उसकी आँखें कोयलों के समान धधक रही थीं। "वह रियाबेत्स के खेतों से ख़रबूज़े चुराता रहा है। कैसी लगी यह बात आपको?"

उसने झुककर अपनी बाँहों को लेविनसन की ओर से रियाबेत्स की तरफ़ ऐसे घुमाया मानो उनका परिचय करा रहा हो। लेविनसन ने अपनी सहायक को अर्से से ऐसी उत्तेजित अवस्था में नहीं देखा था।

"अच्छा, अब चिल्लाना बन्द करो!" उसने शान्त और मनौती भरी आवाज़ में कहा, "चिल्लाने की कोई ज़रूरत नहीं। बात हुई कैसे?"

काँपते हाथों से रियाबेत्स ने उस बोरे को आगे बढ़ा दिया जो अपनी कहानी स्वयं बता रहा था।

"उसने मेरा आधा खेत तहस-नहस कर डाला, कॉमरेड कमांडर—ख़ुदा क़सम, उसने मेरा आधा खेत बर्बाद कर दिया! बात यह हुई कि मैं अपने जालों को देखने गया था—कई दिनों बाद यह मौक़ा मिला था...मैं जलबेंतों के झुरमुट से बाहर निकला...।"

अपने मामले को पेश करते हुए वह बोलता चला गया, विशेष कर इस तथ्य पर ज़ोर देता हुआ कि सामूहिक काम करने के कारण वह अपने खेत की अवहेलना करने पर मजबूर हुआ है।

"आप जानते हैं कि मेरे घर की औरतें अपने ख़रबूज़े के खेत से घास उखाड़ने के बजाय चारे के सामूहिक खेतों में कमर तोड़ रही हैं।"

उसकी बात को बहुत सब्र से सुन लेने के बाद लेविनसन ने मोरोजका को बुलवा भेजा।

अपनी टोपी को सिर के पीछे तिरछी लगाए और ऐंठभरी चाल के साथ ठुमकता हुआ मोरोजका सामने आ खड़ा हुआ। उसकी वही दम्भपूर्ण और ढिठाई से भरी हुई मुद्रा थी जो वह हर ऐसे मौक़े पर बना लेता था जब उसे यह मालूम होता कि वह दोषी है, किन्तु झूठ बोलकर उससे बच निकलने की ठान लेता था।

"क्या यह तेरा बोरा है?" मोरोजका को अपनी पैनी दृष्टि में समोते हुए कमांडर ने पूछा।

"हाँ, मेरा है।"

"बाक्लानोव, इसका रिवॉल्वर ले लो!"

"क्या कहा? क्या इसे तुमने मुझे दिया है?"

मोरोजका उछलकर अलग जा खड़ा हुआ। उसका हाथ थैली के बटन को खोलकर रिवॉल्वर पर जा पहुँचा।

"बेहूदगी मत कर, सुना।" बाक्लानोव ने सख़्त और मज़बूत आवाज़ में कड़ककर कहा। उसकी भौंहें सिकुड़ गई थीं।

रिवॉल्वर के छिन जाने के साथ-साथ मोरोजका की तमाम हेकड़ी और ढिठाई जाती रही।

"अच्छा, यह तो बताओ कि मैंने लिये कितने ख़रबूज़े? इतने शोर-शराबे की क्या ज़रूरत है, रियाबेत्स? ख़ुदा की क़सम खाकर कहता हूँ कि यह कमबख़्त मामला तो ज़िक्र करने के लायक़ भी नहीं है...।"

रियाबेत्स, जो सब्र से सिर झुकाए खड़ा था, अपने पैर की धूल से सनी उँगलियों को कुलबुलाने लगा।

लेविनसन ने हुक्म दिया कि मोरोजका के करतूतों की जाँच-पड़ताल के लिए कम्पनी के साथ ग्राम समिति की एक बैठक उसी शाम को हो।

"सभी लोग उसकी हरकतों के बारे में सुनें।"

"ओसिप अब्रामिच," मोरोजका एक खोखली, निराशा-भरी आवाज़ में बुदबुदाया, "अच्छी बात है—मामला कम्पनी के सामने पेश हो, लेकिन किसानों को उसमें क्यों बुलाते हो?"

"सुनो, मेरे दोस्त," लेविनसन ने मोरोजका की ओर कोई ध्यान न देते हुए रियाबेत्स से कहा, "मुझे तुमसे कुछ ख़ास बात करनी है...।"

गाँव के प्रधान की कुहनी पकड़ वह उसे अलग ले गया और दो दिन के अन्दर गाँव में दस पूड रस्क बनाने लायक़ रोटी जमा करने को कहा।

"लेकिन कोई यह न जान पाए कि यह क्यों या किसके लिए किया जा रहा है।"

मोरोजका समझ गया कि अब उसकी वहाँ ज़रूरत नहीं है। वह दुत्कारे हुए कुत्ते की तरह मुँह लटकाकर भारी क़दम उठाता हुआ गार्ड-हाउस की ओर चल पड़ा।

बाक्लानोव के साथ अकेले रह जाने पर लेविनसन ने उसे हुक्म दिया कि अगले दिन से घोड़ों का दाना दुगना कर दिया जाए।

"क्वार्टर-मास्टर से कहो कि हर घोड़े को बाल्टी भरकर दाना दे।"

4

एकाकी

अस्पताल के जीवन की निर्विघ्न और शान्तिपूर्ण दिनचर्या के कारण मेतचिक को जो मानसिक शान्ति मिली थी, मोरोजका के आगमन ने उसमें उबाल पैदा कर दिया।

'मुझे उसने हिकारत की नज़र से क्यों देखा?' घोड़े पर सवार होकर अर्दली के चले जाने के बाद मेतचिक ने सोचा, 'माना कि वह मुझे एक मुसीबत की परिस्थिति से बाहर निकाल लाया, लेकिन क्या इससे उसे यह अधिकार मिल जाता है कि वह मेरी हँसी उड़ाए? यहाँ सभी इसी तरह पेश आते हैं...।'

उसने अपनी पतली, सूखी उँगलियों को और कम्बल के नीचे लकड़ी के फट्टों में बँधे अपने पैरों को देखा; और वे पुरानी शिकायतें, जिन्हें उसने दबाने की भरसक चेष्टा की थी, फिर नये रंग के साथ उभर आईं और उसका हृदय दुःख और पीड़ा से कसमसा उठा।

उस समय से जब कुल्हाड़े के फाल जैसे सपाट चेहरे और काँटों के समान पैनी आँखोंवाले आदमी ने बिना किसी लिहाज़ के और कठोरता के साथ उसके कोट के कॉलर को पकड़ लिया था, जो भी मेतचिक के पास आता, तिरस्कार लेकर आता, मदद देने की भावना लेकर नहीं। किसी को भी उसकी शिकायतों को जानने की चिन्ता नहीं थी। यहाँ तक कि अस्पताल में भी, जहाँ ताइगा वातावरण में प्रेम और शान्ति की बौछार कर रहा था, लोग केवल कर्तव्य की भावना से प्रेरित होकर ही उससे सहानुभूति प्रकट करते। और जो बात सबसे कड़वी और पीड़ादायक थी, वह यह कि जौ के खेत में उसका ख़ून बहने के बाद वह इस तरह अकेला पड़ गया था।

वह पिका से बातें करना चाहता था, किन्तु बूढ़ा पिका अपने चोग़े को नीचे बिछाकर और अपनी मुलायम टोपी का तकिया बनाकर ताइगा के किनारे एक पेड़ के नीचे चैन से सो रहा था। उसके सिर का गोल चमकता हुआ गंजा भाग, चाँदी के समान उज्ज्वल बालों से प्रकाश-मंडल की तरह घिरा हुआ था।

दो नौजवान—एक के हाथ में पट्टी बँधी हुई थी और दूसरा एक पैर से लँगड़ा रहा था—ताइगा से बाहर निकले। बूढ़े पिका के पास वे ठिठक गए और उनकी आँखें शरारत से नाचने लगीं। लँगड़ाने वाले नौजवान ने ज़मीन से एक तिनका उठा लिया, और अपनी भौंहों को फैलाते हुए तथा छींकने जैसी मुद्रा बनाते हुए पिका की नाक को तिनके से गुदगुदा दिया। पिका नींद में भुनभुनाया। उसकी नाक में सरसराहट दौड़ गई। उसने अपना हाथ हिलाया और आख़िरकार इतनी ज़ोर से छींका कि सबकी तबियत ख़ुश हो गई।

दोनों युवक हँसी से लोट-पोट हो गए, और कमर दोहरी कर शरारती बालकों के समान पीछे मुड़-मुड़कर देखते हुए बैरक की झोंपड़ी की ओर भाग खड़े हुए—एक अपनी बाँह को सावधानी से सँभाले था और दूसरा, मुजरिमों के हाव-भाव के साथ उछलता हुआ दौड़ रहा था।

"क्यों बे, क़ब्र खोदनेवाले!" पहला युवक झोंपड़ी के सामने बेंच पर वार्या की बग़ल में खारचेंको को बैठा देखकर चिल्लाया, "हमारी औरतों से लिपटा-लिपटी क्यों करता है बे? देखें तो, देखें तो ज़रा, कितनी मुलायम है यह!"

वह नर्स की बग़ल में बैठता हुआ और अपनी चंगी बाँह को उसकी कमर में डालता हुआ चिकनी आवाज़ में बिल्ली की तरह गुरगुराया। "हम तुमसे प्यार करते हैं; हमारे पास तुम्हीं तो एक औरत हो। उस गन्दे मनहूस को दफ़ा करो, भेज दो उसे उसकी माँ के पास, कह दो कि जहन्नुम में जाए!"

उसी बाँह से उसने खारचेंको को धकेलकर हटाने की कोशिश की, लेकिन डॉक्टर का सहायक दूसरी तरफ़ से वार्या से सट गया और एक खुर्राट हँसी में अपना मुँह फाड़कर मंचूरियाई तम्बाकू से पीले पड़े दाँत निपोरने लगा।

"और मुझ बेचारी नन्हीं जान का क्या होगा?" लँगड़ानेवाला युवक नाक से नकियाया। "इस दुनिया में कोई इंसाफ़, कोई सच्चाई नहीं है। एक ज़ख़्मी व्यक्ति का लिहाज़ कौन करेगा? क्या ख़याल है तुम्हारा, साथियो, नागरिको?" अपनी गीली पलकों को मटकाता हुआ और अपने हाथों से हास्यास्पद हरकतें करता हुआ वह बोलता चला गया।

उसके मित्र ने उसे दूर रखने के लिए उस पर लात जमाई; डॉक्टर का सहायक अप्राकृतिक रूप से मोटी आवाज़ में हँसा और उसने अपना हाथ वार्या के ब्लाउज़ के अन्दर डाल दिया।

वह तीनों की ओर विनीत और थकी हुई दृष्टि से देखती रही, यहाँ तक कि उसने खारचेंको के हाथ को हटाने तक की कोशिश नहीं की। फिर, मेतचिक को आश्चर्यचकित घूरती हुई दृष्टि को सहसा देख वह उछलकर खड़ी हो गई, अपने ब्लाउज़ को उसने ठीक-ठाक किया, और उसका चेहरा टमाटर के समान लाल हो उठा।

"बकरों, मक्खियों की तरह शहद से चिपटते हो!" वह आवेश में बमक उठी और सिर झुकाकर झोंपड़ी के अन्दर भाग गई। उसका लहँगा दरवाज़े से अटक गया। उसने उसे ग़ुस्से से खींच लिया और दरवाज़े को इतनी ज़ोर से बन्द किया कि दरारों से काई झड़ने लगी।

"नर्स हो तो ऐसी!" लँगड़ानेवाले युवक ने आवाज़ लगाई। उसने ऐसा चेहरा बनाया मानो नसवार सूँघा हो और फिर बेहूदा और दबे ढंग से ही-ही करने लगा।

इस पूरे दौर में, मेपल-वृक्ष के नीचे चार गद्दों के बिस्तर पर पड़ा हुआ ज़ख़्मी छापेमार फ्रोलोव सूनी, हास्य-विहीन नेत्रों से देखता रहा। उसका पीड़ा से त्रस्त चेहरा आकाश की ओर उठा हुआ था। उसकी दृष्टि मुर्दे की दृष्टि के समान कान्ति-विहीन और भाव-शून्य थी। फ्रोलोव का ज़ख़्म संगीन था; उसे स्वयं इस बात का उसी क्षण से बोध हो गया था, जब वह पेट की असह्य पीड़ा से छटपटा रहा था और उसकी नज़र आकाश की सूनी गहराइयों पर टिकी थी। मेतचिक ने महसूस किया कि फ्रोलोव अपलक दृष्टि से उसे देख रहा है। मेतचिक के शरीर में एक कँपकँपी दौड़ गई। भयभीत होकर उसने अपनी आँखें दूसरी तरफ़ घुमा लीं।

"छोकरे फिर वही हरकत कर रहे हैं..." फ्रोलोव ने भर्राई हुई आवाज़ में कहा और मानो दुनिया के सामने यह साबित करने के लिए कि वह अभी जीवित है, उसने अपनी उँगली हिलाई।

मेतचिक ने ऐसा बहाना किया मानो सुना ही न हो।

और यद्यपि फ्रोलोव ने फिर उसकी ओर ध्यान नहीं दिया, फिर भी बहुत देर तक उसे उस दिशा में देखने की हिम्मत न हुई; उसे लगा कि ज़ख़्मी आदमी अब भी दाँत निपोरकर प्रेत के समान हँसता हुआ उसे घूर रहा है।

दरवाज़े पर बेढंगे तरीक़े से झुककर डॉक्टर स्ताशिंस्की ने बैरक की झोंपड़ी के बाहर क़दम रखा और लम्बे चाक़ू की तरह फिर खट से सीधा हो गया। तब यह बात विचित्र प्रतीत हुई कि वह झुक भी सकता है। लम्बे डग भरता हुआ वह उन लोगों की ओर बढ़ा और फिर, यह भूलकर कि वह किसलिए वहाँ आया है, एक आँख मिचमिचाता हुआ चकित होकर ठिठक गया।

"बड़ी गर्मी है..." आख़िरकार वह बुदबुदाया और अपनी बाँह मोड़कर बालों को ग़लत तरीक़े से सहलाते हुए उसने अपने सिर पर हाथ फेरा।

वह यह बताने के इरादे से बाहर निकला था कि उसे एक ऐसे व्यक्ति को परेशान नहीं करना चाहिए जो एक साथ ही सबकी माँ और पत्नी नहीं बन सकती।

"पड़े-पड़े जी ऊबता है क्या?" मेतचिक के पास आकर और अपना शुष्क गरम हाथ उसके माथे पर रखते हुए डॉक्टर ने पूछा।

मेतचिक इस अप्रत्याशित सहानुभूति से प्रभावित हो उठा।

"ओह, मुझे इसकी चिन्ता नहीं—ठीक होते ही मैं रवाना हो जाऊँगा," उसने जल्दी से कहा, "किन्तु आप...हमेशा जंगल में...।"

"लेकिन अगर ऐसा होना ज़रूरी हो तो?"

"कैसा होना?" मेतचिक ने अपने मन में उठते प्रश्न को ज़बान से दोहराया।

"मेरा मतलब जंगल में रहने से है।" स्ताशिंस्की ने अपना हाथ हटा लिया और पहली बार मेतचिक की ओर सच्ची मानवीय जिज्ञासा से देखने लगा।

उसने अपनी काली चमकीली आँखें मेतचिक की आँखों में गड़ा दीं। उसकी आँखें उदास और खोई-खोई-सी थीं, मानो ताइगा में सिखोते-अलिन पर्वतमाला पर धुआँ छोड़ते घरों की बग़ल में लम्बी रातें गुज़ारनेवाले किसी अकेले आदमी का तमाम मूक एकाकीपन उनमें से छलक रहा हो।

"मैं समझता हूँ," मेतचिक ने उदास स्वर में कहा, और उसके होंठों पर उदास, मित्रतापूर्ण मुस्कराहट फैल गई। "लेकिन क्या आप किसी गाँव में नहीं ठहर सकते थे? मेरा मतलब...व्यक्तिगत तौर पर आपसे नहीं है," उसने डॉक्टर के चकित सवाल को बीच में ही टोकते हुए कहा, "मेरा मतलब अस्पताल से है।"

"यह स्थान अधिक सुरक्षित है। तुम कहाँ से आए हो?"

"मैं शहर से आया हूँ।"

"काफ़ी अर्सा हो गया क्या शहर छोड़े?"

"हाँ, महीने से ऊपर हो गया।"

"क्रेइसेलमैन को जानते हो?" स्ताशिंस्की ने खिलते हुए पूछा।

"हाँ...लेकिन बहुत अच्छी तरह नहीं।"

"क्या हाल है उसका वहाँ? और उसके अलावा तुम और किसे जानते हो?" डॉक्टर अपनी आँखें और अधिक तेज़ी से मिचमिचाने लगा और एकाएक पेड़ के एक ठूँठ पर ऐसे बैठ गया मानो उसके घुटनों को किसी ने पीछे से धक्का दिया हो!

"मैं वोनसिक को, येफ़्रिमोव को जानता हूँ..." मेतचिक ने शुरू किया, "गुर्येव को, फ़्रेनकेल को—उसको नहीं जो चश्मा पहनता है, उसे मैं नहीं जानता—बल्कि उसे जानता हूँ जिसका क़द नाटा है...।"

"लेकिन वे तो सब-के-सब मैक्समैलिस्ट हैं!" स्ताशिंस्की ने हैरत में पड़कर कहा, "तुम उन्हें कैसे जान गए?"

"बस, मैं उनके पीछे यूँ ही घूमा करता था..." मेतचिक घबराता हुआ बुदबुदाया।

"अच्छाऽऽ," स्ताशिंस्की अनिश्चित स्वर में बुदबुदाया, "यह बात है...।" वह ऐसी आवाज़ में बोला जो अब एक अजनबी की आवाज़ में बदल गई थी। "ख़ैर, चंगे हो जाओ..." उसने उठते हुए, किन्तु मेतचिक की ओर देखे बिना कहा।

वह तेज़ी से झोंपड़ी की ओर इस तरह बढ़ गया मानो उसे डर था कि कहीं मेतचिक उसे वापस न बुला ले।

"मैं वास्यूतिना को भी जानता हूँ!" मेतचिक उसके पीछे चिल्लाया, मानो किसी ऐसी वस्तु को पकड़ लेना चाहता हो जो उसके हाथों से निकली जा रही हो!

"हाँ, हाँ,..." स्ताशिंस्की अपना सिर घुमाते हुए फुसफुसाया, किन्तु उसने अपनी चाल और भी तेज़ कर दी।

मेतचिक समझ गया कि वह डॉक्टर की सहानुभूति प्राप्त करने में असफल रहा है। वह अपने बिस्तर में उकड़ूँ हो गया और उसका मुख पीड़ा से विकृत हो गया।

एकाएक, पिछले महीने के उसके तमाम अनुभवों ने उसे चित कर दिया। एक बार फिर वह किसी ऐसी वस्तु को पकड़ लेने की चेष्टा करने लगा जो

उसके हाथों से निकली जा रही थी। उसके होंठ फड़के, आँसुओं को रोकती हुई उसकी पलकें तेज़ी से मिचमिचाईं, किन्तु आँसू उमड़ आए और उसके गालों पर उनकी तेज़ और मोटी धार बह चली। उसने अपना मुँह कम्बल से ढक लिया और संयम त्यागकर चुपचाप रोने लगा। फिर वह सुबकियाँ और कँपकँपी को रोकने की चेष्टा करने लगा ताकि उसकी कमज़ोरी को कोई देख न ले।

वह देर तक और परेशान हालत में रोता रहा और उसके विचार उसके आँसुओं के समान खारे और कड़वाहट से भर गए। बाद में कुछ शान्त होकर वह बिना हिले-डुले पड़ा रहा। उसका सिर अब भी कम्बल के नीचे था। वार्या कई बार उसके पास आई। वह आसानी से उसके पदचापों को पहचान लेता था। नर्स ऐसे चलती थी मानो मृत्युपर्यंत वह एक भरे ठेले को आगे-आगे ढकेलते चलने का शपथ ले चुकी हो। उसके बिस्तर के पास खड़ी होकर पलभर के लिए वह ठिठकी, फिर चली गई।

बाद में पिका भारी क़दम उठाता हुआ उसके पास आया।

"सो रहे हो क्या?" उसने कोमल, स्पष्ट स्वर में पूछा।

मेतचिक सोने का बहाना किये पड़ा रहा। पिका कुछ देर रुका रहा। मेतचिक को अपने कम्बल के ऊपर सांध्य-बेला के मच्छरों की भनभनाहट सुनाई दे रही थी।

"अच्छी बात है, सो लो...।"

जब अँधेरा छा गया तो वार्या और अन्य कोई व्यक्ति उसके बिस्तर के पास आए। चारपाई को धीरे से उठाकर वे उसे बैरक की झोंपड़ी के भीतर ले गए। अन्दर गर्मी और नमी थी।

"जाओ...फ्रोलोव की ख़बर लो। मैं अभी आती हूँ," वार्या ने कहा।

कुछ क्षण खड़ी रहने के बाद उसने सावधानी से उसके मुँह पर से कम्बल को हटाया।

"तुम्हें क्या हो गया है, पावेल प्यारे? तबियत अच्छी नहीं है क्या?"

उसने पहली बार मेतचिक को इस नाम से सम्बोधित किया था।

मेतचिक अँधेरे में उसके चेहरे को नहीं देख पा रहा था, किन्तु उसे उसकी उपस्थिति का होश था। इस बात का भी होश था कि झोंपड़ी में वे अकेले हैं।

"हाँ, तबियत बहुत ख़राब हो रही है," उसने दबी और निराश आवाज़ में कहा।

"क्या पैरों में दर्द हो रहा है?"

"नहीं, ऐसी बात नहीं है।"

वह तेज़ी से झुकी और अपने भारी और गुदगुदे स्तनों से उसने सीने को दबाते हुए उसके होंठों को चूम लिया।

5

किसान और 'कोयला खानेवाले'

अपने सन्देहों की आज़माइश के ख़याल से लेविनसन निश्चित समय के पहले ही सभा में पहुँच गया; वह किसानों में घुल-मिलकर जानना चाहता था कि वे क्या बातें करते हैं।

समिति की बैठक स्कूल की इमारत में हुई। जब लेविनसन वहाँ पहुँचा तो अभी ज़्यादा लोग नहीं आए थे : केवल थोड़े-से लोग, जो खेतों से जल्दी आए थे, संध्या के झुटपुटे में सीढ़ियों पर बैठे थे। खुले दरवाज़े से दिखाई दे रहा था किं अन्दर रियाबेत्स कालिख पुती चिमनी को लैम्प पर चढ़ाने में व्यस्त है।

"ओसिप अब्रामिच को सलाम!" किसानों ने श्रद्धापूर्वक झुकते हुए और काले, श्रम से कठोर उँगलियों को लेविनसन की ओर बढ़ाते हुए कहा।

उसने उन सबसे हाथ मिलाया और चुपके से सीढ़ियों पर बैठ गया।

नदी के दूसरे किनारे से किसान लड़कियों के गाने की ऊँची-नीची आवाज़ आ रही थी। वातावरण में घास की गन्ध व्याप्त थी, धूल की महीन चादर छाई हुई थी, धुरों से धुआँ उठ रहा था। नदी में यात्रियों को ढोनेवाली नाव से थके घोड़ों के पैर पटकने की आवाज़ें आ रही थीं। साँझ का गर्म झुटपुटा, माल से भरी गाड़ियों की चरमराहट, भरपेट चरे और बिन-दुहे गायों की लम्बी रँभानें—ये सब किसान के दिनभर के श्रम के अन्त की सूचना दे रहे थे।

"अभी थोड़े ही लोग आए हैं," रियाबेत्स ने ओसारे में प्रकट होकर कहा, "हैरानी की बात भी नहीं। आज ज़्यादा लोगों को जमा भी नहीं किया जा सकता—बहुत-से लोग घास के खेतों में ही सोएँगे।"

"काम के दिन समिति की बैठक क्यों बुलाई जा रही है? क्या कोई ज़रूरी मामला आ पड़ा है?"

"बात यह है कि एक ऐसा मामला है जिसे हमें निपटाना है..." प्रधान ने हिचकिचाते हुए कहा, "हमारे एक बन्दे ने—वह जो मेरे यहाँ ठहरा हुआ था—शरारत की है। एक तरह से देखा जाए तो बात बहुत गम्भीर नहीं, लेकिन काफ़ी अखरनेवाली है।" उसने मुँह लटकाकर लेविनसन की ओर देखा और चुप हो गया।

लेविनसन ने बात समझाई। फिर एक-दूसरे को बीच में टोकते हुए, वे उसके सामने अपनी शिकायतें पेश करने लगे। सभी शिकायतें घास जमा करने और कारख़ानों के माल के किल्लत से सम्बन्धित थीं।

"घास काटने के लिए जिन औज़ारों से काम लेते हैं, उन्हें देखो तो पता चले, ओसिप अब्रामिच। किसी के पास भी अच्छी हँसिया नहीं है। सब-की-सब टूटी और जोड़ी-जाड़ी हुई हैं। यह काम नहीं, उत्पीड़न है!"

"सेम्योन ने कितनी बढ़िया हँसिया को उस दिन बर्बाद कर दिया! उसको हमेशा जल्दी लगी रहती है। मेहनत के मामले में तो वह दैत्य के समान है। खेतों के बीच से मशीन की तरह गुज़रता है कि सहसा किसी पत्थर से उसकी हँसिया टकरा जाती है...अब उसकी मरम्मत से कोई लाभ नहीं...।"

"हाँ, वह बढ़िया हँसिया थी...।"

"न जाने मेरे घर के लोगों का काम कैसे चल रहा है!" विचारमग्न रियाबेत्स बुदबुदाया, "क्या उन्होंने सारी घास काट ली है? इस साल घास अच्छी हुई है...। काश कि वे रविवार तक बड़े खेत का काम ख़त्म कर पाते!...जी हाँ, यह लड़ाई तो हमारी जान लेकर ही रहेगी।"

अँधेरे में से निकलकर रोशनी के काँपते हुए दायरे में नई आकृतियाँ प्रकट हुईं। उनमें से कुछ सीधे खेतों से आए थे। वे गठरियाँ सँभाले हुए थे, और लम्बे, गन्दे, सफ़ेद कुरते पहने थे। वे अपने साथ शोरगुल तथा तारकोल और ताज़ी कटी घास की मीठी गन्ध लेकर आए थे।

"ख़ुदा सबकी उम्र दराज करे!..."

"हा, हा! आइवान, ज़रा रोशनी में तो आना, तुम्हारा चेहरा देखें। देखो तो मक्खियों ने इसका क्या हाल कर दिया है! मैंने तुम्हें उनसे पिंड छुड़ाकर भागते देखा था, अपने चूतड़ों को हिलाते हुए...।"

"क्यों बे बदमाश, मेरे खेत की घास क्यों काटता है?"

"तेरा खेत! बेहूदगी है! मैं तो अपने खेत से एक इंच भी आगे नहीं बढ़ा। हमें दूसरों के माल की ज़रूरत नहीं—हमारे पास अपना काफ़ी है।"

"ख़ूब जानते हैं तुम्हें!...साला कहता है कि अपना काफ़ी है! अपने बग़ीचे से तो हम तेरे सूअरों को भगा नहीं पाते। अब वे मेरे ख़रबूज़ों के खेत में बच्चे जनने की हरकत करेंगे। कहता है कि अपना काफ़ी है!"

एक लम्बे, दुबले, झुके कन्धोंवाले व्यक्ति की छाया, जिसकी एक आँख अँधेरे में चमक रही थी, भीड़ के ऊपर पड़ी।

"जापानी," उसने कहा, "परसों सुनदुगा पहुँच गए हैं—चुगुयेवका के लोग यही कहते हैं। वे आए और स्कूल की इमारत पर क़ब्ज़ा कर लिया और तुरन्त ही औरतों को छेड़ने लगे। 'रूसी लानी, रूसी लानी...' हरामी कहीं के!" उसने घृणा के साथ थूका और अपनी बाँह को तेज़ी से इस प्रकार घुमाया मानो कुल्हाड़ी चला रहा हो!

"वे यहाँ भी आएँगे, इसमें सन्देह नहीं!..."

"हम पर ऐसी क्यों गुज़रती है?"

"हम किसानों के लिए कहीं शान्ति नहीं...।"

"सबसे बुरी गत किसानों की ही बनती है। ओह, यह लड़ाई किसी न किसी तरह समाप्त हो!"

"मुख्य बात यह है कि निकलने का कोई रास्ता नहीं। या तो क़ब्र है या ताबूत—भला हम चुनें तो किसे?"

लेविनसन चुपचाप सुनता रहा। वे उसे भूल से गए थे। वह इतना छोटा, इतना महत्त्वहीन लग रहा था—अँधेरे में केवल उसकी टोपी, लाल-सी दाढ़ी और धुटनों के ऊपर तक पहुँचनेवाला रोयेंदार बूट नज़र आ रहे थे, लेकिन किसानों की ऊँची-नीची आवाज़ों को सुनते हुए लेविनसन ने असंदिग्ध रूप से उनमें घबराहट का पुट पाया, जिसे केवल वही समझ सका था।

"हालत काफ़ी बिगड़ी नज़र आती है," वह मन-ही-मन दोहराता रहा। "बहुत बिगड़ गई है। कल तक मुझे ज़रूर ही स्ताशिंस्की को चिट्ठी लिखनी होगी—उसे कहना होगा कि घायलों को जहाँ तक हो सके, छिपा दे। हमें कुछ दिनों के लिए छिप जाना होगा, बिलकुल ओझल हो जाना होगा...। पहरे की टुकड़ियों को मज़बूत करना होगा...।"

"बाक्लानोव!" उसने अपने सहायक को बुलाया, "एक मिनट के लिए यहाँ आओ। बात यह है...और पास सरक आओ। मेरा विचार है कि मवेशीख़ाने में हमें एक से अधिक सन्तरी लगाना चाहिए। हमें क्रिलोव्का तक एक घुड़सवार प्रहरी-दल भी भेजना होगा, विशेष कर रात में। हम बहुत सुस्त पड़ गए हैं...।"

"क्या बात है?" बाक्लानोव ने घबराकर पूछा, "कुछ गड़बड़ी के आसार नज़र आते हैं क्या?" उसने अपना घुटा हुआ सिर लेविनसन की ओर घुमाया और उसकी तातारों जैसी तिरछी छोटी आँखें चिन्तित हो उठीं।

"लड़ाई के ज़माने में, मेरे प्यारे दोस्त, हमेशा गड़बड़ी होती है," लेविनसन ने ऐसे लहज़े में कहा जिसमें एक साथ ही स्नेह भी था और कटाक्ष भी। "लड़ाई, दोस्त मेरे, वैसी ही बात नहीं है जैसी कि मारूस्या के साथ

घास की ढेरी पर पड़े रहना।" वह सहसा उल्लास में भरकर खिलखिलाया और बाक्लानोव के सीने को अपनी कुहनी से कोंच दिया।

"बड़े होशियार हो भई, इसमें शक नहीं!" बाक्लानोव ने लेविनसन के हाथ को दबोचते हुए जवाब दिया और एकदम प्रफुल्ल, उल्लसित और प्रसन्न हो उठा। "छटपटाओ नहीं, बचके न जाने पाओगे," लेविनसन की बाँह को अपनी पीठ पर मरोड़ता हुआ और उसे सीढ़ी के जँगले में धकियाता हुआ वह अपने दाँतों के बीच से मज़ाक़ में घुरघुराया।

"जाओ भी। देखो—मारूस्या तुम्हें वहाँ बुला रही है," लेविनसन ने साफ़ झूठ बोला। "जरा भी, शैतान! भला कोई भरी सभा में इस तरह की हरकतें करता है।"

"ख़ुदा का शुक्र मनाओ कि सभा में बैठे हो, वरना दिखा देता...।"

"चले जाओ। वह रही तुम्हारी मारूस्या!"

"एक सन्तरी भेजने को कहा न तुमने?" बाक्लानोव ने बहाना बनाकर उठते हुए कहा।

लेविनसन हँसते नेत्रों से उसका पीछा करता रहा।

"तुम्हारा सहायक कुन्दन है, कुन्दन," किसी ने उससे कहा, "वह शराब नहीं पीता, सिगरेट नहीं पीता और सबसे बड़ी बात यह है कि वह जवान है। परसों वह घोड़े की कंठी माँगने मेरी झोंपड़ी में आया।

"'क्यों भई,' मैंने कहा, 'मिर्च मिली वोदका का गिलास पिओगे?'"

"'नहीं,' उसने कहा, 'मैं पीता नहीं, लेकिन अगर मेरी ख़ातिरदारी करना ही चाहते हो, तो थोड़ा दूध पिला दो। दूध पीने में,' उसने कहा, 'मैं शेर हूँ।'"

"फिर वह एक कटोरा दूध पी गया, समझे? उसमें रोटी के टुकड़े डालकर, ठीक बच्चे की तरह। जी हाँ, बढ़िया आदमी है वह!"

भीड़ में ज़्यादा तादाद में छापेमार नज़र आने लगे। अँधेरे में उनकी बन्दूक़ों की नलियाँ चमक रही थीं। वे ठीक वक़्त पर दल बाँधकर आए। फिर खनिक आए। उनका नेतृत्व सूचान का एक लम्बा-चौड़ा कोयला काटनेवाला तिमोफेई दुबोव कर रहा था, जो अब एक प्लाटून कमांडर था।

वे भी एक ठोस दल बनाए थे और बिना बिखरे हुए, एक साथ ही भीड़ में शामिल हो गए। केवल मोरोजका दीवार के पास एक बेंच पर बुझा हुआ सा अकेला बैठा था।

"ओह, तुम भी मौजूद हो?" लेविनसन को देखकर दुबोव ख़ुशी से गरजा, मानो उसे सालों से न देखा हो और इस जगह तो उसे देखने की जैसे उसे आशा ही न थी। "हमारे उस खनिक मित्र ने क्या हरकत की है?" उसने लेविनसन के आगे गर्द से सना अपना विशाल हाथ बढ़ाते हुए धीमी, किन्तु मोटी आवाज़ में पूछा। जब लेविनसन समझाने लगा तो वह फिर गरजा, "उसे सज़ा दो; ऐसा पाठ पढ़ाओ कि दूसरे उसके क़दमों पर न चलें।"

"हमें बहुत पहले ही उसे चपत लगाना चाहिए था; हमारी कम्पनी के अच्छे नाम पर वह कलंक का टीका है," मीठी आवाज़वाले एक नौजवान ने राय दी जो विद्यार्थियों की टोपी और चमकते जूते पहने था। उसे लोग सिस्किन नाम से पुकार रहे थे।

"तुमसे किसी ने राय नहीं माँगी," दुबोव ने उसे दुत्कार दिया। सिस्किन की ओर उसने देखा तक नहीं।

सिस्किन को बुरा लगा, किन्तु मज़बूती दर्शाने के प्रयत्न में उसने अपने होंठ भींच लिये; लेकिन लेविनसन की परिहास करती दृष्टि को अपने पर गड़ा देख वह भीड़ के अन्दर पैठ गया।

"देखा उस कीड़े को?" प्लाटून कमांडर ने तीखी आवाज़ में पूछा। "उसे तुम कम्पनी में क्यों रखना चाहते हो? कहते हैं कि वह ख़ुद चोरी के इल्ज़ाम में कॉलेज से निकाला गया था।"

"हर उड़ती अफ़वाह पर विश्वास मत कर लो," लेविनसन ने कहा।

"अच्छा, अब अन्दर चलकर बैठने का वक़्त हो चला है," रियाबेत्स ने असमंजस के साथ हाथ हिलाते हुए ओसारे से आवाज़ दी। उसे विश्वास नहीं हो रहा था कि जंगली घास से भरे उसके ख़रबूज़ों के खेत की छोटी-सी घटना इतने सारे लोगों को एकत्र कर सकती है। "अब हमें सभा आरम्भ कर देनी चाहिए।

मुर्ग़ा बोलने के समय तक यहाँ बैठकर हम अपना वक़्त बर्बाद नहीं कर सकते...।"

कमरा गरम हो उठा और तम्बाकू के हरे धुएँ से भर गया। बेंचें काफ़ी नहीं थीं। किसान और छापेमार, घुले-मिले, बेंचों पर और दरवाज़ों में, लेविनसन के पीछे तक, ठसाठस भरे थे।

"शुरू करो, ओसिप अब्रामिच," रियाबेत्स ने भारी आवाज़ में कहा।

वह अपने और कमांडर दोनों ही से ख़फ़ा था; सारा मामला अब उसे निरर्थक और अनावश्यक आडम्बर-सा लग रहा था।

उदासीन और परेशान मोरोजका दरवाज़े से सिकुड़कर आगे बढ़ता हुआ दुबोव की बग़ल में आ खड़ा हुआ।

लेविनसन ने इस बात पर ज़ोर दिया कि वह किसानों को कभी काम से हटाकर इकट्ठा न करता यदि वह यह न समझता कि यह मामला सबका है, उनका भी और छापेमारों का भी; और इसके अलावा यह कि कम्पनी में बहुत-से स्थानीय लोग भी हैं।

"फ़ैसला आपके हाथों में है," उसने अपने शब्दों पर काफ़ी ज़ोर देते हुए और किसानों की बोलचाल के ढंग का अनुकरण करते हुए अपनी बात समाप्त की।

वह बेंच पर धीरे से पीछे को सरककर बैठ गया और एकदम छोटा और महत्त्वहीन बन गया, मानो मोमबत्ती की लौ के समान बुझ गया और मामले को निपटाने के लिए समिति को अन्धकार में छोड़ दिया।

बहुत-से आदमी एक साथ बोलने लगे। सभी उलझन-भरी और अनिश्चित-सी बात कर रहे थे, निरर्थक और महत्त्वहीन तथ्यों पर अटक रहे थे; फिर दूसरे मैदान में उतरे; और शीघ्र ही यह समझना असम्भव हो गया कि कौन क्या कह रहा है। अधिकांश बोलनेवाले किसान थे; छापेमार अपने समय की प्रतीक्षा में चुप थे।

"नहीं, यह ठीक नहीं है," येवस्ताफी नामक एक बूढ़ा आदमी कड़ी आवाज़ में भुनभुनाया। उसका चेहरा झुर्रियों से भरा और बाल पके हुए थे।

"पुराने दिनों में, ज़ार निकोलाई के दिनों में, ऐसी हरकतों के लिए गाँव में आपका जुलूस निकाला जाता। चोरी की चीज़ को वे चोर के गले से लटका देते और ढोल बजाते हुए उसे घसीटकर ले जाते।" उसने एक सूखी सी उँगली हिलाई, मानो किसी को उलाहना दे रहा हो।

"निकोलाई के ज़माने की बात रहने दो!" झुके कन्धों और एक आँख वाला आदमी चिल्लाया। वह अपनी बाँहों को हिलाना-डुलाना चाहता था, किन्तु ऐसा करने के लिए काफ़ी जगह न थी। वह पहले से भी अधिक क्रुद्ध हो गया और बोला, "बस, एक ज़ार की ही हाँकते रहते हो! बीत गए वे दिन, शुक्र है ख़ुदा का!"

"ज़ार का ज़माना हो या न हो, लेकिन यह हुआ ठीक नहीं है," बूढ़े ने अपनी बात पर अड़ते हुए दोहराया, "जैसे भी हो, उनके समूचे दल को तो हमें खिलाना-पिलाना पड़ता ही और ऊपर से हम चोरों की परवरिश नहीं कर सकते।"

"कौन कहता है कि उनकी परवरिश करो? चोरों की तरफ़दारी कोई नहीं कर रहा। शायद तुम्हीं उनकी परवरिश करते हो," एक आँखवाले व्यक्ति ने बूढ़े के बेटे की ओर इशारा करते हुए कहा, जो पिछले दस वर्षों से लापता था। "हमें एक नया क़ानून बनाना होगा। पिछले छह सालों से यह जवान छापेमारों में शामिल होकर लड़ रहा है—अगर एक ख़रबूज़े पर तबियत आ भी गई तो क्या हुआ?"

"लेकिन उसे चोरी से ऐसा करने की क्या ज़रूरत थी?" एक दूसरा आदमी जानना चाहता था। "और ऐ ख़ुदा—वह भी ख़रबूज़े जैसी बेकार की चीज़! यदि वह मुझसे आकर माँगता तो टोकरा भर उसे दे देता और मुझे ख़याल भी न होता। ले जाओ जी, ...हम तो उन्हें अपने सूअरों को खिलाते हैं, सो एक अच्छा आदमी यदि ऐसी फ़ालतू चीज़ को लेता है, तो उसका बुरा क्यों माना जाए?"

किसानों के लहज़े में ग़ुस्सा तनिक भी न था। अधिकांश इस बात पर सहमत थे कि पुराने क़ानून अब लागू नहीं किये जा सकते और मामले को किसी नये तरीक़े से हल करना होगा।

"उन्हें प्रधान के साथ मिलकर इस मामले को निपट लेने दो," कोई चिल्लाया, "हम इस पचड़े में नहीं पड़ेंगे।"

लेविनसन फिर उठ खड़ा हुआ और उसने मेज़ को थपथपाया।

"देखिए, एक बार में एक ही आदमी बोले, साथियो!" उसने धीमे से, किन्तु स्पष्ट आवाज़ में कहा, ताकि सबको सुनाई दे जाए, "यदि हम सबके सब एक साथ बोले, तो मामला कभी तय न हो पाएगा। मोरोजका कहाँ है? इधर आओ, सुनते हो!" उसने डाँट-डपट के लहज़े में पुकारा, और सब लोग अर्दली की ओर देखने लगे।

"मैं जहाँ हूँ, वहीं ठीक हूँ," मोरोजका ने कर्कश आवाज़ में कहा।

"चलते बनो!" दुबोव ने कुहनी से उसे धकियाते हुए कहा।

मोरोजका हिचकिचाया। लेविनसन आगे को झुका और उसके अपलक नेत्रों ने मोरोजका को जकड़कर उसे भीड़ के बीच से इस तरह खींच लिया, जैसे सँड़सी दीवार से कील को खींच लेती है।

झुके सिर और झुकी निगाह के साथ भीड़ से बचता हुआ अर्दली मेज़ की ओर बढ़ा। वह पसीने से तर-बतर हो रहा था और उसके हाथ काँप रहे थे। उसे अब इस बात का होश था कि पचास जोड़ी कौतूहल भरी आँखें उस पर जमी हुई हैं। उसने अपने सिर को सीधा करने का प्रयत्न किया, किन्तु गोंचारेंको के कठोर और बालों से भरे चेहरे से उसकी आँखें टकरा गईं। सुरंग लगानेवाले के चेहरे का भाव एक साथ ही सहानुभूतिपूर्ण भी था और गम्भीर भी। मोरोजका उसका सामना न कर सका; उसने अपना चेहरा खिड़की की तरफ़ मोड़ लिया और निश्चल खड़ा रहा। उसकी आँखें खिड़की से बाहर अन्धकारमय शून्य पर जमी थीं।

"चलो, अब इस मामले को निपटा दें," लेविनसन ने कहा। उसकी आवाज़ अब भी बहुत शान्त थी, यद्यपि वह सबके पास, ओसारे पर खड़े लोगों के पास भी, पहुँच गई थी। "कौन बोलना चाहता है, तुम बोलोगे दादा?"

"मैं क्यों बोलूँ?" येवस्ताफी उलझन में पड़कर बोला, "हम तो केवल आपस में बातें कर रहे थे...।"

"अधिक बहस-मुबाहसा करने के लिए है ही क्या? आपस में ही निपटा लो," किसान चिल्लाए।

"ठहरो, बूढ़े मियाँ—मुझे कुछ कहने दो!" दुबोव सहसा भभक उठा। उसकी आवाज़ में दबा हुआ आवेश था। वह दादा येवस्ताफी की ओर देख रहा था और इसलिए अजाने में लेविनसन को 'बूढ़े मियाँ' कह गया। उसके लहज़े में कुछ ऐसी चीज़ थी कि सब चौंककर उसकी ओर देखने लगे।

वह सिकुड़कर भीड़ को पार करता हुआ मेज़ की ओर बढ़ा और मोरोजका की बग़ल में आकर खड़ा हो गया। उसके चौड़े, भारी शरीर ने लेविनसन को ओझल कर दिया।

"तुम चाहते हो कि हम इसे आपस में ही निपटा लें? क्या तुम कायर हो?" वह एकाएक आगे को झुककर ग़ुस्से में फूट पड़ा। "अच्छी बात है, हम स्वयं ही निपट लेंगे!" वह एक झटके के साथ मोरोजका की ओर घूम गया और जलती हुई आँखों से मोरोजका को बेधने लगा, "तुम कहते हो कि तुम हममें से एक हो—खनिक हो?" उसने तनी और चुभती हुई आवाज़ में पूछा, "ओह, गली के कुत्ते! सूचान के लफंगे! तुम हमारे बीच नहीं रहना चाहते? चोरी करते हो? तुमने हम सब कोयला खानेवालों के मुख पर कालिख पोत दी है! अच्छी बात है!"

दुबोव के शब्दों ने सभा के मौन को कटकर गिरते कोयले जैसी भारी खनखनाती आवाज़ के साथ भंग कर दिया।

मोरोजका का चेहरा फक हो गया; वह दुबोव की ओर देखता रह गया, और उसका दिल डूबने लगा।

"अच्छी बात है!" दुबोव ने दोहराया, "चोर बने रहो। देखेंगे कि हमारे बग़ैर तुम्हारा दिन कैसे कटता है! हम...हम उसे लात मारकर बाहर करेंगे!" लेविनसन की ओर झटके के साथ घूमते हुए उसने अपना भाषण एकाएक समाप्त किया।

"किसे लात मारकर बाहर करने की सोच रहे हो?" एक छापेमार चिल्लाया।

"क्या कहा?" दुबोव गरजा और एक क़दम आगे बढ़ आया।

"ख़ुदा के लिए, झगड़ो नहीं दोस्तो," कमरे के कोने से एक नकियाती हुई ग़रीब-सी आवाज़ काँप उठी।

लेविनसन ने प्लाटून कमांडर की बाँह को पीछे से पकड़ लिया।

"दुबोव!" वह धीरे से बोला, "ज़रा एक तरफ़ को सरक जाओ, मुझे कुछ भी दिखाई नहीं दे रहा है...।"

दुबोव तुरन्त शान्त हो गया। वह हिचकिचाया और मुँह लटकाकर आँखें मिचमिचाने लगा।

"बेवक़ूफ़ को हम लात मारकर कैसे निकाल सकते हैं?" भीड़ के ऊपर अपने घुँघराले, सूरज से तपे सिर को उठाते हुए गोंचारेंको सहसा बोल उठा, "मैं उसकी वकालत नहीं करना चाहता—ऐसा नहीं किया जा सकता। उसने एक गन्दी हरकत की है। अब क्या बताऊँ, रोज़ इसे चीख़-चिल्लाकर समझाता हूँ, लेकिन यह बात तो माननी ही पड़ेगी—लड़ाई के मामले में वह अच्छा छापेमार साबित हुआ है। उस्सूरी के मोर्चे पर हम दोनों एक साथ लड़े थे। वह हममें से एक है—वह हमारे साथ कभी दगा नहीं कर सकता।"

"तुममें से एक है!" दुबोव कड़वाहट में भरकर बीच में बोल उठा, "और क्या हममें से भी एक नहीं है? हमने उसके साथ एक ही जहन्नुमी खन्दक में काम किया है। लगभग तीन महीनों तक हम एक ही ओढ़ना ओढ़कर सोए हैं। और अब हर ख़ूनी हरामज़ादा," मीठी आवाज़वाले सिस्किन को सहसा याद कर वह गरज उठा, "हमें शिक्षा देना चाहता है!"

"मैं तुम्हारी बात पर आ रहा हूँ," दुबोव पर एक परेशान नज़र फेंककर गोंचारेंको कहता गया, क्योंकि उसका ख़याल था कि दुबोव ने फ़िक़रा उसी पर कसा है। "हम न तो इस हरकत को भुला सकते हैं और न उसे लात मारकर निकाल ही सकते हैं—अपने लोगों को हम लात मारकर बाहर नहीं कर सकते। मेरा विचार है कि ख़ुद उससे पूछा जाए!" उसने हवा में अपने भारी हाथ को इस तरह घुमाते हुए कहा मानो वह तमाम अनावश्यक बातों को अपने न्यायसंगत और आवश्यक तर्क से काटकर अलग कर रहा हो।

"यह ठीक है! उसी से पूछें! उसे अपनी बात कहने दो, फिर देखेंगे कि वह हममें से एक है या नहीं...।"

दुबोव, जो सिमट-सिकुड़कर भीड़ में से होता हुआ अपने स्थान पर लौटने लगा था, बीच में ही रुक गया और मोरोजका को टटोलती नज़र से देखने लगा।

अर्दली सकपकाकर उसे घूरता रहा और उसकी पसीने से सनी बेताब उँगलियाँ उसके कुरते से उलझने लगीं।

"तुम्हें जो कुछ कहना हो, कहो!"

मोरोजका ने अपनी आँखों की कोरों से लेविनसन पर एक दृष्टि फेंकी।

"क्या तुम सचमुच यह सोचते हो कि मैं..." वह बोलते-बोलते रुक गया। उसके मुँह में शब्द नहीं आ रहे थे।

"कहो, कहो!" वे उसे उत्साहित करते हुए चिल्लाए।

"क्या तुम्हारा ख़याल है कि मैं...?" उसका गला फिर रुँध गया, और रियाबेत्स की तरफ़ देखकर उसके अपना सिर हिलाया। "ख़ैर, ख़रबूज़ों की बात है न! क्या मैं ऐसा करता...अगर मैंने ज़रा भी सोचा होता...क्या बदमाशी के कारण मैंने यह हरकत की? बचपन में ही हमें चोरी की आदत पड़ गई थी—यह बात तुम ख़ुद जानते हो..और मैं भी...और जैसा कि दुबोव ने कहा, मैंने तुम सबको शर्मिंदा किया है, लेकिन क्या सच ही मैं ऐसा कर सकता हूँ, भाइयो?..." अन्तिम शब्द सीधे उसके दिल से निकले। वह आगे को झुक आया, उसने अपने हाथों से अपने सीने को पकड़ लिया और उसकी आँखों में गरम आँसू चमकने लगे। "...सच कहता हूँ, तुममें से किसी के लिए भी मैं अपने ख़ून का क़तरा-क़तरा बहा दूँगा, किसी बात के लिए भी मैं तुम्हारी शर्मिंदगी का कारण नहीं बनूँगा...।"

बाहर से कमरे में अन्य आवाज़ें आने लगीं : कहीं कोई कुत्ता भूँका; कहीं किसान लड़कियाँ गा रही थीं; पड़ोस के पादरी के घर से हथौड़े की नियमित दबी हुई खट-खट ध्वनि आ रही थी मानो कोई ओखली में कुछ कूट रहा हो; सवारियों को ढोनेवाली नाव से एक लम्बी आवाज़ आई, "खींचो?"

"बताओ, मैं स्वयं अपने-आपको कैसे सज़ा दे सकता हूँ?" मोरोजका ने अपनी बात जारी रखी। उसकी आवाज़ में अब भी वही पीड़ा थी; वह अब अधिक दृढ़ता के साथ बोल रहा था, किन्तु उसमें अब पहले जैसी निष्कपटता नहीं थी। "मैं तो केवल अपने खनिक का वचन दे सकता हूँ—उससे मैं कभी नहीं फिरूँगा...।"

"और अगर तुम अपने वचन से फिर जाओ तो?" लेविनसन ने एहतियात-भरी आवाज़ में पूछा।

"मैं अपने वचन पर दृढ़ रहूँगा।" मोरोजका ने मुँह बनाते हुए और किसानों की उपस्थिति का एहसास करते हुए कहा।

"और अगर दृढ़ नहीं रहे तो?"

"तो...तो तुम जो जी में आए, करना...मुझे गोली से उड़ा देना...।"

"हाँ, तब हम तुम्हें गोली से उड़ा देंगे!" दुबोव ने सख़्ती से कहा।

उसकी आँखें अब क्रोध से नहीं, बल्कि स्नेह से चमक रही थीं और उनमें मुस्कराहट छलक रही थी।

"बस, अब और कुछ कहने-सुनने को नहीं रह गया!" बेंचों पर बैठे छापेमार चिल्लाए।

"बस, इतनी ही बात थी," लम्बी बैठक की समाप्ति पर चैन की साँस लेते हुए किसानों ने कहा, "बेकार का मामला, और बातें इतनी कि सालभर के लिए काफ़ी हों।"

"तो क्या यही हमारा फ़ैसला है? कोई और सुझाव तो नहीं है?"

"अब ख़त्म भी करोगे या नहीं!" छापेमार चिल्लाए। वे अब गम्भीर और मौन नहीं रह गए थे। "इस पूरे मामले से हम तंग आ गए हैं। हम भूखे भी हैं—हमारे पेटों में चूहे कूद रहे हैं!"

"नहीं, ठहरो," लेविनसन ने अपना हाथ उठाते और आँखों को सिकोड़ते हुए कहा, "एक मामला तो हमने निपटा लिया है, लेकिन एक मामला अभी हमें और निपटाना है।"

"अब और क्या बच रहा है?"

"मेरे विचार में हमें एक प्रस्ताव पास करना चाहिए।" उसने अपने चारों ओर देखा। "हम एक मंत्री क्यों न बना लें?" वह प्रसन्न मुद्रा में ज़रा हँसा। "इधर आओ सिस्किन, इसे लिखो :'यह तय हुआ कि जब कोई फ़ौजी कार्रवाई नहीं होगी, तो सिर्फ़ इधर-उधर घूमने के बजाय किसानों की मदद की जाएगी, चाहे वह थोड़ी ही क्यों न हो'...।" वह इतने आत्मविश्वास के साथ बोल रहा था मानो उसे सच ही यह विश्वास था कि उसके आदमी किसानों की मदद करेंगे।

"लेकिन हम तो मदद नहीं माँगते!" एक किसान चिल्लाया।

'बात कुछ बनती नज़र नहीं आती,' लेविनसन ने सोचा।

"चुप रहो, समझे?" अन्य किसानों ने उसे टोका, "पूरी बात सुनो। करने दो उन्हें काम—काम करेंगे तो उनके हाथ-पैर गल नहीं जाएँगे।"

"और रियाबेत्स को विशेष सहायता दी जाएगी...।"

"विशेष सहायता क्यों?" किसान उत्तेजित हो चिल्लाए, "क्या वह बहुत भारी काम करता है? कोई भी प्रधान का काम कर सकता है, कोई मुश्किल काम तो है नहीं...।"

"बस करो, बस करो! हम तैयार हैं...। लिख डालो!"

छापेमार अपनी जगहों से उठ खड़े हुए और अपने कमांडर की ओर ज़्यादा ध्यान दिये बिना पैर पटकते हुए कमरे से बाहर निकल गए।

"ऐ, वान्या!" एक लम्बे बालों और नुकीली नाकवाला आदमी मोरोजका की ओर लपका और उसे दरवाज़े की ओर घसीटने लगा, जिससे उसके बूटों की एड़ियाँ खनखना उठीं। "मेरे लाड़ले, मेरे बेटे, सूअर कहीं के !..." उसने अपनी टोपी शोख़ी के साथ सिर के पीछे सरका ली और ओसारे पर एक हाथ से मोरोजका के साथ लिपटता हुआ नाच उठा।

"जाओ भी," मोरोजका ने उसे धकेलते हुए प्रसन्न मुद्रा में कहा।

लेविनसन और बाक्लानोव तेज़ी से निकल गए।

"बैल की तरह मज़बूत है—यह दुबोव!" बाक्लानोव अपने हाथों को हिलाते हुए उत्तेजना में कह रहा था। "गोंचारेंको से भिड़ा दो तो मज़ा आ जाए! कौन जीतेगा कुश्ती में, क्या ख़याल है?"

अपने ही विचारों में खोए लेविनसन ने उसकी बात नहीं सुनी। सड़क की मुलायम नम धूल में उनके पैर धँस-धँस जाते थे।

मोरोजका दूसरों से पीछे रह गया। किसानों का आख़िरी जत्था उससे आगे निकल गया। वे अब शान्त, निश्चिन्त स्वर में बातें कर रहे थे, मानो काम से लौट रहे हों, सभा से नहीं।

पहाड़ी ढलान पर खड़ी झोंपड़ियों की खिड़कियाँ अँधेरे में ऐसे चमक रही थीं, मानो भोजन के लिए आमंत्रित कर रही हों। धुंध की चादर में छिपी नदी की कल-कल ध्वनि से सैकड़ों बगुलों की-सी आवाज़ उठ रही थी।

"मिश्का ने अभी तक पानी नहीं पिया है," मोरोजका को एकाएक याद हो आया। वह धीरे-धीरे अपने पुराने ढर्रे पर लौट रहा था।

अस्तबल में, अपने मालिक की आहट पाकर, मिश्का धीरे से, किन्तु ग़ुस्से में हिनहिनाया, मानो पूछ रहा हो, "कमबख़्त कहाँ चले गए थे?" मोरोजका ने अँधेरे में उसके खुरदरे अयाल को टटोला और उसे बाहर ले आया।

"ओहो, तुम भी ख़ुश हो," उसने घोड़े के मुँह को, जो धृष्टता के साथ अपने गीले नथुनों को उसके गले से रगड़ रहा था, दूर हटाते हुए कहा, "तुम तो बस, गन्दी शरारतें ही करना जानते हो, लेकिन हम दोनों के लिए जवाबदेह मुझे ही होना पड़ता है।"

6

लेविनसन

लेविनसन की कम्पनी को आराम करते चार सप्ताह से अधिक समय गुज़र गया था और इस बीच उसने घोड़े, गाड़ियाँ, बरतन-भाँडे आदि जमा कर लिये थे, जिनके चारों ओर निहायत ग़रीब-गुरबे लोग मँडराते रहते थे। ये दूसरी टुकड़ियों के भगोड़े थे, जिनके तन पर चिथड़ों के सिवा और कुछ न था। छापेमार सुस्त हो गए थे और ज़रूरत से ज़्यादा—यहाँ तक कि पहरा देनेवाले सन्तरी भी—सोते रहते थे।

लेविनसन के पास ख़तरे की सूचना देती हुई जो ख़बर पहुँची थी, ठीक उसी के कारण वह इस भारी-भरकम लश्कर को हरकत में लाने से हिचकिचाता था। ताज़ी ख़बरें कभी उसकी शंकाओं की पुष्टि करतीं, तो कभी उन्हें हास्यास्पद साबित करतीं। उसने कई बार अपने-आपको आवश्यकता से अधिक चौकन्ना होने का दोष दिया—विशेष कर दर्जनों मील के दायरे में उसके गुप्तचरों की शत्रु से भेंट नहीं हुई है।

फिर भी, स्ताशिंस्की के अलावा लेविनसन की अनिश्चितता का किसी को बोध न था। न कम्पनी में किसी को इस बात पर विश्वास ही होता कि लेविनसन में ढुलमुलपन भी हो सकता है। वह अपने विचारों और भावनाओं को किसी के सामने व्यक्त नहीं करता था। उसका उत्तर हमेशा संक्षिप्त 'हाँ' या 'ना' में होता था। परिणामस्वरूप सभी उसे—दुबोव, स्ताशिंस्की और गोंचारेंको जैसे लोगों को छोड़कर, जो उसके असली महत्त्व को जानते थे—एक विशेष, बेहतर क़िस्म का आदमी समझते थे। सभी छापेमार, विशेष कर युवा बाक्लानोव जो हाव-भाव और शक्ल-सूरत से भी अपने कमांडर जैसा बनने की चेष्टा करता था, इस तरह सोचते थे : 'निस्सन्देह, मुझमें बहुत-सी कमज़ोरियाँ हैं, सांसारिक जो ठहरा; मैं बहुत-सी बातें समझता ही नहीं; अनेक बातों में मैं अपने को नियंत्रित नहीं रख पाता; मैं बहुत-सी बातें समझता ही नहीं; अनेक बातों में मैं अपने को नियंत्रित नहीं रख पाता; मैं घर पर एक...प्रेममयी पत्नी, या वधू छोड़कर आया हूँ जिसके लिए हृदय तड़पता है; मुझे मीठे सुगन्धित ख़रबूज़े, या रोटी के साथ दूध, या शाम के नृत्य में ग्रामीण-बालाओं को मुग्ध करने के लिए चमकदार बूट अच्छे लगते हैं, लेकिन लेविनसन? आदमी हो तो ऐसा! आप उस पर ऐसी किसी बात का सन्देह नहीं कर सकते। वह सभी-कुछ समझता है; वह प्रत्येक काम सही ढंग से करता है; वह बाक्लानोव की तरह लड़कियों के पीछे नहीं दौड़ता; मोरोजका की तरह ख़रबूज़े नहीं चुराता; उसके दिल में तो बस, एक ही धुन है—अपना काम। आप उस पर भरोसा किये बिना नहीं रह सकते, उसका हुक्म माने बिना नहीं रह सकते, कारण कि वह एक ज़िन्दादिल आदमी है!'

जिस दिन से लेविनसन कमांडर चुना गया, तब से किसी अन्य रूप में कोई उसकी कल्पना नहीं कर सकता था : सभी को ऐसा प्रतीत होता कि उसकी विशेषता ही यह थी कि वह कमांडर था। यदि वह उन्हें बताता कि अपने बचपन में किस प्रकार वह पुराने फ़र्नीचर बेचने में अपने पिता की मदद करता था, किस तरह उसका पिता जीवनभर धनवान बनने के स्वप्न

देखता रहा, और यह कि वह चूहों से डरता था और सारंगी अच्छी तरह नहीं बजा पाता था, तो वे उसे मज़ाक़ समझते, किन्तु लेविनसन इन बातों का कभी ज़िक्र नहीं करता था। ऐसी बात नहीं थी कि वह मौन रहनेवाला व्यक्ति था, बल्कि बात यह थी कि वह जानता था कि सभी उसे 'एक विशेष क़िस्म का आदमी' समझते थे। वह अपनी कमज़ोरियों तथा दूसरों की कमज़ोरियों को जानता था और उसका यह विश्वास था कि लोगों का नेता तभी बन सकता है जबकि वह दूसरों को उनकी कमज़ोरियों का बोध कराए और अपनी कमज़ोरियों को दबा और छिपा सके, इसीलिए वह युवा बाक्लानोव की उम्र का था, तो लेविनसन स्वयं अपने शिक्षकों की नक़ल उतारा करता था जो उसे उसी तरह बेहतर आदमी लगते थे जैसा कि वह अब बाक्लानोव को लगता था। उम्र बढ़ने के साथ-साथ वह समझ गया कि उसके शिक्षक बेहतर जीव नहीं थे, जैसा कि वह उन्हें पहले समझता था, पर वह उनके प्रति कृतज्ञ था। बाक्लानोव उसके हाव-भाव की नक़ल ही नहीं करता था, बल्कि जीवन के उसके समूचे अनुभव से सीखता भी था; उसके लड़ने, काम करने, उसके व्यवहार के तरीक़ों को आत्मसात भी करता था। लेविनसन यह जानता था कि समय के साथ-साथ ये ऊपरी हाव-भाव विलुप्त हो जाएँगे, और तब लेविनसन का अनुभव, स्वयं बाक्लानोव के अनुभव से समृद्ध बनकर नये लेविनसनों और बाक्लानोवों के पास पहुँचेगा। वह इसे महत्त्वपूर्ण और आवश्यक मानता था।

अगस्त के आरम्भ में, एक बरसाती रात में देर गए, छापेमार सैनिकों के चीफ़-ऑफ़-स्टॉफ़ बूढ़े सुखोवेई-कोवतुन के यहाँ से एक रिले-घुड़सवार कोई सन्देश लेकर आया। बूढ़े सुखोवेई-कोवतुन ने लिखा था कि जापानियों ने अनुचिनों पर हमला बोल दिया था, जहाँ मुख्य छापेमार फ़ौजें केन्द्रित थीं; इजवेस्तकोवाया के निकट घमासान युद्ध हुआ था, सैकड़ों छापेमारों को यातनाएँ देकर मौत के घाट उतार दिया गया था और वह स्वयं गोलियों के नौ ज़ख़्म खाकर शिकारियों के एक शरतकालीन पनाहघर में छिपा हुआ है और उसे अधिक दिनों तक जीने की आशा नहीं है।

इस हार की अफ़वाह आग की तरह मैदानों में फैल गई। इस ख़बर को लानेवाला पहला व्यक्ति सन्देश-वाहक ही था। रिले के हर घुड़सवार ने यह महसूस किया कि छापेमार आन्दोलन के आरम्भ से अब तक इससे अधिक भयानक ख़बर लेकर कोई न चला था। उनके घने बालोंवाले घोड़े तक आतंकित हो गए; अपने दाँतों को नंगा कर, कीचड़ से भरी उदास देहाती सड़कों पर वे एक गाँव से दूसरे गाँव को बदहवास होकर, अपने खुरों से कीचड़ की बौछार करते हुए सरपट दौड़ते थे।

लेविनसन को ख़बर साढ़े बारह बजे मिली और आध घंटे बाद गड़ेरिये मेतेलित्सा की कमान की घुड़सवार पलटन क्रिलोव्का को पीछे छोड़कर सिखोते-अलिन में फैली छोटी-मोटी पगडंडियों के रास्ते पंखे की शक्ल में फैल गई। उनका मक़सद ख़तरे की ख़बर को स्वियागिनो सैनिक क्षेत्र की टुकड़ियों के पास पहुँचा देना था।

लेविनसन को विभिन्न टुकड़ियों से समाचार एकत्र करने में चार दिन लगे। उसका मस्तिष्क तनाव की अवस्था में, टटोलता हुआ-सा काम करता था, मानो किसी भी क्षण वह और अधिक विनाशकारी ख़बर सुनने की प्रतीक्षा में हो। पर लोगों के साथ बोलने में वह पहले की अपनी गम्भीरता बनाए रखता था। उसकी खोई-खोई नीली आँखें हमेशा की तरह अब भी उपहास करती हुई सिकुड़ जाती थीं और वह बाक्लानोव से 'उस अस्त-व्यस्त मारूस्या' को लेकर छेड़खानी करता रहता था। जब सिस्किन ने निरे भय के कारण साहस करके एक मौक़े पर यह माँग की कि वह इस मामले में कोई क़दम क्यों नहीं उठा रहा है, तो लेविनसन ने नम्रता से उस छोकरे के माथे को थपथपाते हुए कहा कि यह कोई बच्चों का खेल नहीं है। लेविनसन के पूरे रवैये का मक़सद यह असर पैदा करना होता था कि वह इसे अच्छी तरह समझता है कि ये घटनाएँ कैसे घटीं, आगे चलकर ये क्या रूप धारण करेंगी, यह कोई भयानक या असाधारण बात नहीं है, और यह कि लेविनसन ने बहुत पहले ही बचाव के लिए एक अचूक योजना तैयार कर ली है। वास्तव में न केवल यह कि उसने ऐसी कोई योजना नहीं बनाई थी, बल्कि वह बिलकुल भटक गया था।

उसकी अवस्था स्कूल के उस बालक जैसी थी जिसे खड़े-खड़े एक ऐसा हिसाब लगाने दिया गया हो जिसमें बहुत-सी बातें अज्ञात हों। वह शहर से ख़बर आने की प्रतीक्षा में था; छापेमार कनुन्निकोव उस भयानक ख़बर आने से एक सप्ताह पहले वहाँ गया था।

कनुन्निकोव उस ख़बर के आने के पाँच दिन बाद लौटा। वह थका हुआ और भूखा था, उसकी दाढ़ी बढ़ गई थी, किन्तु था वह वही पुराना लाल बालोंवाला और पकड़ में न आनेवाला छोकरा—वह दोनों ही मामलों में एक ही समान गया-गुज़रा था।

"शहर में धर-पकड़ हुई है और क्रेइसेलमैन क़ैदख़ाने में है," उसने अपनी आस्तीन से पत्तेबाज़ों की सफ़ाई के साथ दो चिट्ठियाँ निकालते हुए और केवल होंठों से मुस्कराते हुए कहा। उसे तनिक भी ख़ुशी नहीं हो रही थी, किन्तु बिना मुस्कराए वह बोल नहीं सकता था।

"जापानी लोग ब्लादिमिरो-अलेक्ज़ान्द्रोव्सकोये और ओल्गा में उतर आए हैं। सूचान के इलाक़े में हमारे तमाम लोग हरा दिये गए हैं। सारा खेल चौपट हो गया। लो, सिगरेट पियो," उसने कहा और लेविनसन की ओर एक सुनहरी टोपीवाली सिगरेट बढ़ा दी।

लेविनसन ने लिफ़ाफ़ों पर अपनी नज़र दौड़ाई, एक को अपनी जेब में ठूँस लिया और दूसरे को खोला। पत्र ने कनुन्निकोव की रिपोर्ट की पुष्टि की। दफ़्तरी भाषा और ऊपरी हार्दिकता के पीछे हार और असमर्थता की कड़वाहट साफ़ झलक रही थी।

"सड़ियल ख़बर है, क्यों!" कनुन्निकोव ने सहानुभूति दर्शाते हुए पूछा।

"ऐसा ही है। यह किसने लिखा—सेदिख ने?"

कनुन्निकोव ने समर्थन में सिर हिलाया।

"साफ़ नज़र आता है; वह हर बात को पैरा बनाकर कहता है।" लेविनसन ने 'भाग-4 : वर्तमान काम' के नीचे उँगली फेरते हुए कहा। उसने सिगरेट को सूँघा। "सड़ियल तम्बाकू है, है न? माचिस देना। अपना मुँह बन्द रखो तो अच्छा...जापानियों के उतरने और बाक़ी बातों के बारे में...।

क्या तुम मेरे लिए पाइप ख़रीदकर लाए हो?" और कनुन्निकोव की ओर, जो पाइप न ख़रीद पाने की सफ़ाई पेश करने लगा था, ध्यान न देते हुए उसने अपनी नज़रें दोबारा चिट्ठी पर गड़ा दी।

'वर्तमान काम' वाले भाग में पाँच पैरा थे, जिनमें से चार लेविनसन को अव्यावहारिक प्रतीत हुए। पाँचवाँ पैरा इस प्रकार था :

"छापेमार दस्तों के नेतृत्व से इस समय जिस सबसे महत्त्वपूर्ण बात की माँग की जाती है और जिसे हर क़ीमत पर हासिल करना लाज़िमी है, वह यह है कि छोटे किन्तु कारगर और अनुशासनबद्ध लड़ाकू दस्तों को क़ायम रखा जाए, जिनके इर्द-गिर्द बाद में...।"

"बाक्लानोव और क्वार्टर-मास्टर को बुलाओ!" लेविनसन ने एकाएक गरजकर कहा।

उसने बिना आगे यह पढ़े कि लड़ाकू दस्तों का 'बाद में' क्या होगा, पत्र को अपने मोर्चे के डिस्पैच-बॉक्स में रख दिया। समस्याओं की जमघट में वह एक समस्या को साफ़-साफ़ देख पा रहा था—'सबसे महत्त्व की बात' को। लेविनसन ने सिगरेट के टोटे को फेंक दिया और उँगलियों से मेज़ पर ताल देने लगा। 'लड़ाकू दस्तों को क़ायम रखना।' वह बात को पकड़ नहीं पाया : वह उसके दिमाग़ में चार अमिट शब्दों के रूप में नाच रही थी। यांत्रिक ढंग से उसने दूसरी चिट्ठी पर उँगली फेरी, लिफ़ाफ़े पर नज़र दौड़ाई। उसे याद हो आया कि यह पत्र उसकी बीवी का है। 'इसे बाद में देखा जा सकता है', उसने लिफ़ाफ़े को दोबारा जेब में डालते हुए सोचा। 'लड़ाके दस्तों को क़ायम रखना।'

क्वार्टर-मास्टर और बाक्लानोव के आते-आते लेविनसन यह जान गया था कि वह और उसकी कमान के आदमी क्या करेंगे—वे कम्पनी को एक लड़ाकू दस्ते के रूप में क़ायम रखने के लिए सब कुछ करेंगे।

"हमें यह जगह जल्द छोड़नी होगी," उसने कहा, "क्या सब ठीक-ठाक है, बोलो, क्वार्टर-मास्टर?"

"हाँ, बोलो!" बाक्लानोव ने लेविनसन की बात को दोहरा दिया और अपनी पेटी को इतने गम्भीर और दृढ़ भाव से कसा मानो उसे यह पता था कि इस पूरे अर्से में मामला यहाँ तक पहुँचनेवाला है।

"ओह, मैं तैयार हूँ। मेरी वजह से किसी की नैया नहीं डूबेगी, लेकिन दाने के लिए हम क्या करेंगे?" क्वार्टर-मास्टर ने दाने के गीले हो जाने के बारे में, फटे हुए थैलों, बीमार घोड़ों, उनके 'तमाम दाने को ले जाने की असमर्थता' के बारे में—संक्षेप में यह कि ऐसी चीज़ों के बारे में एक लम्बी कहानी शुरू कर दी जिससे यह ज़ाहिर होता था कि वह किसी भी बात के लिए तैयार नहीं है और जगह छोड़ने की उनकी बात को एक ख़तरनाक और हास्यास्पद विचार समझता है। वह कमांडर से नज़र बचाता रहा, मुँह ऐसे बिचकाया मानो पीड़ा हो रही हो, आँखों को मिचमिचाया और गला साफ़ किया। उसे पता था कि वह अपने मामले की बेकार वकालत कर रहा है।

लेविनसन ने उसके कुरते को पकड़ते हुए कहा, "बकवास!"

"नहीं, यह सच है, ओसिप अब्रामिच। बेहतर यही है कि यहीं खन्दकें खोदकर जम जाएँ।"

"खन्दकें खोदकर जम जाएँ? यहीं पर?" लेविनसन ने अपना सिर ऐसे हिलाया मानो क्वार्टर-मास्टर की बेहूदगी पर अफ़सोस कर रहा हो। "और तुम्हारे बाल भी पक चले हैं! दिमाग़ से सोचते हो या किसी और चीज़ से?"

"मैं..."

"बस, करो!" लेविनसन ने उसका बटन खींचते हुए कहा, "तुम्हें पलभर की इत्तिला पर तैयार होना होगा, समझ गए? बाक्लानोव, अमल करवाने की ज़िम्मेदारी तुम्हारी है।" उसने बटन को छोड़ दिया। "शर्म करो! तुम्हारे थैलों की बात—निरी बकवास है।" उसकी आँखें कठोर हो गईं और उसकी कड़ी नज़र को देख क्वार्टर-मास्टर को यह विश्वास हो गया कि उसके थैले वास्तव में चर्चा के योग्य नहीं हैं।

"हाँ, अवश्य, अच्छा, बात साफ़ है...उसका इतना महत्त्व नहीं..." वह बड़बड़ाया। अब वह कमांडर के एक इशारे पर स्वयं अपने कन्धों पर

दाना ढोने की स्वीकृति देने के लिए तैयार था। "भला हमें कौन-सी चीज़ रोक सकती है? चुटकी बजाते सब काम पूरा हो सकता है। आज ही हम जगह छोड़ सकते हैं।"

"अब की न तुमने बात!" लेविनसन हँसा। "अच्छा, चलते बनो!" उसने क्वार्टर-मास्टर की पीठ को धीरे से धक्का दिया, "पलभर की इत्तिला पर, समझे?"

"हरामज़ादा चालाक है!" क्वार्टर-मास्टर ने सोचा। उसके ग़ुस्से में प्रशंसा की मिलावट थी।

साँझ होते-होते क्वार्टर-मास्टर ने स्टाफ़ के साथ पलटन-कमांडरों की एक बैठक बुलाई।

लेविनसन की रिपोर्ट पर लोगों की राय अलग-अलग थीं। दुबोव अन्त तक चुप्पी साधे, अपने भारी झूलते मूँछों को खींचता हुआ बैठा रहा। प्रत्यक्ष था कि वह लेविनसन के किसी भी सुझाव का समर्थन करेगा। दूसरी पलटन के कमांडर कुब्राक ने सख़्त विरोध किया। वह समूचे ज़िले में सबसे वयस्क, सबसे अधिक क़द्रवाला और सबसे अज्ञानी कमांडर था। किसी ने उसका समर्थन नहीं किया। कुब्राक क्रिलोव्का का निवासी था और सभी समझते थे कि सैनिक टुकड़ियों के हित के मुक़ाबले उसे अपने गाँव के खेतों की कहीं अधिक चिन्ता थी।

"ठहरो, तुम्हारे दिन आ गए हैं!" गड़ेरिये मेतेलित्सा ने उसे बीच में टोका, "अब तक तो तुम्हें अपनी औरतों के घाघरों को भूल जाना चाहिए था, चाचा कुब्राक!" हमेशा की तरह वह अपने ही शब्दों से उत्तेजित हो उठा; उसने अपना मुक्का मेज़ पर दे मारा और उसका चेचकरू चेहरा पसीने से तर हो गया। "यहाँ हम चूजों की तरह ख़त्म कर दिये जाएँगे—ठहरो, हमारे दिन आ गए है!" और वह कमरे में चहल-क़दमी करने लगा—अपने रोयेंदार खाल के जूतों को पटकता हुआ और अपनी चाबुक से स्टूलों को जहाँ-तहाँ उलटता हुआ।

"ज़रा सब्र से काम लो," लेविनसन ने उसे सलाह दी, हालाँकि मन-ही-मन वह उसके लचकीले शरीर को, जो उसके चाबुक के समान

ही मज़बूत और लचकदार थी, उत्तेजनापूर्ण हरकतों को प्रशंसा की दृष्टि से देख रहा था। वह पलभर के लिए भी शान्त नहीं बैठ सकता था; मानो वह अग्नि और गति का बना हुआ था और उसकी भूखी आँखें युद्ध और संघर्ष के लिए एक कभी न बुझनेवाली प्यास से धधक रही थीं।

मेतेलित्सा ने पीछे हटने की अपनी ही योजना पेश की। इससे यह ज़ाहिर हो गया कि उसका उत्तम मस्तिष्क लम्बे फ़ासलों से घबराता नहीं था और यह कि उसमें सैनिक होशियारी की कमी न थी।

"वह ठीक कहता है! उसके पास अपना दिमाग़ है," मेतेलित्सा की कल्पना के स्वतंत्र और साहसपूर्ण उड़ान को प्रशंसात्मक दृष्टि से और कुछ ईर्ष्या के साथ देखता हुआ बाक्लानोव चिल्लाया, "कुछ ही दिन पहले तक वह घोड़ों की देखरेख किया करता था, लेकिन देख लेना, दो साल में वह हमारा कमांडर बन जाएगा!..."

"मेतेलित्सा? हाँ, हाँ...वह तो कुन्दन है, कुन्दन," लेविनसन ने हामी भरी। "बस, इतना है कि होशियार रहना—कहीं दिमाग़ न फिर जाए!"

फिर भी ज़ोरदार बहस का फ़ायदा उठाकर, जिसमें प्रत्येक अपने-आपको बाक़ी तमाम से अधिक बुद्धिमान समझ रहा था और दूसरों की बात सुनने से इनकार कर रहा था, लेविनसन ने मेतेलित्सा की योजना के बदले अपनी योजना पेश कर दी। वह अधिक सीधी और कम ख़तरेवाली थी। उसने यह काम इतनी होशियारी और चुपके से किया और इस नये सुझाव को, जो सर्वसम्मति से स्वीकृत हुआ, वोट के लिए इस तरह पेश किया मानो वह योजना मेतेलित्सा की ही हो!

शहर से आई चिट्ठियों के उत्तर में तथा स्ताशिंस्की को एक पत्र में लेविनसन ने लिखा कि कुछ ही दिनों में वह कम्पनी को इरोहेद्ज़ा के उद्गम पर स्थित शिबिशी गाँव ले जाएगा और अस्पताल को यह आदेश दिया कि नये आदेशों के मिलने तक वह अपने वर्तमान स्थान पर ही रहे।

बहुत रात गए उसने अपना काम समाप्त किया; लैम्प का तेल ख़त्म हो रहा था। स्टोव के पीछे से झींगुरों की खड़खड़ाहट तथा साथवाली झोंपड़ी

से रियाबेत्स के खर्राटों की आवाज़ सुनाई दे रही थी। उसे अपनी पत्नी के पत्र की याद आई और लैम्प में तेल डालने के बाद उसने उसे पढ़ना शुरू किया। पत्र में कोई नई बात नहीं थी, कोई सुखद सन्देश नहीं था। अभी तक उसे कोई काम नहीं मिला था; उसके पास जो कुछ बिकने लायक़ था, वह बेच चुकी थी और अब मज़दूरों के रेड-क्रॉस की कृपा से जी रही थी; बच्चे रक्त-रोग और रक्त की कमी के शिकार थे। प्रत्येक पंक्ति से उसके प्रति अपार संवेदना झलक रही थी। लेविनसन ने विचारमग्न अवस्था में अपनी दाढ़ी को नोचा और फिर लिखने लगा। पहले तो वह अपने जीवन के इस पहलू से सम्बन्धित विचारों को कुरेदना नहीं चाहता था, किन्तु धीरे-धीरे भावनाओं के बहाव में बह गया और उसके मुख पर कोमलता छा गई। उसने अपनी छोटी, मुश्किल से समझ में आनेवाली हस्तलिपि से दो पन्ने रँग डाले। उनमें ऐसे अनेक शब्दों का प्रयोग था जिनके बारे में कोई यह नहीं सोच सकता था कि वे लेविनसन को मालूम हैं।

फिर, अपने अकड़े हुए अंगों को चटखाते हुए वह आँगन में निकल आया। अस्तबलों में घोड़े अपने पैर पटक रहे थे और चुभला-चुभलाकर घास खा रहे थे। ड्यूटीवाला अर्दली एक खुले शेड के नीचे अपनी राइफ़ल को सीने से चिपकाए चैन की नींद सो रहा था। 'कहीं सन्तरी भी न सो रहे हों?' लेविनसन ने सोचा। वह कुछ देर वहीं खड़ा रहा, फिर बड़े यत्न से अपनी नींद पर क़ाबू पाकर घोड़े को अस्तबल से बाहर ले आया। उसने घोड़े पर ज़ीन कसी। ड्यूटीवाला अर्दली तब भी नहीं जगा। 'कुतिये का पिल्ला!' लेविनसन ने एहतियात से अर्दली की टोपी हटाकर फूस में छिपा दी; फिर उछलकर घोड़े की पीठ पर सवार हो वह रात की चौकियों के निरीक्षण के लिए निकल पड़ा।

झाड़ियों के सहारे-सहारे वह मवेशीख़ाने तक चुपके से पहुँचा।

"कौन है?" सन्तरी ने राइफ़ल की घोड़ी को खड़खड़ाते हुए टोका।

"दोस्त!"

"लेविनसन? रात को तुम भला यहाँ क्या कर रहे हो?"

"क्या रक्षक-दल यहाँ आया था?"

"उनमें से एक लगभग पौन घंटे पहले सवार होकर निकला था।"

"सब ठीक-ठाक है?"

"अभी तक तो है। सिगरेट है क्या?"

लेविनसन ने उसे थोड़ा अपना मंचूरियाई तम्बाकू दिया। फिर उसने नदी को पार किया और खेतों के बीच निकल गया।

बादलों के पीछे से धुँधला अर्द्ध-चन्द्र झाँक रहा था; मुरझाई झाड़ियों का ओस के बोझ से झुका हुआ एक कुंज अन्धकार में मानो नाच उठा। पथरीली छिछली ज़मीन पर नावें शोर मचाती हुई बह रही थीं। कंकरों पर से बहते पानी में उठनेवाली प्रत्येक लघु-तरंग की कल-कल स्पष्ट सुनाई दे रही थी। उनके आगे एक पहाड़ी पर चार सवारों की छाया आकृतियाँ उठने-गिरने लगीं। लेविनसन झाड़ियों की ओट में चुपचाप खड़ा हो गया। आदमियों की आवाज़ पास ही से आ रही थी। उसने उनमें से दो को पहचान लिया—वे रक्षक-दल के थे।

"रुक जाओ!" सड़क पर निकलते हुए उसने आवाज़ दी। घोड़े फुंकारते हुए बिदकने लगे। उनमें से एक ने लेविनसन के घोड़े को पहचान लिया और धीरे से हिनहिनाया।

"तुमने तो हमें डरा दिया!" सामनेवाले सवार ने दृढ़ और साधारण बोलचाल का लहज़ा क़ायम रखने में लगभग सफल होते हुए कहा। "अरे हो! पतुरिया कहीं की!"

"तुम्हारे साथ ये कौन हैं?" लेविनसन ने उनके पास आते हुए पूछा।

"ओसोकिन के प्रहरी। जापानी मार्यानोव्का में आ गए हैं।"

"मार्यानोव्का?" लेविनसन ज़ीन पर तनकर बैठ गया। "ओसोकिन और उसकी कम्पनी कहाँ है?"

"क्रिलोव्का में," एक गुप्तचर ने कहा। "हमें पीछे हटना पड़ा, भयानक लड़ाई हुई और हम टिक नहीं पाए। उन्होंने हमें तुमसे सम्पर्क के लिए यहाँ भेजा है। कल हम कोरियाई फ़ार्मों के लिए रवाना हो जाएँगे।"

वह ज़ीन पर आगे को इस तरह झुका मानो अपने ही शब्दों के असहनीय बोझ से दबा जा रहा हो। "सब सफ़ाया हो गया। हमारे चालीस आदमी खेत रहे। पूरी गर्मियों में हमने इतने आदमी कभी नहीं खोए थे।"

"क्या तुम क्रिलोव्का से तड़के ही रवाना हो जाओगे?" लेविनसन ने पूछा, "मुड़ चलो, मैं तुम्हारे साथ चल रहा हूँ।"

जब वह अपनी कम्पनी के पास वापस लौटा, तो दिन लगभग निकल आया था। उसका चेहरा मुरझाया हुआ था, आँखें जल रही थीं और रातभर सो न सकने के कारण उसका सिर भारी हो रहा था।

ओसोकिन से अपनी बातचीत के बाद उसे यह पक्का विश्वास हो चला था कि कम्पनी के प्रस्थान के चिह्नों को मिटाकर समय रहते निकल भागने का उसका फ़ैसला दुरुस्त था। ओसोकिन की टुकड़ी की हालत मानो पुकार-पुकारकर इस फ़ैसले के हक़ में दलील दे रही थी। कम्पनी इस तरह बिखर गई थी मानो कुल्हाड़ी के एक वार से कोई पुराना पीपा, जिसके तख़्ते सड़ गए हों और पट्टे ज़ंग खाए हुए हों, टुकड़े-टुकड़े होकर बिखर जाता है। सैनिकों ने अपने कमांडर के आदेशों का पालन करना छोड़ दिया था। वे आँगन में निरुद्देश्य घूमते थे। अनेक शराब में धुत होते। लेविनसन को विशेष रूप से एक आदमी की याद आई : दुबला-पतला और अस्त-व्यस्त; वह सड़क के पासवाले मैदान में सूनी दृष्टि से ज़मीन को ताकता हुआ बैठा था और हताशा से पागल होकर सुरमई भोर की गोद में गोली-पर-गोली दागता जा रहा था।

लौटने के बाद लेविनसन ने अपनी चिट्ठियाँ तुरन्त रवाना कर दीं, लेकिन किसी को यह नहीं बताया कि कम्पनी उसी रात में गाँव ख़ाली कर दूसरी जगह जानेवाली है।

7

दुश्मन

किसानों की स्मरणीय बैठक के अगले दिन लेविनसन ने स्ताशिंस्की को जो पहला पत्र भेजा था, उसमें उसने अपनी आशंकाओं को ज़ाहिर किया था; और यह सुझाव दिया था कि अस्पताल को धीरे-धीरे बन्द कर देना चाहिए ताकि आगे चलकर फ़ालतू बोझों से बचा जा सके। डॉक्टर ने पत्र को बार-बार पढ़ा। यह देखकर कि वह अपनी आँखों को हमेशा से कहीं अधिक तेज़ी से मिचमिचा रहा है और उसके जबड़े और भी ज़्यादा बाहर को उभर आए हैं, उसके आसपास के सभी लोग चिन्तित और परेशान हो उठे। स्ताशिंस्की ने अपने दुबले हाथों में जिस छोटे स्लेटी लिफ़ाफ़े को थाम रखा था, उसमें से लेविनसन की आशंकाएँ मानो फुंकारती हुई उठीं और घास के एक-एक पत्ते तथा प्रत्येक व्यक्ति की आत्मा की गहराइयों पर जो अमन और चैन छाया हुआ था, उसे ग्रसने लगीं।

सुहावने मौसम का एकाएक अन्त हो गया; कभी सूरज बादलों के बीच से झाँकता था, तो कभी पानी बरसता। पतझर के आगमन की ख़बर

सबसे पहले देनेवाले काले मंचूरियाई मेपल वृक्ष उदास उसाँसें भरते। काली चोंचवाला बूढ़ा कठफोड़वा पेड़ की छाल पर नये जोश के साथ खट-खट चोंच चला रहा था। पिका, जिसे चिन्ता खाए जा रही थी, रूखा और गुमसुम हो गया। वह पूरे-पूरे दिन ताइगा में घूमता रहता; थकान से चूर और बेचैन होकर वापस लौटता। जब वह सोने की कोशिश करता, तो डोर उलझकर टूट जाती; जब वह ड्राफ़्ट की बाज़ी के लिए बैठता, तो अनिवार्य रूप से बाज़ी हार जाता। उसे ऐसा महसूस होता मानो नली के ज़रिये सड़ा हुआ खारा पानी पी रहा हो। इस बीच अस्पताल के दूसरे मरीज़ अपने गाँवों को लौट रहे थे; वे सिपाहियोंवाले अपने छोटे-मोटे असबाब बाँधकर एक-दूसरे से विदा हो रहे थे। नर्स उनकी पट्टियों की देखभाल करने के बाद अपने 'भाइयों' को प्यार देकर अन्तिम विदाई देती और लोग चल देते; उनके छाल के नये जूते काई में धँस-धँस जाते और वे ताइगा की नम और रहस्यमयी गहराइयों में ओझल होते चल जाते।

वार्या ने जिस अन्तिम व्यक्ति को विदा किया, वह लँगड़ानेवाला युवक था।

"अलविदा भाई," उसने उसके होंठों को चूमते हुए कहा, "देखो, ख़ुदा तुमसे प्यार करता है—उसने तुम्हारे लिए अच्छे मौसम की व्यवस्था कर दी है। हम ग़रीबों को भूल मत जाना...।"

"भला है कहाँ तुम्हारा यह ख़ुदा?" लँगड़ानेवाले युवक ने व्यंग्यपूर्ण मुस्कराहट के साथ कहा, "ख़ुदा-वुदा कोई नहीं; ख़ूनी जहन्नुम की क़सम, कोई नहीं!..." सदा के समान अपने मौजी और चटपटे ढंग से वह कुछ और कहना चाहता था, किन्तु कुछ कह नहीं पाया और उसके होंठ फड़फड़ाकर रह गए। उसने निराशा में भरकर अपना हाथ हिलाया और मुड़कर पगडंडी पर लँगड़ाता हुआ चल पड़ा। उसके खाने का डिब्बा मानो अपशकुन की सूचना देता हुआ खनखना रहा था।

ज़ख़्मी आदमियों में अब केवल फ्रोलोव और मेतचिक ही रह गए थे। पिका भी था जो बीमार तो बिलकुल न था, किन्तु उसका जाने को मन नहीं करता था। मेतचिक हरे रंग का एक नया ब्लाउज़ पहने था जिसे नर्स ने

उसे बनाकर दिया था। वह बिस्तर पर अपने तकिये और पिका की पोशाक का सहारा लेकर बैठा था। उसके सिर पर अब पट्टी नहीं थी। उसके बाल बढ़ गए थे और मोटी सुनहरी लटों के रूप में झूल रहे थे। उसके माथे की खराश से उसका मुख आयु में अधिक और ज़्यादा गम्भीर लग रहा था।

"तुम शीघ्र ही चंगे होकर चले जाओगे," नर्स ने उदास भाव से कहा।

"कहाँ जाऊँगा मैं?" उसने अनिश्चित भाव से पूछा और स्वयं अपने सवाल पर चौंक पड़ा। इस बारे में वह पहली बार विचार कर रहा था। एक अस्पष्ट, बेचैन कर देनेवाली और आनन्दहीन भावना, जिससे वह पहले से ही परिचित था, उसके हृदय में घर कर रही थी। मेतचिक ने मुँह बिचकाया। "मेरे पास जाने के लिए कोई जगह नहीं," उसने कड़वाहट में कहा।

"क्या मतलब है तुम्हारा?" अचम्भे में आकर वार्या चिल्लाई, "क्यों, तुम लेविनसन के पास जाकर उसकी कम्पनी में शामिल हो जाओगे, इसमें क्या शक है? क्या तुम घोड़े की सवारी कर सकते हो? हमारी कम्पनी घुड़सवारों की है। कोई बात नहीं, तुम सवारी करना सीख जाओगे।" बिस्तर पर उसकी बग़ल में बैठकर वार्या ने उसके हाथ को अपने हाथों में ले लिया।

मेतचिक ने उधर से अपनी निगाह फेर ली। यह विचारकर कि देर-सवेर उसे जाना ही होगा। अब उसे केवल अप्रिय ही नहीं, बल्कि विष के समान कड़वा भी लग रहा था।

"डरो नहीं!" वार्या ने कहा, मानो वह उसके विचारों को समझ गई हो। "तुम्हारे जैसा अच्छा नौजवान आदमी और इतना शर्मीला...तुम शर्मीले बहुत हो," उसने कोमल स्वर में दोहराया और चारों ओर चोरी-चुपके देखकर उसके ललाट को चूम लिया। इस चुम्बन में मातृत्व का भाव मिश्रित था। "शाल्दिबा के यहाँ की बात और है, लेकिन लेविनसन के यहाँ सब ठीक-ठाक है..." अपने शब्दों को पूरा किये बिना वह उसके कान में जल्दी से फुसफुसाई। "शाल्दिबा के आदमी अधिकतर किसान हैं, लेकिन हमारे आदमी खनिक हैं; अच्छे लोग हैं; उनके साथ आसानी से निभ सकती है। मुझसे मुलाक़ात करने के लिए जितनी बार सम्भव हो सके, चले आना।"

"और मोरोजका का क्या होगा?"

"और उस लड़की का क्या होगा—वह तसवीरवाली?" उसने सवाल के जवाब में सवाल किया और खिलखिलाकर हँस पड़ी; फिर झटके के साथ मेतचिक से अलग हो गई, क्योंकि फ्रोलोव उसी ओर देखने लगा था।

"ओह, मैं तो उसे भूल ही गया था। मैंने वह तसवीर फाड़ डाली," उसने जल्दी से कहा, "क्या तुमने ज़मीन पर टुकड़े देखे थे?"

"ख़ैर, मोरोजका की चिन्ता मत करो। वह अब तक इसका आदी हो चुका है। वह ख़ुद भी अन्य स्त्रियों से साँठ-गाँठ रखता है। जी छोटा मत करना। बस, जितनी बार हो सके, चले आना; और अपने हक़ों के लिए डटकर लड़ना, घुटने मत टेकना। तुम्हें हमारे जवानों से डरना नहीं चाहिए। वे सिर्फ़ देखने में ख़ूँख़्वार लगते हैं—अगर तुम अपनी उँगली उनके मुँह में दोगे, तो निस्सन्देह वे काट लेंगे, लेकिन वास्तव में उनमें कोई डरावनी बात नहीं है—वे केवल देखने में डरावने लगते हैं। तुम्हें भी अपने जबड़े दिखाने होंगे—बस, इतनी ही बात है।"

"क्या तुम अपने जबड़े दिखाती हो?"

"मैं एक स्त्री हूँ; मुझे ऐसा करने की ज़रूरत नहीं। मेरा काम तो प्रेम करना है, लेकिन मर्द के लिए और कोई रास्ता नहीं। बस, मुझे सिर्फ़ इतना डर है कि तुम ज़रूरत के मुताबिक़ मज़बूत नहीं साबित होगे," वह विचारमग्न होकर बोली और दोबारा उसकी ओर झुककर फुसफुसाई, "शायद इसीलिए मैं तुमसे प्यार करती हूँ—मुझे पता नहीं...।"

'बात सच्ची भी है—मैं क़तई बहादुर नहीं हूँ,' मेतचिक ने सोचा।

उसके हाथ सिर के नीचे मुड़े हुए थे और आँखें एकटक आकाश पर जमी थीं, "लेकिन क्या मैं किसी तरह निर्वाह नहीं कर लूँगा? मुझे किसी-न-किसी तरह...करना ही होगा...। दूसरे निर्वाह करते हैं...।"

उसके विचारों में अब उदासी नहीं थी, उनमें दुःख या एकाकीपन का पुट न था। वह प्रत्येक वस्तु को तटस्थ दृष्टि से देख सकता था, कारण कि वह स्वस्थ होता जा रहा था। उसके घाव तेज़ी से भर रहे थे। उसका शरीर पहले

से अधिक मज़बूत और भारी होता जा रहा था। यह तमाम ताक़त मानो उसे धरती से, जिसमें से चींटियों और पवित्र मदिरा जैसी गन्ध आती थी और उस वार्या से हासिल हो रही थी जिसकी आँखें धुँधली थीं और जिसकी बातें सीधे उसके प्रेमी हृदय से निकल रही थीं। वह यही विश्वास करना चाहता था।

'आख़िर, मैं हताश क्यों होऊँ?' मेतचिक ने सोचा। उसे ऐसा प्रतीत होने लगा मानो हताश होने का वास्तव में कोई कारण नहीं है। "मुझे उनके साथ बराबरी की जगह लेनी होगी—घुटने नहीं टेकने होंगे। इस मामले में वह बिलकुल ठीक कहती है। यहाँ के मर्द भिन्न प्रकृति के हैं; मुझे उनके अनुरूप बनना होगा। मैं ऐसा बनकर ही रहूँगा!"

ऐसे विश्वास के साथ उसने यह निश्चय किया, जैसे पहले कभी नहीं किया था; और वार्या के शब्दों और उसके स्नेहपूर्ण प्यार के प्रति उसके अन्दर ऐसी भावना जगी जो क़रीब-क़रीब अपनी माँ के प्रति एक पुत्र की कृतज्ञता के समान थी।

"जब मैं शहर लौटूँगा तो सब कुछ बदला मिलेगा, कोई मुझे पहचान न पाएगा—तब मैं बिलकुल भिन्न आदमी बन जाऊँगा।"

उसके विचार उसे बहुत दूर—भविष्य के चमचमाते प्रांगण में उड़ा ले चले : मानो वे हल्के और पवन के रेशों से बने थे; और ताइगा के जंगलों से घिरे मैदानों के ऊपर तैरते कोमल, गुलाबी बादलों के समान ही विलीन हो जाते थे। उसने अपनी कल्पना में एक चित्र मूर्त किया : वह वार्या के साथ एक खुली खिड़कियों वाले हिचकोले खाते रेल के डिब्बे में बैठा शहर लौट रहा है। खिड़कियों के बाहर कोमल और गुलाबी बादल सुदूर धुँधली पर्वतमालाओं के ऊपर उड़े जा रहे हैं। वे दोनों एक-दूसरे की बग़ल में, एक-दूसरे से सटकर खिड़की के पास बैठे हैं। वार्या उसके कानों में कोमल शब्द बुदबुदा रही है और वह वार्या के सिर तथा दिन के प्रखर प्रकाश के समान उसकी सुनहरी लटों को सहला रहा है...। उसके स्वप्नलोक की वार्या और खान नं. 1 की मुलायम कन्धोंवाली गाड़ी ढोनेवाली के बीच कोई समानता न थी, क्योंकि उसके सारे विचार केवल दिवास्वप्न ही थे।

कुछ दिनों बाद कम्पनी से एक दूसरी चिट्ठी आई। उसे मोरोजका लाया था। उसके आगमन से गहरा आतंक फैल गया—वह चीख़ता-चिल्लाता, अपने घोड़े को बिदकाता और निरर्थक आवाज़ें लगाता हुआ ताइगा से तीर की तरह बाहर निकला था। यह सब उसने किया था सिर्फ़ अपने जोश को शान्त करने के लिए और...'केवल मज़ा लूटने के लिए।'

"पागल हो गया है क्या शैतान?" पिका ने भय से काँपती अपनी मंत्रपाठ जैसी आवाज़ में पूछा, "यहाँ एक आदमी दम तोड़ रहा है..." उसने फ्रोलोव की ओर देखकर सिर हिलाया, "और तुम चिल्ला रहे हो...।"

"अहा, अब्बा सेराफिम!" मोरोजका ने उसका अभिवादन किया। "मेरी घुँघराले बालोंवाली लाडली कैसी है?"

"मैं तेरा अब्बा नहीं हूँ, और मेरा नाम फियोदोर है!" पिका ने क्रुद्ध होकर कहा। पिछले कुछ दिनों से वह बहुत चिड़चिड़ा हो गया था। जब वह ग़ुस्से से तमतमा उठता, तो बहुत ही हास्यास्पद और दयनीय लगता।

"अच्छी बात है, फिदोसेई, अपना सिर मत खपाओ, वरना तुम्हारे घुँघराले बाल झर जाएँगे...। मेरी पत्नी को नाचीज़ का सलाम!" मोरोजका बड़े अन्दाज़ के साथ वार्या के सामने झुका और अपनी टोपी उतारकर पिका के सिर पर रख दी। "सब ठीक है फिदोसेई, टोपी तुम्हें ख़ूब फबती है। सिर्फ़ अपनी पतलून ऊँची कर लो; वह इस तरह लटक रही है, जैसे खेत में चिड़ियों को भगानेवाले पुतले की लटकती है—कोई कहीं यह न सोच बैठे कि तुम भले आदमी नहीं हो!"

"अच्छा, क्या हम शीघ्र ही भाग खड़े होंगे?" स्ताशिंस्की ने लिफ़ाफ़े को फाड़ते हुए पूछा, "जवाब के लिए थोड़ी देर बाद बैरक में आ जाना," उसने खारचेंको से चिट्ठी को छिपाते हुए कहा जो जान का जोखिम उठाकर गले को तानता हुआ डॉक्टर के कन्धों के ऊपर से झाँक रहा था।

वार्या अपने लहँगे के आँचल में उँगलियों को उलझाती हुई मोरोजका के सामने खड़ी थी। अपने पति से मिलने पर पहली बार वह एक विचित्र बेचैनी का अनुभव कर रही थी।

“तुम इतने लम्बे अर्से तक ग़ायब क्यों रहे?” उसने आख़िरकार बनावटी उपेक्षा के साथ कहा।

“तुम्हें मेरी याद बहुत सताती थी न, क्यों?” उसने अपने से वार्या की अगम्य दूरी को भाँपते हुए उपहास के लहज़े में कहा, “ख़ैर, कोई बात नहीं, अब तुम्हें सारी कमी पूरी कर लेने का मौक़ा मिल रहा है। बस, अभी ताइगा में चलते हैं।” क्षणभर चुप रहने के बाद उसने अर्थपूर्ण शब्दों में कहा, “साथ मिलकर दु:ख झेलने के लिए।”

“बस, तुम्हें तो एक ही बात सूझती है,” वार्या ने बिना मोरोजका की ओर देखे मेतचिक के बारे में सोचते हुए जवाब दिया।

“और तुम?” मोरोजका अपनी चाबुक से खेलता हुआ उसके उत्तर की प्रतीक्षा करने लगा।

“मेरे लिए भी यह कोई नई बात है! ऐसी बात तो है नहीं कि हम अजनबी हों।”

“तो चलें फिर?” उसने बिना अपने स्थान से हिले सतर्क होकर पूछा।

वार्या ने अपना लहँगा नीचे गिरा दिया और अपनी चोटियों को पीठ की ओर फेंकती हुई पगडंडी पर आगे बढ़ चली। मेतचिक को मुड़कर देखने की इच्छा का दमन करती हुई वह एक लापरवाह चाल से चल रही थी। वह जानती थी कि मेतचिक उसका दुखित दयनीय नेत्रों से पीछा कर रहा है और यह कि वह कभी बाद में भी यह समझ नहीं पाएगा कि वार्या मोरोजका के साथ जाकर केवल एक दूभर कर्तव्य का पालन कर रही है।

वह डर रही थी कि मोरोजका एकाएक पीछे से उसे आलिंगन में भर लेगा, किन्तु वह उसके पास नहीं आया। वे काफ़ी देर तक इसी तरह चलते रहे। दोनों में से कोई भी चुप्पी नहीं तोड़ रहा था। वह इसे और बर्दाश्त न कर सकी; वह खड़ी हो गई और आश्चर्य और कौतूहल से मोरोजका की ओर मुड़ी। वह पास आ गई, फिर भी उसने वार्या को अपनी बाँहों में नहीं लिया।

"तू अच्छा नहीं करने जा रही है, बदजात!" उसने एकाएक, भर्राई आवाज़ में रुक-रुककर कहा, "क्या किसी को अपना दिल दे बैठी है?"

"तुम्हें इससे क्या लेना-देना है?" वार्या ने अपना सिर उठाया और साहस के साथ सीधे उसकी आँखों में देखने लगी।

मोरोजका को यह बात शुरू से मालूम थी कि उसकी अनुपस्थिति में वार्या दूसरे पुरुषों के साथ सिलसिला चलाती रहती है, जैसा कि वह उनके विवाह के पहले भी करती थी। वास्तव में उसे इस बात का आभास अपने विवाह के पहले दिन ही तब मिल गया था जब फ़र्श पर पड़े लोगों की जमघट से वह सुबह सरदर्द के साथ उठा था और अपनी धर्मपत्नी को खान नम्बर-4 के कोयला काटनेवाले गेरासिम की बाँहों में लिपटकर सोता हुआ पाया था, किन्तु उस समय और बाद में भी उसका रवैया पूरी उदासीनता का था। उसने पारिवारिक जीवन कभी नहीं देखा था और किसी बात को वह विवाहित पुरुष की तरह महसूस नहीं करता था, किन्तु उसे यह सोचकर कसक होती थी कि उसकी बीवी मेतचिक जैसे व्यक्ति को अपना प्रेमी बना सकती है।

"कौन है वह, मैं जान सकता हूँ?" वह वार्या की पैनी दृष्टि के वार को एक लापरवाह, व्यंग्यपूर्ण मुस्कराहट के साथ झेलता हुआ बनावटी विनम्रता से बोला। वह यह नहीं दिखाना चाहता था कि उसे कसक है। "माँ का वह लाड़ला तो नहीं?"

"और अगर वही हो तो?"

"ख़ैर, वह ठीक है—साफ़-सुथरा है," मोरोजका ने स्वीकार किया। "तुम्हें वह अधिक स्वादिष्ट लगेगा। बस, सिर्फ़ उसकी बहती नाक को साफ़ करने के लिए कुछ और रूमाल बना देना।"

"अगर उसकी आवश्यकता हुई तो मैं उसके लिए कुछ रूमाल भी बना दूँगी; मैं उसकी नाक साफ़ किया करूँगी—सुन लिया तुमने? मैं स्वयं उसकी नाक साफ़ करूँगी!" वह अपना मुँह आगे ले आई और आवेश में आकर फूट पड़ी, "मुझे यह दिखाने की चेष्टा मत करो कि तुम बहुत

बहादुर और मज़बूत हो! तुम्हारे मज़बूत होने का क्या लाभ अगर इन तीन सालों में तुम एक बार भी मेरी गोद न भर सके? तुम तो सिर्फ़ हेंकड़ी मार सकते हो। बहुत वीर बनते हो!"

"मैं भला तुम्हारी गोद कैसे भरता, जब एक पूरी प्लाटून तुम्हारी गोद भरने की चेष्टा में लगी रही है? अपना चिल्लाना बन्द करो," उसने उसकी बात को काटते हुए कहा, "वरना...!"

"वरना—क्या?" वार्या ने ललकारते हुए कहा, "शायद तुम मुझे पीटना चाहते हो? अच्छा, कोशिश कर देखो! देखती हूँ, तुम मुझ पर कैसे हाथ उठाते हो!"

मोरोजका अचम्भे में अपनी चाबुक को उठाता और गिराता रहा—मानो यह विचार उसके लिए कोई अप्रत्याशित रहस्योद्घाटन हो।

"नहीं, मैं तुम्हें पीटूँगा नहीं," उसने अफ़सोस और झिझक के साथ ऐसे कहा मानो उसके दिमाग़ में अब भी यह घूम रहा था कि यदि वह वार्या की पिटाई करे तो क्या अच्छा न रहेगा? "पिटाई तो तुम्हारी होनी चाहिए, लेकिन मुझे तुम किसी औरत पर हाथ उठाते हुए न पाओगी।" उसकी आवाज़ में एक ऐसी भनक थी जो वार्या ने पहले कभी नहीं सुनी थी। "ख़ैर, तुम जैसे चाहो अपना जीवन बिताओ। शायद किसी दिन तुम एक भद्र महिला बन जाओ।" वह अपनी एड़ियों के सहारे घूम गया और चाबुक को जंगली फूलों पर फटकारता हुआ बैरक की ओर लौट चला।

"सुनो, रुको!" उसके प्रति सहसा दया से विह्वल होकर वार्या चिल्लाई, "वान्या!"

"मुझे भद्र लोगों का जूठन नहीं चाहिए," मोरोजका ने फटकार बताई, "मेरी जूठन के लिए उनका स्वागत है!"

वार्या यह निश्चय न कर पाई कि मोरोजका के पीछे दौड़े चले या नहीं; और अन्त में उसने न दौड़ने का फ़ैसला किया। जब तक वह मोड़ के आगे ओझल नहीं हो गया, वार्या वहीं खड़ी रही और फिर अपने सूखे होंठों पर जीभ फेरती हुई धीरे-धीरे उसके पीछे चली।

जंगल से इतनी जल्दी मोरोजका को लौटते देख (अर्दली अपनी बाँहों को झुलाता और भारी क़दम उठाता हुआ चल रहा था) मेतचिक यह समझ गया कि मोरोजका का वार्या के साथ 'सिलसिला नहीं बैठा' और यह कि इसका कारण मेतचिक ही था। उसके हृदय में बेचैन ख़ुशी और जुर्म की एक ऐसी भावना जगी, जिसकी व्याख्या नहीं की जा सकती। मोरोजका की ख़ूनी नज़रों से नज़रें मिलाते हुए उसे डर लग रहा था।

मोरोजका का घने बालोंवाला घोड़ा मेतचिक की चारपाई के पास शोर मचाता हुआ घास पर मुँह मार रहा था। ऐसा लगता था कि अर्दली अपने घोड़े की ओर बढ़ रहा है, किन्तु वास्तव में एक भयानक और विकृत आवेश उसे मेतचिक की ओर खींचे ले जा रहा था। घृणा और अदम्य गर्व से भरा हुआ मोरोजका इसे अपने-आपसे भी स्वीकार करने को तैयार न था। मोरोजका ज्यों-ज्यों निकट आता गया, मेतचिक के हृदय में जुर्म की भावना गहरी होती चली गई; उसकी ख़ुशी ग़ायब हो गई और वह मोरोजका को भयातुर दृष्टि से एकटक देखता ही रह गया, उसकी ओर से अपनी आँखों को हटा न सका। अर्दली ने अपने घोड़े की लगाम को पकड़ा; घोड़े ने अपने सिर से धक्का देकर उसे मेतचिक की ओर घुमा दिया—मानो उसने जानबूझकर ऐसा किया हो। उसकी भयानक और हिंसक घृणा से भरी दृष्टि देखकर मेतचिक की सिट्टी-पिट्टी गुम हो गई। पलभर के उस अर्से में उसने अपने को इतना तिरस्कृत अनुभव किया, वह इतना डर गया कि उलझे शब्द एकाएक उसके होंठों पर उमड़ आए, किन्तु मुँह से वह एक आवाज़ भी न निकाल सका।

"यहाँ मोर्चे के पीछे पड़ा-पड़ा हरामख़ोरी कर रहा है!" मोरोजका ने अपने विचारों को प्रकट किया और मेतचिक के मूक विरोध को अनसुनी करता हुआ आवेश में थूक दिया। "और हरा ब्लाउज़ भी पहने हुए है!"

वह इस विचार से क्रोधातुर हो उठा था कि मेतचिक कहीं उसके ग़ुस्से को ईर्ष्या का परिणाम न समझ ले; वह स्वयं उसके वास्तविक कारण को नहीं समझ पाया और देर तक गन्दी गालियाँ बकता रहा।

"गालियाँ क्यों निकाल रहे हो?" मेतचिक ने भभकते हुए और मोरोजका की गालियों के बन्द होने पर अवर्णनीय राहत का अनुभव करते हुए कहा, "मेरी टाँगें टूट गई हैं—और वे मोर्चे के पिछवाड़े में नहीं टूटी हैं, समझे?" उसने कँपकँपाते हुए कहा।

उसके स्वर में आहत स्वाभिमान का सम्पूर्ण आवेश भरा था। उस समय उसे सच ही यह विश्वास हो गया कि उसकी टाँगें टूट गई हैं; और कुल मिलाकर उसे ऐसा प्रतीत हुआ कि हरा ब्लाउज़ पहननेवाला व्यक्ति वह नहीं, बल्कि मोरोजका है।

"हमने रणभूमि के ऐसे वीरों की बात सुन रखी है!" उसने आगे कहा, और उसका चेहरा शर्म से लाल हो उठा। "और यह तुम्हें बता देता हूँ—यदि मैं तुम्हारा एहसानमन्द न होता...हालाँकि मुझे उसका अफ़सोस है..."

"अहा! आ गया ठिकाने पर!" भावावेश में लगभग उछलता हुआ मोरोजका चीख़ उठा। वह मेतचिक की बात को सुनना या समझना नहीं चाहता था। "क्या यह भूल गए कि मौत के मुँह से मैं तुम्हें कैसे निकाल लाया था? तुम जैसे लोगों को बचाना अपने लिए मुसीबत मोल लेना होता है!" वह ऊँची आवाज़ में चिल्लाया, मानो वह दिनभर लोगों को 'मौत के मुँह' से निकाल लाने के अलावा और कुछ करता ही न हो। "जी हाँ, मुसीबत मोल लेना होता है। तुम्हें देखकर मेरी गर्दन ऐंठने लगती है!" और ग़ुस्से से पागल होकर उसने स्वयं अपनी गर्दन पर एक धौल जमा ली।

स्ताशिंस्की और खारचेंको बैरक की झोंपड़ी से लपककर बाहर निकले। फ्रोलोव ने आश्चर्य और विरोध में अपना सिर घुमा लिया।

"चिल्ला क्यों रहे हो?" स्ताशिंस्की ने एक आँख को बड़ी तेज़ी से मिचमिचाते हुए कड़ककर पूछा।

"तुम जानना चाहते हो कि मेरी अक़्ल कहाँ चली गई?" मेतचिक के एक प्रश्न का उत्तर देते हुए मोरोजका चीख़ा, "यह रही मेरी अक़्ल—इधर, इधर!" वह गन्दे इशारे करता हुआ आवेग में चिल्लाया।

ताइगा से निकलकर नर्स और पिका एक साथ चिल्लाते हुए उनकी तरफ़ दौड़े चले आए। मोरोजका एक ही छलाँग में घोड़े पर सवार हो गया और उसे एक चाबुक रसीद की। ऐसा वह केवल बेहद क्रोध के क्षणों में ही करता था। मिश्का बिदककर अपनी पिछली टाँगों पर खड़ा हो गया और इस तरह उछला मानो धधकता अंगारा उसे छू गया हो।

"ठहरो, तुम्हें एक पत्र ले जाना है, मोरोजका!" स्ताशिंस्की परेशान होकर चिल्लाया, किन्तु मोरोजका वहाँ से जा चुका था।

जंगल की विचलित गहराइयों से बदहवास होकर सरपट दौड़ते घोड़े के टापों की आवाज़ आ रही थी। शीघ्र ही दूर होकर वह शान्त हो गई।

8

अगले पड़ाव की ओर

घोड़े की टाँगों के नीचे से एक तने हुए अनन्त फीते के समान सड़क बड़ी तेज़ी से सरकती चली गई। ऊपर लटकती पेड़ की शाखें मोरोजका के मुँह को क्षत-विक्षत कर रही थीं। इसके बावजूद वह अपने बदहवास घोड़े को ललकारता रहा। उसके हृदय में क्रोध, अपमान और प्रतिशोध की ज्वाला धधक रही थी। मेतचिक के साथ उसकी क्रोधपूर्ण बातचीत का एक से बढ़कर दूसरा चुभनेवाला हर शब्द बार-बार उसके धधकते दिमाग़ में लौट रहा था। मोरोजका को यह महसूस हो रहा था कि मेतचिक के प्रति उसने अपनी घृणा को उतने ज़ोरदार शब्दों में व्यक्त नहीं किया, जैसा कि उसे करना था।

मिसाल के लिए वह मेतचिक को यह याद दिला सकता था कि जौ के खेत में कैसे वह बदहवास हाथों से मोरोजका से लिपट रहा था; कैसे मेतचिक की आँखों में ख़ुद अपनी तुच्छ और कमीनी जान के लिए नंगा ख़ौफ़ समा गया था। उस घुँघराले बालोंवाली महिला के लिए—जिसकी तसवीर शायद

अब भी वह दिल के पास अपनी जाकिट की जेब में सँजोए हो—मेतचिक के प्यार को वह व्यंग्य-बाणों से छेद सकता था और उस साफ़-सुथरी सुन्दर महिला को गन्दी-से-गन्दी गालियाँ दे सकता था।

मोरोजका को याद हो आया कि मेतचिक ने उसकी पत्नी के साथ सिलसिला जोड़ लिया है और इसलिए उसे अब उस साफ़-सुथरी महिला की इतनी परवाह न होगी कि वह बुरा मानता। एक तिरस्कृत प्रतिद्वंद्वी पर विद्वेषपूर्ण विजय की भावना से उन्मत्त होने के बजाय मोरोजका ने यह अनुभव किया कि उसका ऐसा अपमान किया गया है जिसे माफ़ नहीं किया जा सकता।

मिश्का ने अपने मालिक की बेइंसाफ़ी का बुरा मानकर अपनी चाल उसी समय तक तेज़ रखी जब तक कि लगाम उसके ज़ख़्मी जबड़ों को चीर रही थी; जब वह ढीली पड़ी, तो उसने अपनी चाल धीमी कर दी और मालिक को ललकारता हुआ न देख वह दिखावटी जल्दबाज़ी के साथ चलने लगा—बहुत कुछ उसी तरह जैसे कि कोई आदमी गहरी चोट खाने पर भी अपने स्वाभिमान को क़ायम रखने की चेष्टा करता है। उसने उन नीलकंठों की ओर भी कोई ध्यान नहीं दिया जो शाम की बेला में ज़रूरत से ज़्यादा और हमेशा की तरह अनावश्यक रूप से शोर मचा रहे थे और जिनका शोरगुल उसे असाधारण रूप से आडम्बरपूर्ण और बेहूदा प्रतीत हो रहा था।

ताइगा बर्च-वृक्षों के एक जंगल में—जो उसके किनारे-किनारे लगा हुआ था—खुलकर छितर गया। वृक्षों के बीच चमकते लाल सूरज का प्रकाश सीधे मोरोजका के चेहरे पर पड़ रहा था। यहाँ पर सब कुछ सुखद, निर्मल और आनन्ददायी था। मानव-रूपी नीलकंठों के नाज-नखरों जैसी चीज़ का यहाँ कोई चिह्न तक न था। मोरोजका शान्त हो चला। मेतचिक पर उसने जो गालियों की बौछार की थी या करना चाहता था, उन गालियों ने अपना गहरा प्रतिशोधात्मक रंग खो दिया। वे अब फीकी और अप्रिय प्रतीत होने लगीं। वे बहुत ज़्यादा शोख़ और बेमानी थीं। उसे मेतचिक के साथ अपनी मुठभेड़ पर अफ़सोस हो रहा था, इस बात पर ख़ेद हो रहा था

कि वह अन्त तक 'अपनी नीति पर टिका' न रहा। उसे अब यह महसूस हुआ कि वह जितनी चिन्ता करना चाहता था, उससे कहीं ज़्यादा उसे वार्या की चिन्ता थी। वह निश्चयात्मक रूप से यह भी जानता था कि वह कभी लौटकर उसके पास न जाएगा। वार्या ही अन्य किसी के मुक़ाबले उसके अधिक निकट थी। वह खान में उसके पुराने जीवन के साथ एक कड़ी रह चुकी थी—जब वह 'अन्य सब लोगों के समान' रहता था, जब सब कुछ उसे सीधा-सादा और उलझनहीन प्रतीत होता था। इस कारण उसे वार्या से अलग होने पर ऐसा प्रतीत हो रहा था मानो जीवन का वह लम्बा और अविच्छिन्न दौर ख़त्म हो गया है और उसका नया जीवन अभी शुरू नहीं हुआ है।

सूरज मोरोजका की टोपी की चोंच के नीचे से उसकी आँखों में झाँक रहा था। अपलक और पथराए नेत्र के समान सूरज अब भी पर्वतमाला के ऊपर लटका हुआ था; किन्तु खेत सूने और वीरान थे।

उसने देखा कि जौ के खेतों में फ़सल आधी ही कटी है और कटी हुई जौ के गट्ठर अभी बिखरे पड़े हैं। एक ढेरी पर किसी औरत का लहँगा भूल से पड़ा रह गया है। मेड़ की बग़लवाली खन्दक में एक हेंगी को जल्दी से खोंपकर छोड़ दिया गया है। जौ की एक तरफ़ को उलटी एक ढेरी पर एक कौआ अनाथ की तरह अकेला और चुपचाप बैठा है। मोरोजका के दिमाग़ पर इस दृश्य की कोई छाप नहीं पड़ी। पुरानी स्मृतियों पर जमी हुई धूल की परत को उसने कुरेद डाला था और यह पाया था कि वे स्मृतियाँ क़तई सुखद नहीं हैं, बल्कि एक नीरस और अभिशप्त भार हैं। उसने अपने-आपको परित्यक्त और अकेला अनुभव किया। उसे ऐसा प्रतीत हुआ मानो वह एक विशाल और वीरान खेत में दौड़ रहा है और उस खेत का भयानक सूनापन केवल उसके एकाकीपन को घनीभूत ही बना देता है।

सहसा एक टीले के पीछे से किसी घोड़े के टापों की आवाज़ सुनाई दी और मोरोजका होश में लौट आया। उसने अपने सिर को झटककर ऊपर उठाया और देखा कि उसके सामने एक घुड़सवार गश्ती सिपाही की तनी

हुई आकृति मौजूद है; उसकी कमर में एक चुस्त पेटी बँधी है और वह बड़ी आँखोंवाले जानदार घोड़े पर सवार है। यह मुठभेड़ इतनी अप्रत्याशित थी कि घोड़ा बिदककर अपनी पिछली टाँगों पर खड़ा हो गया।

"शैतान के अवतार!" गश्ती सिपाही ने अपनी टोपी को पकड़ते हुए, जो उड़ चली थी, गाली निकाली, "क्या तुम हो, मोरोजका? जितनी जल्दी हो सके, घर लौट जाओ। वहाँ बड़ा गड़बड़ घोटाला हो रहा है! ख़ुदा क़सम, सिर-पैर का पता नहीं चलता!"

"क्या हो रहा है?"

"कुछ भगोड़े उधर से गुज़रे और उन्होंने ढेर सारे क़िस्से सुनाए—ढेर सारे। कहते थे कि जापानी यहाँ किसी भी क्षण आ धमकेंगे। किसान खेतों से घर की ओर लपके, औरतें फूट-फूटकर रोने लगीं। वे अपने तमाम ठेले घाट पर ले गए हैं, इतने सारे कि बाज़ार भर जाएँ। क्या ख़ूब नज़ारा था, क्या ख़ूब नज़ारा! पार उतारनेवाली नाव के मल्लाह की तो उन्होंने जान ही निकाल ली। मुझे यक़ीन है कि वह अब तक भी सबों को पार नहीं ले जा सका होगा; मुझे यक़ीन है कि नहीं ले गया होगा। ग्रिस्का ने फ़रार्टे से दस मील तक का चक्कर काट डाला, लेकिन जापानियों का कहीं नामोनिशान तक न था—नामोनिशान भी नहीं। सब बेपर की उड़ाते हैं! झूठ बोलते थे, हरामज़ादे! ऐसी हरकत के लिए तो उन्हें गोली से उड़ा देना चाहिए, लेकिन उन पर गोलियाँ ख़राब करना भी बेकार है—हाँ, बेकार गोलियाँ ख़राब करना है।"

गश्ती सिपाही भावावेश में थूक रहा था, अपनी चाबुक घुमा रहा था, अपनी टोपी को सिर से निकालकर फिर सिर पर बैठा रहा था, अपनी लटों को एक लापरवाह अन्दाज़ में हिला रहा था। ऐसा लगता था, मानो तमाम बातों के अलावा वह यह भी कहना चाहता हो कि 'जरा मेरी तरफ़ तो देख, मेरे यार! लड़कियाँ मुझ पर लट्टू हो रही हैं!'

मोरोजका को याद हो आया कि इस पट्ठे ने दो महीने पहले उससे टीन का एक मग्गा चुराया था और बाद में यह क़सम खाई थी कि वह उसके

पास 'जर्मन मोर्चे के ज़माने' से था। यद्यपि मग्गे को खोने का उसे अब अफ़सोस न था, किन्तु उसकी याद उसे एकदम (गश्ती सिपाही के बोलने के पहले ही, जिसकी ओर दरअसल उसने ध्यान ही नहीं दिया था, क्योंकि वह अपने ही विचारों में तन्मय था।) कम्पनी के जीवन के परिचित ढर्रे की तरफ़ खींच ले आई। फौरी रिले चिट्ठी, कनुन्निकोव की वापसी, ओसोकिन का पीछे हटना, वे अफ़वाहें जो पिछले कुछ दिनों से कम्पनी का दाना-पानी बनी हुई थीं—ये सब बातें उसके दिल पर से ख़तरे की एक लहर के समान गुज़र गईं और पिछले दिन का कलुषित मैल उसमें घुल गया।

"भगोड़े? तुम कह क्या रहे हो?" उसने गश्ती सिपाही को टोका।

गश्ती सिपाही ने बनावटी अचम्भे से अपनी आँखें फैला लीं और एकदम गतिहीन बन गया। उसकी टोपी, जिसे उसने अभी-अभी उतारा था और दोबारा सिर पर बैठाने ही वाला था, हवा में लटकी रह गई।

"तू तो बस, अपना बाँकपन दिखाने के लिए मौक़े की तलाश में रहता है, गधे कहीं के!" मोरोजका ने हिकारत भरे लहज़े में कहा। उसने ग़ुस्से से घोड़े की लगाम खींची और कुछ ही मिनटों में घाट पहुँच गया।

माल ढोनेवाली नाव के मल्लाह का शरीर बालों से भरा था और उसने अपनी पतलून की एक टाँग को समेटकर ऊपर चढ़ा लिया था। उसके घुटने पर एक बड़ा फोड़ा दिखाई दे रहा था। वह एक तट से दूसरे तट तक गुंजाइश से ज़्यादा लदी हुई नाव को खेते-खेते निस्सन्देह थकान से चूर हो रहा था। अभी भी उसे बहुतों को पार उतारना था। ज्योंही नाव किनारे से आ लगी, लोगों, बोरों, ठेलों, चीख़ते-चिल्लाते बच्चों और पालनों का रेला उस पर टूट पड़ा। हर कोई नाव में सबसे पहले चढ़ जाने की कोशिश में था। सभी चीख़ते-चिल्लाते, गिरते-पड़ते, एक-दूसरे को धकिया रहे थे और मल्लाह, जिसकी आवाज़ फट गई थी, व्यवस्था क़ायम करने की व्यर्थ चेष्टा में अपने गले पर ज़ोर दे रहा था। एक चपटी नाकवाली किसान स्त्री, जिसने भगोड़े के साथ दो-चार बातें करने के लिए समय निकाल लिया था, यह निश्चय नहीं कर पा रही थी कि घर लौटने की जल्दी करे या किनारे पर बाक़ी बचे लोगों

की अपनी पूरी कहानी कह सुनाए। इसी इत-उत में वह तीसरी बार भी नाव में बैठने से रह गई। उसने एक बड़े बोरे को ज़मीन पर पटका जो उससे भी बड़ा था और उसके सूअरों के लिए चुकन्दर के पत्तों से भरा था। वह कभी प्रार्थना में लीन हो, 'हे भगवान, भगवान!' बड़बड़ाने लगती, तो कभी अपनी कहानी दोबारा शुरू से अन्त तक सुनाने लगती ताकि वह चौथी बार भी नाव में बैठने से रह जाए।

इस भगदड़ को देखकर मोरोजका का मन, अपनी आदत के कारण ('यूँ ही मज़े के लिए'), उन्हें आतंकित करने के लिए ललचाया, किन्तु न जाने क्या सोचकर उसने ऐसा नहीं किया। वह घोड़े से नीचे कूद गया और भीड़ को भरोसा दिलाने लगा।

"अपनी झूठी बकवास बन्द करो, वहाँ कोई जापानी-वापानी नहीं है।" उसने किसान औरत को टोका जिसे अब जोश में बुख़ार-सा चढ़ रहा था। "ज़हरीले गैसें की हाँक रही हो! गैसों की एक ही कही! हो सकता है कि कुछ कोरियनों ने भूसा जलाया होगा; और यह गैसों की बात करती है!"

किसान उस स्त्री को भूलकर उसके चारों ओर जमा हो गए। उसे सहसा ऐसा प्रतीत हुआ मानो वह एक महत्त्वपूर्ण और ज़िम्मेदार व्यक्ति बन गया है। इस असाधारण भूमिका से प्रसन्न होकर तथा इस बात से ख़ुश होकर कि उसने 'उन्हें आतंकित करने' की लालसा को दबा लिया था, वह भगोड़ों के क़िस्सों की काट करने लगा और उनकी खिल्ली उड़ाने लगा। अन्त में वह सभी को शान्त करने में सफल हुआ। जब नाव फिर किनारे पर लगी, तो पहले जैसी भगदड़ नहीं मची। मोरोजका ने स्वयं ठेलों की ढोआई का निरीक्षण किया। अपने खेतों को इतने सबेरे छोड़ आने का किसानों को अफ़सोस होने लगा। वे अपनी झुँझलाहट गालियाँ दे-देकर अपने घोड़ों पर उतारने लगे। यहाँ तक कि बोरे की मालकिन चपटी नाकवाली वह औरत भी दो घोड़ों के सिरों और किसी किसान की चौड़ी पीठ के बीच ठेले में दुबककर बैठ गई।

बाड़े के सहारे झुककर खड़ा मोरोजका माल ढोनेवाली नावों के इर्द-गिर्द घूमते झाग के भँवरों के सफ़ेद दायरों को देख रहा था; किसी ने नाव

में दूसरों से आगे बढ़ने की चेष्टा नहीं की; उनकी सुनिश्चित पाँत को देखकर उसे याद हो आया, मानो उसने स्वयं अभी-अभी किसानों को पंक्तिबद्ध किया हो। यह विचार उसे सुखद प्रतीत हुआ।

मवेशीख़ाने के पास बदली के गश्ती सिपाहियों से उसकी मुलाक़ात हुई—वे दुबोव की पलटन के पाँच जवान थे। उन्होंने हँसी-मज़ाक़ और मैत्रीपूर्ण गाली-गलौज के साथ उसका अभिवादन किया। वे मोरोजका से मिलकर हमेशा ख़ुश होते थे और एक-दूसरे से कहने के लिए उनके पास गाली-गालौज के अलावा और कुछ नहीं होता था। वे सब स्वस्थ और तगड़े जवान थे। उस शाम की हवा शीतल और स्वच्छ थी।

"जहन्नुम में जाओ!" ईर्ष्यापूर्ण नेत्रों से उनका पीछा करते हुए मोरोजका चिल्लाया। उसके दिल में उनके साथ जाने की, उनके हँसी-ठट्ठे और गाली-गलौज में साथ देने की, शीतल और स्वच्छ सांध्य-समीर में उनके साथ घोड़े को सरपट दौड़ाने की उमंग उठ रही थी।

छापेमारों के साथ इस मुलाक़ात से मोरोजका को याद हो आया कि अस्पताल से चलते समय वह स्ताशिंकी का पत्र लेकर नहीं आया था। इसका मतलब था कि उसे मुसीबत का सामना करना होगा। उसे उस बैठक की याद हो आई जब वह अपमानित होकर कम्पनी से निकाल दिये जाने से बाल-बाल बच गया था। उसका दिल बैठने लगा। मोरोजका को यह बात केवल अब समझ में आई कि पिछले एक महीने में उसके साथ जो कुछ गुज़री थी, उसमें शायद सबसे महत्त्वपूर्ण घटना यही थी—अस्पताल में जो कुछ हुआ, उससे निस्सन्देह कहीं अधिक महत्त्वपूर्ण।

"मिश्का, मेरे यार!" घोड़े के माथे की लट को पकड़ते हुए उसने कहा, "मेरा मन तमाम चीज़ों से भर गया है, भाई—मैं इन तमाम मामलों से ऊब गया हूँ!"

मिश्का ने अपने सिर को झटका दिया और गुरगुराया।

सदर दफ़्तर पहुँचते-पहुँचते मोरोजका निश्चित फ़ैसले पर पहुँच गया था : यह कि 'सब चीज़ों को ताक पर रखकर' वह माँग करेगा कि उसे

अपनी प्लाटून में बाक़ी जवानों के बीच वापस भेज दिया जाए और अर्दली की ज़िम्मेदारियों से मुक्त कर दिया जाए।

सदर दफ़्तर के ओसारे पर बाक्लानोव भगोड़ों से पूछताछ कर रहा था। उनके हथियार छीन लिये गए थे और उन्हें हिरासत में ले लिया गया था। सीढ़ियों पर बैठा हुआ बाक्लानोव उनके नाम दर्ज़ कर रहा था।

"आइवान फिलिमोनोव," एक आदमी ने अपनी गर्दन को यथासम्भव लम्बा तानते हुए काँपती दयनीय आवाज़ में कहा।

"क्या?" बाक्लानोव ने उस आदमी की ओर लेविनसन के समान अपने पूरे शरीर को घुमाते हुए गरजकर कहा। (बाक्लानोव को यक़ीन था कि लेविनसन ऐसा केवल अपने प्रश्नों के असाधारण महत्त्व पर ज़ोर देने के लिए करता है, हालाँकि वास्तव में लेविनसन ऐसा केवल इसलिए करता था कि बहुत पहले उसका गला ज़ख़्मी हो गया था और अपने सिर को वह घुमा नहीं पाता था।)

"फिलिमोनोव? तुम्हारे बाप का नाम क्या है?"

"लेविनसन कहाँ है?" मोरोजका ने पूछा।

किसी ने दरवाज़े की ओर सिर हिलाकर इशारा किया। अपने बालों को सँवारता हुआ वह झोंपड़ी के अन्दर घुस गया।

लेविनसन एक कोने में मेज़ पर झुका बैठा था। उसने मोरोजका को देखा नहीं। अनिश्चित अवस्था में खड़ा मोरोजका अपनी चाबुक से खेलने लगा। कम्पनी के बाक़ी तमाम लोगों के समान वह भी कमांडर को एक असाधारण व्यक्ति के रूप में देखता था। चूँकि उसके जीवन के समूचे अनुभव ने उसे यह सिखाया था कि ऐसे आदमी होते नहीं, इसलिए वह अपने को यह यक़ीन दिलाने की चेष्टा करता कि लेविनसन भी एक छँटा हुआ धूर्त और चालाक आदमी है, लेकिन उसे इस बात का भी यक़ीन था कि कमांडर की नज़र से कोई बात छिपती नहीं और उसकी आँखों में धूल झोंकना क़रीब-क़रीब असम्भव है। अचरज की बात तो यह थी कि मोरोजका को जब कभी लेविनसन से किसी चीज़ के बारे में कुछ पूछना होता, तो उसके हाथ-पाँव फूल जाते और उसकी बोली लड़खड़ाने लगती।

"चूहे की तरह अभी तक अपने काग़ज़ कुतरने में लगे हो?" आख़िरकार वह बोला, "मैं तुम्हारी चिट्ठी सही-सलामत पहुँचा आया हूँ।"

"कोई जवाब?"

"न-हीं...।"

"अच्छी बात है।" लेविनसन ने नक़्शे को हटाकर रख दिया और उठ खड़ा हुआ।

"देखो लेविनसन," मोरोजका ने कहना शुरू किया, "मैं तुमसे कुछ माँगना चाहता हूँ। अगर तुम मेरी माँग पूरी कर दो, तो मैं क़सम खाकर कहता हूँ कि जीवनभर तुम्हारा दोस्त बना रहूँगा!"

"जीवनभर?" लेविनसन ने मुस्कराकर दोहराया। "अच्छा, कहो; क्या चाहते हो?"

"मुझे अपनी प्लाटून में वापस भेज दो।"

"तुम्हारी प्लाटून में? क्यों?"

"ओह, वह एक लम्बी कहानी है। मेरा जी भर गया है, सुनते हो। मानो मैं कोई छापेमार हूँ ही नहीं, बल्कि एक..."

मोरोजका ने अपना हाथ हिलाया और उसकी भौंहें चढ़ गईं। उसे डर था कि कहीं गाली निकालने पर सारा मामला ही न चौपट हो जाए।

"और अर्दली का काम कौन करेगा?"

"क्यों, येफिमका को यह काम सौंपा जा सकता है," मोरोजका ने उत्साहित होकर कहा, "बहुत बढ़िया घुड़सवार है, सच कहता हूँ—पुरानी फ़ौज में घुड़सवारी के लिए उसे इनाम मिला करते थे!"

"ज़िन्दगीभर दोस्त बने रहोगे, क्यों?" लेविनसन ने ऐसी आवाज़ में दोहराया मानो उसके लिए यही सबसे महत्त्व की बात हो।

"मेरा मज़ाक़ उड़ाना बन्द करो, शैतान के अवतार!" मोरोजका फूट पड़ा। "मैं ज़रूरी काम से आया हूँ और तुम ही-ही करते हो...।"

"अच्छा, उत्तेजित मत होओ—उत्तेजना तुम्हारे लिए नुक़सानदेह है। दुबोव से कहो कि येफिमका को भेज दे और...तुम जा सकते हो।"

"तुम एक सच्चे दोस्त हो...तुमने मेरा उपकार किया है!" मोरोजका ख़ुश होकर चिल्लाया, "कमांडर हो तो ऐसा! लेविनसन! क्या ख़ूब आदमी है!..." आवेश में उसने अपनी टोपी सिर से लेकर ज़मीन पर पटक दी।

लेविनसन ने टोपी को उठा लिया और कहा, "बेवक़ूफ़!"

मोरोजका अपनी प्लाटून के पास पहुँचा तो अँधेरा हो चला था। जब वह झोंपड़ी के भीतर गया तो वहाँ लगभग एक दर्जन आदमी थे। दुबोव एक बेंच पर टाँगें लटकाकर बैठा हुआ लालटेन की रोशनी में एक रिवॉल्वर के पुर्ज़े अलग कर रहा था।

"ओह, शैतान के बच्चे!" वह अपनी मूँछों के नीचे से गुर्राया। उसने मोरोजका की गठरी को देखा और ताज्जुब में आकर पूछा, "अपना तमाम असबाब लेकर तुम यहाँ क्या करने आए हो? क्या तुम्हें अपने ओहदे से हटाकर आम सैनिकों में शामिल कर दिया गया है? क्या बात हुई?"

"छुट्टी हो गई!" मोरोजका चिल्लाया, "मैं रिटायर हो गया। एक पंख क्या लगा कि मैं परिन्दे की तरह आज़ाद हो गया। मगर पेंशन-वेंशन कुछ नहीं! जाओ, येफिमका—कमांडर का हुक्म है।"

"शायद यह तुम्हारी ही मेहरबानी है, क्यों?" येफिमका ने व्यंग्यपूर्ण लहज़े में कहा। वह एक शुष्क, चिड़चिड़ा व्यक्ति था और उसका चेहरा फुंसियों से भरा हुआ था।

"जाओ, रास्ता नापो; और सवाल मत पूछो। एक शब्द में, मुबारक हो, येफिम सेम्योनोविच! तुम्हें चाहिए कि हम सबकी दावत करो।"

यार-दोस्तों के बीच फिर से आ मिलने की ख़ुशी में मोरोजका ने मज़ाक़ किया, छेड़खानी की, घर की मालकिन को चिकोटी काटी और झोंपड़ी में चक्कर काटता हुआ इस तरह नाचने लगा कि प्लाटून कमांडर से जा टकराया और उसकी तेल की कुप्पी उलट दी।

"खरदिमाग़! ज़ंग खाए हुए पेच!" दुबोव गरज उठा और मोरोजका की पीठ पर इतने ज़ोर का रद्दा जमाया कि उसका सिर मानो धड़ से अलग होते-होते रह गया।

हालाँकि हाथ ज़ोर का बैठा था, फिर भी मोरोजका ने बुरा नहीं माना। यहाँ तक कि उसे दुबोव की तेज़-तर्रार ज़बान और किसी की समझ में न आनेवाले शब्दों और मुहावरों को सुनने में भी मज़ा आ रहा था। यहाँ की तमाम बातें मोरोजका को स्वाभाविक और उचित प्रतीत हुईं।

"ख़ैर, मौक़े से आ गए हो, बहुत मौक़े से," दुबोव ने कहा, "अच्छा हुआ कि तुम फिर हमारे बीच आ गए। वहाँ पड़े-पड़े तुम सड़ गए हो, पुराने पेच की तरह तुममें ज़ंग लग गया है। तुमने हम सबको शर्मिन्दा किया है।"

सबकी यही राय थी कि मोरोजका का वापस आ जाना अच्छी बात थी, किन्तु कारण कुछ और था : उनमें से अधिकांश मोरोजका को ठीक उन्हीं बातों के लिए चाहते थे जो दुबोव को बुरी लगती थीं।

मोरोजका ने अस्पताल की घटना की याद को अपने मस्तिष्क से निकाल देने की चेष्टा की। उसे बहुत डर था कि कहीं कोई यह न पूछ बैठे, "तुम्हारी बीवी का क्या हाल है?"

बाद में वह अन्य जवानों के साथ घोड़ों को पानी पिलाने नदी-तट पर गया। पेड़ों पर उल्लू बोल रहे थे, किन्तु उनकी आवाज़ दबी हुई थी। उसमें अपशकुन का कोई चिह्न तक न था। पानी के ऊपर मौन और चौकन्ने होकर झुके घोड़ों के सिर नदी के ऊपर फैले धुंध में लगभग छिप गए थे। किनारे पर उगी काली झाड़ियाँ ठंडी ओस में मानो सिमट-सिकुड़ रही थीं।

'इसी का नाम ज़िन्दगी है!' मोरोजका ने मन-ही-मन कहा और स्नेह के साथ अपने घोड़े को सीटी की आवाज़ से बुलाया।

झोंपड़ी में लौटकर उन्होंने अपनी ज़ीनों की मरम्मत की और राइफ़लों को साफ़ किया। दुबोव ने खान से अपने पास आई चिट्ठियों को ऊँची आवाज़ में पढ़ सुनाया। जब वह सोने के लिए उठा, तो उसने मोरोजका को 'वापस आने की ख़ुशी में' रात के सन्तरी का काम सौंपा।

वह पूरी शाम ऐसी थी जब मोरोजका ने यह अनुभव किया कि वह एक अच्छा सैनिक तथा भला और उपयोगी आदमी है।

रात में सीने पर एक ज़ोर का धक्का महसूस कर दुबोव जाग उठा।

"क्या हुआ? क्या हुआ?" उसने घबराकर पूछा और उठ बैठा।

अभी वह अपनी उनींदी पलकों को खोलकर रात के लैम्प की मद्धिम रोशनी को घूर ही रहा था कि उसने पहले एक, फिर दूसरी गोली की आवाज़ सुनी (या यूँ कहना चाहिए कि महसूस किया)।

मोरोजका बिस्तर की बग़ल में खड़ा होकर चिल्ला रहा था, "उठो, जल्दी करो! नदी के पार गोली चल रही है!"

थोड़ी-थोड़ी देर में एक-एक करके कई गोलियों की आवाज़ें गूँज उठीं।

"जवानों को जगा दो!" दुबोव ने हुक्म दिया। "हवा के झोंके के समान हर झोंपड़ी में पहुँच जाओ! जल्दी करो!"

कुछ ही क्षणों में वह कपड़े पहनकर और हथियार सँभालकर आँगन में लपक आया। हवा बन्द थी और शीतग्रस्त आकाश का रंग फीका पड़ने लगा था। आकाश गंगा की धुँधली अछूती राहों पर तारे आतंकित हो दौड़ने लगे। भूसे की अटारी के काले दरवाज़े से छापेमारों की एक के बाद दूसरी अस्त-व्यस्त आकृतियाँ गिरती-पड़ती बाहर निकलीं। गालियाँ देते हुए उन्होंने कारतूसों की पेटियाँ बाँधीं और अपने घोड़ों को बाहर निकाल लिया। मुर्ग़ियाँ भयानक कोलाहल के साथ अपने दरबों से बाहर निकल आईं। घोड़े बिदकने और हिनहिनाने लगे।

"मैदान में आ जाओ! घोड़ों पर सवार हो जाओ!" दुबोव ने हुक्म दिया। "दिमित्री! सेमयोन! झोंपड़ियों में सोए आदमियों को जगाओ! दौड़ जाओ!"

सदर दफ़्तर के सामनेवाले मैदान में एक आतिशबाज़ी छूटी। वह धुआँ छोड़ती और आकाश को चीरती हुई निकल गई। नींद में डूबी एक किसान औरत ने खिड़की के बाहर अपना सिर निकाला और फिर जल्दी से अन्दर कर लिया।

"उसे बन्द कर दो!" एक काँपती निराश आवाज़ ने कहा।

सदर दफ़्तर से लपककर आता हुआ येफिमका फाटक के पास पहुँचकर चिल्लाया, "बाहर निकल आओ! पूरी जंगी-पोशाक में जमाव-केन्द्र पर पहुँच जाओ!"

उसके घोड़े ने दाँत निपोड़कर झटके के साथ अपना सिर फाटक के ऊपर उठाया। येफिमका चिल्लाकर कुछ और बोला जो किसी की समझ में न आया; और फिर वह ग़ायब हो गया।

जब प्लाटून के बाक़ी सदस्यों को जगाने के वास्ते गए लोग लौटे, तो पता चला कि प्लाटून के आधे लोग रात में अपने क्वार्टरों में नहीं थे : वे संध्याकालीन उत्सवों में गए हुए थे और शायद अपनी प्रेमिकाओं के साथ रात बिता रहे थे। घबड़ाए दुबोव की समझ में नहीं आ रहा था कि मौजूद छापेमारों को साथ ले चले या स्वयं सदर दफ़्तर पहुँचकर मामले का पता लगाए। भगवान और पवित्र सेनॉड को उसने धिक्कारा और छापेमारों को एक-एक करके बुला लाने के लिए चारों दिशाओं में घुड़सवार दौड़ा दिये। घुड़सवार अर्दली अपने घोड़ों को सरपट दौड़ाते हुए दो बार यह आदेश सुना गए थे कि पूरी प्लाटून जमा हो जाए, लेकिन लापता आदमियों का कहीं पता न था। जाल में फँसे जानवर के समान दुबोव मैदान में चक्कर काट रहा था। वह इतना हताश हो चला था कि गोली से अपने भेजे को उड़ा लेने का भाव उसमें जाग्रत हो गया। यदि उसे अपनी भारी ज़िम्मेदारी का एहसास न होता, तो शायद वह ऐसा कर भी लेता। उसी रात को उस प्लाटून के अनेक छापेमारों ने उसके निर्मम घूँसों का परिचय प्राप्त किया।

अन्त में बौखलाए कुत्तों की भौं-भौं के साथ पलटन सदर दफ़्तर की ओर सरपट चाल से चल पड़ी। गलियों में आतंक छा गया और घोड़ों की बदहवास टापों और फ़ौलाद की झनझनाहट से वातावरण गूँज उठा।

जब दुबोव ने देखा कि सारी की सारी टुकड़ी मैदान में जमा है, तो वह चकित रह गया। राजमार्ग पर माल-असबाब की गाड़ियाँ क़तार बनाए खड़ी थीं। बहुत-से छापेमार अपने घोड़ों से नीचे उतर आए थे और पास ही बैठकर सिगरेटें फूँक रहे थे। दुबोव की आँखों ने लेविनसन की दुबली-पतली आकृति को खोज निकाला। वह मशालों की रोशनी के बीच लकड़ी की एक ढेरी के पास खड़ा था और शान्तिपूर्वक मेतेलित्सा से बातें कर रहा था।

"इतनी देर क्यों लगा दी जनाब?" बाक्लानोव उस पर बरस पड़ा। "और डींगें मारते हो कि 'हम खनिक लाजवाब हैं'!" वह गुस्से से पागल हो रहा था, नहीं तो दुबोव से उलझने की वह कभी हिम्मत न करता।

प्लाटून कमांडर सिर झुकाए खड़ा रहा। जिस बात से उसे सबसे ज़्यादा क्लेश हो रहा था, वह यह थी कि इस समय इस कम-उम्र बाक्लानोव को भी उसे बुरा-भला कहने का मौक़ा मिल गया था। वह यह महसूस कर रहा था कि उसके जुर्म की गम्भीरता को देखते हुए कोई उसे कितना ही गाली-गलौज क्यों न दे ले, सज़ा कम ही ठहरेगी। इसके अलावा, बाक्लानोव ने उसके दिल में नश्तर चुभो दिया था : दुबोव अपने दिल से यह विश्वास करता था कि इस दुनिया में सबसे गौरवशाली और सबसे ऊँचा खिताब अगर कोई है, तो वह 'खनिक' का है। अब उसे इस बात का विश्वास हो चला था कि उसकी प्लाटून ने न केवल अपने-आपको, बल्कि सूचान की खानों और तमाम 'कोयला खानवालों' को कम-से-कम सात पीढ़ियों के लिए बदनाम कर दिया है।

दुबोव को दिल खोलकर गालियाँ सुना लेने के बाद बाक्लानोव गश्ती सिपाहियों को लौटा लाने के लिए रवाना हो गया। नदी के उस पार से तुरन्त लौटे अपने पाँच जवानों से दुबोव को यह पता चला कि वहाँ कोई दुश्मन नहीं है, और यह कि लेविनसन के आदेश पर उन्होंने ख़ुद ही गोलीबारी की थी। वह समझ गया कि लेविनसन ने कम्पनी का इम्तहान लेने के लिए ही ऐसा किया था—वह जानना चाहता था कि पलटनें तैयारी की हालत में हैं या नहीं। दुबोव इस विचार से और भी अधिक सकपका गया कि उसने अपने कमांडर की आशाओं पर पानी फेर दिया और दूसरों के लिए आदर्श बनने में असफल रहा।

जब पलटनें क़तारों में खड़ी हो गईं और हाज़िरी ली गई, तो यह पता चला कि अभी बहुत-से छापेमार लापता हैं। कुब्राक की पलटन के ही सबसे ज़्यादा आदमी ग़ायब थे। कुब्राक स्वयं दिन में अपने सगे-सम्बन्धियों से विदा लेने गया था और दावत में पी हुई शराब की खुमारी अभी उसकी आँखों में मौजूद थी।

वह बार-बार रोता-सिसकता हुआ अपनी प्लाटून के सामने तकरीरें करता और पूछता : "क्या तुम मुझ जैसे धूर्त और सूअर का आदर कर सकते हो?" सारी कम्पनी पर यह प्रकट हो चला था कि वह नशे में चूर है। केवल लेविनसन ही ऐसा बना हुआ था मानो उसे कुछ पता ही न हो; अन्यथा उसे मजबूर होकर कुब्राक को उस ओहदे से बर्ख़ास्त करना पड़ता। दूसरा कोई ऐसा न था जो उसका स्थान ले पाता।

लेविनसन क़तारों के बीच घूम गया और मैदान के बीच लौटकर उसने कठोर और गम्भीर भाव से अपने हाथ को ऊपर उठाया। रात की गोद में डूबी रहस्यमय आवाज़ें सुनाई दे रही थीं।

"साथियो!" लेविनसन ने कहना आरम्भ किया। उसकी धीमी किन्तु स्पष्ट आवाज़ प्रत्येक छापेमार को ऐसी लग रही थी मानो उनका अपना हृदय ही बोल रहा हो। "हम यहाँ से जा रहे हैं। कहाँ? इस सवाल का अभी उत्तर देने में कोई तुक नहीं है। बात को बढ़ा-चढ़ाकर बताने की कोई ज़रूरत नहीं, पर जापानी फ़ौजें इतनी बड़ी ज़रूर हैं कि कुछ समय के लिए छिपकर रहना ही हमारे लिए हितकर है। इसका मतलब यह नहीं कि हम ख़तरे से बिलकुल बरी हो जाएँगे। नहीं, ख़तरा चौबीसों घंटे हमारे सिरों पर मँडराता रहता है। हर छापेमार इस बात को जानता है। क्या हम अपने छापेमार पेशे के अनुरूप खरे उतरे हैं? आज हम इसमें नाकामयाब रहे हैं। हममें उतना ही अनुशासन है जितना कि स्कूली लड़कियों की टोली में होता है। आज अगर जापानी दरअसल हम पर हमला बोलते, तो हमारी क्या हालत होती? पलक मारते वे हमें काट गिराते। धिक्कार है!"

लेविनसन एकाएक आगे को झुका। उसके अन्तिम शब्द गोलियों की तरह सनसनाते हुए उसके मुख से निकले थे। सबको सहसा ऐसा प्रतीत हुआ मानो फ़ौलादी उँगलियाँ उनके गले को दबोच रही हों।

किसी बात को एकदम समझ नहीं पानेवाला कुब्राक भी गहरी आस्था के साथ चिल्लाया, "बिलकुल सच है...तुम्हारा एक-एक शब्द सच है!..." उसने अपना सिर हिलाया और ज़ोर से हिचकी ली।

दुबोव को अन्देशा था कि लेविनसन किसी भी क्षण कह उठेगा, "मिसाल के लिए दुबोव को ही ले लो—दावत उड़ाने के बाद साहब आज रात यहाँ तशरीफ़ लाए, जबकि मैं उसी पर सबसे ज़्यादा उम्मीद लगाए बैठा था। धिक्कार है।" लेकिन लेविनसन ने किसी का नाम नहीं लिया। वास्तव में वह बहुत कम बोला; किन्तु एक ही बात पर इस तरह ज़ोर देकर बोला मानो किसी भारी कील पर हथौड़े के लगातार प्रहार से उसे हमेशा के लिए जड़ देना चाहता हो। जब उसे तसल्ली हो गई कि उसकी बात छापेमारों के दिलों में पैठ गई है, तब दुबोव की ओर मुड़कर उसने कहा, "दुबोव की प्लाटून के लोग माल-असबाब की गाड़ियों के साथ जाएँगे...ज़रा ठंडा हो लेंगे तो अच्छा रहेगा, बड़ी जल्दी गर्मी खा जाते हैं।" वह रकाब पर पैर रखकर सीधा खड़ा हो गया और अपनी चाबुक को फटकारता हुआ चिल्लाया, "तीन-तीन की पाँतों में दाएँ से चल दो!"

ज़ंजीरें खनखना उठीं, ज़ीनें ज़ोर से चरमराईं और किसी शान्त तालाब के ठहरे जल में तैरती हुई भीमकाय मछली के समान, अन्धकार की गोद में हिचकोले खाती हुई, छापेमारों की घनी पाँतें आगे को सरकने लगीं। ऐसा लगता था, मानो सिखोते-अलीन की प्राचीन पहाड़ियों की दिशा में वे तैर रही हों। पहाड़ियों के पीछे से चिरन्तन और चिर-यौवना उषा आकाश में गुलाल उड़ेल रही थी।

9

मेतचिक कम्पनी में

कम्पनी के प्रस्थान की ख़बर स्ताशिंस्की को सहायक क्वार्टर-मास्टर से मिली, जो रसद की खोज-ख़बर लेने अस्पताल आया था।

"वह पट्ठा लेविनसन है चालाक आदमी!" सहायक क्वार्टर-मास्टर ने रंग उड़ी पोशाक से ढकी अपनी कूबड़दार पीठ को सूरज की तरफ़ घुमाते हुए कहा, "वह न होता तो हम सबको भटकते देर न लगती। ज़रा सोचो तो, अस्पताल का रास्ता कोई नहीं जानता! यदि जापानी हमारा पीछा करें तो सारी-की-सारी कम्पनी यहाँ भागकर पनाह ले सकती है; और रसद-राशन का इन्तज़ाम तो यहाँ पहले से मौजूद है ही। क्यों, है न होशियार?" उसने प्रशंसापूर्वक अपना सिर हिलाया और उसके हाव-भाव से स्ताशिंस्की को प्रत्यक्ष दीख रहा था कि वह लेविनसन की प्रशंसा केवल इसलिए नहीं कर रहा था कि लेविनसन एक होशियार आदमी है, बल्कि इसलिए भी कि जो ख़ूबियाँ स्वयं उसमें नहीं हैं, उन्हें दूसरों में देखकर वह ख़ुश होता है।

उसी दिन मेतचिक पहली बार अपने पैरों पर फिर से खड़ा हुआ। कन्धों का सहारा लेकर वह घास के मैदान में चलने लगा। अपने पैरों के नीचे लचकीली मुलायम घास के स्पर्श का अनुभव कर उसका हृदय उल्लास और आश्चर्य से भर गया और वह अकारण हँसने लगा। बाद में बिस्तर पर लेटा हुआ वह अपने दिल की धड़कन सुनता रहा, जो या तो थकान के कारण या पैरों के नीचे घास के स्पर्श की उस सुखद अनुभूति के कारण बहुत तेज़ हो चली थी। कमज़ोरी के कारण उसके पैर अब तक काँप रहे थे और उसका सारा शरीर ख़ुशी से झनझना रहा था।

मेतचिक जब उठकर चलने लगा था तो फ्रोलोव की ईर्ष्यापूर्ण दृष्टि उस पर गड़ गई थी। मेतचिक को ऐसा लगा मानो वह कोई गुनहगार हो! अपने हृदय में उठती इस विचित्र भावना को वह दबा न सका था। फ्रोलोव इतने लम्बे अर्से से बीमार था कि उसके प्रति आसपास के लोगों की सहानुभूति का सोता सूख चला था। वे हर घड़ी उसकी हालत पर चिन्ता प्रकट करते तथा उसकी खोज-ख़बर लेते रहते। उनके इस व्यवहार में फ्रोलोव को यह प्रश्न छिपा दिखाई देता : 'तुम आख़िर मरोगे कब?' लेकिन वह मरना नहीं चाहता था। जीवन से चिपटे रहने की उसकी यह निरर्थक चेष्टा उन सबके लिए एक असह्य भार बनी हुई थी।

वार्या के साथ मेतचिक का विचित्र सम्बन्ध अस्पताल में उसकी रिहाइश के आख़िरी दिन तक जारी रहा। वह एक ऐसे खेल का सामान था जिसमें दोनों ही जानते थे कि औरत क्या चाहती है और मर्द किस चीज़ से डरता है, किन्तु दोनों में से कोई भी साहसपूर्ण और निश्चयात्मक क़दम उठाने के लिए तैयार न था।

अपने कठिन और सहनशील जीवन के दौर में वार्या ने इतने सारे पुरुषों के साथ सम्बन्ध स्थापित किये थे कि अब उन्हें उनकी आँखों अथवा बालों के रंग से, या उनके नामों से भी, पहचानना असम्भव था। वार्या उनमें से किसी को भी 'मेरे राजा, मेरे प्यारे!' कहकर सम्बोधित न कर पाई थी। मेतचिक ही वह पहला पुरुष था जिससे वह ये शब्द कह सकती थी—और उसने कहा भी।

वार्या को लगा कि मेतचिक ही—जो इतना सुन्दर, इतना सुशील और कोमल था—उसकी मातृत्व की अभिलाषा को सन्तुष्ट कर सकता था। केवल इसीलिए वह उससे प्यार करने लगी थी। अपनी इस मूक व्यथा से पीड़ित और अमृत वासना से द्रवित होकर वह रात-दिन उसका पीछा किया करती। देर से खिले अपने इस प्रेम-पुष्प की भेंट्र चढ़ाने के लिए उसे लोगों से अलग ले जाने की चेष्टा करती। पर न जाने क्यों वह अपने मन की बात उससे खुलकर कह नहीं पाती थी।

मेतचिक भी अपने नवजाग्रत यौवन की भरपूर उमंग और कल्पना-शक्ति के साथ वही चाहता था जो वार्या चाहती थी, फिर भी वह उसके साथ एकान्त में रहने से बचने की यथासम्भव कोशिश करता। वह या तो पिका को अपने साथ घसीट लाता, या अस्वस्थ होने का बहाना बनाता। उसने अभी तक नारी को निकट से न जाना था, इसलिए घबराता था। उसे लगता था कि वह अन्य पुरुषों की तरह अपनी भूमिका का निर्वाह न कर पाएगा, बल्कि शर्मनाक तरीक़े से असमर्थ साबित होगा। जब कभी वह अपनी झिझक पर क़ाबू पा भी लेता, तो ताइगा से बाहर निकलकर चाबुक फटकारते मोरोजका की क्रुद्ध आकृति उसकी आँखों के सामने थिरक जाती और उसके हाथ-पाँव फूल जाते। ऐसे अवसर पर आतंक की तथा मोरोजका के एहसान का बदला न चुका सकने की भावना उसके हृदय पर छा जाती।

इस आँख-मिचौनी के दौर में वह अधिक दुबला और लम्बा हो गया था, किन्तु अन्तिम समय तक अपनी कमज़ोरी पर क़ाबू न पा सका था। वह अस्पताल से पिका के साथ रवाना हुआ। उन्होंने बड़े अटपटे ढंग से सबसे विदाई ली—मानो ऐसे लोगों से बिछुड़ रहे हों, जिनके साथ उनका परिचय बहुत थोड़े दिनों का हो। वार्या उनसे पगडंडी पर आ मिली थी।

"कम-से-कम एक-दूसरे से विदा तो ठीक तरह से हो लें," उसने कहा। दौड़कर आने तथा लाज के कारण उसका मुख तमतमा उठा। "वहाँ न जाने क्यों मुझे शर्म आ रही थी। ऐसा पहले तो कभी नहीं हुआ, लेकिन इस बार मुझे शर्म आ रही थी।" गुनहगारों की-सी मुद्रा बनाकर उसने मेतचिक

के हाथ में तम्बाकू रखने का एक बेल-बूटेदार बटुआ थमा दिया। खानों में सभी लड़कियाँ अपने प्रेमियों को यह उपहार दिया करती थीं।

उसका यह लजाना और उपहार भेंट करना वार्या के स्वभाव के इतने प्रतिकूल था कि मेतचिक के हृदय में दया की एक टीस उठी, किन्तु पिका पास खड़ा था, इसलिए मेतचिक ने वार्या के गाल को अपने होंठों से छू भर दिया। वार्या ने सजल नेत्रों से उसे विदाई दी। उसके होंठ काँप रहे थे।

"मुझसे आकर मिलना!" वह चिल्लाई, किन्तु वे पेड़ों के पीछे ओझल हो चुके थे। अपनी पुकार का कोई उत्तर न पाकर वह ज़मीन पर गिर पड़ी और फफक-फफककर रोने लगी।

उदास स्मृतियों के भार को उतारकर रास्ते में फेंकते हुए मेतचिक ने सोचा कि वह एक सच्चा छापेमार है; यहाँ तक कि अपने हाथों की नर्म त्वचा को सूरज की तपिश से झुलसाने के हेतु उसने अपनी आस्तीनें चढ़ा लीं। उसने सोचा कि नर्स के साथ उस स्मरणीय बातचीत के बाद उसका जो नया जीवन शुरू हुआ है, उसमें खुरदरे और तपे बाज़ुओं का बहुत महत्त्व है।

इरोख़ेद्जा नदी के मुख पर जापानी फ़ौजों और कोलचक सैनिकों का क़ब्ज़ा था। पिका आतंकित और घबराया हुआ था। पूरी सफ़र के दौर में वह कभी सिर-दर्द तो कभी जोड़ों में दर्द का बहाना बनाता रहा। मेतचिक ने गाँव का चक्कर लगाते हुए घाटी से होकर जाने का सुझाव रखा, लेकिन पिका राज़ी न हुआ। परिणामस्वरूप उन्हें अपरिचित पगडंडियों से होकर पहाड़ों पर चढ़ना पड़ा। सफ़र की दूसरी रात वे चट्टानी ढलानों पर से हाथ-पैर के बल रेंगते हुए नदी की ओर उतरे। रास्ते में वे मरते-मरते बचे। मेतचिक अभी भी अपने पैरों पर पूरी तरह जमकर खड़ा न हो पाता था। जब वे एक कोरियाई फ़ार्म पहुँचे, तो लगभग सुबह हो चुकी थी। वहाँ वे बिना नमक की चुमिजा पर भेड़ियों की तरह टूट पड़े। पिका की अस्त-व्यस्त दयनीय आकृति को देखने के बाद मेतचिक ने हर मुमकिन कोशिश की कि वह हरी घास से घिरे झील के किनारे बैठे शान्त-प्रसन्नचित्त बूढ़े की मोहिनी तसवीर को अपने स्मृतिपट पर मूर्त करे; लेकिन वह ऐसा न कर सका।

पिका की ध्वस्त-परास्त सूरत मानो उस शान्ति की अस्थिरता और असत्यता को ज़ाहिर कर रही थी और ऐलान कर रही थी कि ऐसी शान्ति से न तो आराम मिल सकता है और न मुक्ति ही।

वे अव्यवस्थित फ़ार्मों के बीच से होकर आगे बढ़े। यहाँ जापानियों की कोई चर्चा नहीं थी। जब वे किसानों से पूछते कि कम्पनी वहाँ से गुज़री है या नहीं, तो किसान नदी की धारा की प्रतिकूल दिशा में उँगली से इशारा कर देते, फिर ख़ुद उनसे समाचार पूछते, उन्हें शहद की क्वास पिलाते। लड़कियाँ मेतचिक को देखकर आँखें मटकातीं। औरतें सिर तक काम में डूबी हुई थीं; सारी राहें गेहूँ की पुष्ट और भारी बालियों से ढक गई थीं। सुबह के समय ओस में भीगे मकड़ियों के जाले चमचमा उठते थे। पतझर की हवा में मधुमक्खियों का गुंजन व्याप्त था।

साँझ होते-होते वे शिबिशी पहुँचे। यह छोटा गाँव वनाच्छादित पर्वत की तलहटी में डूबते सूरज के प्रकाश में फैला पड़ा था। एक छोटे-से गए-गुज़रे चैपल के पास, जो काई से ढका था, ऊँची और जोशीली आवाज़ोंवाले हँसमुख जवानों का एक दल रूसी स्किटिल्स का खेल खेल रहा था। उनकी टोपियों पर लाल बिल्ले लगे थे। भारी-भरकम बरसाती जूते पहने एक नाटे आदमी ने, जिसकी लम्बी लाल दाढ़ी को देखकर ऐसा लगता था मानो वह परियों की कहानियों का कोई बौना हो, अभी-अभी अपने बल्लों को निशाना बाँधकर फेंका था, किन्तु वे अपने लक्ष्य से इतनी दूर जा गिरे थे कि सभी उस पर हँस रहे थे। वह आदमी मुँह लटकाकर दाँत निपोरने लगा। सभी यह महसूस कर रहे थे कि वह ज़रा भी हतोत्साह नहीं हुआ है, बल्कि उन्हीं के समान खेल का पूरा आनन्द ले रहा है।

"वही तो है लेविनसन," पिका ने कहा।

"कहाँ, कौन?"

"वह रहा, वह लाल बालोंवाला।"

मेतचिक हैरत में पड़ गया। उसे उसी अवस्था में छोड़ पिका अप्रत्याशित तेज़ी से पैर पटकता हुआ उस नाटे आदमी के पास जा पहुँचा।

“यह देखो, यारो, पिका आ पहुँचा!”

“हाँ, है तो पट्ठा पिका ही!”

“तो हमारे पीछे-पीछे रेंगता हुआ आ ही गया। गंजा शैतान कहीं का!”

अपना खेल भूल लोग बूढ़े पिका के इर्द-गिर्द जमा हो गए। मेतचिक उनसे कुछ दूरी पर खड़ा रहा। वह यह निश्चय नहीं कर पा रहा था कि उनमें शामिल हो जाए या बुलाए जाने तक अपनी जगह पर ही खड़ा रहे।

“तुम्हारे साथ वह आदमी कौन है?” अन्त में लेविनसन पूछ ही बैठा।

“ओह, वह अस्पताल से आया है। भला आदमी है!”

“यह तो वही ज़ख़्मी लड़का है जिसे मोरोजका लाया था,” किसी ने मेतचिक को पहचानकर कहा।

अपनी चर्चा सुन वह उनके निकट आ गया।

अनाड़ियों की तरह स्किटिल्स खेलनेवाले नाटे आदमी की आँखें बड़ी-बड़ी और पैनी थीं। ऐसा प्रतीत हुआ कि वे आँखें मेतचिक को जकड़ रही हैं, कुछ क्षणों तक उसी तरह जकड़कर उसे उलट-पुलटकर देख रही हैं। उसके भीतर जो कुछ है, उसे तौल रही हैं।

“मैं कम्पनी में शामिल होने के लिए आया हूँ,” मेतचिक ने कहना शुरू किया। उसका चेहरा शर्म से लाल हो उठा, क्योंकि वह अपनी आस्तीनों को गिराना भूल गया था और उसकी नंगी मुलायम बाँहें नज़र आ रही थीं। “ज़ख़्मी होने के पहले मैं शाल्दिबा की टुकड़ी के साथ था,” उसने अपनी बात पर ज़ोर देने के लिए कहा।

“तुम शाल्दिबा के पास कितने दिनों तक थे?”

“जून से, मोटे तौर पर...लगभग...”

लेविनसन ने उस पर दोबारा पैनी दृष्टि डाली।

“बन्दूक़ चलाना जानते हो?”

“हाँ...” मेतचिक ने अनिश्चित भाव से कहा।

“येफिमका, एक राइफ़ल लाना तो!”

उधर येफिमका दौड़कर राइफ़ल लाने गया था और इधर कौतूहल भरी दो दर्जन निगाहें मेतचिक को घूर रही थीं। उसने सोचा कि उनके मूक कौतूहल से वैर-भाव टपक रहा है।

"अच्छा, लो, यह राइफ़ल आ गई। अब बताओ, निशाना किस पर साधोगे?" लेविनसन ने चारों ओर नज़र दौड़ाते हुए पूछा।

"सलीब पर!" किसी ने मज़ाक़ में सुझाव दिया।

"नहीं, वह ठीक नहीं रहेगा। येफिमका, इस स्किटिल को उस खम्भे पर रख दो।"

मेतचिक ने राइफ़ल उठा ली। सहसा भय ने उसे आ दबोचा और उसकी आँखें बन्द हो गईं। ऐसी बात न थी कि वह बन्दूक़ चलाना नहीं जानता था, बल्कि उसे लग रहा था कि किसी कारणवश सभी यह चाहते हैं कि उसका निशाना सही न बैठे।

"अपने बाएँ हाथ को नज़दीक कर लो; गोली दागने में आसानी होगी," किसी ने सलाह दी।

सहानुभूति के इन शब्दों को सुनकर मेतचिक का हौसला बढ़ा। उसने घोड़ी दबा दी। धमाके को सुन उसकी आँखें मिचमिचा गईं, किन्तु उसने देखा कि स्किटल खम्भे से नीचे गिर पड़ा है।

"बन्दूक़ तो चला लेते हो।" लेविनसन ने हँसकर कहा, "कभी घोड़े पर सवारी भी की है?"

"नहीं," मेतचिक ने स्वीकार किया। अपनी सफलता के बाद वह मानो सारी दुनिया के जुर्मों का बोझ अपने कन्धों पर लेने को तैयार हो गया था।

"यह तो बुरी बात है," लेविनसन बोला। उसके लहज़े से यह साफ़ ज़ाहिर हो रहा था कि उसे मेतचिक की इस कमी पर दरअसल ख़ेद है। "बाक्लानोव, ज्यूचिखा को इसके हवाले कर दो।" फिर अपनी आँखों को चालाकी से सिकोड़कर उसने कहा, "उसकी ख़ूब देखभाल करना; बेचारी सीधी-सादी घोड़ी है। तुम्हारा प्लाटून कमांडर देखभाल के सम्बन्ध में तुम्हें ज़रूरी हिदायतें दे देगा। अच्छा, इसे किस प्लाटून में दाख़िल करें?"

"मेरी राय मानो तो कुब्राक के प्लाटून में दाख़िल कर दो—उसे आदमियों की ज़रूरत है," बाक्लानोव ने कहा, "इसे और पिका, दोनों को ही।"

"हाँ-हाँ, क्यों नहीं!" लेविनसन ने हामी भरी, "ऐसा ही करो।"

ज्यूचिखा पर नज़र पड़ते ही मेतचिक निरुत्साहित हो गया और उसकी लड़कों जैसी गर्वीली उम्मीदों पर पानी फिर गया। ज्यूचिखा एक बुझी-बुझी-सी आँखोंवाली, उदास घोड़ी थी। उसका रंग मटमैला, पीठ धँसी हुई और पेट फूला हुआ था। देखकर ऐसा लगता था मानो वर्षों तक हलमाची का काम करने के बाद अब ढलती उम्र में यहाँ लाई गई है। इसके अलावा, ज्यूचिखा गाभिन भी थी। उसका विचित्र नाम उसके लिए उतना ही उपयुक्त था जितना कि किसी पोपले मुँहवाली बुढ़िया को दीर्घायु होने का भगवान का आशीर्वाद।

"क्या यह मेरे लिए है?" मेतचिक ने दबी आवाज़ में पूछा।

"देखने में कुछ ख़ास अच्छी नहीं," कुब्राक ने घोड़ी की रान पर एक रद्दा जमाते हुए कहा, "यह भी मानना पड़ेगा कि इसके खुर कमज़ोर हैं। शायद इसलिए कि यह आराम की ज़िन्दगी बिताती रही है, या हो सकता है कि सेहत ठीक न होने के कारण ही ऐसा हो। फिर भी, तुम इस पर सवारी तो कर ही सकते हो।" उसने अपने रूखे भूरे बालोंवाले चौकोर सिर को घुमाकर यक़ीन के साथ दोहरा दिया, "हाँ, तुम इस पर सवारी तो कर ही सकते हो।"

"क्या तुम्हारे पास और घोड़े नहीं हैं?" मेतचिक ने छूटते ही पूछा।

ज्यूचिखा पर सवार होने की बात को सोचकर उसका हृदय घोड़ी के प्रति असहाय क्रोध से भर गया।

कुब्राक ने उसके प्रश्न का उत्तर देने की परवाह न की और ऊबा देनेवाली एकरस आवाज़ में उसे यह समझाने लगा कि इस गई-गुज़री घोड़ी को चौबीसों घंटे जो बीसों बीमारियाँ और ख़तरे घेरे रहते हैं, उनसे बचाव के लिए मेतचिक को सुबह, भोजन के समय तथा शाम को क्या-क्या करना होगा।

"जब कभी तुम दूर की सवारी करके लौटो तो उसकी ज़ीन फ़ौरन कभी मत उतारना!" प्लाटून कमांडर ने हिदायत दी। "कुछ देर उसे खड़ी रहने दो, शान्त हो जाने दो। ज़ीन उतारते ही उसकी पीठ को अपने हाथों से या घास से रगड़ो। दोबारा ज़ीन चढ़ाते समय भी पहले उसे रगड़ना ज़रूरी है।"

मेतचिक के होंठ फड़फड़ाए। उसकी अपलक दृष्टि घोड़ी के सिर पर जमी थी और वह कुब्राक की बातों की ओर कोई ध्यान नहीं दे रहा था। उसे ऐसा प्रतीत हुआ मानो इस गई-गुज़री घोड़ी को उसके हवाले करने का एकमात्र उद्देश्य उसे शुरू से ही नीचा दिखाना है। मेतचिक अपने जीवन को एक नये आधार पर खड़ा करने का फ़ैसला कर चुका था और पिछले कुछ दिनों से कोई भी क़दम उठाने के पहले वह इस नई ज़िन्दगी के दृष्टिकोण से उसे तौलता-परखता था। उसे अब ऐसा लग रहा था कि इस घृणित घोड़ी के साथ नये जीवन में प्रवेश करना उसके लिए असम्भव है। इस घोड़ी पर उसे सवार देख कोई भी यह न समझ पाएगा कि वह बदल गया है—मज़बूत और स्वावलम्बी बन गया है। सब यही समझेंगे कि यह वही पुराना बेढंगा मेतचिक है। इस पर इतना भी भरोसा नहीं किया जा सकता कि एक अच्छा घोड़ा ही उसके सुपुर्द कर दिया जाए।

"इस घोड़ी में जहाँ इतनी सारी कमियाँ हैं, वहाँ एक कमी यह भी है कि इसे ख़ुश्की की शिकायत है," प्लाटून कमांडर ने कहा। उसे न मेतचिक के खीज की परवाह थी और न इस बात की कि वह उसके शब्दों पर क़तई ध्यान नहीं दे रहा था। "इलाज यह है कि इसे सल्फेट की दवा दी जाए। पर सल्फेट हमारे पास है नहीं। सो हम मुर्ग़ियों की बीट से ही काम निकालते हैं—काफ़ी असरदार दवा है। बस, थोड़ी बीट कपड़े में लपेटकर लगाम के साथ बाँध दो। जादू का काम करती है।"

"क्या मैं कोई बच्चा हूँ?" प्लाटून कमांडर की बातों की ओर बिना ध्यान दिये मेतचिक ने सोचा, 'नहीं, मैं लेविनसन को जाकर कहे देता हूँ कि ऐसी घोड़ी पर सवार होने के लिए मैं हरगिज तैयार नहीं। यह कहाँ का इंसाफ़ है कि दूसरों की ख़ातिर मैं परेशानी उठाऊँ?' यह सोचकर उसे बड़ा

आनन्द आ रहा था कि किसी और की ख़ातिर उसकी क़ुर्बानी दी जा रही है। "नहीं जी, मैं उसे खड़ी-खड़ी बात सुनाऊँगा। उसे मेरे साथ ऐसा सलूक करने का कोई अधिकार नहीं!"

जब प्लाटून कमांडर ने अपनी बात ख़त्म कर दी और अन्त में घोड़ी को मेतचिक के हवाले कर दिया, तब कहीं जाकर उसे इस बात का अफ़सोस हुआ कि कमांडर की हिदायतों पर उसने ध्यान नहीं दिया था। ज्यूचिखा का सिर लटका हुआ था और उसके रक्तहीन होंठ फड़क रहे थे। मेतचिक यह समझ गया कि इस घोड़ी की जान अब पूरी तरह उसके हाथों में है, किन्तु उसे यह नहीं मालूम था कि वह इस जान का करे क्या। वह इतना भी नहीं जानता था कि इस सीधी-सादी घोड़ी को बाँधे कैसे। वह दूसरे घोड़ों के चारे में मुँह डालती थी, उनको तथा ड्यूटी पर लगे सन्तरियों को परेशान करती हुई अँधेरे में अस्तबलों में इधर-उधर भटक रही थी।

"वह नया आदमी भला कहाँ मर गया? अपनी घोड़ी को बाँधता क्यों नहीं कमबख़्त?" शेड के भीतर से कोई चिल्लाया और ज़ोर से चाबुक फटकारने की आवाज़ आई, "भाग जा यहाँ से, कुतिया कहीं की! अरे सुनो, ड्यूटी पर कौन है? इसे यहाँ से ले जाओ; कह दो कि जहन्नुम में...!"

अँधेरी और नींद में डूबी गलियों में काँटेदार झाड़ियों से टकराता और मन-ही-मन गालियाँ बकता हुआ मेतचिक सदर दफ़्तर की तलाश में निकला था। हड़बड़ाहट और उत्तेजना के कारण वह पसीने से तर-बतर हो रहा था। एक बार तो वह युवक-युवतियों की एक टोली से टकराते-टकराते बचा; अकार्डियन पर कोई 'सारातोव गीतों' के धुन बजा रहा था; अँधेरे में सिगरेटों के सिरे चमक रहे थे; एड़ियाँ और तलवार खनखना रहे थे; युवतियाँ ख़ुशी से शोर-शराबा कर रही थीं; सब लोग उन्मत्त होकर नाच रहे थे। मेतचिक उनसे रास्ता पूछने का साहस न कर सका और आगे बढ़ गया। यदि एक गली की मोड़ से सहसा एक आकृति प्रकट न हुई होती, तो वह सारी रात इसी तरह गलियों की ख़ाक छानता रहता।

"कॉमरेड, सदर दफ़्तर का रास्ता कौन-सा है?" मेतचिक ने उसके नज़दीक जाकर पूछा। देखा तो मोरोजका था। "अरे, तुम हो?" घबराहट में उसके मुँह से निकल गया।

मोरोजका चकित होकर ठिठक गया। उसके मुँह से अस्पष्ट ध्वनियाँ निकल रही थीं।

"दाएँ हाथ पर दूसरा मकान है," थोड़ी देर बाद उसने जवाब दिया।

आश्चर्य के कारण उसके मुँह से और कोई बात न निकली। उसकी आँखों में एक विचित्र चमक आ गई और वह मेतचिक की ओर मुड़कर देखे बिना अपने रास्ते चला गया।

'मोरोजका! अरे हाँ, उसे तो यहाँ होना ही था,' मेतचिक ने सोचा और पहले की तरह अकेलेपन की भावना ने उसे फिर आ दबोचा। उसे लगा कि वह ख़तरों से घिरा हुआ है। मोरोजका, अँधेरी अपरिचित गलियाँ, वह सीधी-सादी घोड़ी जिसे वह सँभाल न पाया था—सभी उसे किसी-न-किसी रूप में आतंकित कर रहे थे।

जब वह सदर दफ़्तर पहुँचा तो उसके इरादे हवा हो गए; वह समझ नहीं पा रहा था कि यहाँ किसलिए आया है, उसे क्या कहना या करना है।

खेत जैसे विशाल खुले आँगन के बीच एक होलिका जल रही थी। उसके चारों ओर बीसों छापेमार विभिन्न मुद्राओं में बैठे या लेटे थे। लेविनसन आग के बिलकुल पास ऐसी निश्चल मुद्रा में बैठा था मानो धुआँ छोड़ती और फुफकारियाँ मारती लपटों ने उसे मंत्र-मुग्ध कर लिया हो! वह कोरियनों की तरह आलथी-पालथी मारे बैठा था। मेतचिक को इस समय वह परियों की कहानियों का बौना जैसा और भी अधिक लग रहा था। मेतचिक आगे बढ़ गया और छापेमारों के पीछे आकर खड़ा हो गया। छापेमार बारी-बारी से अश्लील क़िस्से सुना रहे थे। सभी क़िस्से एक मन्द-बुद्धि पादरी, उसकी वासनाप्रिय पत्नी और एक साहसी नौजवान के बारे में थे। नौजवान दुनियादारी में निपुण था और चालाकी से पादरी को बेवक़ूफ़ बनाकर उसकी पत्नी के प्रेम का सुख लूटता था। मेतचिक को लगा कि ये क़िस्से दरअसल दिलचस्प नहीं थे,

बल्कि वे इन्हें केवल इसीलिए सुना रहे थे कि और क़िस्से उन्हें मालूम न थे। उसने सोचा कि वे केवल कर्तव्य की भावना से प्रेरित होकर हँस रहे हैं। फिर भी, लेविनसन ध्यान से उन क़िस्सों को सुन रहा था और दिल खोलकर हँस रहा था। जब उसकी बारी आई तो उसने भी अनेक दिलचस्प क़िस्से सुनाए। चूँकि वह उन सबसे अधिक शिक्षित था, इसलिए उसकी कहानियाँ भी सबसे अधिक अश्लील और नमक-मिर्च लगी हुई होती थीं, किन्तु लेविनसन इस बात से बिलकुल बेख़बर था; वह लापरवाही के साथ शान्त भाव से एक के बाद दूसरा क़िस्सा सुनाता जा रहा था और अश्लील शब्द उसके मुँह से इस तरह निकल रहे थे! मानो वे उसे प्रभावित न कर पाते हों, मानो वे शब्द उसके न होकर किसी और के हों!

उसे देखकर मेतचिक की इच्छा हुई कि वह भी एक क़िस्सा सुनाए। वास्तव में उसे ऐसे क़िस्से सुनना बहुत पसन्द था, हालाँकि वह उन्हें बुरा समझता था और ख़ुद इन बातों से परे होने का बहाना बनाता था। उसे डर लग रहा था कि कहीं सब लोग उसे आश्चर्यचकित होकर देखने न लग जाएँ।

वहाँ से वह चलता बना। उसे अपने से खीज हो रही थी और उन सभी पर, विशेष कर लेविनसन पर, क्रोध आ रहा था। 'मेरी बला से,' मेतचिक ने मुँह बिचकाते हुए मन-ही-मन कहा, 'कुछ भी हो, मैं घोड़ी की देखभाल न करूँगा। मर जाने दो हरामज़ादी को! तब देख लूँगा कि वह क्या कहता है; मैं उससे डरता थोड़े ही हूँ।'

आनेवाले दिनों में वह सचमुच ही घोड़ी की अवहेलना करता रहा। वह उसे सिर्फ़ सवारी सीखने के लिए और कभी-कभी पानी पिलाने के लिए बाहर ले जाता। यदि उसके कमांडर को कुछ ख़याल होता, तो मेतचिक को डाँट पड़ती; किन्तु कुब्राक को इस बात की कोई चिन्ता न थी कि उसके प्लाटून में क्या हो रहा है। प्लाटून में कुछ भी हो जाए, उसकी बला से! ज्यूचिखा का शरीर फोड़ों से भर गया था। वह हमेशा भूखी-प्यासी रहती। कभी कोई दया करके कुछ खिला देता तो खा लेती। मेतचिक को सभी 'लफंगा और कामचोर' समझकर उससे घृणा करने लगे थे।

पूरी प्लाटून में केवल दो ही आदमी ऐसे थे जिनकी मेतचिक से थोड़ी-बहुत मित्रता थी—वे थे पिका और सिस्किन। वह उनसे दोस्ती इसलिए नहीं करता था कि उसे उनकी मित्रता की क़द्र थी, बल्कि सिर्फ़ इसलिए कि किसी और के साथ उसकी बनती नहीं थी। सिस्किन ख़ुद उससे मित्रता करने के लिए उसके पास आया था। एक दिन मेतचिक एक शेड में छत की कड़ियाँ गिनता हुआ अकेला पड़ा था। राइफ़ल की सफ़ाई में कोताही करने के कारण दल के नेता ने उसे डाँट-डपट दिया था और वह अभी-अभी उससे झगड़कर लौटा था।

"ख़ून खौलता है क्या?" सिस्किन ने पूछा, "निकाल फेंको सारी बात को अपने दिल से। वह तो निरा उजड्ड गँवार है—आख़िर उसकी परवाह क्यों करते हो?"

"ऐसी बात नहीं है..." मेतचिक ने आह भरकर कहा।

"ओह, तुम ऊब गए हो। यह बात तो समझ में आनेवाली है।"

सिस्किन एक ठेले पर बैठ गया और आदत से मजबूर होकर उसने अपने चमकदार टाप बूटों के ऊपरी हिस्सों को घुटनों तक चढ़ा लिया। "सच पूछो तो मैं भी ऊब गया हूँ।" यहाँ पढ़े-लिखे लोगों की तादाद बहुत कम है। लेविनसन एक अपवाद है शायद, किन्तु वह भी...।" सिस्किन ने अपने कन्धों को बिचका दिया और भेदपूर्ण दृष्टि से अपने बूटों को देखने लगा।

"वह भी—क्या?" मेतचिक ने कौतूहल में भरकर पूछा।

"बात यह है कि वह शिक्षित उतना नहीं है; सिर्फ़ चालाक है। वह हमारे बूते पर अपनी साख बढ़ाता है। तुम्हें मेरी बात का यक़ीन नहीं?" सिस्किन के होंठों पर विषाद भरी मुस्कराहट फैल गई। "हाँ, इसमें क्या शक है। तुम समझते हो, वह बहुत बहादुर है, असली जनरैल है।" उसने 'जनरैल' शब्द को एक ख़ास अन्दाज़ में कहा, "बकवास है, बकवास! सच मानो, यह सब हमारी कपोल-कल्पना है। मिसाल के लिए, हमारे पीछे हटने के ठोस मामले को ही ले लो : दुश्मन पर एक तेज़ और भारी वार करने के बजाय हम चूहों की तरह इस गन्दे बिल में भाग आए हैं। और बताया यह जाता है

कि अत्यन्त महत्त्वपूर्ण रणनीतिक कारणों से ही किया गया है, समझे तुम? उधर शायद हमारे साथी अपने प्राणों की आहुति दे रहे होंगे, लेकिन हम हैं कि रणनीति को लिये बैठे हैं!" सिस्किन ने ठेले के एक पहिए से उसकी धुरी की कील को यांत्रिक ढंग से बाहर निकाला और फिर ग़ुस्से के साथ उसे वापस घुसा दिया।

सिस्किन ने लेविनसन की जो तसवीर पेश की थी, उस पर मेतचिक तो एकाएक विश्वास नहीं कर पा रहा था, फिर भी उसे सिस्किन की बातें बहुत दिलचस्प लग रही थीं। एक तो बात यही थी कि भाषा का शुद्ध उच्चारण वह बहुत दिनों के बाद सुन रहा था, दूसरे वह किसी कारण से यह विश्वास करना चाहता था कि सिस्किन की बातों में थोड़ी-बहुत सचाई है।

"क्या यह सच्ची बात है?" उसने कुहनी के बल उठते हुए पूछा। "और मैं तो उसे बहुत बढ़िया आदमी समझे बैठा था।"

"बढ़िया आदमी!" सिस्किन ऐसे चिल्लाया, मानो मेतचिक की बात से उसे धक्का लगा हो! आम तौर पर वह जिस मिठास भरे लहज़े में बोला करता था, उसके स्थान पर उसकी आवाज़ में अब बड़प्पन झलकने लगी। "तुम्हारी धारणा कितनी ग़लत है! उसने अपने चारों ओर जैसे लोगों को जमा कर रखा है, ज़रा उन पर नज़र तो दौड़ाओ! भला यह बाक्लानोव है क्या? दुधमुँहा बच्चा है! अपने-आपको समझता तो बहुत कुछ है, लेकिन कैसा सहायक है यह? जैसे कमांडर को कोई दूसरा आदमी मिल ही नहीं रहा था! इसमें शक नहीं कि मैं ख़ुद एक बीमार, ज़ख़्मी आदमी हूँ—सात बार गोलियों से ज़ख़्मी हो चुका हूँ और बम-विस्फोट के झटके का शिकार हो चुका हूँ। अब मुझे ऐसे सरदर्द के काम को सँभालने की इच्छा भी नहीं है—फिर भी बिना आत्म-प्रशंसा के मैं यह कह सकता हूँ कि इस काम के लिए बाक्लानोव से यदि अच्छा नहीं, तो बुरा भी न रहूँगा।"

"शायद कमांडर को यह नहीं मालूम था कि तुम रण-कौशल में भी इतने दक्ष हो?"

"ऐ ख़ुदा, कमांडर को नहीं मालूम! अरे भाई, यह बात तो सभी जानते हैं—चाहे किसी से पूछकर देख लो। यह स्वाभाविक ही है कि उनमें से कुछ ईर्ष्या के कारण मेरे बारे में तुमसे झूठ बोलें, फिर भी मैं जो कुछ कह रहा हूँ, वही सत्य है!"

धीरे-धीरे मेतचिक की उदासीनता जाती रही और वह सिस्किन को अपने दिल की बातें खोल-खोलकर बताने लगा। दिनभर वे साथ-साथ रहे, हालाँकि चन्द वार्तालापों के बाद ही मेतचिक के लिए सिस्किन असह्य हो उठा, फिर भी सिस्किन के बिना उसे चैन न पड़ती थी। यहाँ तक कि कुछ अर्से तक उससे मिल न सकने पर वह उसकी तालाश में निकल पड़ता। सिस्किन ने उसे गारद-ड्यूटी और चौके की ड्यूटी से बचने के तौर-तरीक़े सिखा दिये। इन कामों में अब उसके लिए कोई नवीनता नहीं रह गई थी—उन्होंने अप्रिय कर्तव्यों का रूप धारण कर लिया था।

तब से मानो कम्पनी के तूफ़ानी जीवन से कटकर मेतचिक किनारे पर छूट गया। अब वह कम्पनी के जीवन की धुरी को नहीं देख पाता, न ही वह उसकी हर घटना की आवश्यकता या महत्त्व को ही समझ पाता। एक नये और दुस्साहसी जीवन के उसके तमाम सपने इस खाई में डूब गए, हालाँकि वह मुँह-दर-मुँह जवाब देना सीख गया था। लोगों के प्रति उसका डर जाता रहा था। उसकी त्वचा खुरदरी और मज़बूत हो गई थी और उसने अपने कपड़े-लत्तों के बारे में फ़िक्र करना छोड़ दिया था। इस तरह सतही तौर पर वह बाक़ी छापेमारों जैसा लगने लगा था।

10

पराजय की शुरुआत

मेतचिक से अपनी मुलाक़ात पर मोरोजका को न पहले जैसी खीज ही हुई और न घृणा ही। वह स्वयं इस बात से चकित था। यदि कुछ रह गया था तो केवल हैरानी का भाव कि यह सड़ा लोथ फिर क्यों उसकी राह में आ गिरा है? इसके अलावा उसके अचेतन मन में यह पक्की धारणा भी बैठी हुई थी कि मेतचिक से नाराज़ होना उसका, मोरोजका का, स्वाभाविक कर्तव्य है। फिर भी इस मुलाक़ात से वह इतना उत्तेजित हो उठा कि इस बारे में वह किसी से बातचीत करना चाहता था।

"मैं गली में जा रहा था," उसने दुबोव से कहा, "कि शाल्दिबा का वह बन्दा मोड़ से निकलकर सीधा मुझसे आ भिड़ा। याद है न—वही, जिसे मैं ज़ख़्मी हालत में उठाकर लाया था?"

"तो क्या हुआ?"

"होना क्या था! 'सदर दफ़्तर कहाँ है?' उसने पूछा। 'वहाँ,' मैंने कहा, 'दाएँ हाथ पर दूसरा मकान।'"

"तो फिर?" दुबोव ने ऐसे स्वर में पूछा मानो इस घटना में अभी तक उसे कोई ध्यान देने योग्य बात न दिखाई दी हो। वह इस नतीजे पर पहुँचा कि क़िस्सा यहीं ख़त्म नहीं होता, बल्कि अभी कुछ कहने को बाक़ी रह गया है।

"फिर क्या, मेरी उससे मुलाक़ात हुई—और बस। और क्या चाहते हो तुम?" मोरोजका ने पूछा। वह अकारण झुँझला उठा था।

उसका मन सहसा उकता गया और लोगों से बोलने की उसकी सारी ख़्वाहिश जाती रही। अपनी इच्छा के मुताबिक़ साँझ के नाच-गाने में जाने के बजाय वह सूखी घास की अटारी में पड़ रहा, किन्तु उसे नींद नहीं आई। अप्रिय स्मृतियों के बोझ के नीचे उसका हृदय छटपटा रहा था। उसे ऐसा प्रतीत हुआ, मानो उचित मार्ग से पथभ्रष्ट करने के लिए ही मेतचिक जानबूझकर यहाँ प्रकट हुआ है! अगले दिन वह सुबह से शाम तक बेचैनी की हालत में इधर-उधर भटकता रहा। मेतचिक को दोबारा जाकर देखने की इच्छा का उसने कई बार दमन किया।

"यहाँ हम ख़ाली बैठे-बैठे क्या कर रहे हैं?" उसने चिढ़कर प्लाटून कमांडर से पूछा, "यहाँ पड़े-पड़े तो उकताहट के मारे हमारा दम घुट जाएगा। आख़िर हमारा वह लेविनसन सोच क्या रहा है?"

"अरे वाह, वह तो यही सोच रहा है कि मोरोजका की तबियत को बहलाने का सबसे अच्छा तरीक़ा क्या होगा। बैठे-बैठे इसी चिन्ता में बेचारे की पतलून घिस गई है।"

मोरोजका के हृदय को मथनेवाली जटिल भावनाओं का दुबोव को कोई आभास नहीं था; और मोरोजका की यह हालत थी कि सहानुभूति के अभाव में उसका हृदय कड़वाहट से लबालब भर गया था। वह महसूस कर रहा था कि अगर जल्द ही कोई हंगामी काम शुरू न हुआ, तो वह शराबख़ोरी में रम जाएगा। जीवन में पहली बार सचेत होकर वह अपनी स्वभावगत प्रवृत्तियों का विरोध कर रहा था, किन्तु उसकी इच्छाशक्ति उसका साथ नहीं दे रही थी। केवल एक आकस्मिक घटना ने ही उसे गड्ढे में गिरने से बचाया।

इस एकान्त स्थान में आ छिपने के बाद लेविनसन का अन्य टुकड़ियों के साथ सम्पर्क लगभग टूट-सा गया। इधर-उधर से कभी-कभी जो उड़ती ख़बरें वह सँजो पाता, उनसे तबाही की एक भयंकर तसवीर सामने आ जाती थी। उलाखे से आनेवाली हवा में धुएँ और ख़ून की बू आती थी।

ताइगा की अज्ञात पगडंडियों के रास्ते, जिन पर वर्षों से किसी मनुष्य के पैर न पड़े थे, लेविनसन आख़िरकार रेलवे लाइन के साथ सम्पर्क जोड़ने में सफल हो गया। उसे यह ख़बर मिली कि हथियारों और वर्दियों से लदी एक फ़ौजी गाड़ी कुछ ही दिनों में वहाँ से गुज़रनेवाली है। रेलवे मज़दूरों ने उसे गाड़ी के आने के दिन और समय की ठीक-ठीक सूचना देने का वादा किया। लेविनसन जानता था कि उसकी टुकड़ी का अता-पता देर-सबेर शत्रुओं को मिल ही जाएगा। उसे यह भी मालूम था कि बिना गोली-बारूद और गर्म कपड़ों के ताइगा में सर्दियाँ बिताना असम्भव है, इसीलिए उसने अपने पहले धावे का फ़ैसला किया। गोंचारेंको ने जल्दी-जल्दी अपनी सुरंगों को तैयार कर लिया। एक रात घनी धुंध की ओट में, दुबोव की प्लाटून शत्रु प्रदेश से चुपचाप गुज़रकर रेलवे लाइन पर प्रकट हुई।

गोंचारेंको की सुरंगों ने माल के डिब्बों को बाक़ी डाक गाड़ी से अलग कर दिया, किन्तु सवारी के डिब्बों पर कोई आँच न आई। विस्फोट का धमाका हुआ, बारूद का धुआँ चारों ओर फैल गया। पटरियाँ हवा में उड़कर काँपती हुई गिरीं और मेड़ पर से नीचे लुढ़क गईं। सुरंग के साथ लगी हुई रस्सी टेलीग्राफ़ के तारों में उलझ गई, जिसे देखकर बाद में बहुत-से लोग इस पसोपेश में पड़ गए कि रस्सी वहाँ कैसे पहुँच गई।

घुड़सवार गश्ती सैनिक पास-पड़ोस के इलाक़े में घूम-घूमकर खोज-ख़बर लेते रहे। दुबोव माल से लदे घोड़ों के साथ स्वियागीनो के जंगल में अँधेरा होने का इन्तज़ार करता रहा। जब रात हुई, तो पहाड़ी खड्डों के रास्तों वह चल पड़ा। कुछ ही दिनों में वह शिबीशी जा पहुँचा। इस धावे में उसका एक भी सैनिक काम न आया था।

"बहुत अच्छा, बाक्लानोव, अब कमर कस लो!" लेविनसन ने कहा।

उसकी मुँदी हुई आँखों को देख यह कहना कठिन था कि वह हँसी-ठट्ठा कर रहा है अथवा पूरी गम्भीरता के साथ बोल रहा है। उसने तमाम रसद को उसी दिन सैनिकों में बाँट दिया। फ़ौजी चेस्टर, कारतूसें, तलवारें और रस्क—सब कुछ उनके हवाले कर दिया गया। सिर्फ़ उतना ही बचाकर रखा गया जितना कि माल ढोनेवाले टट्टू ढो सकते थे।

उस्सूरी के तट तक की पूरी उलाखे घाटी शत्रु के क़ब्ज़े में थी। इरोख़ेद्ज़ा के उद्गम पर नई फ़ौजें एकत्र हो रही थीं। जापानी गुप्तचर हर जगह विचर रहे थे। लेविनसन के गश्ती सैनिकों से अक्सर उनका आमना-सामना हो जाता था। अगस्त के अन्त में जापानी सैनिक नदी के सहारे-सहारे आगे बढ़ने लगे। वे बहुत धीरे-धीरे, रुक-रुककर बढ़ रहे थे। वे एक-एक क़दम फूँक-फूँककर रख रहे थे और उनके अगल-बग़ल रक्षकों का भारी दल चलता था। धीमी चाल के बावजूद उनके बढ़ाव में लौह-संकल्प का परिचय मिलता था। इस संकल्प के पीछे जो शक्ति थी, उसमें आत्मविश्वास या बुद्धि की कमी न थी, फिर भी वह एक अन्धी शक्ति थी।

लेविनसन के गुप्तचर आतंकित होकर वापस लौटते। उनकी रिपोर्टें आपस में टकराया करतीं।

"तुम कह क्या रहे हो?" लेविनसन ने कठोर स्वर में पूछा, "कल तुम कह रहे थे कि वे सोलोमेन्नाया में थे और आज सुबह कहते हो कि मोनाकिनो में हैं? क्या इसका मतलब यह लगाया जाए कि वे पीछे की ओर बढ़ रहे हैं?"

"मैं...मैं नहीं जानता," गुप्तचर हकलाया, "हो सकता है कि सोलोमेन्नाया में उनका हिरावल दस्ता पहुँचा हो...।"

"लेकिन तुम्हें यह कैसे मालूम कि मोनाकिनो में उनकी मुख्य फ़ौज ही है, हिरावल दस्ता नहीं?"

"किसान ऐसा ही बताते थे।"

"ऐसी की तैसी, तेरी और तेरे किसानों की! तुझे हुक्म क्या दिया गया था?"

तब गुप्तचर कोई मनगढ़ंत कहानी सुनाकर यह समझाने की चेष्टा करने लगा कि शत्रु के और निकट पहुँच पाना असम्भव था। असली बात यह थी कि औरतों की फुसफुसाहट सुनकर वह बहुत डर गया और शत्रु से दस मील की दूरी से ही वापस लौट आया। उससे और निकट जाने का साहस उसने नहीं किया। आगे जाने की बजाय वह वहाँ झाड़ियों की ओट में सिगरेटें फूँकता हुआ अपनी टुकड़ी के पास वापस लौटने के लिए उपयुक्त अवसर का इन्तज़ार करता रहा था।

"तुम वहाँ जाओ तो जानूँ!" लेविनसन की ओर किसानों जैसी चालाक झपकती नज़रों से देखता हुआ वह मन-ही-मन सोच रहा था।

"तुम्हें ख़ुद वहाँ जाना होगा," लेविनसन ने बाक्लानोव से कहा, "वरना हम यहाँ मक्खियों की तरह फँस जाएँगे। इन लोगों के साथ भला क्या किया जा सकता है? अपने साथ किसी को लेते जाओ और पौ फटने के पहले ही निकल पड़ो।"

"किसे ले जाऊँ?" बाक्लानोव ने पूछा।

उसने गम्भीर और चिन्तित मुद्रा बनाने का उपक्रम किया, हालाँकि उसका रग-रग उत्तेजना और रणोल्लास से काँप रहा था। लेविनसन की तरह वह भी अपनी सच्ची भावनाओं को छिपाना आवश्यक समझता था।

"जिसे जी में आए, ले जाओ। कुब्राक की प्लाटून में जो नया आदमी आया है, उसे ही ले जाओ...! क्या नाम है उसका—मेतचिक? उसे परखने का तुम्हें मौक़ा भी मिल जाएगा। लोगों से तो उसकी बुराई ही सुनते हैं। हो सकता है वे ग़लती पर हों!"

इस गुप्तचर मिशन ने मेतचिक के लिए मानो एक सुनहरा अवसर प्रदान किया। कम्पनी में अपने अल्पकालीन जीवन में उसने अपूर्ण कार्यों, झूठे वादों और आशाओं का इतना बड़ा अम्बार लगा दिया था कि उनमें से किसी एक को अब पूरा करना निरर्थक होता, किन्तु उनके सम्मिलित भार के नीचे मानो वह दबा जा रहा था, उसका दम घुट रहा था और उनके तंग दायरे से निकलना असम्भव मालूम होता था, किन्तु उसे अब ऐसा प्रतीत

हुआ मानो इस अवसर का लाभ उठाकर वह एक ही वार में इस दायरे को तोड़ मुक्त हो जाएगा।

पौ फटने के पहले ही वे रवाना हो गए। पहाड़ों पर ताइगा की चोटी ने अभी मुश्किल से गुलाबी रंग पकड़ा था; पहाड़ की तलहटी पर बसे गाँव से मुर्ग़ों की दूसरी बाँग सुनाई दी। ठंड पड़ रही थी, झुटपुटा कुछ-कुछ भयावह प्रतीत हो रहा था। असाधारण वातावरण, ख़तरे का अन्देशा और कामयाबी की आशा—सभी ने मिलकर उनके हृदय में लड़ मरने की उस भावना को जगा दिया जिसके सामने कोई दूसरी भावना टिक नहीं पाती। उनकी नाड़ियों में ख़ून की रवानगी तेज़ हो गई; उनकी पेशियाँ तन गईं; हवा बर्फ़ीली, झुलसती हुई-सी, बिजली से भरी और कड़कड़ाती हुई प्रतीत हो रही थी।

"ऐ ख़ुदा! तुमने अपनी घोड़ी की यह क्या दशा बना रखी है?" बाक्लानोव ने कहा, "क्या तुम इसकी देखभाल नहीं करते? मेरे ख़याल से उस बेवक़ूफ़ कुब्राक ने तुम्हें यह नहीं बताया कि इसकी देखभाल कैसे की जाए?" बाक्लानोव सपने में भी यह नहीं सोच सकता था कि घोड़ों की जानकारी रखनेवाले किसी व्यक्ति के रहते इस घोड़ी की ऐसी दुर्दशा हो सकती है। "उसने तुम्हें बताया नहीं न?"

"बात यह है कि..." मेतचिक ने हड़बड़ाकर कहा। "असल में वह ज़्यादा मददगार नहीं साबित हुआ। समझ में नहीं आता कि किससे सलाह ली जाए।"

अपने इस झूठ से लज्जित होकर मेतचिक ने बाक्लानोव की ओर देखना बन्द कर दिया और ज़ीन पर कसमसाने लगा।

"ऐसी क्या बात है, किसी की भी सलाह ले सकते हो! कम्पनी में बहुतेरे ऐसे लोग हैं जो घोड़ों की जानकारी रखते हैं। वे बढ़िया सैनिक भी हैं।"

सिस्किन की धारणा के बावजूद, जो मेतचिक के हृदय में घर कर गई थी, वह बाक्लानोव को पसन्द करने लगा।

बाक्लानोव गोल-मटोल और मज़बूत काठी का व्यक्ति था। वह ज़ीन पर ऐसे बैठता मानो उसके साथ जुड़ा हुआ हो। उसकी आँखें भूरी और चौकन्नी थीं; उसकी प्रखर बुद्धि सभी बातों को एकदम ग्रहण कर लेती, महत्त्वपूर्ण तथ्यों को महत्त्वहीन बातों से फ़ौरन अलग कर लेती और व्यावहारिक नतीजे निकाल लेती।

"धत्तेरे की, भले आदमी! और मैं समझ ही नहीं पा रहा था कि तुम्हारी ज़ीन इस तरह क्यों फिसल रही है! भला, तुमने ज़ीन की पीछे की पेटी को तो ख़ूब कस दिया है और आगे की पेटी ढीली छोड़ दी है। चाहिए तो यह था कि आगे की पेटी को कसते और पीछेवाली को ढीला रखते। आओ, इसे ठीक कर लें।"

अभी मेतचिक समझ भी न पाया था कि माजरा क्या है, तभी बाक्लानोव अपने घोड़े से नीचे उतरा और पेटियों को ठीक करने लगा।

"अरे, यह क्या! पसीना सोखनेवाली चादर भी बिलकुल सिमटी हुई है। चलो, उतरो...इस तरह तो तुम घोड़ी का सत्यानाश ही कर डालोगे। इसकी ज़ीन फिर से कसनी होगी।"

कुछ मीलों का फ़ासला तय कर लेने पर मेतचिक को यह विश्वास हो चला था कि बाक्लानोव उससे कहीं ज़्यादा चतुर और बेहतर आदमी है; इतना ही नहीं, वह एक बहुत ताक़तवर और बहादुर इनसान भी है; और मेतचिक को हमेशा बिना हील-हुज्जत के उसके आदेशों का पालन करना चाहिए। दूसरी ओर बाक्लानोव मेतचिक को तटस्थ होकर तौल रहा था, गोकि उसे अपनी श्रेष्ठता का बोध शीघ्र ही हो गया था; वह मेतचिक के साथ बराबरी के आधार पर बातचीत कर रहा था और बिना पक्षपात के उसके असली मूल्य को जाँचने की कोशिश कर रहा था।

"तुम्हें हमारे पास किसने भेजा?"

"मैं ख़ुद ही यहाँ चला आया; मैक्समैलिस्टों ने मुझे तुम्हारा अता-पता बता दिया था।"

स्ताशिंस्की की विचित्र प्रतिक्रिया को याद कर मेतचिक उस संस्था की ओर अनादर का भाव जतलाने लगा जिसने कि उसे यहाँ भेजा था।

"मैक्समैलिस्टों ने? उनसे मेल-जोल रखना ठीक नहीं—वे तो निरे तीसमार खाँ हैं!"

"मेरी बला से, हुआ करें। बस, सिर्फ़ इतना है कि हाईस्कूल के मेरे कुछ साथी उनमें हैं, और इसलिए..."

"तो तुम हाईस्कूल पास हो?"

"क्या कहा? हाँ, पास हूँ।"

"अच्छा, यह तो बढ़िया बात है। मैं भी टर्नरी का काम सीखने के लिए एक व्यावसायिक स्कूल गया था, लेकिन मुझे अपनी तालीम पूरी करने का मौक़ा ही न मिला। बात यह है कि मैंने शुरुआत बहुत देर से की," उसने मानो अपनी सफ़ाई पेश करते हुए कहा, "उससे पहले मैं अपने छोटे भाई के बड़े होने तक, एक जहाज़ कम्पनी में काम करता था; और फिर यह गड़बड़ घोटाला शुरू हो गया...।"

कुछ मिनट बाद वह धीरे-धीरे और गम्भीरता से बोला, "हाँ, हाईस्कूल... जब मैं बच्चा था, तो मेरे दिल में भी हाईस्कूल जाने की तमन्ना थी, लेकिन अब क्या बताऊँ, तुम तो सारी बात समझते ही हो।"

मेतचिक ने अपने हाईस्कूल पास होने की बात यूँ ही कह दी थी, किन्तु बाक्लानोव के हृदय में उससे अप्रिय स्मृतियों का एक बवंडर उठ खड़ा हुआ। मेतचिक सहसा आवेश में आकर दलीलें देने लगा कि हाईस्कूल में न जाकर बाक्लानोव ने कोई बुरा नहीं किया, उलटे उसे फ़ायदा ही हुआ है। वह स्वयं नहीं जानता था कि किस भावना से प्रेरित होकर वह ऐसी बातें कर रहा है। वह बाक्लानोव को यह विश्वास दिलाने की चेष्टा करने लगा कि अशिक्षित होने के बावजूद वह एक बढ़िया और होशियार नौजवान है, किन्तु बाक्लानोव को अपनी निरक्षरता में कोई विशेष ख़ूबी दिखाई न दी। वह मेतचिक के जटिल तर्कों को समझने में बिलकुल असफल रहा। न जाने क्यों वे एक-दूसरे से दिल खोलकर बातचीत न कर सके। दोनों ने अपने घोड़ों को एड़ लगाई और देर तक चुपचाप चलते रहे।

रास्ते में अनेक बार अपने गुप्तचरों से उनकी मुलाक़ात हुई। वे पहले की तरह ही बेशर्मी के साथ सफ़ेद झूठ बोल रहे थे। बाक्लानोव केवल सिर हिलाकर रह जाता। सोलोमेन्नाया गाँव से तीन मील की दूरी पर स्थित एक फ़ार्म में अपने घोड़ों को छोड़ वे पैदल आगे बढ़े। सूरज अस्ताचल की ओर बढ़ चला था; उनींदे जौ के खेतों में किसान औरतों के रंग-बिरंगे रूमाल चमक रहे थे। फ़सल की भारी ढेरियों की घनी, कोमल छायाएँ मानो चारों ओर फैलकर शान्ति का सन्देश दे रही थीं। रास्ते में एक ठेलेवाले से मुलाक़ात होने पर बाक्लानोव ने उससे पूछा कि सोलोमेन्नाया में जापानी हैं या नहीं।

"कहते हैं कि सुबह क़रीब पाँच जापानी यहाँ आए थे, लेकिन दिनभर हमें उनकी कोई ख़बर नहीं मिली। बस, हमें गोदामों में अनाज भर लेने दें... फिर जहन्नुम में जाएँ, हरामज़ादे कहीं के!"

मेतचिक का दिल ज़ोर से धड़क रहा था, किन्तु उसे डर नहीं लग रहा था।

"इसका मतलब है कि वे मोनाकिनो में हैं," बाक्लानोव ने कहा, "वे पाँच जापानी उनके गुप्तचर थे। अब हम गाँव में दाख़िल हो सकते हैं।"

गाँव में कुत्तों के आलस-भरे भौं-भौं ने उनका स्वागत किया। फाटक के पास खड़ी एक़ गाड़ी का चक्कर काटकर वे ढाबे में गए। डंडे से बँधी घास की गठरी के कारण ढाबे को उन्होंने पहचान लिया था। बाक्लानोव के तरीक़े से दूध के कटोरे में रोटी के टुकड़े डालकर उन्होंने दूध पिया। बाद में मेतचिक जब आतंकित हृदय से उस दिन की घटनाओं का स्मरण करता, तो उसकी आँखों के सामने बाक्लानोव की वह छवि मूर्त हो उठती, जब वह ढाबे से बाहर निकल रहा था और उसके प्रसन्न और हँसते चेहरे पर होंठों के इर्द-गिर्द दूध के सफ़ेद दाग़ चमक रहे थे। वे अभी कुछ ही क़दम बढ़े थे कि एक मोटी औरत अपने घाघरे को सँभालती और हाँफती हुई गली से दौड़ी आई और उनके सामने आकर ऐसे रुक गई मानो उसे काठ मार गया हो। माथे पर बँधे रूमाल के नीचे उसकी आँखें भय से फैल गई थीं और जाल में फँसी मछली की तरह वह खुले मुँह से हवा निगल रही थी। सहसा वह पतली और चीख़ती आवाज़ में चिल्लाई :

"हाय, मेरे बेटो, तुम कहाँ जा रहे हो? स्कूल की इमारत के पास जापानियों की पूरी भीड़ जमा है। वे यहीं आ रहे हैं। यहाँ से फ़ौरन भाग जाओ—वे यहीं आ रहे हैं!"

इससे पहले कि मेतचिक उसके शब्दों का तात्पर्य समझ पाता, उसी गली से, जिसमें से वह औरत निकली थी, चार जापानी सैनिक कन्धों पर बन्दूक़ें सँभाले और क़दम-से-क़दम मिलाकर मार्च करते हुए बाहर निकले। बाक्लानोव ने ज़ोर से चिल्लाकर अपनी पिस्तौल निकाली और दो जापानियों पर सीधे गोलियाँ दाग दीं। मेतचिक ने ख़ून से लथपथ चिथड़ों को उनकी पीठ पर से उड़ते देखा। वे ज़मीन पर लोट गए। तीसरी कारतूस ने जाम होकर बाक्लानोव की पिस्तौल को बेकार बना दिया। जो दो जापानी बच रहे थे, उनमें से एक भाग खड़ा हुआ। दूसरा अपनी बन्दूक़ सँभाल ही रहा था कि मेतचिक ने उस पर अनेक गोलियाँ दाग दीं। मेतचिक की रगों में एक नया जोश हिलोरें ले रहा था, जिसने उसके भय को दबा दिया था। अन्तिम गोली जापानी को तब लगी, जब वह धराशायी होकर धूल में हाथ-पैर पटकता हुआ दम तोड़ रहा था।

"भागो!" बाक्लानोव चिल्लाया, "गाड़ी की तरफ़ दौड़ चलो!"

ढाबे के आँगन के पास खड़ी गाड़ी का घोड़ा गोलियों की आवाज़ से घबराकर बिदक रहा था। चन्द ही मिनट में वे घोड़े को खूँटे से खोल गाड़ी में सवार हो गए और धूल के गुबारे उड़ाते तीर की तरह सड़क पर निकल गए। गाड़ी में खड़ा बाक्लानोव लगाम के सिरे से घोड़े की पीठ पर बेहताशा वार करता और पीछे की ओर मुड़-मुड़कर यह देखता रहा कि कहीं उनका पीछा तो नहीं किया जा रहा है! गाँव के बीच कहीं से ख़तरे के अनेक बिगुल बज उठे।

"वे तमाम के तमाम यहीं हैं!" बाक्लानोव की आवाज़ में गुस्सा भी था और विजय की भावना भी। "तमाम की तमाम...मुख्य सेना...। बिगुलों की आवाज़ सुनते हो?"

लेकिन मेतचिक कुछ नहीं सुन रहा था। वह गाड़ी में चित लेटा था। उस जापानी को मार गिराने और स्वयं सही-सलामत बच निकलने पर उसका हृदय ख़ुशी से नाच रहा था। गरम धूल में तड़प-तड़पकर दम तोड़ते जापानी

की तसवीर उसकी आँखों के सामने नाच गई। उसने सिर उठाकर बाक्लानोव की ओर देखा। उस समय उसे बाक्लानोव का विकृत चेहरा कुरूप और भयंकर दिखाई दिया।

किन्तु अगले ही क्षण बाक्लानोव खिलखिलाकर हँस पड़ा।

"अच्छे रहे, क्यों क्या ख़याल है? वे गाँव में दाख़िल हुए, तो हम भी पीछे न रहे। तुम काम के आदमी हो भाई! सच पूछो तो मुझे तुमसे ऐसी उम्मीद न थी। तुम्हारी ही बदौलत हम इस समय हँस-बोल रहे हैं, वरना उन्होंने हमें अपनी गोलियों से भून दिया होता!"

उसकी ओर देखने की कोशिश किये बिना मेतचिक औंधे मुँह लेटा रहा। उसका चेहरा पीला पड़ गया था और उस पर खेत में सड़ती गेहूँ की बाली के समान लाल-लाल धब्बे उभर आए थे।

लगभग दो मील की दूरी तय करने के बाद जब बाक्लानोव ने देखा कि उनका पीछा नहीं किया जा रहा है, तो उसने सड़क के किनारे खड़े एक एल्म-वृक्ष के पास घोड़े को रोक लिया।

"तुम गाड़ी में बैठे रहो। मैं पेड़ पर चढ़कर देखता हूँ कि हो क्या रहा है।"

"किसलिए?" मेतचिक ने घबराहट में हकलाते हुए पूछा, "हमें देर नहीं करनी चाहिए। जल्द-से-जल्द जाकर ख़बर देनी चाहिए...यह स्पष्ट है कि उनकी मुख्य सेना यहाँ मौजूद है।"

उसे स्वयं अपने शब्दों पर विश्वास नहीं हो रहा था। वह अब डर के मारे दुश्मन के समीप रहना नहीं चाहता था।

"नहीं, कुछ देर रुक जाने में ही फ़ायदा है। उन तीन हरामज़ादों को मारना ही काफ़ी नहीं था। हमें पता चलाना होगा कि आख़िर दुश्मन कर क्या रहा है।"

आध घंटे बाद सोलोमेन्नाया गाँव से बीस घुड़सवार बाहर निकले। 'अगर वे हमें देख लें तो?' बाक्लानोव ने सोचा और मन-ही-मन काँप उठा। 'इस गाड़ी में बचकर निकल भागना सम्भव नहीं।' उसने अपने मन को क़ाबू में किया और जब तक सम्भव हो, वहाँ रुके रहने का फ़ैसला किया।

घुड़सवारों का दल एक टीले की ओट में था। मेतचिक उन्हें देख न पाया था। उन्होंने अभी आधा फ़ासला तय किया होगा कि बाक्लानोव की दृष्टि पैदल सैनिकों के दस्ते पर पड़ी। वे घनी रातों में गाँव से बाहर निकल रहे थे और धूल की चादर के बीच उनकी राइफ़लों की संगीनें चमक रही थीं।

फ़ार्म तक पहुँचते-पहुँचते घोड़ा अधमरा हो गया। फ़ार्म में पहुँचकर वे अपने घोड़ों पर सवार हो गए और चन्द मिनटों में शिबशी जानेवाले रास्ते पर सरपट दौड़ते हुए हवा से बातें करने लगे। हमेशा की तरह लेविनसन ने दूरदर्शिता से काम लिया था और उनकी प्रतीक्षा किये बिना (उन्हें वापस पहुँचते-पहुँचते रात हो चली थी) पहरेदारों की संख्या काफ़ी बढ़ा दी थी। कुब्राक की प्लाटून को ही यह काम सौंपा गया था। प्लाटून के केवल एक-तिहाई लोग घोड़ों के साथ रह गए थे। बाक़ी तमाम लोग गाँव के पास एक छोटे और प्राचीन मंगोल क़िले की दीवार के पीछे पहरे पर तैनात कर दिये गए थे। मेतचिक ने अपनी घोड़ी बाक्लानोव के हवाले की और वह ख़ुद अपनी प्लाटून के साथ वहीं रह गया।

उसका शरीर थकान से चूर हो रहा था, फिर भी वह सोना नहीं चाहता था। नदी से ठंडी धुंध की चादर उठकर धीरे-धीरे फैल रही थी। पिका नींद में बड़बड़ाता हुआ करवटें बदल रहा था। सन्तरियों के पैरों के नीचे घास रहस्यपूर्ण ढंग से सरसरा उठती थी। मेतचिक आकाश के तारों को देखता हुआ अपनी पीठ के बल लेटा था। धुंध के पर्दे के पीछे तिमिराच्छादित शून्य की गोद में तारे लगभग अदृश्य-से हो रहे थे। मेतचिक को लगा कि उसके दिल में भी ऐसा ही शून्य मौजूद है जो अधिक गहन और अन्धकारमय है, क्योंकि वहाँ किसी तारे की चमक नहीं है। उसके दिमाग़ में यह ख़याल कौंध गया कि फ्रोलोव हमेशा इस शून्य का अनुभव करता होगा; और वह यह सोचकर एकाएक आतंकित हो उठा कि कहीं उसका अन्त भी फ्रोलोव के समान ही न हो। उसने इस विचार को अपने हृदय से दूर हटाने की चेष्टा की, किन्तु फ्रोलोव का चेहरा उसकी आँखों के सामने नाचता रहा। उसने अपनी कल्पना में देखा कि फ्रोलोव अपने बिस्तरे पर निश्चेष्ट पड़ा है। उसका चेहरा मुरझाया हुआ है।

निर्जीव बाँहें चारपाई से नीचे झूल रही हैं। ऊपर मेपल-वृक्षों के पत्ते धीरे-धीरे खड़खड़ा रहे हैं। 'वह मर गया है!' मेतचिक ने भय से व्याकुल होकर सोचा, किन्तु फ्रोलोव ने उँगली हिलाई और उसकी ओर करवट बदलकर एक पैशाचिक मुस्कराहट के साथ बोल उठा, "पट्ठे कुछ-न-कुछ बदमाशी करने की ठाने हैं!"

सहसा मेतचिक का शरीर हिचकोले खाने लगा। चारों ओर चिथड़े उड़ने लगे और उसने देखा कि उसके सामने फ्रोलोव नहीं, बल्कि जापानी खड़े हैं। 'कितनी ख़ौफ़नाक बात है!' उसने सोचा, और उसका शरीर थर-थर काँपने लगा।

किन्तु वार्या उसके ऊपर झुककर कह रही थी, "डरो नहीं!" उसका स्पर्श शीतल और कोमल था। मेतचिक को कुछ राहत मिली। "मुझसे इस बात पर ख़फ़ा न होना कि मैंने तुझसे अच्छी तरह विदाई नहीं ली," उसने कोमल स्वर में कहा; और वह उससे सटकर लेट गई।

अगले ही क्षण यह सब कुछ ग़ायब हो गया, किसी गहरे गर्त में डूब गया। मेतचिक ने देखा कि वह ज़मीन पर बैठा आँखें मिचमिचाता हुआ अपनी राइफ़ल टटोल रहा है और आकाश का रंग फीका पड़ चुका है। सिपाही अपने ओवरकोटों को समेटते हुए उसके इर्द-गिर्द चक्कर काट रहे थे। झाड़ियों के पीछे छिपकर बैठा कुब्राक दूरबीन लगाए देख रहा था और सभी उसे चारों ओर से घेरकर पूछ रहे थे, "कहाँ हैं? कहाँ हैं?"

आख़िरकार मेतचिक को अपनी राइफ़ल मिल गई। वह समझ गया कि सवाल दुश्मन के बारे में ही पूछा जा रहा है। वह रेंगता हुआ दीवार के ऊपर चढ़ गया। उसे दुश्मन कहीं दिखाई न दिया। फिर उसने भी वही सवाल दोहरा दिया, "कहाँ हैं?"

"तुम सब एक ही जगह क्यों जमघट लगा रहे हो?" प्लाटून कमांडर ने फुफकारी मारी, फिर किसी को धकेलकर दूर हटा दिया। "बिखरकर लाइनों में खड़े होओ!"

वे रेंगकर दीवार के सहारे अपनी-अपनी जगहें सँभालने लगे। दुश्मन की एक झलक पाने के लिए मेतचिक अपनी गर्दन तानकर देखने लगा।

"लेकिन वे हैं कहाँ?" उसने अपने साथवाले सैनिक से कई बार पूछा, किन्तु उसके साथी ने उसकी बात नहीं सुनी। वह सैनिक पेट के बल लेटा था, उसका निचला होंठ नीचे झूल रहा था। न जाने क्यों, वह अपने कान को लगातार सहलाता जा रहा था। सहसा उसने मेतचिक की ओर मुड़कर ज़ोर से गाली निकाली। जवाबी गाली के लिए मेतचिक के पास समय न रहा : कमांडर की दनदनाती आवाज़ गूँज उठी, "प्ल-टून!"

मेतचिक ने बन्दूक़ की नली दीवार के ऊपर चढ़ा दी। वह अब भी कुछ न देख पा रहा था और इस बात से क्रुद्ध हो उठा था कि उसके अलावा बाक़ी सारी प्लाटून दुश्मन को देख रही है, किन्तु 'फ़ायर' की आवाज़ पर आँख मूँदकर उसने गोली दाग दी।

असलियत यह थी कि प्लाटून के लगभग आधे लोगों को दुश्मन नज़र नहीं आ रहे थे और वे केवल उपहास का पात्र बनने से बचने के लिए ही उन्हें देख पाने का बहाना बना रहे थे।

"फ़ायर!" कुब्राक की आवाज़ दोबारा कड़क उठी और मेतचिक ने दोबारा गोली दाग दी।

"अहा, तबियत तर हो गई होगी!" कुछ छापेमार चिल्लाए।

सबके चेहरे ख़ुशी और उत्तेजना में दमक रहे थे और वे शोर मचाते हुए उलटी-सीधी बातें करने लगे थे।

"बस, करो! बस, करो!" प्लाटून कमांडर चिल्लाया, "यह कौन है जो गोलियाँ दागता ही जा रहा है? कारतूसों को बर्बाद मत करो!"

कुछ ही देर में मेतचिक को यह पता चला कि जापानियों की एक गश्ती टुकड़ी ने चढ़ आने की कोशिश की थी। बहुत-से सैनिक, जो मेतचिक के समान ही दुश्मन को देख न पाए थे, अब उसका मज़ाक़ उड़ाने लगे। बहुतों ने यह दावा किया कि उनकी गोलियों का निशाना ऐसा अचूक बैठा कि जापानी घोड़ों से उछलकर ज़मीन पर लोटते नज़र आए।

तभी कहीं से तोप के छूटने की गूँजती आवाज़ सुनाई दी। आवाज़ से सारी घाटी प्रतिध्वनित हो उठी। अनेक सैनिक भयग्रस्त होकर ज़मीन पर लेट गए।

मेतचिक भी इस तरह सिकुड़ गया मानो गोला उसी पर आ पड़ा हो! वह ज़िन्दगी में पहली बार तोप की आवाज़ सुन रहा था। गोला कहीं गाँव के पीछे गिरा। फिर, मशीनगनों की तड़तड़ाहट का नगाड़ा-सा बज उठा। दर्जनों राइफ़लों की गोलियाँ दनादन छूटने लगीं। छापेमारों ने जवाब में एक भी गोली नहीं चलाई।

शायद एक ही मिनट बाद या हो सकता है कि घंटे-भर बाद, समय का कोई अन्दाज़ा नहीं रह गया था। मेतचिक के हृदय में यह विचार शूल बनकर गड़ गया था। उसे ऐसा लगा कि छापेमारों की संख्या बढ़ गई है; उसने बाक्लानोव और मेतेलित्सा को दीवार के सहारे-सहारे आते देखा। बाक्लानोव के हाथों में दूरबीन थी। मेतेलित्सा के गाल फड़क रहे थे और उसके नथुने तनाव से फैल गए थे।

"ओह, तो तुम यहाँ पड़े हो?" बाक्लानोव ने कहा। उसके माथे की सिकुड़न ग़ायब हो गई, "क्यों, कैसी गुज़र रही है?"

मेतचिक के होंठों पर यातना से भरी मुस्कराहट थिरक गई। बड़े यत्न से अपने को सँभालते हुए उसने पूछा, "हमारे घोड़े कहाँ हैं?"

"ताइगा में। हम भी जल्द ही वहाँ पहुँच जाएँगे। बस, थोड़ी देर इन्हें रोके रखना ज़रूरी है। यहाँ हमारी हालत ख़ास बुरी नहीं है," उसने मानो मेतचिक को दिलासा देते हुए कहा, "लेकिन दुबोव की प्लाटून नीचे घाटी में है। ओह, शैतान मरे!" नज़दीक ही एक और विस्फोट के धमाके से चौंककर उसने गाली निकली। "लेविनसन भी वहीं है।" अपनी दूरबीन को दोनों हाथों से जकड़ता हुआ वह छापेमारों की क़तार के बीच दौड़ चला।

जब उसे दोबारा गोली चलानी पड़ी, तो मेतचिक जापानी सिपाहियों को देख रहा था। वे एक झाड़ी से भागकर दूसरी झाड़ी की पनाह लेते हुए लहरों की तरह आगे बढ़ रहे थे और इतने समीप थे कि मेतचिक को लगा कि ज़रूरत पड़ने पर उनसे बचकर निकल भागना सम्भव नहीं है। इस समय मेतचिक भय से नहीं, बल्कि इस विचार से त्रस्त था कि यह मामला ख़त्म कब होगा। ऐसे ही एक क्षण में कुब्राक सहसा आ धमका और चिल्लाया, "तुम कमबख़्त किस पर गोलियाँ दाग रहे हो?"

मेतचिक ने पीछे मुड़कर देखा कि प्लाटून कमांडर ने यह बात उससे नहीं, बल्कि पिका से कही थी। मेतचिक ने अभी तक पिका को देखा भी न था।

धूल में अपना चेहरा गड़ाए पिका बाक़ी तमाम लोगों से ज़्यादा नीचे दुबका पड़ा था। उसने अपनी राइफ़ल सिर के ऊपर तान रखी थी और सामने खड़े एक पेड़ पर अन्धाधुन्ध गोलियाँ दागता हुआ राइफ़ल की घोड़ी दबाता जा रहा था। कुब्राक की आवाज़ के बाद भी वह घोड़ी दबाता चला गया, हालाँकि अब राइफ़ल ख़ाली हो चुकी थी और घोड़ी बेकार खटखटा रही थी। प्लाटून कमांडर ने उसे कई बार अपने बूटों से ठोकर मारी, फिर भी पिका ने अपना सिर न उठाया।

बाद में वे सब भागने लगे। उनकी अन्धाधुन्ध, अव्यवस्थित भगदड़ ने धीरे-धीरे एक कटी-फटी क़तार का रूप धारण किया। मेतचिक भी दूसरों के साथ भाग रहा था, बिना यह जाने कि मामला क्या है, किन्तु इस अत्यन्त जटिल और निराश घड़ी में भी वह अनुभव कर रहा था कि यह सारी भगदड़ उतनी आकस्मिक और निरर्थक नहीं है, जितनी कि मालूम होती है; और यह कि काफ़ी तादाद में ऐसे लोग यहाँ मौजूद हैं, जो शायद उस समय अपने पर मेतचिक से अधिक नियंत्रण रख पाए हैं और उसकी तथा उसके आसपास के लोगों की क्रियाओं का संचालन कर रहे हैं।

वह उन लोगों को देख नहीं पा रहा था, किन्तु उनके आत्मबल का उसे आभास मिल रहा था। जब वे गाँव में पहुँचे और मेतचिक ने अपना होश सँभाला—अब वे भाग नहीं रहे थे, बल्कि एक लम्बी क़तार में चल रहे थे—तो उसकी आँखें अनायास ही उन लोगों को ढूँढ़ने लगीं जो उसके भाग्य का निर्देशन कर रहे थे।

लेविनसन सबसे आगे-आगे चल रहा था। वह बहुत छोटा दिखाई देता था और अपनी बड़ी माउजर पिस्तौल हास्यास्पद तरीक़े से झुलाता जा रहा था। उसे देखकर यह विश्वास न होता था कि इस लश्कर का वही मुखिया है। मेतचिक अभी इस समस्या को अपने मस्तिष्क में सुलझाने की चेष्टा ही कर रहा था कि उन पर गोलियों की भीषण बौछारें फिर होने लगीं।

मेतचिक यह महसूस कर रहा था कि गोलियाँ उसके बालों को, यहाँ तक कि उसके कान के रोओं तक को छूती हुई निकल रही हैं। पूरी क़तार लपककर आगे बढ़ी। कुछ छापेमार सदा के लिए वहीं सो गए। मेतचिक ने सोचा कि अगर उन्हें दोबारा गोली चलानी पड़ी, तो उसका व्यवहार पिका से क़तई भिन्न न होगा।

उस दिन एक और धुँधली छवि मेतचिक के स्मृति-पट पर अंकित हो गई थी। वह छवि थी मोरोजका की, जो अपने घोड़े पर सवार होकर उसके पास से गुज़र गया था। घोड़े के दाँत नंगे थे, उसका घना अयाल हवा में लहरा रहा था; और घोड़ा तथा सवार इतनी तेज़ी से निकल गए थे कि दोनों एकाकार हो गए थे। यह कहना कठिन था कि मोरोजका का अंग कहाँ समाप्त होता है और घोड़े का कहाँ शुरू होता है। बाद में उसे पता चला कि मोरोजका उन घुड़सवार छापेमारों में से था जिन्हें युद्धरत प्लाटूनों के बीच सम्पर्क स्थापित करने का काम सौंपा गया था।

ताइगा में आने के बाद घोड़ों के खुरों से बनी एक पहाड़ी पगडंडी पर चलते समय ही मेतचिक पूरी तरह होश में आया। यहाँ की सभी चीज़ें शान्ति में डूबी और छायापूर्ण थीं। सिडार-वृक्षों का गहन जंगल काई से ढकी अपनी शान्तिपूर्ण शाख़ों के नीचे उन्हें पनाह दे रहा था।

II

दिनचर्या

इस मुठभेड़ के बाद सारी कम्पनी एक निर्जन कन्दरा में जा छिपी, जो घोड़े की दुम जैसी लताओं और पौधों से अटी पड़ी थी। घोड़ों का निरीक्षण करते हुए लेविनसन की दृष्टि ज्यूचिखा पर पड़ी।

"यह क्या मामला है?"

"क्या मतलब?" मेतचिक भुनभुनाया।

"ज़ीन उतारो और इसकी पीठ दिखाओ।"

मेतचिक ने काँपती उँगलियों से ज़ीन की पेटियों को ढीला किया।

"ओह, इसमें भी कोई शक है कि इसकी पीठ ज़ख़्मी है!" लेविनसन ने ऐसी आवाज़ में कहा मानो उसे इसी की आशा थी। "क्या तुम्हारा यह ख़याल है कि इस पर सवारी तो तुम गाँठोगे, पर देखभाल कोई दूसरा आदमी करेगा?"

लेविनसन अपनी आवाज़ स्वाभाविक स्तर पर रखने की पूरी चेष्टा कर रहा था। पर वह खिन्न हो चुका था, उसकी दाढ़ी काँप रही थी और उसकी

परेशान उँगलियाँ पास के पेड़ से एक नन्ही टहनी को तोड़कर उसे मसल रही थीं।

"प्लाटून कमांडर, इधर आओ! तुम्हारी आँखें कहाँ चरने चली गईं?"

प्लाटून कमांडर ज़ीन को एकटक देखता रहा, जिसे न जाने क्यों मेतचिक अपने हाथों में लिये खड़ा था। वह धीमी, भारी आवाज़ में बोला :

"कितनी बार इस बेवक़ूफ़ को चेतावनी दे चुका हूँ!"

"मुझे पता था," लेविनसन ने टहनी फेंकते हुए कहा और मेतचिक पर कड़ी व निर्मम दृष्टि गड़ा दी। "क्वार्टर-मास्टर के पास जाओ और जब तक इसका ज़ख़्म न भर जाए, माल ढोनेवाले घोड़ों के साथ सवारी करो।"

"सुनो, कॉमरेड लेविनसन," मेतचिक काँपती आवाज़ में बुदबुदाया। वह अपने को तिरस्कृत अनुभव कर रहा था, इस कारण नहीं कि उसने घोड़े के साथ दुर्व्यवहार किया था, बल्कि उसे ऐसा लगा कि भारी ज़ीन को हाथों में सँभाले वह अजब बेवक़ूफ़-सा दीखता है। "मेरा दोष नहीं है। सुनो, रुको...। अब तुम मुझ पर भरोसा कर सकते हो। मैं इसकी अच्छी देखभाल करूँगा।"

किन्तु लेविनसन बिना उसकी ओर देखे अगले घोड़े के पास चला गया।

रसद की कमी के कारण शीघ्र ही कम्पनी को पड़ोस की एक घाटी में निकल आने पर मजबूर होना पड़ा। दुश्मन के साथ अनेक छिटपुट मुठभेड़ों और थका देनेवाले अभियानों से पस्त होकर कम्पनी कुछ दिनों तक उलाखे की सहायक नदियों के जाल के बीच दौड़-भाग करती रही। ऐसे फ़ार्मों की संख्या तेज़ी से घट रही थी जहाँ दुश्मन अभी न पहुँचे हों। रोटी के एक-एक टुकड़े और मुट्ठीभर दाने के लिए जमकर लड़ाइयाँ लड़नी पड़ती थीं। ज़ख़्म भर भी न पाते थे कि फिर खुल जाते थे। छापेमार और भी अधिक कठोर और मौन, रूखे और तेज़मिज़ाज हो गए थे।

लेविनसन का यह दृढ़ विश्वास था कि छापेमारों की क्रियाशीलता के पीछे आत्म-रक्षा की भावना ही एकमात्र प्रेरक-शक्ति नहीं थी। वह जानता था कि उनमें एक ऐसी ऊँची भावना काम कर रही है जो आत्म-रक्षा की भावना

से कम बलवती नहीं है। हाँ, ऊपरी तौर पर स्वयं अधिकांश छापेमारों से यह भावना छिपी हुई थी। यह ऐसी भावना थी जो उन्हें अपने सामान्य ध्येय की प्राप्ति के लिए यातनाओं को सहन करने की, उलाखे ताइगा में ख़त्म हो जाने और मौत को गले लगाने तक की प्रेरणा देती थी, किन्तु वह यह भी जानता था कि उनकी यह भावना दैनिक जीवन की मामूली आवश्यकताओं के बोझ के नीचे, प्रत्येक व्यक्ति के जीवन की छोटी, किन्तु आवश्यक चिन्ताओं और परेशानियों के बोझ के नीचे, दबी पड़ी है। ऐसा होना स्वाभाविक भी था, कारण कि खाना-पीना और सोना तो सभी को होता है; और मनुष्य का शरीर दुर्बल होता है। दैनिक चिन्ताओं के भारी बोझ से दबे छापेमारों को अपनी कमज़ोरियों का बोध था और इसलिए उन्होंने मुख्य भार अपने से अधिक मज़बूत लोगों के हाथों में—लेविनसन, बाक्लानोव, दुबोव जैसे लोगों के हाथों में—सौंप दिया था और उन पर यह ज़िम्मेदारी डाल दी थी कि वे खाने-पीने और सोने की अपनी आवश्यकताओं को एक तरफ़ हटाकर उस मुख्य भार की ओर अधिक ध्यान दें तथा बाक़ी लोगों को सबसे महत्त्वपूर्ण बात की याद दिलाते रहें।

लेविनसन अब हमेशा छापेमारों के साथ ही रहता था : युद्ध के मैदान में वह उनके आगे-आगे चलता, उन्हीं के साथ खाना खाता, रातें सन्तरियों के निरीक्षण में गुज़ार देता। पूरी टुकड़ी में वही एकमात्र ऐसा व्यक्ति था जो अब भी हँसी-मज़ाक़ करना न भूला था। अपने आदमियों के साथ अत्यन्त मामूली बात की चर्चा करते समय भी उसके प्रत्येक शब्द से मानो यह बात प्रतिध्वनित होती : "देखो, मैं भी तुम्हारे साथ ही यातना भोग रहा हूँ; हो सकता है कि कल को मैं भी मर जाऊँ, या भूख से टें बोल जाऊँ; पर मैं जी नहीं छोटा करता, क्योंकि आख़िर टें बोल जाना कोई महत्त्वपूर्ण मामला तो है नहीं...।"

किन्तु इन सब बातों के बावजूद हर रोज़ कुछ न दिखनेवाले बन्धन—वे बन्धन जो कम्पनी के हृदय के साथ उसे बाँधे हुए थे—एक-एक करके टूट रहे थे। ज्यों-ज्यों ये बन्धन कम होते और कमज़ोर पड़ते चले गए,

त्यों-त्यों उसके लिए छापेमारों से अपने आदेशों का पालन करवाना अधिकाधिक कठिन होता चला गया। वह कम्पनी से अलग खड़ी एक अकेली शक्ति का रूप धारण करता जा रहा था।

छापेमार भोजन के लिए मछलियों का शिकार हथगोलों से करते थे। ठंडे पानी में कोई पैर डालना पसन्द नहीं करता था, इसलिए कमज़ोर लोगों को ही मजबूर किया जाता था। अक्सर वे इस काम के लिए लावरुश्का को पानी में उतारते। वह पहले सूअर पालने का काम किया करता था। उसके वंश-नाम से कोई परिचित न था। वह लजीले स्वभाव का था और हकलाता था। पानी देखकर उसका ख़ून सूख जाता था। वह ठिठुरता और अपने ऊपर सलीब के चिह्न बनाकर रेंगता हुआ तट से नीचे उतरता। उसकी पतली पीठ की दयनीय दशा को देख मेतचिक के दिल में एक टीस पैदा हो जाती।

एक दिन लेविनसन ने यह पूरी कारस्तानी देखी।

"ठहरो!" उसने लावरुश्का को पुकारकर रोका। "तुम ख़ुद क्यों नहीं पानी में उतरते?" उसने एक बेडौल जवान को पूछा, जिसे देखकर ऐसा लगता था मानो उसके शरीर का आधा हिस्सा किसी दरवाज़े में फँस गया हो। वह लात मारकर लावरुश्का को पानी में ढकेल रहा था।

उस आदमी ने ग़ुस्से से चमकती अपनी आँखों के ऊपर सफ़ेद भृकुटियों को तानते हुए सहसा उत्तर दिया, "तुम ख़ुद क्यों नहीं आज़माकर देखते?"

"मैं नहीं आज़माऊँगा," लेविनसन ने शान्त स्वर में कहा, "मुझे और बहुतेरे काम पड़े हैं, लेकिन तुम्हें—तुम्हें जाना होगा। चलो, उतारो अपनी पतलून। क्या देखते नहीं कि मछलियाँ बही जा रही हैं?"

"बह जाने दो। मैं सबका ग़ुलाम थोड़े ही हूँ!" वह लेविनसन की ओर अपनी पीठ कर धीमी चाल से तट से खिसकने लगा।

"कैसे हरामख़ोर लफंगे हैं ये लोग!" गोंचारेंको ने अपनी क़मीज़ के बटन खोलते हुए कहना शुरू किया; किन्तु कमांडर की अस्वाभाविक रूप से ऊँची आवाज़ से चौंककर वह सहसा रुक गया।

"लौट आओ!"

लेविनसन की आवाज़ में अप्रत्याशित शक्ति की भनक थी।

वह आदमी रुक गया। उसे अपनी कारस्तानी पर पछतावा होने लगा। पर अपने साथियों के बीच वह हार मानने को तैयार न था, इसलिए फिर बोल उठा, "कहा न तुमसे कि मैं नहीं जाऊँगा।"

लेविनसन भारी क़दम उठाता हुआ उसकी ओर बढ़ा। उसका हाथ अपनी पिस्तौल पर था। उसकी आँखें अद्‌भुत रूप से सिकुड़कर पैनी हो गई थीं और उस छापेमार को बेध रही थीं। छापेमार कुछ हिचकिचाया, फिर अपनी पतलून के बटन खोलने लगा।

"जल्दी करो!" लेविनसन की आवाज़ में धमकी भरी थी।

छापेमार ने घबराकर उसकी ओर देखा। सहसा उसके दिल में भय समा गया। जल्दी में उसकी एक टाँग पतलून में फँस गई। इस ख़याल से कि लेविनसन कहीं यह न समझ बैठे कि वह जानबूझकर देरी कर रहा है और घोड़ी दबा दे, वह हकलाने लगा, "हाँ, हाँ...मैं उलझ गया हूँ...ईमान क़सम!...बस, अभी एक मिनट में चला!"

जब लेविनसन ने चारों ओर घूमकर अपने आदमियों के चेहरों पर दृष्टि दौड़ाई, तो देखा कि वे भय और श्रद्धा से उसकी ओर ताक रहे हैं, किन्तु उनकी आँखों में बस, यही भाव था—उसके प्रति कोई सहानुभूति नहीं थी। उस समय उसे ऐसा लगा मानो वह एक ऐसी विरोधी शक्ति है, जो कम्पनी के ऊपर उठ गई है, किन्तु वह इसके लिए तैयार था; उसे यह विश्वास था कि उसकी यह शक्ति न्याय की शक्ति है।

उस दिन से खाना जुटाने, या छापेमारों के आराम की व्यवस्था करने के सवाल पर लेविनसन कभी हिचकिचाया नहीं। वह मवेशियों को बलपूर्वक हाँक लाता और किसानों के खेतों और बग़ीचों से अनाज या फल ले आता, किन्तु मोरोजका भी इस बात को समझ रहा था कि लेविनसन की ये कार्यवाहियाँ रियाबेत्स के खेतों से ख़रबूज़ों की चोरी से बिलकुल भिन्न हैं।

उदेगे पर्वत पर कई मीलों का रास्ता तय करने के बाद लेविनसन शेर घाटी में उतर आया था। इस बीच कम्पनी का आहार केवल अंगूर और

आग पर सेंके हुए कुकुरमुत्ता ही थे। इसके बाद कम्पनी इरोख़ेद्ज़ा के उद्गम से लगभग बीस मील के फ़ासले पर स्थित एक एकान्त कोरियाई फ़ार्म पर पहुँची। वहाँ उनकी मुलाक़ात एक भीमकाय व्यक्ति से हुई, जो अपने जंगल के जूतों के समान ही बालों से भरा था। उसकी पेटी में एक ज़ंगदार स्मिथ एंड वेस्सन पिस्तौल खोंसी हुई थी। लेविनसन ने दाऊबिखे के चुंगीचोर स्त्रिक्शा को पहचान लिया।

"ओह, लेविनसन!" स्त्रिक्शा ने उसका अभिवादन करते हुए कहा। पुराने ज़ुकाम के कारण उसकी आवाज़ भारी हो रही थी। घने बालों से भरे उसके चेहरे के बीच से झाँकती हुई आँखों में सदा के समान एक विषादपूर्ण मुस्कान खेल रही थी। "कहो, अभी तक ज़िन्दा हो? शुक्र है ख़ुदा का! वे यहाँ तुम्हारी तलाश कर रहे हैं।"

"कौन?"

"जापानी, कोलचक के आदमी...और कौन?"

"मैं तो यही उम्मीद किये बैठा हूँ कि वे मुझे पकड़ नहीं पाएँगे। क्या यहाँ कुछ खाने-पीने का सामान मिलेगा?"

"कौन जाने, वे तुम्हें पकड़ ही लें," स्त्रिक्शा ने अर्थपूर्ण लहज़े में कहा, "वे बेवक़ूफ़ तो हैं नहीं। तुम्हारी गिरफ़्तारी के लिए उन्होंने इनाम का ऐलान किया है। गाँव की सभाओं में उन्होंने यह आदेश पढ़ सुनाया कि जो भी तुम्हें ज़िन्दा या मरा हुआ पकड़ लेगा, उसे इनाम दिया जाएगा।"

"ऐसी बात है? बहुत बड़ी रक़म है क्या?"

"पाँच सौ साइबेरियाई रूबल।"

"मिट्टी का भाव भी नहीं!" लेविनसन ने मुस्कराते हुए कहा, "यह तो बताओ कि यहाँ खाने-पीने का सामान मिलेगा या नहीं?"

"यहाँ कुछ भी नहीं है। कोरियाई लोग सिर्फ़ चुमिजा ही खाते हैं। उनके पास यहाँ एक सूअर है, जिसका वज़न क़रीब दस पूड है—लेकिन वे तो मानो उसकी पूजा करते हैं! तमाम जाड़े के लिए गोश्त के नाम पर बस, यही एक सूअर उनके पास है।"

लेविनसन उस किसान की खोज में चल पड़ा जिसके पास वह सूअर था। किसान ने जब छापेमारों को देखा, तो थरथर काँपने लगा। उसके बाल पक चले थे और उसने सिर पर तार की एक पुरानी टोपी पहन रखी थी। छूटते ही वह गिड़गिड़ाकर अपने सूअर के लिए मिन्नतें करने लगा, किन्तु लेविनसन के दिमाग़ में अपने डेढ़ सौ छापेमारों की भूख का प्रश्न घूम रहा था। उसे कोरियाई किसान पर दया आई। लेविनसन उसे यह समझाने की चेष्टा करने लगा कि सूअर लेने के अलावा उसके पास और कोई चारा नहीं है, किन्तु किसान उसका एक भी शब्द न समझ सका और हाथ जोड़कर प्रार्थना करता रहा, "इसे मत खाओ...इसे मत...!"

"समझाना व्यर्थ है...सूअर को गोली से मार डालो!" लेविनसन ने कहा और उसका चेहरा इस तरह विकृत हो गया मानो गोली सूअर पर नहीं, बल्कि ख़ुद उस पर दागी जाएगी।

कोरियाई किसान का चेहरा भी विकृत हो गया। वह रोने लगा। सहसा वह घुटनों के बल गिर पड़ा और ज़मीन पर अपनी दाढ़ी को रगड़ता हुआ लेविनसन के पैर चूमने लगा। लेविनसन ने उसे उठाने की कोशिश नहीं की। उसे डर था कि कहीं पसीजकर वह अपने आदेश को वापस न ले ले।

मेतचिक खड़ा-खड़ा यह सारा दृश्य देख रहा था। उसका हृदय पीड़ा से भर गया। झोंपड़ी के पिछवाड़े में भागकर उसने अपना मुँह भूस की ढेरी में छिपा लिया। किसान का आँसुओं से भरा चेहरा और लेविनसन के पैरों पर झुकी हुई सफ़ेद लिबासवाली छोटी आकृति अब भी उसकी आँखों के सामने नाच रहे थे। 'क्या ऐसा किये बिना काम नहीं चल सकता?' उसने ज्वरग्रस्त अवस्था में सोचा और उसकी आँखों के सामने से ऐसे निश्चेष्ट, निरीह किसानों की एक पाँत गुज़र गई जिनसे उनके मुँह का आख़िरी कौर तक छीन लिया गया था। 'नहीं, नहीं, यह हृदयहीनता है, हृदयहीनता है,' उसके मस्तिष्क में यही विचार बार-बार घूमता रहा। उसने अपने चेहरे को भूस की ढेरी में और भी गहरा धँसा लिया।

मेतचिक जानता था कि वह उस कोरियाई किसान के साथ कभी वैसा व्यवहार नहीं कर सकता था जैसा कि लेविनसन ने किया; पर बाक़ी सब छापेमारों के साथ उसने भी सूअर का गोश्त खाया, क्योंकि वह भूख से व्याकुल था।

अगले दिन तड़के ही दुश्मन ने पहाड़ों पर से लेविनसन की वापसी का रास्ता काट दिया। दो घंटे की लड़ाई के बाद, जिसमें लेविनसन के लगभग तीस आदमी खेत रहे, वह दुश्मन की दीवार को तोड़कर इरोख़ेद्जा घाटी में निकल आया। कोलचक का घुड़सवार दस्ता उनके पीछे-पीछे था। मजबूर होकर उसने अपने तमाम माल ढोनेवाले घोड़ों को पीछे छोड़ दिया। जब वह अस्पताल जानेवाली परिचित पगडंडी पर पहुँचा, तो दोपहर हो चुकी थी।

यहाँ सहसा उसका अंग-अंग थकान से भारी हो गया और ज़ीन पर बैठे रहना उसके लिए दुश्वार हो उठा। पिछले कुछ घंटों की भीषण यातना के बाद उसके हृदय की गति अब धीमी हो चली थी—मानो किसी भी क्षण रुक जाएगी। उसका रोम-रोम नींद की पुकार कर रहा था। उसने अपना सिर आगे झुका दिया और अगले ही क्षण उसे ऐसा प्रतीत हुआ मानो अपनी ज़ीन पर बैठा वह हवा में तैरता जा रहा हो। अब उसे सारी बातें साधारण और महत्त्वहीन जान पड़ीं। सहसा उसके अन्दर से मानो किसी ने कचोटा और वह चौंककर पीछे देखने लगा। किसी ने उसे सोते न देखा था। प्रत्येक छापेमार अपने कमांडर की परिचित, तनिक आगे को झुकी पीठ ही देख पाता था। भला उनमें से कोई यह कैसे सोच सकता था कि उनका कमांडर भी उन्हीं की तरह थक गया है और सोना चाहता है? 'लेकिन क्या मुझमें इतनी ताक़त रहेगी कि अस्पताल तक बिना सोए पहुँच पाऊँ?' लेविनसन ने मन-ही-मन प्रश्न किया। उसने अपना सिर हिलाया और उसके घुटने थर-थर काँपने लगे। वह परेशान हो उठा।

"अब तो जल्द ही अपनी पत्नी से तुम्हारी मुलाक़ात होगी," दुबोव ने मोरोजक से कहा। वे अस्पताल के निकट पहुँच गए थे।

मोरोजका कुछ न बोला। वह यह समझता था कि उसका वैवाहिक जीवन ख़त्म हो गया है, हालाँकि इस अर्से में वह वार्या को देखने के लिए तड़पता रहा था। मोरोजका यह सोचकर अपने को धोखा देने की चेष्टा करता कि वह तो केवल एक तटस्थ दर्शक के रूप में वार्या को देखना चाहता है, "देखते हैं, भला उन दोनों की कैसी निभती है!"

किन्तु जब उसने वार्या को देखा—वार्या, स्ताशिंस्की और खारचेंको झोंपड़ी के पास खड़े थे और हँसते हुए सबसे हाथ मिला रहे थे—तो मानो उसके भीतर सब कुछ उलट-पलट गया। वह बिना उनके पास रुके आगे बढ़ गया और मेपल वृक्षों की छाया में घोड़े से उतरकर देर तक ज़ीन की पेटियों से उलझता रहा।

वार्या छापेमारों के अभिवादन का उत्तर लजीली, खोई-खोई-सी मुस्कान के साथ और लापरवाह ढंग से दे रही थी। उसकी आँखें मेतचिक को ढूँढ़ने में लगी थीं। मेतचिक की आँखें वार्या की आँखों से टकराईं और उसने अपना सिर हिला दिया। मेतचिक का मुँह शर्म से लाल हो उठा और उसने आँखें नीची कर लीं। उसे डर था कि कहीं वार्या दौड़कर सीधे उसके पास न आ जाए और इस तरह सब पर उनका भेद प्रकट कर दे, किन्तु वार्या ने ऐसा कुछ नहीं किया और मेतचिक को देखने पर अपनी ख़ुशी को बड़ी चतुराई से छिपा लिया।

मेतचिक ने जल्दी से ज्यूचिखा को खूँटे में बाँधा और जंगल में घुस गया। उसने अभी कुछ ही क़दम उठाए थे कि उसका पैर पिका से जा टकराया जो घोड़े के पास ही लेटा था। उसकी खोई आँखें आँसुओं में तैर रही थीं।

"बैठ जाओ," उसने थकी-माँदी आवाज़ में कहा।

मेतचिक उसकी बग़ल में लेट गया।

"अब हम कहाँ जाएँगे?"

मेतचिक ने कोई उत्तर नहीं दिया।

"मेरा बस, चलता...तो इस समय मैं मछलियों का शिकार कर रहा होता," पिका सपने देख रहा था। "मधुमक्खियों के अपने बाग़ के पास।

मछलियाँ पानी के बहाव के साथ तैर रही होंगी। बस, पानी में एक छोटा-सा बाँध बना देता और उन्हें हाथों से पकड़-पकड़कर चुनता जाता।" वह कुछ क्षण मौन रहा, फिर दु:खभरी आवाज़ में बोला, "लेकिन अब मधुमक्खियों का बाग़ कहाँ! कितना अच्छा होता यदि वह अब भी मौजूद हो! वहाँ इस समय चुप्पी छाई होगी और मधुमक्खियाँ शान्त हो गई होंगी।"

वह सहसा अपनी कुहनी के बल उठा और मेतचिक को अपने हाथ से छूकर दु:ख और पीड़ा से काँपती आवाज़ में बोला :

"सुनो, पावेल! सुनो पावेल, मेरे प्यारे बच्चे! क्या वैसी कोई और जगह नहीं मिल सकती, बोलो? भला उसके बिना हम कैसे रह सकेंगे, मेरे प्यारे बच्चे? मेरा अपना कोई नहीं, मैं निपट अकेला हूँ...बूढ़ा हो गया हूँ...आख़िरी घड़ियाँ गिन रहा हूँ...!" उसका गला रुँध गया और उसने तड़पकर अपने हाथ से घास को जकड़ लिया।

मेतचिक ने उसकी ओर न देखा; वह उसकी बातों तक को अनसुना कर रहा था, किन्तु बूढ़े पिका का एक-एक शब्द उसके हृदय को गुदगुदा देता, मानो उसकी आत्मा की जीवित डाल से किसी की कोमल उँगलियाँ मुरझाए पत्तों को एक-एक कर चुन रही हों। 'अब वे दिन चले गए,' मेतचिक ने सोचा। 'अब वे लौटकर न आएँगे...।' और अपने मुरझाए पत्तों के अफ़सोस में उसका दिल रो उठा।

"मैं अब सोऊँगा," पिका से पिंड छुड़ाए जाने के लिए बेताब होकर उसने कहा, "मैं बहुत थका हुआ हूँ...।"

वह जंगल में और गहरे पैठकर झाड़ियों के पीछे लेट गया। बेचैन नींद में उसकी आँखें झपक गईं, किन्तु कुछ ही देर में वह सहसा उठ बैठा, मानो किसी ने झकझोरकर जगा दिया हो। उसका हृदय ज़ोर-ज़ोर से धड़कने लगा। पसीने से तर उसका कुरता शरीर से चिपक गया था। झाड़ी के पीछे दो व्यक्ति बातें कर रहे थे। स्ताशिंस्की और लेविनसन की आवाज़ों को उसने पहचान लिया। उसने होशियारी से झाड़ी की टहनियों को अलग किया और झाँककर देखा।

"कुछ भी हो," लेविनसन उदास आवाज़ में कह रहा था, "अब हम इस इलाक़े में ज़्यादा दिनों तक नहीं टिक सकते। बाहर निकलने का एकमात्र रास्ता उत्तर की ओर है—हमें तूदो-बाकू घाटी में जाना होगा।" उसने अपना थैला खोलकर एक नक़्शा निकाला। "यह देखो! पहाड़ों को पार कर हम खाऊनीख़ेद्ज़ा के किनारे-किनारे नीचे उतर सकते हैं। सफ़र तो लम्बा है, लेकिन और कोई चारा भी नहीं!"

स्ताशिंस्की की आँखें नक़्शे के बजाय ताइगा की गहराइयों पर जमी थीं, मानो वह इनसानों के पसीने से तर होनेवाली उस लम्बे सफ़र के एक-एक क़दम को माप रही हों। सहसा उसने अपनी आँखें तेज़ी से मिचमिचाईं और लेविनसन की ओर देखा।

"और—फ्रोलोव का क्या होगा? तुम फिर भूल रहे हो।"

"हाँ, फ्रोलोव।" लेविनसन ने अपने शरीर को घास पर निश्चेष्ट छोड़ दिया। मेतचिक को उसके चेहरे का पीला पिछला भाग बिलकुल अपने सामने दिखाई दे रहा था।

"बेशक, मैं उसके साथ ठहर सकता हूँ," स्ताशिंस्की ने कुछ देर बाद दबी आवाज़ में कहा, "आख़िर ऐसा करना मेरा फ़र्ज़ है।"

"बकवास!" लेविनसन ने अपना सिर हिलाते हुए कहा, "कल रात भोजन के समय तक जापानी यहाँ हर हालत में आ धमकेंगे। शिकारी कुत्तों की तरह उन्होंने हमें सूँघ निकाला है। क्या मौत का शिकार होना ही तुम्हारा कर्तव्य है?"

"और हम कर भी क्या सकते हैं?"

"मुझे नहीं मालूम।"

मेतचिक ने लेविनसन के मुँह पर ऐसा असहाय भाव पहले कभी न देखा था।

"बस, एक ही हल दिखाई देता है। मैंने इस पर सोच लिया है...!" लेविनसन कहते-कहते रुक गया, उसके दाँत भिंच गए; कुछ आगे कहते न बना और वह चुप हो रहा।

"हाँ, क्या कह रहे थे?" स्ताशिंस्की ने जिज्ञासा के भाव से पूछा।

मेतचिक को लगा कि कोई ख़ौफ़नाक बात होनेवाली है। वह आगे को झुक गया। स्ताशिंस्की और लेविनसन यदि अपने ही विचारों में इतने डूबे न होते तो पत्तों की खड़खड़ से उन्हें अवश्य मेतचिक की उपस्थिति का बोध हो गया होता।

लेविनसन एक ही शब्द में अपनी बात कह डालना चाहता था। पर वह शब्द शायद इतना कठोर था कि उसे अपने मुँह से निकाल नहीं पा रहा था। स्ताशिंस्की ने आतंकित और चकित नेत्रों से उसकी ओर देखा...और समझ गया।

बिना एक-दूसरे से आँखें मिलाए, ख़ौफ़ से काँपते और हकलाते हुए, वे उस विषय पर बातें करने लगे जिसे अब दोनों ही समझ गए थे, किन्तु उस एक शब्द को कहकर अपनी परेशानी दूर करने के लिए दोनों में से कोई भी तैयार न था।

'ये उसे मार डालना चाहते हैं।' मेतचिक मन-ही-मन चीत्कार उठा। उसका चेहरा फक पड़ गया और दिल ज़ोर-ज़ोर से धड़कने लगा—ऐसा लगा कि झाड़ी की दूसरी तरफ़ खड़े लोग उसकी आवाज़ सुन लेंगे।

"उसकी हालत कैसी है? ख़राब है? बहुत ख़राब?" लेविनसन बार-बार पूछ रहा था। "अगर ऐसी बात न होगी...। ख़ैर, अगर हम कुछ न भी करें, तो भी...। मतलब यह कि—क्या उसके स्वस्थ होने की थोड़ी भी आशा की जा सकती है?"

"नहीं, बिलकुल नहीं, लेकिन क्या यही मुख्य बात है?"

"फिर भी, इस विचार से काम कुछ तो आसान हो जाता है," लेविनसन ने स्वीकार किया। अपने को धोखा देने की इस चेष्टा पर उसी क्षण वह लज्जित भी हुआ। पर वास्तव में वह ऐसा सोचता था कि इस तरह काम कुछ आसान हो जाएगा। पल-दो-पल मौन रहने के बाद वह धीरे से बोला, "हमें यह काम आज ही करना होगा। बस, इतना ध्यान रहे कि किसी को शक भी न हो। सबसे बड़ी बात यह है कि वह ख़ुद बिलकुल न जान पाए। क्या ऐसा किया जा सकता है?"

"वह नहीं जान पाएगा। थोड़ी देर में उसे नींद की दवा देनी है। सो उसकी जगह...। लेकिन क्या इसे कल तक नहीं टाला जा सकता?"

"किसलिए? अन्तर क्या पड़ेगा?" लेविनसन ने नक़्शे को थैले में रख दिया और उठ खड़ा हुआ, "यह काम करना ही होगा। इसके अलावा और कोई चारा नहीं। क्यों ठीक कहता हूँ न?" अनायास ही वह एक ऐसे व्यक्ति का सहारा पाने को चेष्टा कर रहा था जिसे ख़ुद सहारे की ज़रूरत थी।

'हाँ, ठीक कहते हो,' स्ताशिंस्की ने सोचा, किन्तु कुछ कहा नहीं।

"सुनो," लेविनसन ने धीरे से कहना शुरू किया, "बात साफ़-साफ़ हो जाए! क्या तुम यह करने को तैयार हो? अगर नहीं तो स्पष्ट बता दो।"

"क्या मैं यह काम करने को तैयार हूँ?" स्ताशिंस्की ने उसकी बात दोहरा दी, "हाँ, मैं तैयार हूँ।"

"चलो," लेविनसन ने उसकी बाँह छूते हुए कहा।

दोनों बैरक की झोंपड़ी की दिशा में भारी क़दम उठाते हुए चल दिये।

"क्या वे सच ही ऐसा करने जा रहे हैं?" मेतचिक ने अपने हाथों से आँखों को ढक लिया और मुँह के बल घास पर गिर पड़ा।

न जाने कितनी देर वह इसी अवस्था में वहाँ पड़ा रहा; फिर उठा और झाड़ियों के किनारे-किनारे अपने-आपको आगे घसीटता और घायल व्यक्ति की तरह चक्कर खाता हुआ लेविनसन और स्ताशिंस्की के पीछे चल पड़ा।

मेतचिक को आते देख घोड़ों ने, जिनकी पीठ पर से ज़ीनें उतार ली गई थीं और जिनके शरीर अब शान्त हो गए थे, अपने थके हुए सिरों को उसकी ओर घुमा लिया; कुछ छापेमार मैदान में पड़े खर्राटे ले रहे थे, कुछ खाना पकाने में व्यस्त थे। मेतचिक ने स्ताशिंस्की के लिए चारों ओर दृष्टि दौड़ाई। उसे वहाँ न देख वह झोंपड़ी की ओर भागा।

वह झोंपड़ी के अन्दर ऐन वक़्त पर दौड़ता हुआ घुस आया। स्ताशिंस्की फ्रोलोव की तरफ़ पीठ किये खड़ा था और अपने काँपते हाथों को रोशनी में उठाए गिलास में कुछ उड़ेल रहा है।

"ठहरो, यह तुम क्या कर रहे हो?" मेतचिक उसकी ओर लपकता हुआ चिल्ला उठा। उसकी आँखें आतंक से फैल गई थीं। "ठहरो, मैंने सब कुछ सुन लिया था!"

स्ताशिंस्की चौंक उठा और उसका सिर झटके के साथ घूम गया; उसके हाथ और भी ज़ोरों से काँपने लगे। सहसा उसने मेतचिक की ओर एक क़दम बढ़ा दिया; उसके माथे पर एक लाल नाड़ी भयंकर रूप से उभर आई।

"निकल जाओ यहाँ से!" उसने एक ख़तरनाक, घुटन-भरी फुसफुसाहट में कहा, "मैं तुम्हें जान से मार डालूँगा!"

मेतचिक के मुँह से चीख़ निकल पड़ी और एक ही छलाँग में वह झोंपड़ी के बाहर हो गया। उसके होश-हवाश गुम हो गए थे। स्ताशिंस्की पलभर में ही सँभल गया और फ्रोलोव की ओर मुड़ा।

"यह क्या...क्या है?" फ्रोलोव ने अपनी आँखों की कोरों से गिलास पर आतंकित दृष्टि फेंकते हुए पूछा।

"यह तुम्हारी नींद की दवा है, पी लो," स्ताशिंस्की ने कठोर आवाज़ में हुक्म दिया।

उनकी आँखें चार हुईं और एक ही विचार के सूत्र में बँधकर स्थिर हो गईं। 'अब मौत आ गई,' फ्रोलोव ने सोचा। न जाने क्यों उसे न डर लगा, न आश्चर्य ही हुआ। उसके भावना-शून्य हृदय में न भय का संचार हुआ, न विषाद का। सब कुछ सहज और आसान हो गया था; यहाँ तक कि उसे यह बात विचित्र प्रतीत हुई कि उसने इतनी यातनाओं को सहन करना स्वीकार किया, मौत से डरकर हठधर्मी के साथ जीवन से चिपका रहा, जबकि जीवन उसे और अधिक यातनाओं के अलावा और कुछ न दे सकता था। केवल मौत ही उसे यातनाओं से छुटकारा दिला सकती थी। अनिश्चित अवस्था में उसने अपनी दृष्टि चारों ओर दौड़ाई, मानो कुछ ढूँढ़ रहा हो; उसकी आँख भोजन की अछूती थाली पर पड़ी, जो पास ही एक स्टूल पर रखी थी। वह दूध की जेली थी। ठंडी हो गई थी। उसके ऊपर मक्खियाँ भिनभिना रही थीं। ज़ख़्मी होने के बाद पहली बार फ्रोलोव की आँखें एक मानवीय भावना से

दीप्त हो उठीं—उसकी आँखों से दया की भावना टपकने लगी। उसे अपने ऊपर दया आ रही थी, या शायद स्ताशिंस्की पर, कौन कह सकता है! उसने अपनी पलकें झुका लीं। जब दोबारा उसने पलकें उठाईं तो उसका चेहरा शान्त और लाचार था।

"अगर तुम कभी सूचान जाओ," उसने धीरे से कहा, "तो उनसे कहना कि ज़्यादा अफ़सोस न करें। सभी को इसी तरह चले जाना है...हाँ, सभी को..." उसने अपने शब्दों को इस तरह दोहराया मानो उसे अभी तक सभी मनुष्यों की मौत की अनिवार्यता पर पूरी तरह विश्वास न हो। यही विश्वास उसकी अपनी मौत को उसके व्यक्तिगत, पृथक् और भयंकर अर्थ से वंचित कर एक ऐसी साधारण घटना में परिणत कर सकता था, जो सभी मनुष्यों के जीवन में सामान्य रूप से घटती है। कुछ देर सोचते रहने के बाद उसने कहा, "वहाँ मेरा एक बेटा है...खान में...फेद्या उसका नाम है। जब यह सारा मामला सुलझ जाए, तो उसे भूल मत जाना...उसकी जितनी बन पड़े, मदद करना। अच्छा, लाओ, दे दो।" सहसा उसने अपने विचारों के प्रवाह को रोक दिया। उसकी कमज़ोर आवाज़ थरथरा रही थी।

स्ताशिंस्की के होंठ सफ़ेद होकर फड़कने लगे। उसके समूचे शरीर में एक कँपकँपी दौड़ गई। उसकी एक आँख ज़ोर से मिचमिचाने लगी। उसी अवस्था में उसने गिलास आगे बढ़ा दिया। फ्रोलोव ने दोनों हाथों से गिलास पकड़ लिया और एक ही साँस में दवा पी गया।

टूटी टहनियों से टकराता और गिरता-पड़ता हुआ मेतचिक जंगल में भागा जा रहा था। उसे इस बात का बिलकुल होश न था कि वह कहाँ जा रहा है। उसकी टोपी कहीं गिर गई थी। मकड़ी के जाले के समान चिपचिपे भद्दे बालों की लटें उसकी आँखों के ऊपर झूल रही थीं। उसकी कनपटियों की नसें ज़ोर-ज़ोर से धड़क रही थीं। प्रत्येक धड़कन के साथ वह एक निरर्थक दयनीय शब्द दोहराता जाता था, मानो वही उसका एकमात्र सम्बल हो, क्योंकि कोई दूसरा सम्बल न था। सहसा वह वार्या से जा टकराया और उछलकर पीछे हट गया। उसकी आँखों में पागलों जैसी चमक थी।

"मैं तुम्हारी ही तलाश कर रही थी," वार्या ने ख़ुशी से कहना शुरू किया, किन्तु उसकी उन्मादपूर्ण दृष्टि से सहमकर बीच में ही रुक गई।

मेतचिक ने उसका हाथ पकड़ लिया और ज़ोर से साँस लेते हुए बोला :

"सुनो! उन्होंने उसे ज़हर दे दिया है...फ्रोलोव...। जानती हो, उन्होंने..."

"क्या कहा? ज़हर दे दिया है? चुप हो जाओ!" सहसा सारी परिस्थिति को समझती हुई वह चिल्लाई। उसने मेतचिक को अपने सीने से दबा लिया और अपनी गर्म गीली हथेली से उसके मुँह को ढक दिया। "चुप हो जाओ! हुज्जत मत करो! चलो, यहाँ से चल दें।"

"कहाँ? ओह, मुझे छोड़ दो!" उसने अपने-आपको छुड़ा लिया और वार्या को धक्का देकर अलग कर दिया। उसके दाँत किटकिटा रहे थे।

वार्या दोबारा उसकी आस्तीन पकड़कर उसे अपने साथ घसीट ले जाने लगी। वह बार-बार दोहरा रही थी, "ज़िद मत करो! चलो, यहाँ से चल दें। वे हमें देख लेंगे। एक आदमी यहीं कहीं मँडरा रहा है...। चले आओ, जल्दी करो!"

मेतचिक ने वार्या से दोबारा अपने-आपको छुड़ा लिया। आवेश में वह उस पर हाथ उठाने ही वाला था।

"कहाँ जा रहे हो? ठहरो!" वह उसके पीछे दौड़ती हुई चिल्लाई।

तभी सिस्किन झाड़ियों के पीछे से कूदकर बाहर निकला; वार्या एक ओर को हट गई और नाला फाँदकर एक झुरमुट के पीछे अदृश्य हो गई।

"क्या हुआ? क्या वह तुम्हारे चंगुल में नहीं फँसी? ख़ैर, शायद मेरी ही क़िस्मत चमक जाए!" सिस्किन ने अपनी रान को ज़ोर से थपथपाया और वार्या के पीछे दौड़ पड़ा।

12

प्रस्थान

बचपन से ही मोरोजका यह देखता आ रहा था कि मेतचिक जैसे लोग अपने विचारों को भारी-भरकम और आडम्बरपूर्ण शब्दों के पीछे छिपाकर अपने-आपको उन लोगों से पृथक् कर लेते हैं, जो मोरोजका की तरह अपनी भावनाओं को सुन्दर शब्दों में सजाकर पेश करना नहीं जानते। वह यह भी देखता आया था कि इन आडम्बरी लोगों के विचार भी उतने ही साधारण और सादे होते हैं, जितने कि ख़ुद उसके अपने विचार। मोरोजका नहीं जानता था कि उसकी यह धारणा ठीक है या नहीं और न ही वह शब्दों में उसे प्रकट कर सकता था; किन्तु वह अपने और ऐसे लोगों के बीच हमेशा झूठे और नक़ली शब्दों तथा कारनामों की एक अलंघ्य दीवार खड़ी पाता, जो न जाने किस सामग्री की बनी होती।

सो, मोरोजका के साथ अपनी स्मरणीय टक्कर में, मेतचिक ने ऐसा ज़ाहिर करने की कोशिश की थी कि उसकी जान बचाने के लिए मोरोजका

के प्रति कृतज्ञता के कारण ही उसने उसके सामने मैदान छोड़ा था। मेतचिक के हृदय में इस विचार से एक गहरी सुखद उदासी भर गई कि उसने एक ऐसे आदमी के सामने अपनी ओछी भावनाओं का दमन किया, जो सर्वथा उसके अयोग्य था, किन्तु मन-ही-मन वह मोरोजका पर और ख़ुद अपने पर नाराज़ भी था, क्योंकि वास्तव में मोरोजका का हर तरह से अनिष्ट चाहता हुआ भी वह उसे कोई नुक़सान नहीं पहुँचा सकता था—वह इतना कायर था कि ऐसा करना उसके बस की बात नहीं थी और फिर इस गहरी सुखद उदासी का अनुभव कहीं अधिक आनन्ददायी था।

मोरोजका को लगा कि सड़ाँध को सौन्दर्य प्रदान करने की ठीक इसी क्षमता के कारण, जिसका स्वयं उसमें अभाव था, वार्या ने मेतचिक को अधिक पसन्द किया था, क्योंकि वह उसमें केवल ऊपरी सौन्दर्य ही नहीं, बल्कि आत्मा का सच्चा सौन्दर्य देखती थी। इसी कारण जब मोरोजका दोबारा वार्या से मिला तो अनायास ही वह उसके, ख़ुद अपने और मेतचिक के सम्बन्ध में अपने पुराने विचारों के कुचक्र में फँस गया।

उसने देखा कि वार्या कहीं चली गई है ('बेशक, मेतचिक के साथ')। वह देर तक सो नहीं पाया, हालाँकि यह सोचकर अपने को तसल्ली देने की चेष्टा करता रहा कि उसका इस बात से कोई सरोकार नहीं है। कहीं कोई पत्ता खड़खड़ाता या धीमी-सी आवाज़ होती, तो वह होशियारी से अपना सिर ऊपर उठाता, अँधेरे में इस तरह घूरने लगता मानो उसे जंगल से अपराधियों की तरह दो चेहरों को निकलकर आते देखने की आशा हो।

बाद में उसके निकट की कुछ चहल-पहल ने उसे जगा दिया। अलावों की आग में नम लकड़ियाँ सिसकारती हुई जल रही थीं। मैदान के ऊपर भीमाकार छायाएँ नाच रही थीं। बैरक की झोंपड़ी की खिड़कियाँ कभी रोशन हो जातीं, तो कभी अँधेरे में डूब जातीं; कोई माचिस जला रहा था। फिर खारचेंको झोंपड़ी से बाहर निकला। उसने अन्धकार में किसी व्यक्ति से दो-चार बातें कीं और अलावों के बीच से होता हुआ किसी की तलाश करने लगा।

"किसकी तलाश कर रहे हो?" मोरोजका ने भर्राई आवाज़ में पूछा। वह खारचेंको के उत्तर को ठीक तरह से सुन न पाया और दोबारा पूछा, "क्या कहा?"

"फ्रोलोव मर गया है," खारचेंको ने दबी आवाज़ में कहा।

मोरोजका ज़ोर से ओवरकोट लपेटकर दोबारा नींद में मग्न हो गया।

पौ फटने के कुछ ही समय बाद उन्होंने फ्रोलोव को दफ़ना दिया; मोरोजका ने भी अन्य छापेमारों के साथ अनमने भाव से क़ब्र में मिट्टी फेंकी।

जब प्रस्थान की तैयारियाँ पूरी हो गईं और घोड़ों पर ज़ीनें कसी जाने लगीं, तो पता चला कि पिका लापता है। वक्र नथुनोंवाला उसका घोड़ा एक पेड़ के नीचे उदास खड़ा था; रात में उसकी पीठ पर से ज़ीन नहीं उतारी गई थी और अब उसकी दशा दयनीय थी। "बूढ़ा खूसट चम्पत हो गया। बेचारा बर्दाश्त न कर सका," मोरोजका ने मन-ही-मन राय क़ायम की।

"अच्छी बात है, उसकी तलाश मत करो," लेविनसन ने कहा। उसका मुँह पीड़ा से मलिन हो गया। सुबह से ही उसकी कमर में रह-रहकर दारुण पीड़ा हो रही थी। "उसके घोड़े को मत भूल जाना...नहीं, उस पर सामान मत लादो। क्वार्टर-मास्टर कहाँ हैं? सब कुछ ठीक-ठाक है? सवार हो जाओ!" उसने एक गहरा निःश्वास छोड़ा और उसका मुँह एक बार फिर पीड़ा से ऐंठ गया। जब वह अपने घोड़े पर सवार हुआ, तो ऐसा लग रहा था, मानो वह अपने अन्दर कोई विशाल और भारी बोझ छिपाए है।

पिका की ओर दोबारा किसी का ध्यान न गया। केवल मेतचिक ही ऐसा था जिसे लगा कि उसका कुछ खो गया है, हालाँकि पिछले कुछ दिनों से उस बूढ़े की बातों से मेतचिक उकता गया था और वह अपने दिवास्वप्नों से उसके हृदय की उदास स्मृतियों को जगा देता था; फिर भी उसे ऐसा लगा कि पिका के साथ-साथ उसके दिल का एक टुकड़ा भी चला गया।

कम्पनी एक गहरी ढलानवाली पहाड़ी रीढ़ पर चढ़ती हुई आगे बढ़ी; यहाँ पहाड़ी बकरों ने सारी घास खा डाली थी। पहाड़ी के ऊपर शीतल और नीला आसमान फैला हुआ था। बहुत नीचे तलहटी में गहरे नीचे रंग की

घाटियाँ दिखाई दे जाती थीं; घोड़ों के खुरों की ठोकर से बड़े-बड़े पत्थर लुढ़ककर नीचे जा गिरते थे।

अब वे ताइगा में प्रवेश कर गए थे। वहाँ पतझर की निस्तब्धता में डूबे सुनहरे पत्तों और सूखी घास ने उन्हें अपने आँचल में समेट लिया। यहाँ पीतवर्ण शाख़ों के ताने-बाने के बीच सुरमई दाढ़ीवाले साइबेरियाई हिरण अपने बाल झाड़ा करते थे; ठंडे और शीतल झरने कल-कल करते हुए बह रहे थे; पत्तों के पीले रंग में रँगी ओस की निर्मल और स्वच्छ बूँदें झाड़ियों-टहनियों पर दिनभर चमका करती थीं। ताइगा के जंगली जीव-जन्तु बड़े भोर से ही दहाड़ना-गरजना शुरू कर देते। उनकी आवाज़ें भयानक और असह्य आवेश में भरी प्रतीत होतीं; ऐसा लगता, मानो ताइगा के इस सुनहरे पतझर में कोई राक्षस ज़ोर-ज़ोर से उसाँसें ले रहा हो।

अर्दली येफिमका को ही सबसे पहले इस बात का सन्देह हुआ कि मोरोजका और वार्या की आपस में खटपट हो गई है। दोपहर के विश्राम के कुछ पहले उसे कुब्राक के पास इस आदेश के साथ भेजा गया था : 'अपनी दुम समेट लो, वरना कहीं उसे कोई काट न ले।'

येफिमका बड़ी कठिनाई से छापेमारों की लम्बी पाँत के अन्त तक पहुँच पाया। काँटेदार झाड़ियों में उलझकर उसकी पतलून फट गई थी। वह कुब्राक से झगड़ बैठा। प्लाटून कमांडर ने उसे केवल अपने काम से मतलब रखने की सलाह दी। येफिमका ने रास्ते में यह देख लिया था कि मोरोजका और वार्या एक-दूसरे से काफ़ी दूर-दूर चल रहे हैं। उसे यह बात भी याद हो आई कि उसने पिछले दिन भी कभी उन्हें एक साथ न देखा था।

लौटते समय उसने अपने घोड़े को मोरोजका की ओर बढ़ा दिया और उसके पास जाकर बोला, "देखता हूँ कि तुम अपनी बीवी से दूर भाग रहे हो। किस बात को लेकर खटपट हो गई है?"

मोरोजका ने उसके सूखे और चिड़चिड़े चेहरे की ओर देखा और ग़ुस्से से भन्नाकर बोला :

"कैसी खटपट? कोई खटपट नहीं हुई। मैंने उसे छोड़ दिया है।"

"छोड़ दिया है!" येफिमका अपना मुँह फेरकर उदास भाव से कुछ मिनट चुपचाप ताकता रह गया। उसे देख ऐसा लगता मानो वह 'छोड़' शब्द के औचित्य पर सोच रहा हो, कारण कि वह जानता था कि मोरोजका और वार्या के बीच सच्चे पारिवारिक सम्बन्ध कभी न थे।

"ख़ैर, ऐसा होता है," उसने अन्त में कहा, "मेरे कहने का मतलब है कि यह सब क़िस्मत का खेल है। चल, चल रे मेरे घोड़े!" उसने घोड़े को सड़ाक से एक चाबुक रसीद की।

मोरोजका उसकी दूर हटती भूरी क़मीज़ पर आँखें गड़ाए रहा। उसने देखा कि येफिमका लेविनसन को रिपोर्ट देने के बाद उसके साथ-साथ आगे बढ़ रहा है।

"ओह, क्या सड़ियल ज़िन्दगी है!" मोरोजका को गहरी निराशा ने आ दबोचा।

वह बहुत उदास हो गया। उसे ऐसा लग रहा था मानो उसे अपने स्थान पर किसी चीज़ के साथ ज़ंजीरों से जकड़ दिया गया है। वह बाक़ी जवानों की तरह स्वतंत्रता से न तो क़तार में आगे-पीछे घूम सकता है और न अगल-बग़ल के छापेमारों के साथ दो बातें ही कर सकता है।

'वे क़िस्मतवाले हैं जो जी में आए, करते हैं,' उसने ईर्ष्या के भाव से सोचा। 'उन्हें किस बात की फ़िक्र है? लेविनसन को ही ले लो—बड़ा आदमी है, सभी लोग उसकी इज़्ज़त करते हैं, जो जी चाहे, करता है। ज़िन्दगी हो तो ऐसी!'

मोरोजका भला यह कैसे जान पाता कि लेविनसन के पँजरे में दारुण पीड़ा हो रही है? फ्रोलोव की मौत की ज़िम्मेदारी का भारी बोझ चक्की के समान उसके दिल को मसल रहा है। जापानियों ने उसकी गिरफ़्तारी के लिए इनाम का ऐलान किया है और इसलिए शायद वही सबसे पहले मौत का शिकार हो जाए? मोरोजका के हृदय में इस समय बस, एक ही बात घूम रही थी—यह कि दुनिया में सभी लोग स्वस्थ, शान्त और सन्तुष्ट हैं और वही अकेला क़िस्मत का मारा है।

उस उत्तप्त जुलाई के दिन, जब वह अस्पताल से लौट रहा था और घुँघराले बालोंवाले किसानों ने उसकी घुड़सवारी को प्रशंसा की नज़रों से देखा था, उसके मस्तिष्क में धुँधले और बोझिल विचारों का जो बवंडर उठा था; मेतचिक के साथ मुठभेड़ के बाद सूने खेत से गुज़रते समय जब उसने जौ की उलटी ढेरी पर अकेले काग को बैठे देखा था, तब जिन विचारों ने उसे पूरी तरह ग्रस लिया था—वे ही विचार अब एक नये तीखेपन, एक नई यातनापूर्ण प्रखरता के साथ उसके दिमाग़ में घूमने लगे। मोरोजका पहले कभी इस तरह आन्दोलित नहीं हुआ था। उसे ऐसा प्रतीत हुआ, मानो अब तक के जीवन में उसने धोखा ही धोखा देखा है और उसे अपने चारों ओर केवल फ़रेब और धोखा ही दिखाई दिया। उसे अब इस बात में लेशमात्र भी सन्देह न रहा कि अपने सम्पूर्ण जीवन में, ठुमक-ठुमककर चलनेवाले दिनों से लेकर अब तक, उसने जो कुछ किया, जितना कठोर और प्रयोजनहीन श्रम किया और शराब में धुत्त होकर रँगरेलियाँ कीं, जितना ख़ून और पसीना बहाया, यहाँ तक कि 'निश्चिन्त' होकर जितनी शैतानियाँ कीं—वे सब-के-सब बेकार थे। उनसे उसे कोई सुख नहीं मिला। उसे लगा कि उसके सम्पूर्ण जीवन का श्रम उस बन्धक-ग़ुलाम के समान था, जिसकी न कोई क़दर करता है और न कभी करेगा।

क्लान्त, उदास और खिन्न होकर, किसी ढलती उम्रवाले आदमी की तरह असहाय आवेश में आकर वह सोचने लगा कि उसकी ज़िन्दगी के सत्ताईस साल गुज़र चुके हैं, किन्तु अपने बीते दिनों के एक भी क्षण को वह लौटाकर नहीं ला सकता और उसे दोबारा नये ढंग से नहीं जी सकता; आगे भविष्य में भी अँधेरा ही अँधेरा दिखाई देता है; शायद एक गोली उसका काम तमाम कर देगी, और उसकी मौत पर कोई आँसू बहानेवाला भी न होगा। फ्रोलोव की मौत के समान उसकी मौत का भी किसी को ग़म न होगा। मोरोजका को इस समय ऐसा प्रतीत हो रहा था कि जीवनभर वह उसी पथ पर चलने की—सीधे, साफ़, सच्चे पथ पर चलने की—भरसक कोशिश करता रहा है जिस पर कि लेविनसन, बाक्लानोव, दुबोव (यहाँ तक कि उसे अब येफिमका भी उसी पथ पर चलता हुआ प्रतीत हुआ) जैसे लोग चलते रहे हैं;

किन्तु हमेशा कोई न कोई निष्ठुरता के साथ उसे इस पथ से डिगाता आया है और चूँकि वह स्वप्न में भी यह नहीं सोच सकता था कि उसके रास्ते में आड़े आनेवाला दुश्मन कोई और नहीं, बल्कि वह स्वयं है, इसलिए उसे यह विचार विशेष रूप से सन्तोषप्रद और कड़वा प्रतीत हुआ कि दूसरे लोगों के—ख़ास तौर से मेतचिक जैसे लोगों के—कमीनेपन के कारण ही उसे परेशानियाँ उठानी पड़ रही हैं।

भोजन के बाद जब वह एक पहाड़ी नाले में अपने घोड़े को पानी पिला रहा था, तो उसके पास वही छबीला, घुँघराले बालोंवाला नौजवान आया, जिसने एक बार मोरोजका का मग्गा चुराया था। उसके होंठों पर एक भेदभरी मुस्कराहट खेल रही थी।

"जो बात मैं तुम्हें बताने आया हूँ...जो बात मैं तुम्हें बतानेवाला हूँ," उसने जल्दी-जल्दी फुसफुसाकर कहना शुरू किया। "ज़रा उसकी हिम्मत तो देखो। मेरा मतलब वार्या से है—हाँ, वार्या से...। मेरी आँखों से ऐसी बातें कभी छिपी नहीं रहतीं, समझे भाई!"

"क्या कहा, कैसी बातें छिपी नहीं रहतीं?" मोरोजका ने अपना सिर उठाया और कड़ककर पूछा।

"औरतों की बातें। मैं औरतों के बारे में सब कुछ जानता हूँ!" उस नौजवान ने कुछ घबराकर समझाते हुए कहा, "अभी बात बहुत आगे नहीं बढ़ी है, समझे? लेकिन वे मुझसे कोई बात छिपाकर नहीं रख सकते, मुझसे नहीं छिपा सकते, समझे भाई? जब देखो, उसी को देखती रहती है...उसी पर नज़रें गड़ाए रहती है, जी हाँ...।"

"और उस जवान के बारे में क्या जानते हो?" मोरोजका ने पूछा।

और उसका चेहरा तमतमाकर लाल हो गया। वह समझ रहा था कि वह मेतचिक की चर्चा कर रहा है। वह इस बात को भी भूल गया था कि उसे अभी अपनी अबोधता का अभिनय करना है।

"उसके बारे में? नहीं, उसके बारे में मैं कुछ नहीं जानता," उस नौजवान ने कपटभरी चौकन्नी आवाज़ में इस तरह कहा मानो अभी तक उसने जो

कुछ कहा है, वह कोई महत्त्व नहीं रखता और उसका उद्देश्य केवल अपने पुराने पापों का प्रायश्चित्त करना और मोरोजका से क्षमा-याचना करना है।

"जहन्नुम में जाएँ—मेरी बला से!" मोरोजका ने थूक दिया। "मुमकिन है कि तुम भी उसके साथ हम-बिस्तर हो चुके हो, कौन जाने!" उसने नफ़रत-भरी आवाज़ में कहा। वह गहरे अपमान की भावना से तिलमिला उठा था।

"अरे, तौबा करो! क्यों, मैं तो..."

"भाग जा यहाँ से अपनी...माँ के पास।" मोरोजका सहसा ग़ुस्से से पागल हो चिल्लाया, "जहन्नुम में जाएँ तेरी आँखें! चल भाग, भागता है कि नहीं?" और उसने उस नौजवान के चूतड़ पर ज़ोर की लात जमा दी।

इस आकस्मिक हलचल से मिश्का डर गया और ज़ोर से उछला। उसकी पिछली टाँगें नाले के पानी में चली गईं। फिर वह एकदम निश्चल हो गया और अपने कान खड़े कर दोनों आदमियों को देखने लगा।

"ओह, कुतिया के..." ग़ुस्से और आश्चर्य से बेदम होकर नौजवान बड़बड़ाया। अपनी बात ख़त्म किये बिना वह मोरोजका पर झपट पड़ा।

भालुओं की तरह वे एक-दूसरे से गुँथ गए। मिश्का तेज़ी से मुड़ा और वहाँ से भाग खड़ा हुआ।

"अभी तेरी आँखों को वे नज़ारे दिखाऊँगा कि होश ठिकाने आ जाएँगे, अबे...।" मोरोजका गुर्राया। वह नौजवान की कमर पर दनादन घूँसे जमाने लगा। नौजवान उससे इस तरह चिपट गया था कि मोरोजका पूरे ज़ोर से घूँसा नहीं चला पा रहा था। इस कारण से मोरोजका और भी तिलमिला उठा था।

"ज़रा देखो तो इन्हें!" बग़ल से किसी की ताज्जुब से भरी दनदनाती आवाज़ आई। "अरे हो, यह क्या कर रहे हो?"

दो विशाल मज़बूत हाथ उनके बीच आ गए। फिर उन हाथों ने उनकी जाकिटों के कालरों को पकड़कर और उन्हें घसीटकर एक-दूसरे से अलग कर दिया, लेकिन उन पर ग़ुस्से का ऐसा भूत सवार था कि वे फिर एक-दूसरे से भिड़ने की कोशिश करने लगे, किन्तु इस बार दोनों के सीने पर किसी

फ़ौलादी हाथ का ऐसा धौल पड़ा कि मोरोजका कुलाँचें खाता हुआ एक पेड़ से जा टकराया और पीठ के बल गिर पड़ा। दूसरा आदमी टूटी टहनी से टकराकर लुढ़कता हुआ नाले में जा गिरा और पानी में जाकर हाथ-पाँव पटकने लगा।

"लाओ, अपना हाथ इधर दो, मैं तुम्हें सहारा देता हूँ," गोंचारेंको ने गम्भीर होकर कहा, "यह तुम कौन-सा खेल खेलने में लगे थे?"

"बच्चू की हिम्मत कैसे हुई...ऐसे घिनौने जानवरों को तो...ऐसों की जान लेना तो इन पर मेहरबानी करना है..." मोरोजका चिल्लाया।

वह दोबारा उस नौजवान पर झपटने की कोशिश करने लगा, जो एक बेहूदी मुद्रा बनाए और गोंचारेंको का हाथ पकड़े खड़ा था। उसका पूरा शरीर पानी से तर हो गया था। दूसरे हाथ से वह अपनी छाती पीटने लगा। अपने सिर को ज़ोर से हिलाता हुआ और रुँधे कंठ से केवल गोंचारेंको को सम्बोधित कर वह बोला, "नहीं जी, यह भी कोई बात हुई; तुम्हीं बताओ, तुम्हीं बताओ...। क्या इसका मतलब है कि हर किसी के साथ यह इसी तरह पेश आ सकता है? अगर इसे मौज आया...तो किसी पर भी लात जमा सकता है? किसी के भी चूतड़ पर?" अपने चारों ओर भीड़ जमा होते देख वह चीख़ उठा, "इसमें किसी का क्या दोष अगर इसकी बीवी...इसकी बीवी...।"

गोंचारेंको ने सोचा कि कहीं बात बढ़ न जाए। साथ ही उसे यह डर भी था कि यदि लेविनसन के कानों में इसकी भनक पड़ गई तो मोरोजका की शामत आ जाएगी, इसलिए उसने चीख़ते युवक का हाथ छोड़ दिया और मोरोजका की बाँह पकड़कर उसे अपने साथ घसीट ले गया।

"चले जाओ!" उसने मोरोजका से, जो अपने को छुड़ाने की कोशिश कर रहा था, कठोर स्वर में कहा, "देख लेना, तुझे वे लात मारकर बाहर कर देंगे, कुतिया के पिल्ले!"

मोरोजका को आख़िर यह बात समझ में आ गई कि इस कठोर और मज़बूत सुरंग लगानेवाले को उसके साथ सच्ची हमदर्दी है। उसने छटपटाना बन्द कर दिया।

"क्या हो रहा है यहाँ?" मेतेलित्सा की प्लाटून के एक नीली आँखों वाले जर्मन ने पूछा। वह उनकी ओर दौड़ा चला आ रहा था।

"उन्होंने एक रीछ पकड़ लिया है," गोंचारेंको साफ़ झूठ बोल गया।

"रीछ?" जर्मन की आँखें फैल गईं। वह पलभर निश्चल खड़ा रहा, फिर इतनी तेज़ रफ़्तार से भागा, मानो रीछ को मारने में वह भी हाथ बँटाना चाहता हो!

मोरोजका ने पहली बार गोंचारेंको की ओर कौतूहलपूर्ण दृष्टि से देखा और मुस्कराया।

"तुम एक ताक़तवर वहशी हो!" उसने कहा। इस विचार से उसे एक विचित्र सन्तोष हुआ।

"तुम उससे लड़े क्यों?" सुरंग लगानेवाले ने पूछा।

"और क्या करता...गन्दा जानवर कहीं का..." मोरोजका को फिर आवेश ने धर दबाया। "उसे तो..."

"ओह, अच्छा," गोंचारेंको ने नरम स्वर में उसे बीच में ही टोक दिया। "तो उसे मार पड़नी चाहिए थी? अच्छा, अच्छा!"

"तैयार हो जाओ!" कहीं से बाक्लानोव पुकार उठा।

उसकी भारी दनदनाती आवाज़ की गूँज एकाएक धीमी पड़ती गई और बालकों जैसे क्षीण स्वर में परिणत होकर विलीन हो गई।

तभी झाड़ियों के पीछे से मिश्का ने बालों से भरा अपना सिर निकाला। वह अपनी चतुर आँखों से उन लोगों को देखकर धीरे से हिनहिनाया।

"कहो, दोस्त!" मोरोजका अनायस ही चिल्ला उठा।

"बढ़िया घोड़ा है।"

"मैं तो इसके लिए अपनी जान तक दे सकता हूँ।" मोरोजका ने मिश्का की गर्दन को प्यार से थपथपाते हुए कहा।

"अपनी जान का इतना सस्ता सौदा मत करो—हो सकता है, तुम्हें उसकी ज़रूरत पड़ जाए।" गोंचारेंको अपनी काली, घुँघराली दाढ़ी के बीच धीरे से मुस्कराया। "मुझे अपने घोड़े को पानी पिलाना है, फिर मिलेंगे।" वह लम्बे, मज़बूत डग भरता हुआ अपने घोड़े की ओर चल दिया।

मोरोजका कौतूहल-भरी दृष्टि से उसे देखता रहा। उसे इस बात पर ख़ेद हो रहा था कि ऐसे अद्भुत व्यक्ति की ओर उसने पहले ध्यान क्यों न दिया?

बाद में, जब प्लाटूनें क़तारें बनाकर खड़ी होने लगीं, तो मोरोजका बिना यह जाने कि वह ऐसा क्यों कर रहा है, गोंचारेंको की बग़ल में जा खड़ा हुआ। खाऊनीख़ेद्जा नदी तक के पूरे सफ़र में वह गोंचारेंको के साथ ही रहा।

वार्या, स्ताशिंस्की और खारचेंको, जिन्हें कुब्राक की प्लाटून में शामिल कर दिया गया था, सबसे पीछे चल रहे थे। पर्वतमाला के एक मोड़ पर पूरी कम्पनी एक लम्बी ज़ंजीर के समान फैली हुई दिखाई देती थी : सबसे आगे-आगे अपने घोड़े पर तनिक सामने को झुका हुआ लेविनसन चल रहा था; उसके पीछे, अनजाने में ही उसकी मुद्रा की नक़ल उतारता हुआ बाक्लानोव था।

सफ़र के पूरे दौर में वार्या अपने पीछे ही मेतचिक की मौजूदगी महसूस कर रही थी। पिछले दिन के उसके व्यवहार से वह खीझ उठी थी। इस खीझ ने मानो मेतचिक के प्रति उसकी स्नेहपूर्ण, उदार भावना को दबा दिया था।

मेतचिक जिस दिन अस्पताल से रवाना हुआ था, उस दिन से उसे पलभर के लिए भी वार्या नहीं भूली थी। ऐसा लगता था कि वह उसके साथ अपनी अगली मुलाक़ात की आशा के सहारे ही जी रही थी। इसी आशा के साथ उसके सबसे कोमल, प्यारे सपने गुँथे हुए थे—ऐसे सपने जिन्हें वह कभी प्रकट न करती, किन्तु जो इतने जीते-जागते, इतने वास्तविक थे कि बिलकुल सच्चे लगते थे। वह अपने हृदय-पट पर मेतचिक का चित्र उतारती : वह ताइगा के किनारे उससे मुलाक़ात करने आया है, ख़ाकी ब्लाउज़ पहने है, सुन्दर, रूपवान, गोरा और कुछ-कुछ शरमाता हुआ-सा; उसने उसके गर्म उसाँसों को अपने गालों पर महसूस किया; उसके मुलायम लहराते बालों के स्पर्श का अनुभव किया; कानों में उसके कोमल, प्यार भरे शब्दों की भनक सुनाई पड़ी।

वार्या ने मेतचिक के साथ अपने छिटपुट झगड़ों को भुला देने की चेष्टा की। न जाने क्यों, उसे ऐसा प्रतीत हुआ कि उनके बीच अब कभी झगड़ा न होगा। वह यह सोच रही थी कि भविष्य में उनके आपसी सम्बन्ध बिलकुल भिन्न प्रकार के होंगे। उसका विश्वास था कि आगे ये सम्बन्ध उसकी कल्पना के अनुरूप ही सुखद होंगे। वह उन दु:खद बातों की सम्भावना पर सोचने से भी इनकार कर रही थी, जो वास्तव में घट सकती थीं।

वार्या लोगों की भावनानों को भाँपने में कुशल थी। जब मेतचिक से उसकी मुलाक़ात हुई तो वह फ़ौरन समझ गई कि मेतचिक इतना परेशान और उत्तेजित है कि वार्या के सामने अपने-आपको क़ाबू में रखना उसके लिए कठिन है। वह यह भी समझ रही थी कि जिन घटनाओं के कारण मेतचिक परेशान और उत्तेजित है, वे उसकी अपनी व्यक्तिगत शिकायतों से कहीं अधिक महत्त्वपूर्ण हैं, किन्तु इस मुलाक़ात का वार्या ने जो चित्र पहले से अपनी कल्पना में मूर्त कर रखा था, वह इतना भिन्न था कि मेतचिक की उदासीनता से वह दुखित और भयभीत हो उठी।

वार्या को पहली बार यह महसूस हुआ कि यह उदासीनता आकस्मिक नहीं है। सम्भवत: मेतचिक वह व्यक्ति नहीं है जिसके लिए वह इतने बोझिल दिनों और लम्बी रातों तक प्रतीक्षा करती रही है! लेकिन उसका स्थान लेने वाला कोई दूसरा भी तो न था!

इस बात को अपने से सहसा स्वीकार करने का उसमें साहस न था। उन बोझिल दिनों और लम्बी रातों के दौरान उसने जितना कुछ अनुभव किया था—जितनी यातनाएँ सही थीं और जितने सुखद क्षण बिताए थे—उसका परित्याग करना और अपनी आत्मा में ऐसी रिक्तता का अनुभव करना जिसे कोई वस्तु भर नहीं सकती थी, उसके लिए आसान न था। अत: वह यह सोचकर अपने को सांत्वना देने की चेष्टा करने लगी कि कोई अनहोनी बात नहीं हुई है, सारी गड़बड़ी केवल फ्रोलोव की असामयिक मृत्यु से हुई है और यह सब जल्द ही ठीक-ठाक हो जाएगा। पर, मेतचिक ने उसे जो चोट पहुँचाई थी, उसे वह भूल न सकी और सुबह से यही विचार उसके हृदय को मथता रहा।

वह बार-बार यही सोचती थी कि जब वह अपने प्रेम और सपनों की भेंट लेकर मेतचिक के पास गई थी, तो मेतचिक को उसे दुखित करने का कोई अधिकार न था।

दिनभर वह मेतचिक से मुलाक़ात करने और उससे बातें करने के लिए तड़पती रही; किन्तु उसने एक बार भी पीछे मुड़कर न देखा। यहाँ तक कि जब वे भोजन के लिए रुके तो भी वह उसके पास न गई। 'मैं उसके पीछे एक छोटी लड़की की तरह क्यों भागती फिरूँ?' उसने सोचा, 'अगर वह मुझसे सच ही प्यार करता है, जैसा कि उसने मुझसे कहा था, तो वही पहले मेरे पास चला आए—मैं उससे शिकायत का एक भी शब्द न कहूँगी। और अगर वह नहीं आया...तो कोई बात नहीं, तब मैं अकेली ही रहूँगी।'

जब वे पर्वतमाला के मुख्य भाग में पहुँचे तो पगडंडी खुलकर चौड़ी हो गई थी। अब सिस्किन चुपके से वार्या की बग़ल में आ गया। उस दिन ताइगा में वह वार्या को पकड़ न पाया था। पर ऐसे मामलों में वह सब्र से काम लेता था—आसानी से हिम्मत न हारता था। वार्या ने उसके घुटने के स्पर्श का अनुभव किया। वह उसके कानों में अश्लील शब्द फुसफुसाता रहा, किन्तु वार्या अपने ही विचारों में डूबी हुई थी। वह उसकी ओर कोई ध्यान नहीं दे रही थी।

"क्यों, क्या ख़याल है तुम्हारा, देवी?" सिस्किन अपनी ज़िद पर अड़ा रहा। (वह प्रत्येक स्त्री को 'देवी' कहकर सम्बोधित करता था, चाहे उसकी आयु, उसकी हैसियत या सिस्किन के साथ उसका सम्बन्ध कुछ भी हो।) "क्यों, मंज़ूर है तुम्हें, बताओ?"

'मैं सब कुछ समझती हूँ। क्या मैं उससे किसी भी चीज़ की माँग करती हूँ?' वार्या सोच रही थी। 'क्या मेरे साथ अच्छा सलूक करना उसके लिए सच ही इतना मुश्किल था? लेकिन शायद वह भी इस समय यही सोचकर दुखी हो कि मैं उससे रूठ गई हूँ। अगर उससे जाकर बातें करूँ तो कैसा रहे? अजी नहीं! एक बार दुत्कारे जाने पर अब कौन जाता है! न, न, बात अगर नहीं बनती है तो न बने!'

"क्या तुम बहरी हो, मेरी प्यारी देवी जी, या कोई और बात है? मैं पूछता हूँ कि मंज़ूर है या नहीं, बताओ?"

"क्या मंज़ूर है?" वार्या चौंककर बोली, "ओह! जहन्नुम में जाओ!"

"वाह, यह भी ख़ूब जवाब है!" सिस्किन ने मानो बुरा मानते हुए अपने कन्धों को बिचका दिया। "बनो मत, देवी जी! ऐसा लगता है कि कोई पहली बार ही तुमसे ऐसी बातें कर रहा हो; या तुम निरी बच्ची हो।"

और वह दोबारा सब्र के साथ उसके कानों में अश्लील बातें फुसफुसाने लगा। उसे पक्का विश्वास था कि वार्या उसकी बातों को सुन और समझ रही है, किन्तु सभी स्त्रियों के समान अपना मोल बढ़ाने के लिए आनाकानी कर रही है।

साँझ जब घिरने लगी, तो घाटियाँ अँधेरे में डूब गईं; घोड़े थकान से गुरगुरा रहे थे; झरनों के ऊपर धुंध की चादर घनी होती चली गई और धीरे-धीरे रेंगती हुई घाटियों में फैलने लगी। मेतचिक अब भी वार्या के निकट नहीं आया। अब यह प्रत्यक्ष था कि उसका आने का इरादा भी नहीं है। ज्यों-ज्यों वार्या का यह विश्वास दृढ़ होता चला गया कि मेतचिक आएगा नहीं, त्यों-त्यों उसके हृदय में अपनी कामना की विफलता का बोध भी तीखा होता गया। उसके दिल में पहले के सपनों की कड़वाहट का आभास भी बढ़ता गया और अपने सपनों का परित्याग करना उसके लिए और भी कठिन हो उठा।

रात बिताने के लिए कम्पनी एक कन्दरा में चली गई। कन्दरा की भीगी सूनी छाया में घोड़ों और आदमियों का जमघट लग गया।

"भूलना नहीं, मेरी प्यारी देवी," सिस्किन अशिष्ट और वासनामय स्वर में आग्रह करता रहा। "हाँ, और मैं सबसे अलग हटकर अपनी आग जलाऊँगा, याद रखना।" कुछ देर बाद उसने किसी से चिल्लाकर कहा, "इससे तुम्हारा क्या मतलब है कि मैं कहाँ जा रहा हूँ? तुम यहाँ रास्ता रोके क्यों खड़े हो?"

"तुम कहाँ घुसे जा रहे हो? यह तुम्हारी प्लाटून नहीं है!"

"क्या मतलब है तुम्हारा—मेरी प्लाटून नहीं है? आँखों में चश्मा लगाओ!"

कुछ देर की चुप्पी के बाद, जिस बीच दोनों चारों ओर निगाहें डालकर अपनी प्लाटून की पहचान कर रहे थे, सिस्किन को टोकनेवाला जवान अपराधियों जैसी आवाज़ में बोला :

"धत्तेरे की! हैं तो ये कुब्राक के ही आदमी, लेकिन फिर मेतेलित्सा कहाँ है?" उसने पूछा। यह सोचकर कि उसकी अपराधियों जैसी आवाज़ ने ग़लती की क्षति-पूर्ति कर दी, वह फिर तनी हुई आवाज़ में ज़ोर से चिल्लाने लगा, "मेतेलित्साऽऽ!"

नीचे कोई आदमी इस तरह बदहवास होकर चीख़-रहा था मानो वह या तो आत्महत्या कर लेगा या लोगों का अन्धाधुन्ध. ख़ून करता हुआ चला जाएगा। वह चिल्ला-चिल्लाकर कहता जा रहा था, "आग जलाओ, मैं कहता हूँ, आग जलाओ!"

सहसा कन्दरा के बिलकुल नीचे किसी अलाव की मौन ज्वाला धधक उठी। उसकी लपटों के प्रकाश में अन्धकार की गोद से घोड़ों के घने बालोंवाले सिर और छापेमारों के थके-माँदे चेहरे उभर आए; उनकी राइफ़लें और कारतूस की पेटियाँ चमक उठीं।

स्ताशिंस्की, वार्या और खारचेंको एक ओर अपने घोड़ों से उतर गए।

"अच्छा, अब हम आग जलाकर आराम करेंगे," खारचेंको ने बनावटी प्रसन्नता के साथ ऐलान किया, जिसका किसी पर कोई असर न हुआ। "आओ, सभी लोग ईंधन बटोर लाएँ। हमेशा ऐसा ही होता है—कभी ठीक समय पर हम पड़ाव नहीं डालते और फिर बाद में पछताते हैं," गीली घास को अपने हाथों से टटोलता हुआ वह अपनी बेतुकी आवाज़ में कहता गया। वह वास्तव में नमी से, अँधेरे से, इस डर से कि कहीं उसे साँप न डस ले और स्ताशिंस्की की उदास चुप्पी से परेशान था। "मुझे याद है कि जब हम सूचान से रवाना हो रहे थे, तब भी ऐसा ही हुआ था : हमें रात के पड़ाव के लिए काफ़ी पहले ही ठहर जाना चाहिए था, पर जब हम रुके तो उस समय घुप्प अँधेरा हो चुका था; लेकिन तुम...।"

'उन सब चीज़ों के बारे में यह इस समय क्यों बोलता जा रहा है?'

वार्या ने मन-ही-मन प्रश्न किया। 'सूचान...वे रवाना हो रहे थे...घुप्प अँधेरा था...इन तमाम बातों के बारे में यहाँ अब कौन सुनना चाहता है? अब सब कुछ ख़त्म हो गया है, अब कुछ होनेवाला नहीं है।'

उसे अब भूख लग आई थी। भूख ने उसके हृदय की मूक और असह्य रिक्तता को और भी घनीभूत बना दिया था। वह बड़ी कठिनाई से अपने आँसुओं को रोक पाई।

पर जब वे खा-पी चुके और उनके शरीर में कुछ गरमाई आ गई, तो वे अधिक प्रसन्नचित्त हो उठे। उनके चारों ओर का अज्ञात और शीतल काला-नीला संसार अब उन्हें परिचित, गरम और आरामदेह प्रतीत होने लगा।

"यह रहा मेरा ओवरकोट, मेरा पुराना शाही ओवरकोट!" खारचेंको ने अपनी गठरी को खोलते हुए सन्तुष्ट स्वर में कहा, "आग में यह जलता नहीं और पानी में भीगता नहीं। क्या ही अच्छा होता अगर इसे मेरे साथ ओढ़कर सोने के लिए कोई औरत होती!" उसने आँख मारी और खिलखिलाकर हँस पड़ा।

'मैं इस लड़के के साथ इतनी सख़्ती क्यों बरतती हूँ?' वार्या ने सोचा। आग की विहँसती लपटों, सन्तोषप्रद भोजन और खारचेंको की आत्मीयता भरी बातों ने कुछ ऐसा जादू किया कि वार्या की स्वाभाविक अच्छाई और सरसता फिर वापस लौट आई। "कोई ख़ास बात तो आख़िर हुई नहीं। मैं इतनी बेकल क्यों हो गई थी? और वह लड़का बेचारा वहाँ अकेला बैठा होगा। बस, उसके पास जाने की देर है कि सब कुछ पहले ही के समान ठीक-ठाक हो जाएगा।"

सहसा उसे ऐसा प्रतीत हुआ मानो वह उसके प्रति क्रोध और दुर्भावनाओं को अपने हृदय में कोई स्थान न देना चाहती थी; न ही उनके कारण स्वयं परेशान होना चाहती थी। उसके चारों ओर सभी लोग बेफ़िक्री और चैन की साँस ले रहे थे। वह भी बिना किसी परेशानी के सुख भोग सकती थी। उसके तत्काल ही तमाम परेशानियों को एक तरफ़ हटाकर मेतचिक के पास जाने का फ़ैसला किया; अब उसे ऐसा करने में कोई लज्जाजनक बात दिखाई न दे रही थी।

“मुझे कुछ नहीं चाहिए,” उसने तुरत ख़ुशी से खिलते हुए सोचा, “बस, वह मुझे चाहे और मुझसे प्यार करे, मेरे पास रहे। हाँ, मैं अपना सब कुछ न्योछावर कर दूँगी, वह सिर्फ़ हमेशा मेरी बग़ल में चले, मुझसे बातें करे, मेरे साथ सोए...वह इतना जवान और सुन्दर है...।”

मेतचिक और सिस्किन ने अपनी आग दूसरों से कुछ हटकर जलाई। काहिली के कारण उन्होंने अपना भोजन नहीं पकाया, बस, सूअर के गोश्त के कुछ चरबीदार टुकड़ों को भून लिया। रोटी को भूल वे इन टुकड़ों पर इस तरह टूट पड़े कि भोजन समाप्त कर लेने पर भी भूखे के भूखे ही रहे।

फ्रोलोव की मृत्यु और पिका के लापता होने की घटना का मेतचिक पर जो असर हुआ था, उससे वह अभी तक पूरी तरह मुक्त न हो पाया था। दिनभर उसे ऐसा लगता रहा था मानो मौत और एकाकीपन के विचित्र और उलझे विचारों के कुहरे में वह तैर रहा हो। जब साँझ हुई तो यह कुहरा छँट गया। वह किसी से मिलना नहीं चाहता था। उसे सभी से डर लग रहा था।

उनके अलाव को ढूँढ़ निकालने में वार्या को कुछ कठिनाई हुई। पूरी कन्दरा अलावों से जगमगा रही थी। उनसे उठते धुएँ की चादर में लिपटे छापेमार ऊँची आवाज़ों में गा रहे थे।

“ओह, तो तुम यहाँ छिपे बैठे हो!” वार्या ने झाड़ियों के पीछे से निकलकर कहा। उसका हृदय धौंकनी के समान चल रहा था।

मेतचिक चौंका; उसने वार्या की ओर कठोर, भयातुर नेत्रों से देखा और अपनी पीठ आग की तरफ़ घुमा ली।

“वाह!” सिस्किन ने ख़ुशी से दाँत निपोरते हुए कहा, “तुम्हारी ही कमी खटकती थी। बैठ जाओ, प्यारी देवी, बैठ जाओ!”

उसने उत्तेजित होकर अपना ओवरकोट फैला दिया और वार्या को अपनी बग़ल में बैठने के लिए आमंत्रित किया, किन्तु वार्या ने उसके निमंत्रण को ठुकरा दिया। इस आदमी की स्वाभाविक अश्लीलता—जिसे उसने शुरू से ही भाँप लिया था, गोकि तब वह उसे ठीक तरह समझ न पाई थी—उसे इस समय विशेष रूप में घृणित मालूम हुई।

"तुमने तो हमें भुला ही दिया, सो मैं ही तुम्हारी खोज-ख़बर लेने यहाँ चली आई," उसने कोमल, विचलित स्वर में मेतचिक को सम्बोधित करते हुए कहा और इस बात को छिपाने की कोशिश नहीं की कि वह उसी के लिए यहाँ आई है। "खारचेंको तुम्हारे बारे में पूछताछ कर रहा था, तुम्हारी हालत जानना चाहता था...कहता था कि तुम्हारा ज़ख़्म संगीन था, फिर भी तुम स्वस्थ हो गए। और मैं भी...।"

मेतचिक ने अपने कन्धे बिचका दिये और चुप्पी साधे रहा।

"उनसे कहो कि हम शान से गुज़र कर रहे हैं—जी हाँ, इसमें कोई शक नहीं।" सिस्किन ने आतुर होकर बातचीत की डोर पकड़ते हुए कहा, "लेकिन सुनो, यहाँ बैठ जाओ। देवी, शरमाओ नहीं!"

"कोई बात नहीं, मैं तो बस, एक मिनट के लिए चली आई थी," वार्या ने कहा, "यहाँ से गुज़र रही थी।" वह अपने कौ अपमानित महसूस करने लगी। मेतचिक के लिए ही वह यहाँ आई थी और उसने केवल कन्धे बिचका दिये थे। क्षणभर बाद वह बोली, "देखती हूँ कि तुमने कुछ खाया नहीं है; तुम्हारा डिब्बा तो बिलकुल साफ़ है!"

"खाने को है ही क्या? अच्छा राशन दें तब न? ख़ुदा जाने, राशन के नाम पर क्या बाँटते हैं!" सिस्किन ने मुँह बिचकाते हुए कहा, "आओ, मेरी बग़ल में बैठ जाओ।" उसने फिर वार्या से आग्रह किया और उसका हाथ पकड़कर अपनी ओर खींचने लगा। "बैठ जाओ, देवी, बैठती हो कि नहीं?"

वह उसकी बग़ल में ओवरकोट पर बैठ गई।

"अपना वादा याद है न?" सिस्किन ने आँख मारकर संकेतभरी आवाज़ में कहा।

"कैसा वादा?" वार्या ने घबराकर पूछा।

वह उसके इशारे को कुछ-कुछ समझ रही थी। "ओह, मुझे आना नहीं चाहिए था," सहसा उसने सोचा। उसे ऐसा प्रतीत हुआ कि उसके भीतर कोई बड़ी-सी बोझिल वस्तु कसमसाती हुई उठ रही है।

"क्या मतलब है तुम्हारा—कैसा वादा? ओह, मैं समझा, अभी पलभर में बताता हूँ।" सिस्किन जल्दी से मेतचिक की ओर झुका। "हालाँकि दोस्तों के बीच कोई बात गुप्त न रखनी चाहिए," उसने वार्या की ओर पीठ घुमाकर मेतचिक के गले में बाँह डालते हुए कहा, "फिर भी...।"

"गुप्त बात? रहने दो जी!" वार्या ने अपनी पलकों को तेज़ी से मिचमिचाते हुए झूठी हँसी के साथ कहा। वह न जाने क्यों सुन्न, काँपती उँगलियों से अपने बालों को सँवारने लगी।

"तुम भला यहाँ चट्टान की तरह क्यों जमे हुए हो?" सिस्किन जल्दी से मेतचिक के कान में फुसफुसाया, "हमने सब तय कर लिया है, और तुम हो कि...।"

मेतचिक झटककर सिस्किन से दूर हट गया। वार्या पर उसने एक निगाह फेंकी। वार्या का चेहरा लाल हो उठा था, "क्यों, अब तसल्ली हो गई तुम्हें? देखते हो यहाँ क्या हो रहा है?" वार्या की धुँधली, शिकायत भरी दृष्टि मानो उससे यही पूछ रही थी।

"नहीं, नहीं, मैं जा रही हूँ...नहीं, नहीं..." वार्या ने सिस्किन को अपनी ओर घूरते देखकर कहा, मानो वह अभी ही कोई शर्मनाक और पतित सुझाव पेश कर चुका हो। "नहीं, नहीं, मैं जा रही हूँ।" वह उछलकर खड़ी हो गई और छोटे किन्तु तेज़ क़दम उठाती हुई चल दी; और उसकी झुकी आकृति शीघ्र ही अन्धकार में विलीन हो गई।

"तूने फिर सारा मामला गड़बड़ कर दिया, मरदूद कहीं के!" मेतचिक के प्रति घृणा जताते हुए सिस्किन ने ज़ोर से फुंकारी मारी। सहसा वह ऐसे उछला मानो उसके अन्दर कोई शक्ति का स्रोत फूट निकला हो। वह लम्बी छलाँगें भरता हुआ वार्या के पीछे लपक चला।

वार्या के पास पहुँचकर उसने उसे एक हाथ से कसकर दबोच लिया और झाड़ियों के पीछे घसीटकर ले जाते हुए बोला, "चलो आओ, प्यारी देवी, चली आ मेरी जान।"

"मुझे छोड़ दे, मुझे छोड़ दे, वरना मैं चीख़ उठूँगी," वह याचना करने लगी। उसके पैर डगमगा रहे थे और वह रुआँसी हो गई थी। पर उसे ऐसा लग रहा था कि अब चिल्लाने की ताक़त उसमें नहीं रह गई है। अब चिल्लाने की आवश्यकता भी न थी : वह क्यों चिल्लाए? किसके लिए?

"आओ, प्यारी देवी, चिल्लाने में क्या तुक है?" सिस्किन कहता गया। उसने वार्या का मुँह अपने हाथ से ढक लिया था; और उसकी कामजनित उत्तेजना बढ़ती ही जा रही थी।

'ठीक है, मैं क्यों चीख़ूँ? चीख़ने से अब क्या फ़ायदा?' वार्या ने सोचा, और थकान से उसके अंग शिथिल हो गए। 'लेकिन यह तो सिस्किन है। सिस्किन! उसके साथ क्यों? ओह, क्या फ़र्क़ पड़ता है!'

और वह दरअसल सभी बातों के प्रति उदासीन हो गई।

13

उनके बोझ

"मुझे किसानों से नफ़रत है। मेरी उनकी कभी पट नहीं सकती," मोरोजका ने कहा।

वह अपनी ज़ीन पर धीरे-धीरे झूम रहा था। हर बार जब मिश्का अपनी दाईं ओर की अगली टाँग उठाता, तो मोरोजका बर्च-वृक्षों के काँपते चमकदार पीले पत्तों पर चाबुक फटकार देता। "मुझे वह ज़माना याद है जब मैं अपने बूढ़े दादा से मुलाक़ात करने जाया करता था—वहाँ मेरे दो चाचा भी थे... हलमाची का काम करते थे। नहीं जी, मेरी उनकी कभी नहीं पट सकती। वे हमारे जवानों की तरह नहीं हैं—उनका तो ख़ून ही भिन्न है : वे कंजूस होते हैं और चालाक भी। सच मानो।"

मोरोजका की चाबुक बर्च-वृक्ष पर चलने से रह गई और घोड़े की चाल के साथ ताल क़ायम रखने के लिए उसने चाबुक अपने ही बूट पर जमा दी। "लेकिन कंजूस और चालाक होने से उनका लाभ क्या होता है?"

उसने अपना सिर ऊँचा उठाते हुए पूछा, "नाम के लिए भी तो उनके पास जायदाद नहीं होती। भिखमंगों जैसी तो उनकी हालत होती है।" वह इस तरह हँसा मानो किसानों की ग़रीबी पर अफ़सोस करनेवाला कोई दयावान अजनबी हो।

गोंचारेंको मोरोजका की बातों को सुनता रहा। उनकी आँखें घोड़े के कान पर एकाग्र होकर जमी थीं। उनकी आँखों के दृढ़ और चतुर भाव से यह प्रकट होता था कि वह उन लोगों में से है, जो दूसरों की बातों को कान देकर सुनते हैं और अपने दिमाग़ में तौलते-परखते हैं।

"लेकिन मेरा ख़याल है कि अगर हममें से किसी की भी खाल को थोड़ा खुरच दिया जाए," वह सहसा बोल उठा, "हाँ, हममें से किसी की खाल को," और यह कहते हुए उसने मोरोजका की ओर भेदभरी दृष्टि से देखा, "मिसाल के लिए मेरी खाल को, या तुम्हारी, या दुबोव की ही—तो हम सभी के भीतर से किसान झाँक उठेगा। जी हाँ, इसमें कोई शक नहीं," उसने निश्चयपूर्वक कहा, "वही चेहरा-मोहरा, वही आदतें, वही बातचीत। बस, अगर कोई अन्तर होगा तो सिर्फ़ यह कि वे लकड़ी के जूते पहनते हैं और हम चमड़े के।"

"तुम किसके बारे में बातें कर रहे हो?" दुबोव ने उसकी ओर मुड़ते हुए पूछा।

"या शायद जूतों का भी कोई अन्तर न हो...हम किसानों के बारे में बातें कर रहे हैं। मेरा कहना है कि हम सबके भीतर किसान बैठा है।"

"ऐसी बात है क्या?" दुबोव ने सन्देहपूर्ण स्वर में कहा।

"और नहीं तो क्या! मोरोजका को ही ले लो। गाँव में उसके दादा और दो चाचा हैं जो किसानी करते हैं। तुम्हारा..."

"मेरा कोई सम्बन्धी गाँव में किसानी नहीं करता है, दोस्त!" दुबोव बीच में ही बोल उठा, "और इस बात के लिए मैं ख़ुदा का शुक्र मानता हूँ। मेरे मन की बात पूछो तो मुझे वे फूटी आँख नहीं सुहाते। कुब्राक को ही ले लो। एक तो वह ख़ुद ही—ख़ैर, अक़्ल की तो सबसे उम्मीद की नहीं जा सकती—

लेकिन ज़रा देखो कि उसकी प्लाटून में किस-किस क़िस्म के लोग भरे पड़े हैं!" दुबोव ने नफ़रत से थूक दिया।

यह बातचीत उनके प्रस्थान के पाँचवें दिन हुई, जब कम्पनी खाऊनीख़ेद्ज़ा के उद्गम पर पहुँच गई थी। वे एक पुरानी शरतकालीन सड़क से होकर गुज़र रहे थे, जो मुलायम और सूखी गँठीली घास से अटी पड़ी थी। सहायक क्वार्टर-मास्टर अस्पताल से जो रसद लेकर चला था, अब उसमें से रोटी का एक भी टुकड़ा किसी के पास नहीं बचा था। फिर भी सभी प्रसन्न थे। उन्हें आशा थी कि वे शीघ्र ही ऐसी जगह पहुँच जाएँगे जहाँ उन्हें पनाह और आराम का अवसर मिलेगा।

"सुना तुमने, वह क्या कह रहा है?" मोरोजका ने आँख मटकाते हुए पूछा, "दुबोव तो ठीक ही कहता होगा, क्यों, मेरे बुज़ुर्गवार?" और वह हँस पड़ा।

उसे इस बात पर ख़ुशी भी हो रही थी और हैरानी भी कि प्लाटून कमांडर ने गोंचारेंको की बजाय उसकी बात का समर्थन किया है।

"अपनी जनता के बारे में इस क़िस्म की बातें करना ठीक नहीं," सुरंग लगानेवाला अपनी बात पर जमा था। "मान लिया कि गाँव में तुम्हारा कोई रिश्तेदार नहीं है—लेकिन सवाल रिश्तेदारी का नहीं है। यूँ तो मेरा भी अब वहाँ कोई नहीं है, लेकिन अपनी खान के ही लोगों की बात ले लो। यह ठीक है कि तुम यूराल से आए हो, लेकिन दूसरों के बारे में ऐसा नहीं कहा जा सकता। मोरोजका को ही ले लो। अपनी खान के अलावा उसने ज़िन्दगी में और देखा ही क्या है?"

"क्या मतलब है तुम्हारा—मैंने कुछ देखा ही नहीं है?" मोरोजका ने बुरा मानते हुए पूछा, "क्यों, मोर्चे पर मैं..."

"चुप रहो!" दुबोव ने अपना हाथ हिलाते हुए उसे टोक दिया। "उसे अपनी बात कहने दो।"

"तुम्हारा खान निरा गाँव ही तो है," गोंचारेंको शान्त स्वर में कहता गया, "पहली बात तो यह है कि हरेक के पास अपना-अपना बग़ीचा है।

आधे लोग सर्दियों में काम करने आते हैं और गर्मियों में गाँव लौट जाते हैं। और तो और, वहाँ के हिरण भी बाड़े में बन्द सूअरों की तरह चिल्लाते हैं। मैं खान जाकर देख चुका हूँ, सो मत समझना कि मुझे कुछ मालूम नहीं।"

"तो तुम्हारी राय में हमारा खान निरा गाँव है?" दुबोव ने अचम्भे के स्वर में पूछा। वह गोंचारेंको की बात समझ नहीं पा रहा था।

"और नहीं तो क्या? तुम्हारी बीवियाँ बग़ीचों में घुसी रहती हैं और आसपास के सभी लोग किसान हैं। क्या तुम सोचते हो कि इसका तुम पर कोई असर नहीं पड़ता? ज़रूर पड़ता है!" सुरंग लगानेवाले ने आदतन अपने हाथ को हवा में ऐसे घुमाया मानो कुल्हाड़ी चला रहा हो।

"असर तो पड़ता ही है," दुबोव ने संदिग्ध स्वर में कहा।

वह इस विचार में पड़ गया कि इस तथ्य में 'कोयला निकालनेवालों' के लिए कोई अपमानजनक बात निहित है या नहीं।

"अच्छा, यह बात जो हुई सो तो हुई। अब शहर की बात ले लो। हमारे शहर आख़िर हैं ही कितने बड़े? उनकी तादाद भी कितनी है? हज़ारों मील का चक्कर काट लो—बस, गाँव ही गाँव नज़र आएँगे। क्या उसका कोई प्रभाव नहीं पड़ता?"

"ठहरो!" प्लाटून कमांडर ने उलझन में पड़कर कहा, "तुम कहते हो कि हज़ारों मील का चक्कर काट लें तो गाँव ही गाँव मिलेंगे? हाँ, तुम ठीक कहते हो : ज़रूर उसका असर पड़ता है, लेकिन इससे क्या होता है?"

"बस, इस सारी बात का एक ही नतीजा निकलता है—यह कि हम सबमें किसान का थोड़ा-बहुत अंश मौजूद है," गोंचारेंको ने अपनी बात वहीं लाकर ख़त्म की, जहाँ से आरम्भ किया था। इस तरह उसने दुबोव की हरेक दलील को काटकर रख दिया।

"वाह भाई! गागर में सागर भरकर रख दिया!" गोंचारेंको की ओर प्रशंसापूर्ण दृष्टि से देख मोरोजका चिल्लाया। जब से दुबोव ने बहस में दख़ल दिया था, तब से मोरोजका की दिलचस्पी केवल प्रतिद्वंद्वियों की निपुणता में ही रह गई थी। "चित कर दिया तुम्हें, मेरे यार। बोलती बन्द कर दी!"

"इन सब बातों से यही साबित होता है," दुबोव को सँभलने का मौक़ा न देकर गोंचारेंको कहता गया, "हमें—और तुम भी, मोरोजका—किसानों के सामने शेखी नहीं बघारनी चाहिए। भला किसानों के बग़ैर हम...।" उसने सिर हिलाया और चुप हो रहा।

उसके हाव-भाव से स्पष्ट था कि दुबोव अब चाहे कुछ भी कहे, लेकिन वह अपनी राय पर अटल रहेगा।

'अक़्ल का आदमी है!' मोरोजका ने सोचा। वह गोंचारेंको की ओर कनखियों से देखने लगा। गोंचारेंको के प्रति उसकी श्रद्धा उत्तरोत्तर बढ़ रही थी। 'बुड्ढे को ऐसा फाँसा कि हिलने-डुलने की भी गुंजाइश न रही।'

मोरोजका यह जानता था कि सभी के समान् गोंचारेंको भी ग़लतियाँ कर सकता है, उसकी प्रत्येक बात सही नहीं होती—मिसाल के लिए मोरोजका को इस बात पर तनिक भी विश्वास न हो पाया था कि उसके भीतर किसान का कोई अंश है, हालाँकि गोंचारेंको को इस बात का पक्का यक़ीन था; फिर भी उसे दूसरों के मुक़ाबले में सुरंग लगानेवाले पर ही सबसे अधिक भरोसा था। मोरोजका की दृष्टि में गोंचारेंको 'अपनों में से एक' था; वह ऐसा आदमी था जो दूसरे के 'दिल की बात' को समझ सकता था और सबसे बढ़कर यह बात थी कि वह ख़ामख़ा ज़बान चलाने में आनन्द न लेता था और न आलसी ही था। उसके बड़े मज़बूत हाथ मानो काम करने के लिए खुजलाते रहते थे; ऊपर से देखने में लगता था कि वह बहुत धीरे-धीरे काम करता है, किन्तु वास्तव में वह असाधारण रूप से निपुण था; उसकी प्रत्येक हरकत नपी-तुली और सधी होती थी।

मोरोजका और गोंचारेंको के आपसी सम्बन्ध छापेमारों की सच्ची मित्रता के उस प्रथम स्तर पर क़ायम हो गए जिसके बारे में उनके साथी कहते, 'वे दोनों एक ही ओवरकोट के नीचे सोते हैं, एक ही थाल में खाते हैं।'

गोंचारेंको के साथ रोज़ उठने-बैठने का मोरोजका पर यह असर हुआ कि वह अपने-आपको एक सच्चा छापेमार समझने लगा; उसका घोड़ा हमेशा

साफ़-सुथरा रहता, ज़ीन की हालत अच्छी रहती; राइफ़ल शीशे के समान चमकती होती; दुश्मन के साथ मुठभेड़ में वह हमेशा दूसरों से आगे रहता और उस पर हमेशा भरोसा किया जा सकता था। इसी कारण उसके साथी उससे प्यार करते और उसे श्रद्धा की दृष्टि से देखते थे। वह अनायास ही एक ऐसा स्वस्थ और सार्थक जीवन व्यतीत करने लगा था जैसा कि उसकी दृष्टि में गोंचारेंको का जीवन था—एक ऐसा जीवन जिसमें बेकार के विचारों और चिन्ताओं के लिए कोई स्थान नहीं था।

"ठहरो! ठहरो!" आगे के छापेमार चिल्लाए।

पूरी क़तार में यह आदेश गूँज गया। आगे के छापेमार रुक गए, किन्तु पीछेवाले आगे बढ़ आए। इससे क़तार की कड़ी टूट गई।

'मेतेलित्सा को बुलाओ!' एक और चिल्लाहट हुई और फैल गई।

कुछ ही मिनट में बाज़ की तरह झपटता हुआ मेतेलित्सा अपने घोड़े पर तीर-सा निकल गया। पूरी टुकड़ी की आँखें अचेतन गर्व की भावना से उसका पीछा करने लगीं। वह गड़ेरियों की तरह बढ़िया सवारी कर रहा था, जिसका फ़ौजी सवारी के ढंग से दूर का भी वास्ता न था।

"मेरे ख़याल से मैं ख़ुद वहाँ जाकर देख आऊँ कि मामला क्या है," दुबोव ने कहा।

वह थोड़ी देर बाद ग़ुस्से से तमतमाया हुआ लौटा, हालाँकि अपने ग़ुस्से को छिपाने की चेष्टा कर रहा था।

"मेतेलित्सा दुश्मन की खोज-ख़बर लेने जा रहा है और हमें रात यहीं बितानी है," उसने अपने को क़ाबू में रखते हुए कहा; लेकिन उसकी आवाज़ ग़ुस्से और भूख से काँप रही थी।

"ऐसा क्यों? बिना खाए-पिए? वे भला सोच क्या रहे हैं?" छापेमार चिल्लाए। "क्या उनकी नज़रों में यही आराम है?"

"धत्तेरी क़िस्मत की!" मोरोजका ने भी उनकी आवाज़ में अपनी आवाज़ मिलाई।

आगे के छापेमारों ने घोड़ों से उतरना शुरू कर दिया था।

लेविनसन को इस बात का विश्वास नहीं था कि खाऊनीख़ेद्ज़ा के निचले इलाक़े दुश्मन से ख़ाली हैं, इसलिए उसने रात ताइगा में ही बिताने का निश्चय किया था। उसे यह आशा भी थी कि यदि दुश्मन वहाँ हुए भी, तो भी वह किसी-न-किसी तरह तूदो-वाकू घाटी तक पहुँचने का रास्ता निकाल लेगा, जहाँ घोड़ों और अनाज की कमी न थी।

पूरे सफ़र के बीच उसे कमर में असह्य पीड़ा होती रही थी, जो दिन-पर-दिन बढ़ती ही जा रही थी। वह अब समझ गया था कि थकावट और ख़ून की कमी से पैदा होनेवाली यह पीड़ा हफ़्तों के आराम और स्वस्थ ख़ुराक से ही दूर होगी, किन्तु उसे यह और भी अच्छी तरह मालूम था कि अच्छे आराम और अच्छी ख़ुराक की बात अभी बहुत दूर है, इसलिए वह पूरे सफ़र में अपने को इस नई स्थिति के अनुकूल ढालने की चेष्टा करता रहा, अपने दिल को यह कहकर आश्वासन देता रहा कि 'तकलीफ़ मामूली है', यह कि ऐसी तकलीफ़ उसे हमेशा से रही है, अतः अपना काम करते जाने से उसे कभी नहीं रोक पाएगी।

"और मैं कहता हूँ कि हमें आगे बढ़ना चाहिए," कुब्राक ने चौथी बार कहा। वह लेविनसन की बात सुनने से इनकार कर रहा था और अपने चमड़े के रोयेंदार बूट को ऐसी हठीली दृष्टि से घूर रहा था, मानो वह अपनी भोजन की इच्छा के अलावा और किसी बात पर ग़ौर करने के लिए तैयार न हो!

"अच्छी बात है, अगर तुम रुक नहीं सकते, तो आगे जा सकते हो। बस, अपनी जगह किसी को तैनात कर दो और ख़ुद चलते बनो, लेकिन सारी कम्पनी को ख़तरे में डालने का कोई तुक नहीं है।"

लेविनसन ऐसे लहज़े में बोल रहा था मानो कुब्राक की ऐसी ही मंशा थी!

"बेहतर यही है कि जाकर सन्तरियों को तैनात करो, भाई," उसने प्लाटून कमांडर के एक और ताने को अनसुना करते हुए कहा, लेकिन जब उसने देखा कि कुब्राक अपनी बात पर अड़ना चाहता है, तो सहसा उसके माथे पर बल पड़ गए और वह कठोर आवाज़ में बोला, "क्या कहा?"

कुब्राक अपना सिर ऊँचा उठाकर आँखें मिचमिचाने लगा।

"आगे सड़क पर एक घुड़सवार रक्षक भेज दो," लेविनसन कहता गया। उसकी आवाज़ में हमेशा की तरह विनोद का हल्का पुट था। "और पिछवाड़े में क़रीब आधे मील की दूरी पर सन्तरी तैनात कर दो। रास्ते में जो नाला पड़ा था, वहीं ठीक रहेगा। समझ गए?"

"हाँ," कुब्राक गुर्राया। वह समझ नहीं पा रहा था कि अपने दिल की बात कहने के बजाय वह 'हाँ' कैसे कह गया। 'अड़ियल कहीं का!' उसने मन-ही-मन सोचा। लेविनसन के प्रति उसकी अचेतन घृणा के साथ श्रद्धा और स्वयं अपने प्रति सहानुभूति का भाव भी मिश्रित था।

रात को सहसा लेविनसन की नींद खुल गई। पिछले कुछ दिनों से ऐसा अक्सर होता था। उसे कुब्राक के साथ अपनी बातचीत याद हो आई और सिगरेट जलाकर वह सन्तरियों की चौकसी के लिए निकल पड़ा।

सुलगते अलावों के बीच से गुज़रता हुआ वह सोते छापेमारों के ओवरकोटों से अपने पैरों को बचा-बचाकर चल रहा था। दाईं ओर सबसे परे वाली आग बाक़ी अलावों से अधिक तेज़ जल रही थी। पड़ाव का पहरेदार उसके पास बैठा अपने हाथ सेंक रहा था। उसके हाव-भाव से यह साफ़ दीख रहा था कि उसके विचार कहीं दूर भटक रहे हैं; उसकी काली, बकरे के खाल की टोपी सरककर सिर के पीछे आ रही थी। उसकी आँखें फैली हुई और स्वप्न में डूबी-सी थीं; और उसके होंठों पर एक कोमल, बच्चों-सी मुस्कान थिरक रही थी। 'जरा देखो तो इसे!' लेविनसन ने सोचा। अपनी मनोदशा को व्यक्त करने के लिए उसने न जाने क्यों, ठीक इन्हीं शब्दों को चुना। इन नीले, सुलगते अलावों और मुस्कराते पहरेदार को देखकर जहाँ उसे ख़ुशी हो रही थी, वहीं रात की गोद में छिपे ख़तरों की चिन्ता भी उसे परेशान किये हुए थी।

वह और भी सजग और सतर्क होकर चलने लगा। ऐसी बात नहीं थी कि वह अलक्षित ही रहना चाहता था, बल्कि वह यह नहीं चाहता था कि कहीं उसकी आहट से डरकर पहरेदार की मुस्कान ग़ायब हो जाए।

पहरेदार अब भी अपने विचारों में डूबा हुआ मुस्करा रहा था और अपलक दृष्टि से आग को देख रहा था। सम्भवत: इस आग से और ताइगा में नम घास पर मुँह चलाते घोड़ों की आवाज़ से उसे बचपन की उन रातों की याद आ रही थी—जिन्हें उसने घोड़ों के साथ खेतों में बिताई थीं, जब ओस में डूबे घास के मैदान चाँदनी में चमकते थे, दूर गाँव से मुर्ग़ों के बोलने की आवाज़ें आती थीं, घोड़े शान्तिपूर्वक घास चरते थे, उनके पैरों से बँधे ज़ंजीर खनखना उठते थे और विस्मयपूर्ण बाल-नेत्रों के सामने आग की लाल नीली लपटें बल खाती हुई नाच उठती थीं। वह आग कभी की बुझ चुकी थी, किन्तु पहरेदार के स्मृति-पट पर वह उस आग से कहीं अधिक उज्ज्वल और गरमाहट भरी थी, जो इस समय उसके सामने जल रही थी।

लेविनसन अभी पड़ाव से बाहर ही निकला था कि उसे नम, बदबूदार अन्धकार ने चारों ओर से घेर लिया; उसके पैर किसी लोचदार वस्तु में धँस गए; कुकुरमुत्तों और सड़ती लकड़ियों की बू आ रही थी। 'काफ़ी डरावना वातावरण है,' उसने सोचा और घूमकर देखा। अब अलावों की सुनहरी आभा दिखाई नहीं दे रही थी; मानो मुस्कराते पहरेदार समेत समूचा लश्कर धरती की गोद में समा गया हो! लेविनसन ने गहरा नि:श्वास छोड़ा और पगडंडी पर हल्के क़दम उठाता हुआ आगे बढ़ गया, हालाँकि उसका मन भारी हो रहा था।

जल्द ही नाले की शान्त मर-मर उसके कानों में सुनाई पड़ी। वह कुछ मिनट तक अन्धकार में डूबे ताइगा के कोमल स्वरों को सुनता हुआ निश्चल खड़ा रहा; फिर, मन-ही-मन मुस्कराता हुआ जल्दी-जल्दी चलने लगा। वह जानबूझकर अपने पैरों को पटकता हुआ चल रहा था ताकि सन्तरी उसके आने की आहट पा लें।

"कौन है? कौन है?" अन्धकार की गोद से एक काँपती आवाज़ आई।

लेविनसन ने मेतचिक की आवाज़ को पहचान लिया और बिना कोई उत्तर दिये सीधे उसकी ओर बढ़ गया। अन्धकार की निस्तब्धता में किसी राइफ़ल का कुंडा खड़क उठा; कारतूस के फँसने की चर्राती आवाज़ आई।

कारतूस को अपनी जगह बैठाने के लिए मेतचिक के हाथों की बेतहाशा हरकतों को लेविनसन कुछ-कुछ देख पा रहा था।

"तुम्हें इसमें तेल डालना चाहिए," लेविनसन ने रूखी आवाज़ में कहा।

"ओह, तुम हो!" मेतचिक ने चैन की साँस ली। "नहीं...तेल तो मैं डालता हूँ...पता नहीं, क्या गड़बड़ी हो गई...!" उसने झेंपते हुए कमांडर की ओर देखा और अपनी राइफ़ल को नीचे कर लिया। हड़बड़ी में वह कुंडे को अपनी जगह बैठाना भूल गया था।

मेतचिक को तीसरी सन्तरी पाली में तैनात किया गया था, जो आधी रात को शुरू होती थी। अभी आधा ही घंटा हुआ था—हालाँकि मेतचिक को लग रहा था, इससे कहीं ज़्यादा समय बीत चुका है—जबकि पड़ाव की दिशा में लौटते हुए सन्तरियों के कमांडर के पदचाप घास में विलीन हो गए थे। मेतचिक एक ऐसे अपरिचित संसार में केवल अपने विचारों के साथ अकेला छूट गया था जहाँ हर चीज़ धीमी और निःशब्द गति से हरकत करती थी और प्रत्येक प्राणी एक विचित्र चौकस और कुटिल ज़िन्दगी बिताता था।

इस पूरे दौर में एक ही विचार उसके दिमाग़ में घूमता रहा था। यह विचार न जाने कब और कैसे उसके दिमाग़ में आ गया था। वह चाहे किसी भी चीज़ के बारे में क्यों न सोच रहा हो, यह विचार बार-बार लौटकर उसे विचलित कर जाता था। मेतचिक जानता था कि वह इस विचार को किसी के सामने व्यक्त नहीं करेगा; वह यह भी जानता था कि यह विचार बुरा और शर्मनाक है, किन्तु वह यह भी समझता था कि इस विचार को वह कभी त्याग नहीं सकता, यह कि अपनी योजना पूरी करने के लिए वह कोई कोर-कसर उठा न रखेगा। बस, इसी एक चीज़ पर उसकी आशा केन्द्रित थी।

योजना मोटा-मोटी तौर पर यह थी : किसी न किसी तरीक़े से और हर हालत में जल्दी से जल्दी, टुकड़ी से भाग निकलना चाहिए।

उसे अब अपना पिछला शहरी जीवन, जिसे वह कभी आनन्दहीन और नीरस समझता था और जहाँ दोबारा लौटने के वह सपने देख रहा था,

सुखद और चिन्ता-रहित प्रतीत हुआ। उसे लगा कि वही उसके लिए एकमात्र उपयुक्त जीवन है।

जब मेतचिक ने लेविनसन को पहचाना, तो वह उस बात से इतना नहीं झेंपा था कि उसकी राइफ़ल ठीक नहीं है। उसकी झेंप का असली कारण यह था कि जब लेविनसन बिना चेतावनी के आ धमका था, तो यही विचार उसके दिमाग़ में मँडरा रहा था।

"बढ़िया सैनिक हो भाई तुम!" लेविनसन ने नर्म स्वर में कहा। मुस्कराते पहरेदार की सूरत अब भी उसकी आँखों के सामने नाच रही थी और वह ग़ुस्सा नहीं करना चाहता था। "यहाँ अकेले खड़े-खड़े डर लगता है, क्या?"

"नहीं...क्यों?" मेतचिक उलझन में पड़कर बुदबुदाया, "मैं अब इसका आदी हो गया हूँ।"

"और मैं कभी आदी नहीं हो पाया," लेविनसन ने मुस्कराते हुए कहा, "क्या दिन और क्या रात, मैं न जाने कितनी बार पैदल और घोड़े पर सवार होकर अकेला निकला हूँ, फिर भी डर लगता ही है। अच्छा, सब ठीक-ठाक है?"

"हाँ, ठीक-ठाक है," मेतचिक ने चकित और कुछ भयभीत दृष्टि से उसकी ओर देखते हुए कहा।

"कोई चिन्ता की बात नहीं, जल्द ही हालात बेहतर हो जाएँगे," लेविनसन ने कहा। वह मानो मेतचिक के शब्दों का उत्तर न देकर उसकी गुप्त भावनाओं का उत्तर दे रहा था। "बस, किसी तरह तूदो-वाकू तक पहुँच जाएँ। वहाँ हालत बेहतर होगी। तम्बाकू पीते हो? नहीं?"

"नहीं।" मेतचिक ने कहा, फिर वार्या के दिये तम्बाकू के बटुए को याद कर झट बोल उठा, "कभी-कभार पी लेता हूँ।"

वह जानता था कि लेविनसन को उस बटुए के अस्तित्व का कोई बोध नहीं हो सकता, फिर भी न जाने क्यों वह कुछ हड़बड़ा-सा गया था।

"क्या तुम्हारी कभी तम्बाकू पीने की तबियत नहीं होती? कानुन्निकोव को ले लो—बढ़िया छापेमार था वह, पर घंटे-भर भी तम्बाकू के बिना नहीं रह सकता था। मालूम नहीं, वह सही-सलामत शहर पहुँचा भी या नहीं।"

"वह आख़िर शहर गया किसलिए?" मेतचिक ने पूछा।

उसके मस्तिष्क में एक अस्पष्ट-सा विचार कौंध गया और उसका हृदय ज़ोर-ज़ोर से धड़कने लगा।

"मैंने उसे एक सन्देशा लेकर वहाँ भेजा था। सफ़र काफ़ी ख़तरनाक है। हमारी रिपोर्ट भी अपने साथ लेता गया था।"

"लेकिन तुम किसी और को भी तो भेज सकते हो," मेतचिक ने अपने लहज़े से लापरवाही ज़ाहिर करने की कोशिश की, किन्तु उसका स्वर अस्वाभाविक हो उठा था। "क्या तुम किसी और को वहाँ भेजने की नहीं सोच रहे हो?"

"क्यों?" लेविनसन ने एकदम चौकन्ना होकर पूछा।

"ओह, यूँ ही पूछ रहा था। अगर तुम किसी को भेजना चाहते हो—तो मैं तुम्हारा सन्देशा ले जाने के लिए तैयार हूँ। मैं शहर से बहुत अच्छी तरह परिचित हूँ।"

मेतचिक को लगा कि जल्दबाज़ी में उसने अपना सारा भेद लेविनसन पर प्रकट कर दिया है।

"नहीं, मेरा अभी ऐसा कोई इरादा नहीं है," लेविनसन ने गम्भीर मुद्रा में कहा, "क्या वहाँ तुम्हारे कोई रिश्तेदार रहते हैं?"

"नहीं, लेकिन मैं वहाँ काम किया करता था। कहने का मतलब यह है कि मेरे रिश्तेदार तो वहाँ रहते ही हैं, लेकिन मैं उनकी वजह से वहाँ नहीं जाना चाहता। तुम मुझ पर भरोसा कर सकते हो। जब मैं शहर में काम किया करता था, तो प्रायः गुप्त काग़ज़ात पहुँचाने का काम मेरे सिपुर्द किया जाता था।"

"तुम किसके साथ काम करते थे?"

"मैं मैक्समैलिस्टों के साथ काम किया करता था, लेकिन उस समय मैं समझता था कि इससे कुछ होता-जाता नहीं।"

"क्या मतलब है तुम्हारा—कुछ होता-जाता नहीं?"

"मेरे कहने का मतलब था कि किसी के भी साथ काम करने से कुछ होता-जाता नहीं।"

"और अब?"

"और अब मैं यह नहीं जानता कि क्या सही है और क्या ग़लत," मेतचिक ने धीमी आवाज़ में कहा। उसकी समझ में नहीं आ रहा था कि लेविनसन के प्रश्न का क्या उत्तर दे।

"यह...बात है!" लेविनसन ने अपने शब्दों का इस तरह खींच-खींचकर उच्चारण किया मानो मेतचिक से उसे ठीक इसी उत्तर की आशा थी। "नहीं, नहीं, मेरा इरादा अभी किसी को शहर भेजने का नहीं है," वह बोला।

"नहीं...तुम जानते हो कि मैंने यह सवाल क्यों उठाया..." मेतचिक सहसा फूट पड़ा। उसने सब कुछ कह डालने का एकाएक संकल्प कर लिया था। उसका स्वर उत्तेजना से काँप रहा था। "बस, मेरे बारे में कोई बुरी धारणा मत बना लेना, न यही समझना कि मैं तुमसे कुछ छिपाने की चेष्टा कर रहा हूँ। मैं साफ़-साफ़ सब कुछ कह डालता हूँ।"

'अब मैं इसे सारी बात बता दूँगा,' मेतचिक ने सोचा। उसे ऐसा प्रतीत हो रहा था कि वह सच ही सब कुछ साफ़-साफ़ कह डालना चाहता हो, हालाँकि उसे यह .हीं मालूम था कि ऐसा करना सही होगा या नहीं।

"मैंने यह सवाल इसलिए भी उठाया कि मुझे लगता है कि मैं एक निठल्ला और बेकार का छापेमार हूँ। मुझे भेज देने में ही तुम्हें ज़्यादा फ़ायदा होगा। यह मत सोचना कि मैं डर गया हूँ, या कुछ छिपा रहा हूँ। नहीं, बात सिर्फ़ इतनी है कि मैं कोई भी काम ठीक से नहीं कर पाता और न किसी बात को समझ ही पाता हूँ। यही वजह है कि यहाँ मैं किसी से मित्रता नहीं कर पाया—एक भी आदमी ऐसा नहीं है जिसे मैं अपना दोस्त कह सकूँ। ऐसा कोई नहीं जिससे मैं सहायता की माँग कर सकूँ। और इसमें मेरा कोई दोष नहीं है, ठीक है न? मैंने खुले दिल से सबकी ओर दोस्ती का हाथ बढ़ाया, लेकिन बदले में मुझे क्या मिला? रुखाई, उपहास, घृणा—हालाँकि लड़ाई के मैदान में मैं भी किसी से पीछे नहीं रहा; और तुम जानते ही हो कि बुरी तरह ज़ख़्मी भी हुआ था। मुझे यक़ीन है कि अगर मैं ज़्यादा ताक़तवर होता, तो वे मेरी बात ज़रूर सुनते, मुझसे ख़ौफ़ खाते,

क्योंकि यहाँ तो केवल ताक़त की ही पूजा होती है। सबको बस, अपना पेट भरने की फ़िक्र है, चाहे अपने साथियों का राशन चुराकर ही ऐसा क्यों न करना पड़े; बाक़ी बातों की किसे चिन्ता है? कभी-कभी तो मुझे ऐसा भी लगता है कि यदि वे कल कोलचक के हाथ पड़ जाएँ, तो कोलचक का भी उतने ही जोश के साथ हुक्म बजाने को तैयार हो जाएँगे और सबके साथ वैसी ही बेरहमी बरतेंगे। पर मैं ऐसा नहीं बन सकता, मैं ऐसा नहीं बन सकता!..."

मेतचिक को ऐसा महसूस हुआ मानो उसका प्रत्येक शब्द उसके सामने फैले कुहरे के पर्दे में छेद करता जा रहा हो; शब्दों का निर्विघ्न प्रवाह इन छेदों में से गुज़र जाता हो और छेद चौड़े होते जा रहे हों। उसने एक अजीब राहत का अनुभव किया। वह तो बस, बोलते ही जाना चाहता था। उसे अब इस बात की परवाह न रही थी कि उसकी बातों का लेविनसन पर क्या असर पड़ रहा है।

'तो तुम ऐसे आदमी हो! क्या गड़बड़-घोटाला है!' लेविनसन ने सोचा। उसके दिल में यह जानने की इच्छा उत्तरोत्तर बढ़ रही थी कि मेतचिक के इस उत्तेजनापूर्ण विस्फोट की जड़ में क्या बात छिपी है।

"ज़रा रुको!" मेतचिक की आस्तीन को छूते हुए उसने कहा।

मेतचिक ने अनुभव किया कि लेविनसन की बड़ी-बड़ी काली आँखें उसके चेहरे पर जमी हैं।

"भाई जान, तुम इतनी सारी बातें एक साथ कह गए कि उनके सिर-पैर का पता नहीं चलता। पहले इतनी बात पर ही विचार कर लें। सबसे महत्त्वपूर्ण बात को ले लें : तुम कहते हो कि यहाँ सबको सिर्फ़ अपना पेट भरने की फ़िक्र है...."

"नहीं तो!" मेतचिक चिल्लाया। उसे इस बात का पक्का विश्वास था कि उसने जो सबसे महत्त्वपूर्ण बात कही थी, वह यह क़तई नहीं थी; उसकी दृष्टि में सबसे महत्त्वपूर्ण बात थी कम्पनी में उसका असहनीय जीवन, सबका उसके साथ बेइंसाफ़ी का बर्ताव, और यह बात कि इन सब बातों के बारे में वह प्रशंसनीय सचाई के साथ बोला है। "मैं तो कहना चाहता था कि..."

"नहीं, तुम चुप रहो; अब बोलने की बारी मेरी है," लेविनसन ने उसे धीरे से टोक दिया। "तुमने कहा था कि यहाँ सबको सिर्फ़ अपना पेट भरने की फ़िक्र है और यह कि अगर हम कोलचक के हाथ में पड़ जाएँ..."

"नहीं, मैंने व्यक्तिगत रूप से तुम्हारे बारे में कुछ न कहा था...मैं..."

"इससे कोई फ़र्क़ नहीं पड़ता। तुमने कहा था कि—अगर वे कोलचक के हाथों में पड़ जाएँ तो कोलचक के लिए भी उसी निर्दयता और उद्देश्यहीनता के साथ लड़ेंगे। कहा था न? लेकिन यह तो बिलकुल ग़लत बात है!" और लेविनसन उसे अपनी दलीलें देकर समझाने लगा कि इस बात को वह ग़लत क्यों समझता है।

किन्तु वह जितना ही ज़्यादा बोलता गया, उतना ही उसे यह स्पष्ट दिखाई देने लगा कि मेतचिक पर उसके शब्दों का कोई असर नहीं पड़ रहा है। बीच-बीच में मेतचिक जो फ़िक़रे कस देता, उनसे लेविनसन समझ गया कि उसे कुछ और अधिक बुनियादी और प्राथमिक बातों के बारे में बतलाना चाहिए—ऐसी बातों के बारे में, जिन्हें अपने ज़माने में स्वयं वह कठिनाई से ही समझ पाया था, किन्तु जो अब उसके ख़ून में समा गई थीं, किन्तु ऐसी चीज़ों के बारे में बातें करने का यह उपयुक्त समय नहीं था, कारण कि यह समय बातों का नहीं, बल्कि तेज़ और दृढ़ कार्यवाही का था।

"ख़ैर, मेरे पास तुम्हारा कोई इलाज नहीं है," उसने अन्त में कहा। उसका स्वर कठोर था, किन्तु उसमें सहानुभूति और दया का पुट भी था। "सारा दोष तुम्हारा अपना ही है। और तुम कहीं जा भी नहीं सकते। जाने की कोशिश करना बेवक़ूफ़ी होगी—बस, यही होगा कि वे तुम्हें मार डालेंगे। सो अच्छी तरह सोच-विचार कर देख लो, ख़ास तौर पर जो कुछ मैंने कहा है, उस पर ग़ौर करो। तुम्हें फ़ायदा ही होगा।"

"यही सब कुछ तो मैं सोचता हूँ," मेतचिक ने उदास भाव से कहा।

कुछ देर पहले उत्तेजना की जिस लहर ने उसे साहस के साथ पटापट बोलते जाने का बल दिया था, वह सहसा ग़ायब हो गई।

"और सबसे पहले यह बात अपने दिमाग़ से निकाल दो कि तुम्हारे साथी तुमसे गए-बीते हैं...। ऐसा समझना ग़लत है...।"

लेविनसन ने धीरे से तम्बाकू का अपना बटुआ निकाला और सिगरेट लपेटने लगा।

मेतचिक निरुत्साहित और हताश नेत्रों से उसे देखता रहा।

"और अपनी राइफ़ल के कुंडे को बन्द कर दो," लेविनसन ने सहसा कहा। उसकी मुद्रा से यह स्पष्ट झलक रहा था कि बातचीत के पूरे दौर में कुंडे की बात उसके दिमाग़ में मौजूद थी। "अब तक तो तुम्हें इन बातों का अभ्यास हो जाना चाहिए था—तुम घर में नहीं हो, इसे तुम जानते हो।" उसने दियासलाई जलाई और क्षणभर के लिए लम्बी पलकों से ढकी उसकी उनींदी आँखें, उसके कोमल नथुने और उसकी ग़रीब-सी लाल दाढ़ी उद्दीप्त हो उठे। "हाँ, ज़रा यह तो बताओ कि तुम्हारी घोड़ी का क्या हाल है? क्या अब भी तुम उस पर सवारी करते हो?"

"हाँ।"

लेविनसन क्षणभर कुछ सोचता रहा, फिर बोला, "अच्छी बात है, कल से तुम निवका पर सवारी कर सकते हो—घोड़ा तुमने देखा है न? वही, जिस पर पिका सवार हुआ करता था और ज्यूचिखा को क्वार्टर-मास्टर के हवाले कर देना। क्यों, ठीक है न?"

"हाँ, ठीक है," मेतचिक ने खिन्न भाव से कहा।

'कैसा गड़बड़ दिमाग़ है इस पट्ठे का!' लेविनसन ने बाद में सोचा। वह अपनी सिगरेट से तेज़ कश लगाता हुआ अँधेरे में घास पर हल्के और सतर्क क़दम उठाता चल रहा था। मेतचिक के साथ अपनी बातचीत से वह कुछ विचलित हो उठा था। उसने सोचा कि मेतचिक आख़िर कमज़ोर, काहिल और कच्चे दिल का आदमी है। कितनी लज्जा की बात है कि देश में ऐसे अभागे और कमबख़्त लोग पैदा होते और जीते हैं। 'हाँ, जहाँ एक तरफ़ हमारे देश के लाखों लोग,' उसने अपनी चाल तेज़ करते हुए तथा सिगरेट से और भी तेज़ कश खींचते हुए सोचा, 'गन्दगी और ग़रीबी में रहते हैं,

धीमे और मद्धिम सूरज के नीचे लकड़ी के पुराने हलों से ज़मीन जोतते हैं और निर्दयी, बूढ़े और विवेकहीन भगवान में विश्वास करते हैं, वहाँ दूसरी तरफ़ ऐसे काहिल और कच्चे दिलवाले इनसान, ऐसे फ़ालतू लोग भी जन्म लेते हैं।'

लेविनसन उत्तेजित हो उठा, क्योंकि ये विचार उसके हृदय की गहराइयों से निकल रहे थे; क्योंकि उसके अपने जीवन की मुख्य सार्थकता इस तुच्छता और ग़रीबी पर विजयी होने के संघर्ष में ही निहित थी। यदि वह इनसानों को अधिक बलवान, अधिक दयावान और अधिक सुन्दर देखने की शक्तिशाली उत्कंठा से, एक ऐसी उत्कंठा से जो अन्य सभी इच्छाओं से अधिक बलवान हो, प्रेरित नहीं होता, तो लेविनसन, लेविनसन न होकर कोई दूसरा इनसान होता, किन्तु इन नये और सुन्दर इनसानों को देखने की आशा ही कैसे की जा सकती है जबकि लाखों की तादाद में लोग अब भी ऐसी गई-बीती, आदिम और तुच्छ ज़िन्दगी बिताने पर मजबूर हैं?

'क्या मैं सच ही कभी मेतचिक के समान था?' लेविनसन ने सोचा। उसके विचार फिर मेतचिक की ओर लौट आए थे। उसने यह याद करने की कोशिश की कि बचपन और जवानी में क़दम रखते समय वह किस क़िस्म का आदमी था, किन्तु बाद के वर्षों की परतें इतनी मोटी और महत्त्वपूर्ण थीं कि यह काम आसान न था। इन वर्षों में लेविनसन वह व्यक्ति बन चुका था जिसे सब लेविनसन के रूप में जानते थे—उस व्यक्ति के रूप में जानते थे, जो हमेशा सबके आगे-आगे चलता था।

अतीत के कुहरे में केवल एक ही चित्र उसे स्पष्ट दिखाई देता था : वह था किसी दुबले-पतले यहूदी लड़के का एक पुराना फ़ोटोग्राफ़, जिसकी आँखें बड़ी-बड़ी और सतर्क थीं, जिसने एक काली जाकिट पहन रखी थी और जो आश्चर्यजनक और वयस्कों-सी एकाग्रता के साथ कैमरे के उस बिन्दु पर आँखें गड़ाए था जहाँ से उसे बताया गया था कि एक ख़ूबसूरत नन्हा परिन्दा उड़कर बाहर निकलेगा, लेकिन कोई परिन्दा बाहर नहीं निकला था और उसे याद हो आया कि निराशा से वह रुआँसा हो गया था,

किन्तु जीवन में उसे ऐसी कितनी ही निराशाएँ सहनी पड़ी थीं! तब कहीं जाकर वह समझ पाया था कि 'ज़िन्दगी ऐसी नहीं होती!'

और जब उसे इस बात पर सच ही विश्वास हो चला तो वह समझ पाया कि ख़ूबसूरत नन्हे परिन्दों की इन कपोल-कल्पित कथाओं के कारण लोग कैसी अनगिनत यातनाएँ सहते हैं—ऐसे ख़ूबसूरत नन्हे परिन्दों की कथा के कारण, जिनके बारे में यह कहा जाता है कि वे कहीं न कहीं से उड़कर बाहर निकलेंगे, लेकिन जो कभी प्रकट नहीं होते, हालाँकि बहुतेरे लोग उनकी प्रतीक्षा में बैठकर अपना सारा जीवन बिता देते हैं। नहीं, उसे ऐसे परिन्दों की अब आवश्यकता न रही थी। निर्मम होकर उसने उनके लिए हृदय में उठनेवाली तमाम मीठी और निष्प्रयोजन कसक को दबा दिया था। ख़ूबसूरत नन्हे परिन्दों की इन कल्पित कथाओं की ख़ुराक पर पली पिछली पीढ़ियों से विरासत में जो कुछ उसने पाया था, उसे कुचल डाला था। प्रत्येक वस्तु को उसके अस्तित्व-रूप में देखना ताकि प्रत्येक वस्तु को बदला जा सके। जो उदीयमान और अनिवार्य हो, उसकी गति को तेज़ करना—यह ज्ञान, जो सबसे सीधा भी है और सबसे कठिन भी, लेविनसन ने आख़िरकार हासिल कर लिया था।

'लेकिन मानना पड़ेगा कि मैं कहीं ज़्यादा मज़बूत काठी का आदमी था,' उसने अब सोचा और उसका हृदय आनन्दपूर्ण विजय की एक अवर्णनीय भावना से भर गया। 'मैं न सिर्फ़ बहुत-कुछ हासिल करना चाहता था, मुझमें बहुत-कुछ करने का भी दम था! हाँ, यही सबसे महत्त्वपूर्ण बात है।'

वह ताइगा के बीचोबीच चल पड़ा; ठंडी ओस में भीगी शाख़ों ने अपने स्पर्श से उसके चेहरे पर ताज़गी ला दी; उसे अपने भीतर एक असाधारण शक्ति का आभास हुआ। उसने अपनी बीमारी पर क़ाबू पा लिया।

जब लेविनसन पड़ाव पर वापस पहुँचा, तो अलावों की आग ठंडी पड़ चुकी थी। पड़ाव का पहरेदार अब मुस्करा नहीं रहा था—वह गालियाँ बकता हुआ अपने घोड़े की ख़ैर-ख़बर ले रहा था। लेविनसन अपने अलाव की ओर बढ़ा, जो अब भी सुलग रहा था। उसके पास ओवरकोट लपेटे

बाक्लानोव गहरी नींद में सो रहा था; लेविनसन ने आग में कुछ सूखी घास और टहनियाँ फेंकीं और उसे सुलगाने लगा। फूँक मारते-मारते उसका सिर चकराने लगा। बाक्लानोव ज़रा हिला-डुला और नींद में ही होंठ चटकारने लगा। उसका चेहरा ढका हुआ नहीं था। होंठ बच्चों की तरह फूले हुए थे; उसकी टोपी कनपटी से सटी हुई सीधी खड़ी थी। वह एक ख़ुशमिज़ाज पिल्ले के समान लग रहा था। 'ज़रा देखो तो इसे!' लेविनसन ने स्नेह से मुस्कराते हुए सोचा। मेतचिक के साथ अपनी बातचीत के बाद बाक्लानोव को देखने पर उसे न जाने क्यों विशेष आनन्द मिल रहा था।

वह खखारता हुआ बाक्लानोव की बग़ल में लेट गया। उसने अपनी आँखें अभी मूँदी ही थीं कि उसे ऐसा प्रतीत हुआ, मानो तेज़ी से चक्कर और हिचकोले खाता हुआ कहीं तैरता जा रहा हो। उसकी देह संज्ञाहीन हो गई हो! सहसा वह एक अन्तहीन अँधेरे गड्ढे में धँसता चला जा रहा हो!

14

मेतेलित्सा

जब लेविनसन ने मेतेलित्सा को दुश्मन की खोज-ख़बर लेने के लिए भेजा, तो उसे यह हिदायत भी दी कि वह हर हालत में उसी रात वापस लौट आए, किन्तु प्लाटून कमांडर को जिस गाँव में भेजा गया था, वह वास्तव में लेविनसन के अनुमान से कहीं अधिक दूरी पर स्थित था। मेतेलित्सा ने कम्पनी को दोपहर बाद लगभग चार बजे छोड़ा था और क़रीब-क़रीब पूरे रास्ते अपने घोड़े को सरपट दौड़ाता हुआ चला था। उसकी देह घोड़े की गर्दन पर शिकारी बाज़ के समान झुकी हुई थी। घोड़े के नथुने ख़ुशी से फैल गए थे, मानो पाँच लम्बे और बोझिल दिनों के बाद इस सरपट दौड़ से वह मदहोश हो गया हो! किन्तु झुटपुटा हो चला था और पतझर के ताइगा की लम्बी घास डूबते दिन के मन्द प्रकाश में अब भी घोड़े के पैरों के नीचे से सरसराती हुई गुज़र रही थी। उसका कहीं अन्त दिखाई न देता था। जब मेतेलित्सा ताइगा से निकला, तो अँधेरा घना हो चला था।

उसने एक पुरानी और टूटी-फूटी झोंपड़ी के पास घोड़े की रास खींच ली। झोंपड़ी की छत टूटकर गिर गई थी। साफ़ दिखाई दे रहा था कि वह वर्षों से ख़ाली पड़ी हो।

उसने घोड़े को बाँध दिया और सड़ते खम्भों के सहारे झोंपड़ी के ऊपर चढ़ गया। वह छत से नीचे गिरते-गिरते बचा, कारण कि छत के स्थान पर केवल एक बड़ा-सा काला छेद था, जिसके अन्दर से सड़ती लकड़ी और घास की बदबू आ रही थी। अपने घुटनों पर कुछ झुका हुआ और एकाग्र होकर अँधेरे को घूरता तथा कान खड़े कर सभी ध्वनियों को सुनता हुआ वह छत के एक कोने में लगभग दस मिनट तक खड़ा रहा। उनकी काली आकृति जंगल की काली पृष्ठभूमि के साथ एकाकार हो गई थी और इस समय वह शिकारी बाज़ के समान और भी अधिक लग रहा था। उसकी आँखों के सामने ज्वालामुखी पर्वतों की दो क़तारों के बीच उदासी में डूबी एक घाटी फैली पड़ी थी। घाटी में जहाँ-तहाँ काली झुरमुटों और फूल की ढेरियों के काले धब्बे छितरे पड़े थे। तारों भरे आकाश की पृष्ठभूमि में पहाड़ों का भारी काला पिंड डरावना प्रतीत हो रहा था।

मेतेलित्सा कूदकर घोड़े पर सवार हो गया और सड़क पर निकल आया। बड़ी घास के बीच धँसी सड़क की काली लीक कठिनाई से ही नज़र आती थी। लगता था कि अर्से से कोई उधर से होकर नहीं गुज़रा है। बर्च-वृक्षों के छरहरे तने बुझी मोमबत्तियों के समान अन्धकार में झिलमिला रहे थे।

वह एक पहाड़ी की चोटी पर चढ़ गया। उसकी बाईं ओर किसी विशालकाय और डरावने जीव की रीढ़ के समान ज्वालामुखी पर्वतों की क़तार फैली थी; कहीं से नदी के बहने की कल-कल ध्वनि आ रही थी। लगभग दो मील की दूरी पर, शायद नदी के तट पर, एक अलाव जल रहा था; अलाव को देखकर मेतेलित्सा को चरवाहे के एकाकी जीवन की याद हो आई। अलाव से और आगे सड़क के आर-पार एक गाँव की पीली और स्थिर रोशनियाँ दिखाई दे रही थीं। दाईं ओर के पर्वतों की क़तार दूर हटती हुई नीले अन्धकार में विलीन हो गई थी। उस दिशा में ज़मीन काफ़ी ढलवाँ हो गई थी;

शायद वह पहले किसी नदी की पेटी रही होगी। तट पर घनीभूत उदासी में डूबा एक जंगल खड़ा था।

'वहाँ की ज़मीन दलदली होगी,' मेतेलित्सा ने सोचा। उसे सर्दी लगने लगी। अपनी फ़ौजी वर्दी के ऊपर, जिसके बटन ग़ायब थे और गला खुला था, वह एक फ़ौजी जाकिट पहने था। जाकिट के पट भी खुले झूल रहे थे। उसने सबसे पहले अलाव के पास जाने का निश्चय किया। अपने रिवॉल्वर को निकालकर उसने जाकिट के नीचे अपनी पेटी में खोंस लिया और रिवॉल्वर के थैले को ज़ीन के पीछे बँधे बोरे में छिपा दिया। उसके पास कोई राइफ़ल नहीं थी। अब देखने पर वह ऐसा लगता था! मानो कोई किसान अपने खेत से लौट रहा हो! जर्मन युद्ध के बाद बहुतेरे किसान जाकिट पहनने लगे थे।

जब वह अलाव के काफ़ी पास पहुँच गया, तो सहसा रात की निस्तब्धता को चीरती हुई एक घोड़े की विचलित हिनहिनाहट सुनाई पड़ी। मेतेलित्सा के घोड़े के शक्तिशाली शरीर में एक कँपकँपी दौड़ गई। उसने एक लम्बी छलाँग मारी और उत्तेजना तथा शिकायत भरे स्वर में ख़ुद भी हिनहिना उठा। उसी समय अलाव की लपटों के सामने से एकाएक एक छाया-आकृति लपक गई। मेतेलित्सा ने अपने घोड़े की रान पर चाबुक रसीद की। वह बिदककर अपनी पिछली टाँगों पर खड़ा हो गया।

अलाव के पास आतंकित नेत्रों से मेतेलित्सा को घूरता हुआ काले बालोंवाला लड़का खड़ा था। उसके एक हाथ में एक चाबुक थी और दूसरा हाथ मानो आत्मरक्षा में ऊपर उठ गया था। उठे हुए हाथ की आस्तीन लटककर झूल रही थी। वह लकड़ी के जूते पहने हुए था। उसकी पतलून चिथड़े-चिथड़े हो रही थी। उसका शरीर एक लम्बी जाकिट में लिपटा था और कमर में पेटी की जगह सन की रस्सी बँधी हुई थी। मेतेलित्सा ने भयंकर आवेश के साथ अपना घोड़ा ठीक उसके सामने लाकर रोक दिया। वह लड़का घोड़े की टाँगों के नीचे आते-आते बचा। मेतेलित्सा कड़ककर लड़के पर चिल्लाने ही वाला था कि सहसा उसकी दृष्टि लड़के की आतंकित आँखों पर,

झूलती और काँपती आस्तीन पर, फटी पतलून के नीचे से झाँकते नंगे घुटनों पर और उसकी मैली-कुचैली जाकिट—जिसे अवश्य ही उसके मालिक ने उसे दी थी—के भीतर से अपराधियों की मुद्रा में झाँकती पतली, दयनीय और बच्चों जैसी गर्दन पर पड़ी।

"तुम वहाँ खड़े-खड़े क्या कर रहे हो? डर गए क्या? शैतान के बच्चे! बेवक़ूफ़ कहीं के!" मेतेलित्सा ने उलझन में पड़कर कहा।

वह आम तौर पर ऐसी भर्राई और स्नेहपूर्ण आवाज़ में केवल अपने घोड़ों को ही सम्बोधित किया करता था; इनसानों के लिए कभी इस लहज़े का प्रयोग न करता था।

"ऐसे खड़ा है मानो पत्ता ही कट गया हो। और अगर कहीं घोड़े के नीचे आ जाते तो ऐं? कैसे बेवक़ूफ़ हो!" उसने दोहरा दिया।

उसका हृदय सहसा कोमलता से भर गया। इस लड़के को और उसकी दयनीय दशा को देख उसके भीतर भी वैसी ही दयनीय, हास्यास्पद और बचकानी भावना जाग उठी।

लड़के की घबराहट धीरे-धीरे दूर हुई। उसने अपनी बाँह नीचे गिरा दी। "और तुम भला बाज़ की तरह मुझ पर क्यों झपट पड़े?" उसने कहा।

वह बड़ों के समान तर्कसंगत और स्वतंत्र लहज़े में बोलने की भरसक कोशिश कर रहा था, हालाँकि उसकी आवाज़ अब भी काँप रही थी।

"तुम्हें इस तरह अचानक आते देख तो कोई भी डर जाता।" वह कहता गया, "मेरे पास यहाँ घोड़े हैं।"

"घोड़े!" मेतेलित्सा ने उपहास-भरे स्वर में कहा, "तो ऐसी बात है?" उसने अपनी मुट्ठियों को जाँघों पर टिका दिया और पीछे झुककर अधमुँदी आँखों से लड़के को देखने लगा।

उसकी मुलायम भौंहें फड़क रही थीं। सहसा वह खिलखिलाकर हँस पड़ा। उसकी यह हँसी इतनी स्वच्छन्द और ऊँची थी तथा उल्लास से इस क़दर भरी हुई थी कि वह स्वयं अपने गले से निकलती ध्वनियों को सुनकर ताज्जुब में पड़ गया।

लड़का अभी पूरी तरह आश्वस्त न हुआ था, इसलिए अनिश्चित मुद्रा में खड़ा रहा। फिर उसे लगा कि डरने की कोई बात नहीं है, बल्कि इसके प्रतिकूल सारा मामला बहुत ही मज़ेदार साबित हो रहा है। उसने अपना चेहरा सिकोड़ लिया जिससे उसकी नाक ऊपर को उभर आई। वह पतली, नटखट और बचकानी आवाज़ में ख़ुद भी खिलखिलाकर हँस पड़ा। इस अप्रत्याशित प्रत्युत्तर से मेतेलित्सा की हँसी और भी तेज़ हो गई। उसके बाद कई मिनटों तक दोनों एक-दूसरे को हँसाते रहे—मेतेलित्सा अपनी ज़ीन पर हिचकोले खा रहा था और लड़का, जो चित गिर पड़ा था और हथेलियों को ज़मीन पर टिकाकर अपने कन्धों को उठाए था, हँसी के हर नये क़हक़हे के साथ हवा में अपने पैर फेंक रहा था।

"तूने तो मुझे ख़ूब हँसाया, नन्हे जवान!" मेतेलित्सा ने रकाब से एक टाँग निकालते हुए आख़िरकार कहा, "इसमें शक नहीं कि तू भी एक अजीब मज़ाक़िया लड़का है!" वह ज़मीन पर कूद गया और बाँह फैलाकर आग से अपनी हथेलियाँ सेंकने लगा।

लड़के की हँसी भी अब थम गई थी। वह गम्भीर, आनन्द तथा आश्चर्य भरे नेत्रों से उसकी ओर देखने लगा, मानो उसे मेतेलित्सा से और भी अविश्वसनीय तमाशों की आशा हो।

"तुम भी ख़ूब ख़ुशमिज़ाज शैतान हो!" उसने आख़िरकार कहा।

वह अपने प्रत्येक शब्द का उच्चारण रुक-रुककर इस तरह कर रहा था, मानो कोई आख़िरी फ़ैसला सुना रहा हो!

"कौन, मैं?" मेतेलित्सा के होंठ फैल गए, "हाँ, मैं ख़ुशमिज़ाज हूँ, भाई।"

"और मैं तो इस क़दर डर गया था," लड़के ने स्वीकार किया। "मेरे पास यहाँ घोड़े हैं और मैं कुछ आलू भून रहा था।"

"आलू? वाह भाई, यह तो बढ़िया ख़बर है!" मेतेलित्सा उसकी बग़ल में बैठ गया। घोड़े की लगाम अब भी उसके हाथों में थी। "कहाँ से लाते हो अपने ये आलू?"

"क्या कहा, कहाँ से लाता हूँ? अरे, यहाँ तो उनके अम्बार लगे हैं!" और लड़के ने अपना हाथ यूँ ही चारों तरफ़ घुमा दिया।

"मतलब यह कि तुम उन्हें चुराते हो?"

"इसमें क्या शक है! लाओ, मैं तुम्हारे घोड़े की लगाम थाम लूँ। अभी बच्चा है क्या? डरो नहीं, मुझसे भागेगा नहीं। बढ़िया घोड़ा है," लड़के ने घोड़े की छरहरी, मज़बूत और ख़ूबसूरत देह पर अनुभवी दृष्टि दौड़ाते हुए कहा, "तुम कहाँ से आए हो?"

"घोड़ा बुरा नहीं है," मेतेलित्सा ने हामी भरी, "और तुम कहाँ से आए हो?"

"वहाँ से," लड़के ने गाँव की रोशनियों की दिशा में सिर हिला दिया। खाऊनीख़ेद्ज़ा हमारे गाँव का नाम है। एक सौ बीस घरों का गाँव है—न कम, न ज़्यादा," उसने कहा।

ज़ाहिर था कि वह सुना-सुनाया फ़िक़रा दोहरा रहा था। फिर उसने थूक दिया।

"तो यह बात है। और मैं बोरोबयोवका से आया हूँ। कभी सुना है बोरोबयोवका के बारे में? पहाड़ों के दूसरी ओर बसा है।"

"बोरोबयोवका? नहीं। बहुत दूर होगा यहाँ से, क्यों ठीक है न?"

"हाँ, बहुत दूर है।"

"और यहाँ तुम क्या करने आए हो?"

"क्या बताऊँ, बात यह है...लम्बी कहानी है भाई। मैं यहाँ कुछ घोड़े ख़रीदना चाहता था। कहते हैं कि यहाँ तुम्हारे पास घोड़ों की कमी नहीं है। मैं घोड़ों से प्यार करता हूँ, भाई," मेतेलित्सा ने बहुत होशियारी का परिचय देते हुए कहा, "मैं अपनी तमाम ज़िन्दगी घोड़ों की देखभाल करता रहा हूँ, लेकिन वे घोड़े मेरे नहीं थे।"

"तो क्या तुम यह समझे बैठे हो कि ये घोड़े मेरे अपने हैं? ये तो मेरे मालिक के हैं।" लड़के ने अपनी आस्तीन के अन्दर से एक मैला, पतला हाथ बाहर निकाला और अपनी चाबुक की मूठ से आग की राख को कुरेदने लगा।

राख के बीच में से काले आलू लुढ़कने लगे। "शायद तुम्हें भूख लगी है, क्यों?" उसने पूछा, "मेरे पास थोड़ी रोटी भी है, पर है थोड़ी ही।"

"शुक्रिया। मैंने तो अभी-अभी गले तक अपने को ठसाठस भर लिया है," मेतेलित्सा ने गर्दन पर हाथ फेरते हुए झूठ कहा। उसे अब महसूस होने लगा था कि वह कितना अधिक भूखा है।

लड़के ने एक आलू तोड़ा, फूँककर उसे ठंडा किया और आधा टुकड़ा—छिलका समेत—अपने मुँह में डाल लिया। फिर वह उसे अपनी जीभ से घुमाता हुआ रस ले-लेकर चबाने लगा। जबड़ों के साथ-साथ उसके नुकीले कान भी हिल रहे थे। जब वह आलू के टुकड़े निगल गया, तो उसने मेतेलित्सा की ओर देखा और उसी लहज़े में, जिसमें कि उसने मेतेलित्सा को ख़ुशमिज़ाज शैतान की उपाधि दी थी, अपनी बात तौल-तौलकर कहने लगा, "मैं एक अनाथ हूँ। अनाथ हुए मुझे अब छह महीने हो गए। पिता को कज़्ज़ाकों ने मार डाला था। माँ भी बलात्कार के बाद मौत के घाट उतार दी गई। फिर उन्होंने मेरे भाई को मार डाला।"

"कज़्ज़ाक?" मेतेलित्सा ने एकदम चौकन्ना होकर पूछा।

"हाँ! उन्होंने अकारण ही उन सबको मार डाला। और उन्होंने मकान भी जला दिया...न सिर्फ़ हमारे मकान को, बल्कि बारह अन्य मकानों को भी। हाँ, पूरे बारह मकानों को। और वे यहाँ हर महीने आते हैं। चालीस के क़रीब तो इस वक़्त भी गाँव में मौजूद हैं। और राकितनोये में—हमारे गाँव के पास ही एक बड़ा गाँव है—तो एक पूरी की पूरी रेजीमेंट तमाम गर्मी में डटी रही। वे लोगों के साथ इस बुरी तरह पेश आते हैं कि कुछ न पूछो! लो, दो-चार आलू खा लो।"

"तुम भाग क्यों नहीं गए? देखो तो यहाँ तुम्हारे पास कितना बड़ा जंगल फैला पड़ा है!" मेतेलित्सा ने अपना सिर कुछ ऊँचा कर जंगल की ओर देखा।

"जंगल है तो क्या हुआ? ज़िन्दगीभर जंगल में तो बैठे नहीं रह सकते और वहाँ दलदल से भरी ऐसी बड़ी और गहरी खाइयाँ हैं कि उनमें पैर धँसा नहीं कि मौत आई।"

'मैंने भी ठीक यही सोचा था,' मेतेलित्सा ने मन-ही-मन कहा, "सुनो," वह उठते हुए बोला, "तुम ज़रा मेरे घोड़े का ख़याल रखो, इतने में मैं गाँव तक पैदल हो आऊँगा। देखता हूँ कि यहाँ कुछ ख़रीदने की बात तो दूर रही, जो कुछ पल्ले हैं, उससे भी हाथ धो बैठने का ख़तरा है।"

"तुम्हें इतनी जल्दी काहे की है? थोड़ी देर और रुक जाओ," गड़ेरिये बालक ने निराशा भरी आवाज़ में कहा और वह ख़ुद भी उठ खड़ा हुआ, "अकेले में जी ऊबता है," वह शिकायत भरी आवाज़ में बोला और याचना भरी डबडबाई आँखों से मेतेलित्सा को ताकने लगा।

"नहीं भाई, मैं रुक नहीं सकता," मेतेलित्सा ने अफ़सोस ज़ाहिर करते हुए कहा, "सही वक़्त अँधेरे में ही घूम-फिरकर खोज-ख़बर लेने का होता है, लेकिन मैं जल्द ही लौट आऊँगा। घोड़े को बाँध दें तो ठीक रहेगा। कुछ पता है कि उनका सरदार कहाँ रहता है?"

लड़के ने कज़्ज़ाकों के कमांडर के मकान का पता मेतेलित्सा को समझा दिया और बोला कि "मकानों के पिछवाड़े वाले बग़ीचों से होकर वहाँ जाना ही ठीक रहेगा।"

"क्या वहाँ बहुत सारे कुत्ते हैं?"

"हैं तो बहुत सारे, लेकिन ज़ोरदार नहीं हैं।"

मेतेलित्सा ने घोड़े को बाँध दिया, लड़के से विदा माँगी और नदी के किनारे-किनारे एक पगडंडी पर आगे बढ़ गया।

लगभग आध घंटे में वह गाँव के पास पहुँच गया। पगडंडी दाईं ओर को मुड़ गई, किन्तु गड़ेरिये बालक की सलाह के मुताबिक़ वह सीधे एक ताज़े कटे खेत को पार करने लगा और किसानों के बग़ीचों के चारों ओर लगी बाड़ के पास पहुँच गया। वह बग़ीचों से होकर चलने लगा। सारा गाँव नींद की गोद में पड़ा था; अब कहीं कोई रोशनी नहीं थी; तारों की झिलमिल रोशनी में शान्त और ख़ाली बग़ीचों के बीच की छोटी-छोटी झोंपड़ियों की फूस की भारी छतें मुश्किल से ही दिखाई देती थीं; बग़ीचों के आसपास हाल में जुती नम मिट्टी की गन्ध फैली हुई थी।

मेतेलित्सा दो गलियों से होकर गुज़रा और तीसरी के भीतर घुसा। कुत्ते उसे देखकर ऐसी अनिश्चित और भारी आवाज़ में भौंक रहे थे मानो उन्हें ख़ुद डर लग रहा हो; किन्तु उसे टोकने के लिए कोई गली में निकलकर नहीं आया। उसे साफ़ दिखाई दे रहा था कि गाँव सभी बातों का आदी हो गया है, यहाँ तक कि रहस्यपूर्ण अजनबी भी बिना उन्हें परेशानी में डाले गलियों में घूम सकते हैं और जो जी में आए, कर सकते हैं। एक-दूसरे के कानों में मधुर शब्द फुसफुसाते हुए प्रेमियों का कोई जोड़ा उसे दिखाई न दिया—हालाँकि यह शादी-विवाह का मौसम था और ऐसे जोड़ों को देखने की आशा की जा सकती थी। इस पतझर में भी बग़ीचों की झाड़ीदार बाड़ की घनी छाया में कोई प्रेमी अपनी प्यारी के कानों में मधुर रस नहीं घोल रहा था।

गड़ेरिये लड़के के बताए रास्ते पर चलता हुआ वह कुछ और गलियों से गुज़रा और गाँव के गिरजे का चक्कर काटकर उसके पिछवाड़े में आ गया, और अन्त में वह पादरी के बग़ीचे की रंगदार बाड़ के पास पहुँच गया। कज़्ज़ाकों का कमांड़र पादरी के घ़र में ही ठहरा था। मेतेलित्सा ने चारों ओर दृष्टि दौड़ाई और कान लगाकर सुनने लगा। कोई सन्देहजनक बात न देख वह बाड़ के ऊपर चढ़ गया।

बग़ीचा वृक्षों और झाड़ियों से अटा पड़ा था, हालाँकि सारे पत्ते झड़ चुके थे। अपने दिल की भारी धड़कन पर क़ाबू पाने की चेष्टा करता हुआ और साँस को लगभग रोकता हुआ वह बाग़ीचे के और भीतर पैठ गया। आगे चलकर झाड़ियाँ ख़त्म हो गईं और दो पगडंडियाँ एक-दूसरे को काटती हुई विपरीत दिशाओं में निकल गईं। बाईं ओर लगभग चालीस गज़ की दूरी पर उसने देखा कि एक खिड़की के अन्दर से रोशनी आ रही है। खिड़की खुली थी। अन्दर लोग बैठे थे। बाहर ज़मीन पर बिखरे पत्तों के ऊपर रोशनी की एक मुलायम, चौकोर चादर बिछ गई थी और सेब के पेड़ों की नंगी टहनियाँ एक विचित्र सुनहरे आलोक में डूबी थीं।

'यह रहा मेरा ठिकाना!' मेतेलित्सा ने सोचा। उसका एक गाल विचित्र रूप से फड़क रहा था; और निर्भीक होकर सब कुछ दाँव पर लगा देने की

अदम्य भावना से उसका समूचा शरीर आन्दोलित हो उठा था। यही भावना उसे हमेशा ख़तरनाक से ख़तरनाक काम को भी पूरा कर डालने की प्रेरणा देती थी। हालाँकि उसे अब भी इस बात का पक्का यक़ीन नहीं था कि रोशनीवाले कमरे में बैठे लोगों की बातचीत सुन लेने से किसी का फ़ायदा हो सकता है, फिर भी वह जानता था कि बिना उनकी बातें सुने वहाँ से वह टल नहीं सकता। पलभर में वह खिड़की के पास एक सेब के पेड़ की आड़ में खड़ा हो गया और एकाग्र होकर सारी बातचीत सुनने लगा।

वहाँ चार व्यक्ति थे। वे कमरे के बीचोबीच पड़ी एक मेज़ के चारों ओर बैठे ताश खेल रहे थे। मेतेलित्सा की दाईं ओर हल्के और तेल से चिकने बालों तथा बिज्जी जैसी आँखों वाला एक बूढ़ा पादरी बैठा था। उसके नन्हे हाथ मेज़ पर दक्षता से चल रहे थे और गुड़ियों जैसी उँगलियों से वह चुपचाप पत्तों को फेंट रहा था। पत्ते बाँटते समय उसकी आँखें मानो प्रत्येक पत्ते के नीचे झाँककर देखने की चेष्टा करती-सी जान पड़तीं, जिसके कारण उसकी बग़ल में बैठा व्यक्ति, जिसकी पीठ मेतेलित्सा की ओर थी, अपने प्रत्येक पत्ते पर एक घबराई दृष्टि फेंकता और फिर उसे फ़ौरन मेज़ के नीचे छिपा लेता। मेतेलित्सा के सामने एक ख़ूबसूरत अफ़सर बैठा था। उसका शरीर भारी-भरकम था, आँखें उनींदी-सी थीं, देखने में सहज स्वभाव वाला आदमी लगता था। वह दाँतों के बीच एक पाइप दबाए हुए था। शायद उसके मोटापे के कारण ही मेतेलित्सा ने मन-ही-मन यह निश्चय किया कि हो न हो, यही कज़्ज़ाकों की टुकड़ी का कमांडर है। फिर भी किसी अज्ञात कारणवश उसका ध्यान मुख्यतया चौथे खिलाड़ी पर ही केन्द्रित था—वह एक पीले, फूले चेहरेवाला व्यक्ति था। उसकी पलकें एकदम निश्चल थीं। उसने काली कज़्ज़ाकी टोपी और बुर्का पहन रखा था। हर चाल के बाद वह बुर्के को और भी कसकर ओढ़ लेता था।

मेतेलित्सा की आशा के प्रतिकूल वे मामूली और ग़ैर-दिलचस्प बातों में ही लगे थे। उनकी ज़्यादातर बातचीत खेल से सम्बन्धित थी।

"मेरी चाल अस्सी की है," वह व्यक्ति बोला जिसकी पीठ मेतेलित्सा की ओर थी।

"आप बहुत फूँक-फूँककर चलते हैं, जनाब—बहुत फूँक-फूँककर," काली कज़्ज़ाकी टोपीवाले व्यक्ति ने कहा। "सौ की अन्धी चाल चलता हूँ," फिर वह लापरवाही से बोल उठा।

मोटे, ख़ूबसूरत आदमी ने आँखें सिकोड़कर अपने पत्तों को देखा और मुँह से पाइप निकालकर बाज़ी को बढ़ाकर एक सौ पाँच कर दिया।

"मैं छोड़ता हूँ," पादरी की ओर मुड़ते हुए पहले व्यक्ति ने कहा जो ताश के बाक़ी पत्तों को अपने हाथ में लिये बैठा था।

"मुझे मालूम था," काली टोपीवाले ने उपहास करते हुए कहा।

"क्या यह मेरा क़सूर है कि मुझे अच्छे पत्ते नसीब नहीं होते?" पहले व्यक्ति ने सफ़ाई में कहा और समर्थन के लिए पादरी की ओर मुड़ा।

"धीरज से काम लेना ही ठीक है," पादरी ने अपने चेहरे को सिकोड़ते हुए और कमीने ढंग से किल-किलकर हँसते हुए इस तरह कहा मानो वह अपने पड़ोसी के खेल की महत्त्वहीनता को उभारकर रखना चाहता हो। "दो सौ दो प्वाइंट से तुम अभी ही हार चुके हो। चालाक आदमी हो!" और उसने नक़ली ख़ुशी और समझ का उपक्रम करते हुए अपनी उँगली हिला दी।

'सूअर कहीं का!' मेतेलित्सा ने सोचा।

"अह, तो तुमने भी छोड़ा, क्यों?" पादरी ने उनींदी पलकोंवाले अफ़सर से पूछा, "मेहरबानी करके ताश की गड्डी दे दीजिए जनाब," उसने काली टोपीवाले से कहा।

पत्ता बिना दिखाए उसने गड्डी आगे सरका दी।

एक-दो मिनट तक वे अपने पत्तों को ज़ोर-ज़ोर से मेज़ पर पटकते रहे। अन्त में काली टोपीवाला हार गया।

'ठीक ही हुआ, साला बहुत शेखी बघारता था!' मेतेलित्सा ने घृणा से भरकर सोचा। वह निश्चय नहीं कर पा रहा था कि वहाँ से चल पड़े या कुछ देर और रुके, किन्तु उस समय वह जा नहीं सका—हारनेवाला आदमी खिड़की की ओर मुड़ गया था और मेतेलित्सा को ऐसा प्रतीत हुआ कि उसकी अचूक पैनी दृष्टि उसे बेधकर निकल गई है।

इस बीच खिड़की की ओर पीठ किये बैठा आदमी पत्ते फेंटने लगा था। वह बहुत ही नपे-तुले ढंग से काम कर रहा था, मानो कोई बुढ़िया बड़ी सावधानी से अपने ऊपर सलीब के चिह्न बना रही हो!

"नेचिताइलो अभी तक नहीं लौटा," उनींदी पलकोंवाले अफ़सर ने जम्हाई लेते हुए कहा, "ऐसा लगता है कि उस छोकरी के साथ उसका काम बन गया। काश, मैं भी उसके साथ चला गया होता!"

"क्या कहा, दो-दो एक साथ?" काली टोपीवाले ने खिड़की की ओर से मुड़ते हुए कहा, "क्या वह बर्दाश्त कर लेती?" कुटिल मुस्कराहट के साथ उसने अपनी बात पूरी की।

"तुम्हारा मतलब वासेंका से है न?" पादरी ने पूछा, "अजी क्या कहते हो, वह मज़े में बर्दाश्त कर लेती। मुझसे पूछो, हमारे यहाँ एक मोटी-ताज़ी मंत्र पढ़नेवाली हुआ करती थी...अरे हाँ, यह क़िस्सा तो मैं पहले ही सुना चुका हूँ, लेकिन सर्गेई आइवानोविच तुम्हें अपने साथ कभी न ले जाता; जी हाँ, कभी न ले जाता। जानते हो, कल उसने मुझे चुपचाप क्या बताया? 'मैं उसे अपने साथ ले जाऊँगा', वह बोला, 'मैं उससे शादी करने से नहीं डरूँगा,' उसने कहा। ओह!..." पादरी ने सहसा हाथ से अपना मुँह ढकते हुए चिल्लाकर कहा। उसकी छोटी-छोटी आँखें चालाकी से चमक रही थीं। "मेरी याददाश्त भी कमाल की है! इरादा तो न था, लेकिन बात मुँह से निकल ही गई। ख़ैर, इसे अपने तक ही रखना।"

उसने नक़ली भय का उपक्रम करते हुए अपने मुँह के सामने हाथ को हिलाया, हालाँकि मेतेलित्सा के समान ही सभी उसके पाखंड को, उसके प्रत्येक शब्द और हरकत के पीछे छिपे कमीनेपन को महसूस कर रहे थे, फिर भी किसी ने कुछ कहा नहीं और सभी लोग खिलखिलाकर हँस पड़े।

मेतेलित्सा दोहरा होकर एक ओर को सरकता हुआ खिड़की से दूर हटने लगा। अभी वह उस जगह पहुँचा ही था जहाँ पगडंडियाँ आकर मिल गई थीं कि कन्धे पर कज़्ज़ाकी ओवरकोट डाले एक आदमी से वह जा टकराया। उसके पीछे दो आदमी और थे।

"तुम यहाँ क्या कर रहे हो?" उस आदमी ने आश्चर्यचकित होकर पूछा।

अनायास ही उसके हाथ अपने ओवरकोट पर चले गए जो मेतेलित्सा के साथ टक्कर के कारण कन्धे से सरककर गिरने लगा था।

प्लाटून कमांडर अलग हो गया था और तीर की तरह झाड़ियों में घुस गया।

"ठहरो! पकड़ो उसे! उस पर गोली दाग दो! सुनो, जवानो! हे..." अनेक आवाज़ें एक साथ चिल्ला उठीं। गोलियाँ दनादन छूटने लगीं।

मेतेलित्सा की टोपी कहीं खो गई और वह झाड़ियों में उलझकर फँसते-फँसते बच गया। वह बेहताशा भाग रहा था, लेकिन सामने से भी आवाज़ें आने लगीं। सड़क पर कुत्ते ज़ोरों से भौंक रहे थे।

"यह रहा—पकड़ लो!" मेतेलित्सा की ओर हाथ बढ़ाकर झपटता हुआ कोई चिल्लाया।

सनसनाती हुई एक गोली उसके कान के पास से गुज़र गई। मेतेलित्सा ने जवाबी गोली दागी। उस पर हमला करनेवाला आदमी लड़खड़ाकर गिर पड़ा।

"मैं तुम्हारे हाथ नहीं आने का!" मेतेलित्सा ने मानो क़सम खाई। उसे आख़िरी क्षण तक यह विश्वास नहीं था कि वे उसे पकड़ पाएँगे।

किन्तु सहसा पीछे से एक भारी-भरकम आदमी झपट पड़ा और उसे ज़मीन पर गिरा दिया। मेतेलित्सा ने अपनी बाँह छुड़ाने की कोशिश की, किन्तु उसके सिर पर एक ज़बर्दस्त घूँसा पड़ा और वह सन्न हो गया।

वे बारी-बारी से उसे पीटने लगे। बेहोशी की हालत में भी वह उनके प्रहार को महसूस कर रहा था।

जिस घाटी में कम्पनी सोई थी, वहाँ अब भी अन्धकार था, किन्तु खाऊनीख़ेद्जा के उस पार मैदान को उगते सूरज ने नारंगी रंग में मढ़ दिया था। पतझर की सड़ाँध से भरे ताइगा में दिन का प्रकाश फैल गया था।

पड़ाव का पहरेदार घोड़ों के पास बैठा ऊँघ रहा था। नींद में ही 'खट-खट' की आवाज़ बराबर उसके कानों में गूँज रही थी। ऐसा लगता था कि दूर कहीं मशीनगन चल रही हो। वह अपनी राइफ़ल को सँभालता हुआ हड़बड़ाकर उठ बैठा, किन्तु आवाज़ किसी कठफोड़वे की थी, जो नदी के पास एक बूढ़े पेड़ के तने पर चोंच मारता जा रहा था। पहरेदार ने गाली निकाली। वह ठंड से काँप रहा था। उसने अपने फटे-पुराने ओवरकोट को कसकर लपेट लिया और मैदान में निकल आया। अभी और कोई न जगा था। भूख और थकान से चूर छापेमार ऐसी गहरी नींद में सो रहे थे मानो उनके सारे सपनों पर पानी फिर गया हो! नये दिन से उन्हें कोई आशा न हो!

'प्लाटून कमांडर अभी तक नहीं लौटा...ज़रूर पट्ठा ख़ूब खा-पीकर किसी झोंपड़ी में पड़ा सो रहा होगा; और हम यहाँ भूखे बैठे हैं!' पड़ाव के पहरेदार ने सोचा। वह मेतेलित्सा का बहुत मान करता था और बाक़ी छापेमारों की तरह उसे भी अपने प्लाटून कमांडर पर गुमान था, लेकिन इस समय उसे लगा कि मेतेलित्सा धोखेबाज़ आदमी है और उसे प्लाटून कमांडर बनाकर उन्होंने ग़लती की है। पहरेदार का दिल इस विचार से नफ़रत से भर गया कि एक तरफ़ जहाँ वह ताइगा में कष्ट झेल रहा है, वहाँ मेतेलित्सा जैसे लोग दुनिया-भर के ऐश लूटते फिरते हैं। बिना समुचित कारण के लेविनसन को जगाने का साहस न होने के कारण उसने बाक्लानोव को ही जगा दिया।

"क्या कहा? अभी तक नहीं लौटा?" बाक्लानोव उठकर बैठ गया और नींद से भारी पलकों को मिचमिचाने लगा। "तुम कहते हो कि अभी लौटा नहीं?" वह एकाएक चिल्ला उठा। वह अभी पूरी तरह जगा नहीं था, फिर भी उसके दिमाग़ में किसी अनिष्ट का विचार कौंध गया। "नहीं, ऐसा नहीं हो सकता! भाई, तुम मज़ाक़ कर रहे हो! ओह, अच्छा! ख़ैर, लेविनसन को जगा दो।" वह तेज़ी से अपनी पेटी कसता हुआ छलाँग मारकर उठ खड़ा हुआ, फिर अपनी उनींदी भौंहों को सिकोड़कर एकदम सतर्क और सावधान मुद्रा में खड़ा हो गया।

लेविनसन गहरी नींद में डूबा था। पर अपने नाम का ज़िक्र सुनते ही उसने आँखें खोल दीं और उठ बैठा। पहरेदार और बाक्लानोव पर नज़र पड़ते ही वह समझ गया कि मेतेलित्सा लौटा नहीं है। उसने यह भी सोचा कि अब यहाँ से जल्द-से-जल्द रवाना हो जाना चाहिए। पलभर के लिए उसे इतनी थकान महसूस हुई, उसका शरीर इस तरह टूटने लगा कि मेतेलित्सा और तमाम चिन्ताओं को भूल ओवरकोट से दोबारा मुँह ढाँपकर सो जाने के लिए वह लालायित हो उठा, किन्तु अगले ही क्षण वह घुटनों के बल बैठ गया और अपना ओवरकोट लपेटकर उत्तेजित बाक्लानोव के सवालों की झड़ी का रूखी और खिन्न आवाज़ में जवाब देने लगा :

"अच्छा, तो हो क्या गया? मैं जानता था कि ऐसा ही होगा। रास्ते में वह ज़रूर हमसे आ मिलेगा।"

"और अगर नहीं मिला तो?"

"नहीं मिला? अरे, सुनो, मेरा थैला बाँधने के लिए तुम्हारे पास कोई रस्सी तो नहीं है?"

"उठो, उठो, आलसी सूअरो! हम गाँव के लिए रवाना हो रहे हैं!" सोते आदमियों को ठोकर मारकर जगाता हुआ सन्तरी चिल्ला उठा।

अस्त-व्यस्त और उलझे बालोंवाले सिर ऊपर उठने लगे। सन्तरी पर गालियाँ पड़ने लगीं। पहले चैन के दिनों में दुबोव ही उन्हें 'जगाया' करता था।

"छापेमार काफ़ी चिड़चिड़े होते जा रहे हैं," बाक्लानोव ने गम्भीर स्वर में कहा, "भूखे हैं।"

"क्या तुम्हें भूख नहीं लगी?"

"मुझे? अरे मेरी बात जाने दो।" बाक्लानोव झुँझलाया। "तुम जानते हो कि जितना तुम बर्दाश्त कर सकते हो, उतना मैं भी...।"

"हाँ, मैं जानता हूँ," लेविनसन ने कहा।

उसकी आँखों में ऐसा कोमल स्निग्ध भाव घिर आया कि बाक्लानोव उसे टुकुर-टुकुर देखता ही रह गया। ऐसा प्रतीत हुआ कि वह लेविनसन को पहली बार देख रहा हो।

"तुम दुबले हो गए हो, हाँ," उसने संवेदना जतलाते हुए कहा, "बस, दाढ़ी ही दाढ़ी नज़र आती है। अगर मैं तुम्हारी जगह होता..."

"तो तुम नहा-धोकर ताज़ा हो जाते—क्यों, ठीक है न? आओ, चलें।" लेविनसन ने अपराधियों जैसी मुस्कान से उसकी बात बीच में ही काट दी।

वे नदी पर गए। बाक्लानोव कपड़े उतारकर पानी में हाथ-पैर पटकने लगा; उसकी हरकतों से यह साफ़ झलक रहा था कि ठंडे पानी से वह ज़रा भी नहीं डरता। उसका शरीर गठा हुआ, मज़बूत और सुडौल था, मानो किसी धातु का बना हो, लेकिन उसका सिर बच्चों की तरह गोल था। वह बड़े अटपटे और बचकाने ढंग से अँजुरी में पानी लेकर अपने सिर को भिगोता और हथेली से रगड़-रगड़कर उसे धोता था।

'कल रात मैंने किसी चीज़ के बारे में बहुत बातें कीं, कुछ वादा किया, लेकिन आज सब बेकार जान पड़ता है,' लेविनसन ने एकाएक सोचा। मेतचिक से अपनी रात की बातचीत की तथा बाद में उसके अपने विचारों की धुँधली अप्रिय स्मृतियाँ उसके दिमाग़ में घूमने लगीं। ऐसी बात नहीं थी कि अपने वे शब्द उसे अब झूठे और खोखले प्रतीत होने लगे हों; नहीं, वे उसके सच्चे उद्‌गारों को प्रकट करते थे। वह जानता था कि उसके वे शब्द सच्चे, तर्कसंगत और अर्थपूर्ण थे। फिर भी उन्हें याद कर न जाने क्यों उसका दिल एक विचित्र असन्तोष से भर गया। 'हाँ, याद आया। मैंने उसे दूसरा घोड़ा देने का वादा किया था। क्या ऐसा करना ग़लत था? नहीं, आज भी मैं यही करूँगा—यहाँ सब ठीक-ठाक है। फिर क्या गड़बड़ी है? गड़बड़ी यह है कि...'

"तुम नहाते-धोते क्यों नहीं?" बाक्लानोव ने पूछा।

वह जी भरकर पानी से खेल चुका था और अब गन्दे तौलिए से शरीर को इस तरह रगड़ रहा था कि उसकी चमड़ी लाल पड़ रही थी। "पानी ठंडा और बढ़िया है!"

'गड़बड़ी यह है कि मैं बीमार हूँ, ज़्यादा दिनों तक मेरे लिए अपने-आपको क़ाबू में रखना मुश्किल होता जा रहा है,' लेविनसन ने सोचा।

किन्तु जब उसने नहा-धोकर कपड़े पहने, पेटी कसी और 'माउजर' के बोझ का अनुभव किया, तब उसे लगा कि उसमें ताज़गी आ गई है।

'मेतेलित्सा को क्या हो गया?' बस, यही एक विचार उसके दिल को बराबर मथ रहा था।

लेविनसन के लिए ऐसे मेतेलित्सा की कल्पना करना असम्भव था जो हाथ-पर-हाथ धरकर बैठा रह सके, या जो मर सके। लेविनसन के दिल में उसके प्रति हमेशा एक अस्पष्ट आकर्षण का भाव उमड़ता रहता था। उसने कई बार महसूस किया था कि मेतेलित्सा की बग़ल में सवारी करने में, उससे बातें करने में, या केवल उसे निहारते रहने में उसे आनन्द मिलता था। वह मेतेलित्सा की प्रशंसा इसलिए नहीं करता था कि उसमें कोई असाधारण समानोपयोगी गुण थे—देखा जाए, तो ऐसे गुणों का उसमें अभाव था और ख़ुद लेविनसन में वे कहीं अधिक परिमाण में मौजूद थे—बल्कि उसकी असाधारण शारीरिक शक्ति, उसके निरे पशु-बल के कारण ही लेविनसन उससे प्रभावित था। यह शक्ति मेतेलित्सा की रगों में मानो एक अक्षय धारा के समान संचरित होती थी और ख़ुद लेविनसन में इसका कुछ अभाव था। जब कभी वह उसके छरहरे, जूझने-भिड़ने को हमेशा तैयार, चुस्त आकृति को देखता, या केवल यही जान लेता कि मेतेलित्सा कहीं आसपास मौजूद है, तो वह अपनी शारीरिक कमज़ोरी को भूल जाता। उसे लगता कि वह भी मेतेलित्सा जैसा ही मज़बूत और अनथक बन सकता है। मन-ही-मन उसे इस बात का गुमान भी था।

कोई छापेमार इस बात को मानने के लिए तैयार न था कि मेतेलित्सा दुश्मन के चंगुल में फँस गया है—हालाँकि लेविनसन की आशंका पक्की होती जा रही थी। थके-माँदे छापेमार भय से व्याकुल होकर इस विचार को अपने मन से निकाल फेंकने की चेष्टा करते। वे सोचते कि यदि यह बात सच हुई, तो हमारे ऊपर मुसीबतों का पहाड़ टूट पड़ेगा। अत: वे अपने को दिलासा देते हुए यह सोचते कि इसमें कोई सचाई नहीं हो सकती।

दूसरी ओर पहरेदार का यह ख़याल कि प्लाटून कमांडर 'खा-पीकर किसी झोंपड़ी में चैन से सो रहा है'—हालाँकि सावधान और कर्तव्यपरायण

मेतेलित्सा कभी ऐसी हरकत नहीं कर सकता था—धीरे-धीरे ज़ोर पकड़ता गया। अनेक छापेमार एकदम खुलकर उस पर कायरता और 'विश्वासघात' का आरोप लगाने लगे और बार-बार लेविनसन से उसके पीछे चल देने का आग्रह करने लगे। लेविनसन ने रोज़मर्रा के कामों को हमेशा से अधिक सावधानी के साथ पूरा करने के बाद—अनेक कामों में एक काम मेतचिक को दूसरा घोड़ा देना भी था—अन्त में जब प्रस्थान का आदेश दिया, तो सारी कम्पनी में ख़ुशी की ऐसी लहर दौड़ गई, मानो तत्काल ही तमाम मुसीबतें टल गई हों।

वे घंटे-भर चलते रहे। फिर एक घंटा और बीता, किन्तु माथे पर झूलती काली लटोंवाला मेतेलित्सा का चेहरा कहीं दिखाई न दिया। दो घंटे और बीत गए, पर मेतेलित्सा का तब भी कहीं पता न था। अब न केवल लेविनसन, बल्कि वे लोग भी जो उससे ईर्ष्या करने और उसे धिक्कारने में सबसे आगे थे, मेतेलित्सा के जीवन के बारे में सशंक हो उठे।

गहन मौन में डूबी कम्पनी ताइगा के छोर की ओर बढ़ रही थी।

15

तीन मौतें

जब मेतेलित्सा को होश आया तो उसने अपने को एक बड़े और अँधेरे ओसारे में ज़मीन पर पड़ा पाया। उसने सबसे पहले ज़मीन की ठंडी सीलन को ही महसूस किया, जो उसके शरीर को बेध रही थी। उसे सारी बातें तत्काल याद हो आईं। उसके सिर पर घूँसों और लातों की जो बौछार हुई थी, उसका धमाका मानो अब भी उसके दिमाग़ में गूँज रहा था। माथे और गालों पर ख़ून की पपड़ी पड़ गई थी।

उसके दिमाग़ में जो पहला विचार आया, वह था किसी तरह बचकर भाग निकलने का। मेतेलित्सा को इस बात का यक़ीन नहीं हो रहा था कि जीवन में उसने जितना कुछ देखा-सहा है, जो काम किये हैं, क़िस्मत ने जैसे उसका साथ दिया है और उसकी शोहरत को बढ़ाया है, इस सबके बाद भी वह एक दिन सभी इनसानों की तरह धरती में दफ़न होकर सड़ेगा। वह ओसारे में चारों ओर घूमकर भागने की राह खोजने लगा।

उसने छोटी-से-छोटी सूराख़ तक का निरीक्षण किया, यहाँ तक कि दरवाज़े तक को तोड़ डालने की कोशिश की। मगर बेकार। ठंडी निष्प्राण लकड़ी उसे चारों ओर से घेरे हुए थी। सूराख़ इतने छोटे थे कि वह उनसे बाहर देख भी न पाता था। बस, भोर की धुँधली आभा उनसे छनकर मुश्किल से भीतर आ रही थी।

फिर भी लकड़ी की दीवारों को वह ठोंकता-बजाता, कोनों में झाँकता और छेदों का निरीक्षण करता ओसारे का चक्कर काटता रहा। आख़िरकार उसे यह पक्का यक़ीन हो गया कि बचने का कोई रास्ता नहीं है। इस यक़ीन के बाद ही अपने जीवन-मरण के सवाल में उसकी दिलचस्पी जाती रही। उसकी समूची मानसिक और शारीरिक शक्तियाँ अब केवल एक ही बात पर केन्द्रित थीं, हालाँकि यह बात उसके जीवन-मरण के दृष्टिकोण से महत्त्वहीन थी, पर उसकी अपनी आँखों में इसका महत्त्व सर्वोपरि था : बात यह थी कि वह, मेतेलित्सा, जिसकी वीरता और साहस पर आज तक कोई उँगली न उठा सका था, किस प्रकार उन आदमियों पर, जो उसे मारनेवाले थे, यह प्रकट करे कि वह उनसे डरता नहीं, बल्कि उन्हें हिकारत की दृष्टि से देखता है?

अभी वह इस पर विचार ही कर रहा था कि उसे बाहर कुछ आवाज़ें सुनाई पड़ीं; कुंडा खड़खड़ा उठा; सुबह की धुँधली, झिलमिलाती आभा के साथ ही पीली धारियोंवाली खुली पतलूनें पहने दो कज़्ज़ाक दरवाज़े से अन्दर घुस आए। पैर फैलाकर खड़ा मेतेलित्सा उन्हें घूर रहा था।

जब उन्होंने उसे देखा तो दरवाज़े के पास कुछ परेशान होकर ठिठक गए। पीछेवाला आदमी बेचैन होकर खखार रहा था।

"चले आओ, हमवतन," आगेवाले आदमी ने आख़िरकार कहा।

उसकी आवाज़ में तनिक भी घृणा न थी, बल्कि ऐसा लग रहा था, मानो वह सवयं अपने को अपराधी महसूस कर रहा हो।

मेतेलित्सा ने अपना सिर झुका लिया और आँखें तरेरता हुआ बाहर निकल गया।

जल्द ही उसे एक ऐसे आदमी के सामने पेश किया गया जिसे उसने पिछली रात पादरी के बग़ीचे में खड़े होकर उस कमरे में बैठे देखा था—यह वही था जिसने काली कज़्ज़ाकी टोपी और बुर्का पहन रखा था। यहीं वह मोटा, ख़ूबसूरत, प्रसन्नचित्त अफ़सर भी मौजूद था जिसे मेतेलित्सा ने टुकड़ी कमांडर समझा था। वह इस समय आरामकुर्सी में तनकर बैठा हुआ मेतेलित्सा को हैरान आँखों से घूर रहा था। उसकी दृष्टि क़तई कड़ी नहीं थी। कुछ अप्रकट संकेतों से मेतेलित्सा अब यह समझ गया था कि इनका प्रधान प्रसन्नचित्त अफ़सर नहीं, बल्कि बुर्केवाला आदमी ही है।

"तुम लोग अब जा सकते हो," दरवाज़े के पास खड़े कज़्ज़ाकों की ओर देखते हुए बुर्केवाले ने तीखी आवाज़ में कहा।

वे एक-दूसरे को अटपटे ढंग से धकियाते हुए कमरे से बाहर हो गए।

"तुम कल बाग़ में क्या कर रहे थे?" उसने कड़ककर पूछा।

वह मेतेलित्सा के सामने खड़ा हो गया था और उसे अपलक दृष्टि से घूर रहा था।

मेतेलित्सा ने कोई उत्तर न दिया; बस, वह बुर्केवाले को नफ़रत भरी नज़र से घूरता रहा। उसकी पलकें झुकी नहीं, केवल काली मुलायम भौंहें तनिक हिल गईं। उसके समूचे हाव-भाव से यह दृढ़ संकल्प झलक रहा था कि वे चाहे उससे कितने ही सवाल क्यों न करें, जवाब देने के लिए मजबूर करने की कैसी भी कोशिश क्यों न करें, किन्तु वह सन्तोषजनक जवाब न देगा।

"यह बकवास बन्द करो!" कमांडर ने कहा।

उसकी आवाज़ न ऊँची थी, न उसमें क्रोध का ही पुट था; पर उसके स्वर से यह झलक गया था कि वह मेतेलित्सा के दिल में आ रही भावनाओं को समझ गया है।

"मेरे कुछ कहने से लाभ क्या?" प्लाटून कमांडर ने एहसान-भरी मुस्कराहट के साथ कहा।

टुकड़ी कमांडर कुछ देर तक ख़ून में लिथड़े मेतेलित्सा के चेचकरू चेहरे को, जो मानो फ़ौलाद का ढला था, चुपचाप देखता रहा।

"क्या तुम्हें चेचक बहुत पहले हुआ था?" उसने सहसा पूछा।

"क्या कहा?" प्लाटून कमांडर ने भौचक होकर पूछा।

उसके आश्चर्य का कारण यह था कि अफ़सर के सवाल के पीछे न उपहास की भावना थी और न कोई छिपा अर्थ ही था; स्पष्ट था कि उसने मेतेलित्सा का चेचकरू चेहरा देखकर यूँ ही कौतूहलवश प्रश्न पूछ लिया था। पर मेतेलित्सा इस सवाल से इतना अधिक क्रुद्ध हो उठा जितना शायद उपहास किये जाने पर भी न होता। उसे लगा कि इस सवाल के ज़रिये टुकड़ी कमांडर उसके साथ मानवीय सम्बन्ध बनाने की सम्भावना की तलाश कर रहा है।

"अच्छा, तुम हो कौन—यहीं के रहनेवाले या कहीं और से आए हो?"

"उसकी चिन्ता न कीजिए, जनाब!" मेतेलित्सा ग़ुस्से से पागल होकर चीख़ उठा।

उसकी मुट्ठियाँ तन गई थीं, चेहरा तमतमा उठा था। अफ़सर पर झपट पड़ने से वह अपने-आपको मुश्किल से ही रोक पा रहा था। वह कुछ और कहना चाहता था, किन्तु इसी समय एक भावना उसके हृदय में घर कर गई : क्यों न वह इस काली पोशाकवाले आदमी को, जिसका चेहरा घृणित रूप से भावहीन, सूजा हुआ और मोटे लाल बालों से आच्छादित था, दबोचकर उसका गला घोंट दे? इस विचार ने मेतेलित्सा को इस तरह जकड़ लिया कि वह ठिठककर एक क़दम आगे बढ़ आया; उसके हाथ तन गए और चेचकरू चेहरा पसीने से तर हो गया।

"ओहो!" काली पोशाकवाला आदमी चकित होकर ज़ोर से चिल्लाया, किन्तु वह अपने स्थान से हिला नहीं और न ही उसकी नज़र पलभर के लिए भी मेतेलित्सा से अलग हटी।

मेतेलित्सा अनिश्चित-सा ठिठक गया। उसकी आँखों से चिंगारियाँ बरस रही थीं। तब उस आदमी ने अपनी पिस्तौल निकाली और उसे मेतेलित्सा की नाक के सामने हवा में घुमाया। प्लाटून कमांडर सँभल गया और खिड़की की ओर मुड़कर अहंकारपूर्ण मुद्रा में चुपचाप खड़ा रहा।

उसके बाद मेतेलित्सा ने रिवॉल्वर की धमकियों, अत्यन्त भयानक यातना की चेतावनियों, सब कुछ बता देने पर छोड़ देने के प्रलोभनों के बावजूद अपने मुँह से एक भी शब्द न निकाला और न सवाल करनेवालों की ओर मुड़कर देखा ही।

अभी सवालों का सिलसिला जारी ही था कि बालों से भरे चेहरेवाले एक आदमी ने, जिसकी आँखें बड़ी-बड़ी और मूर्खतापूर्ण थीं, आतंकित नज़रों से कमरे के अन्दर झाँककर देखा।

"ओह!" टुकड़ी कमांडर ने कहा, "तो तुमने उन सबको जमा कर लिया है क्या? अच्छी बात है, सिपाहियों से कहो कि इस बहादुर बन्दे को आकर ले जाएँ।"

वही पहलेवाले दोनों कज़्ज़ाक आए और उसे आँगन में ले गए। इशारे से उन्होंने मेतेलित्सा को फाटक के भीतर प्रवेश करने को कहा और फिर ख़ुद उसके पीछे-पीछे चले। मेतेलित्सा ने मुड़कर नहीं देखा, किन्तु उसे अपने पीछे-पीछे दोनों अफ़सरों के आने का आभास हुआ। वे गिरजे के मैदान में पहुँच गए। वहाँ गिरजे के चौकीदार की झोंपड़ी के पास गाँव के लोग जमा थे। घुड़सवार कज़्ज़ाकों ने उनके चारों ओर घेरा डाल रखा था।

मेतेलित्सा हमेशा से यह समझता आया था कि असाधारण लोगों को वह पसन्द नहीं करता, उनकी ऊबा देनेवाली और ओछी हरकतों के कारण वह उससे घृणा करता है—उनसे और उनसे सम्बन्धित तमाम बातों से घृणा करता है। लोग उसके बारे में जो सोचते और कहते थे, वह अपने को उससे बिलकुल भिन्न समझता था; उसके कोई यार-दोस्त न थे और न कभी उसने किसी को दोस्त बनाने की कोशिश ही की थी। फिर भी उसने अपने जीवन में जितने भी बड़े और महत्त्वपूर्ण काम किये थे—हालाँकि उसे स्वयं इस बात का बोध न था—अपनी जनता के कारण ही और उसकी ख़ातिर ही किये थे, ताकि जनता उसे गौरव और प्रशंसा की दृष्टि से देख सके और उसका यशगान कर सके और अब जब उसने अपना सिर उठाया, तो न केवल अपनी आँखों से, बल्कि समूचे दिल से ग्रामीणों की इस अव्यवस्थित, मौन और विचलित

भीड़ को उसने गले से लगा लिया। आदमी, बच्चे, सफ़ेद और रंगीन रूमाल बाँधे लड़कियाँ; परेशान घुड़सवार, जिनकी टोपियों के नीचे से लटें झूल रही थीं और जिन्होंने बिलकुल सस्ती रंगीन तसवीरों के समान ही साफ़-सुथरे और शोख़ रंगों के कपड़े पहन रखे थे; घास पर नाचती हुई उनकी लम्बी छायाएँ; यहाँ तक कि उनके पीछे खड़े और आकाश की पृष्ठभूमि में सूरज की कान्तिहीन किरणों से चमचमाते प्राचीन गिरजे के उन्नत गुम्बज भी—सभी को मेतेलित्सा ने सीने से लगा लिया।

"कितनी अद्‌भुत बात है!" उसके मन की भावना कंठ से फूटकर निकलते-निकलते रह गई; और सहसा उसके हृदय का सारा स्नेह उमड़कर उसके चारों ओर बिखरने लगा। ग़रीबी के चंगुल में फँसी जनता की जानदार, रंगीन भीड़ को और अपने चारों ओर की प्रत्येक वस्तु को देखकर उसका दिल ख़ुशी से नाच रहा था। वह सुगमता तथा आज़ादी के साथ, किसी फ़ुर्तीले जानवर के समान हल्के और तेज़ क़दम उठाता हुआ इस तरह आगे बढ़ गया मानो हवा में तैरता जा रहा हो; और उसे देखकर आँगन में एकत्र सभी लोगों की साँसें थम गईं। उन्होंने महसूस किया कि मेतेलित्सा के जानदार, छरहरे शरीर के भीतर जो पशु-बल छिपा है, वह भी उसके क़दमों के समान ही हल्का और लोचपूर्ण है।

वह भीड़ के बीच से आगे बढ़ गया। उसकी आँखें भीड़ के ऊपर जमी थीं, हालाँकि उसे भीड़ की मौन और एकाग्र दृष्टि का पूरा बोध था। गिरजे के चौकीदार की झोंपड़ी के पास पहुँचकर वह रुक गया। अफ़सर उससे आगे बढ़कर सीढ़ियों पर चढ़ गए।

"यहाँ आओ!" टुकड़ी कमांडर ने अपनी बग़ल में ख़ाली जगह की ओर इशारा करते हुए कहा।

मेतेलित्सा एक ही छलाँग में सीढ़ियाँ पार कर उसकी बग़ल में जा खड़ा हुआ।

अब भीड़ का हर आदमी उसे साफ़-साफ़ देख सकता था—सीधी, तनी हुई आकृति, काले बाल, हिरण की खाल के मुलायम जूते और क़मीज़ के

बटन खुले हुए, कमर में हरी फुँदनोंवाला कमरबन्द। उसकी तेज़ आँखों में एक विचित्र चमक थी। उसकी आँखें सुबह की सुरमई की चादर में लिपटे पहाड़ों की गर्वोन्नत शिखरों पर टिकी हुई थीं।

"इस आदमी को कौन जानता है?" भीड़ पर एक पैनी दृष्टि फेंकते हुए, जो मानो प्रत्येक चेहरे पर पलभर के लिए ठिठक जाती थी, कमांडर ने कड़ककर पूछा।

उसकी निगाह के नीचे सभी परेशान हो उठे; उन्होंने अपने सिर झुका लिये और आँखें मिचमिचाने लगे; केवल स्त्रियाँ ही, जिनमें इतनी भी ताक़त नहीं थी कि अपनी आँखें फेर लें, कायरतापूर्ण और अतृप्त कौतूहल के साथ मूक और भावशून्य नेत्रों से उसे निहारती रहीं।

"क्या इसे कोई नहीं जानता?" कमांडर ने 'कोई' का उच्चारण ऐसे व्यंग्यपूर्ण लहज़े में किया मानो उसे इस बात का पक्का यक़ीन था कि मेतेलित्सा को सभी जानते हैं। "अभी पता चल जाता है। नेचिताइलो!" उसने लम्बा कज़्ज़ाकी ओवरकोट पहने एक लम्बे अफ़सर को आवाज़ दी, जो एक थिरकते चितकबरे घोड़े पर सवार था।

भीड़ सहसा विचलित हो उठी; दबी आवाज़ें आने लगीं और आगे खड़े लोग पीछे मुड़कर देखने लगे। काली वास्किट पहने एक आदमी भीड़ को धकियाता हुआ आगे बढ़ रहा था; उसका सिर झुका हुआ था, जिसके कारण केवल उसकी मोटी फ़र की टोपी ही दिखाई दे रही थी।

"हट जाओ आगे से, रास्ता छोड़ो!" वह भीड़ को एक हाथ से हटाता हुआ आगे बढ़ रहा था। दूसरे हाथ से वह किसी को घसीट रहा था।

आख़िरकार वह ओसारे पर पहुँच गया। सबों ने देखा कि उसने भय से काँपते और छटपटाते, दुबले-पतले और काले बालवाले एक बालक का हाथ पकड़ रखा है। उस बालक ने एक लम्बी जाकिट पहन रखी थी। उसकी काली आँखें मेतेलित्सा से टुकड़ी कमांडर पर और टुकड़ी कमांडर से मेतेलित्सा पर बार-बार दौड़ रही थीं। शोरगुल बढ़ गया। लम्बी आहें और औरतों की दबी फुसफुसाहट सुनाई पड़ रही थी। मेतेलित्सा ने झुककर देखा

और सहसा काले बालों, आतंकित नेत्रों और बच्चों जैसी पतली गरदनवाले उस गड़ेरिये को पहचान लिया जिसे पिछली रात उसने अपना घोड़ा सौंपा था।

उस किसान ने, जिसने कि बालक का हाथ पकड़ रखा था, अपनी टोपी उतार ली। उसका सिर चपटा और सफ़ेद था; बीच-बीच में सलेटी रंग के बालों के धब्बे छितरे पड़े थे (लगता था कि किसी ने उसके सिर पर जहाँ-तहाँ नमक का छिड़काव किया हो)। कमांडर के सामने उसने झुककर अभिवादन किया; फिर हकलाता हुआ बोला, "यह एक गड़ेरिया है...।" उसे शक था कि उसकी पूरी बात शायद न सुनी जाएगी। मेतेलित्सा की ओर इशारा करते हुए उसने तेज़ी से झुककर बालक से पूछा, "यही है न, क्यों?"

कुछ क्षण तक गड़ेरिया बालक और मेतेलित्सा एक-दूसरे को एकटक देखते रहे—मेतेलित्सा उदासीनता के भाव से देख रहा था और बालक की आँखों में भय, सहानुभूति और दया के भाव थे। फिर बालक की आँखें टुकड़ी कमांडर की ओर घूम गईं और पलभर के लिए उस कज़्ज़ाक अफ़सर के चेहरे पर इस तरह टिक गईं मानो उसी पर जम गई हों; फिर उसकी आँखें उस किसान की ओर घूम गईं जो बालक का हाथ पकड़कर उत्तर की आशा में उसकी ओर कुछ झुका हुआ खड़ा था। बालक ने एक गहरी साँस ली और सिर हिलाकर जतलाया कि वह मेतेलित्सा को नहीं पहचानता है। भीड़ में ऐसी निस्तब्धता छाई थी कि गिरजे के चौकीदार के आँगन में चरते बछड़े की आवाज़ साफ़ सुनाई दे रही थी। लड़के के सिर हिलाने पर मौन टूटा और भीड़ में एक मरमर ध्वनि फैल गई, किन्तु कुछ ही क्षणों में फिर पहले जैसी चुप्पी छा गई।

"डर मत बेवक़ूफ़, डर मत!" किसान ने मेतेलित्सा की ओर इशारा करते हुए काँपती आवाज़ में कहा। वह स्वयं डर गया था और घबराहट से थरथरा रहा था। "उसके अलावा यह और कौन हो सकता है? कह दे कि यह वही है, डर मत...उफ़, सँपोले कहीं के!" कहते-कहते वह सहसा रुक गया

और लड़के की बाँह को बेरहमी से झकझोरने लगा। "इसमें शक नहीं कि यह वही है, हुज़ूर! और भला यह कौन हो सकता है?" उसने मानो अपनी सफ़ाई पेश करते हुए ऊँची आवाज़ में कहा। घबराहट के मारे वह अपनी टोपी को हाथ से मसल रहा था। "बस, सिर्फ़ इतनी बात है कि लड़का बताने से डर रहा है। जब घोड़े पर ज़ीन कसी थी और ज़ीन के पीछे बोरे में रिवॉल्वर की थैली पड़ी थी, तो भला यह और कौन हो सकता है? कल रात यह अलाव के पास चला आया था। 'मेरे घोड़े को यहाँ घास चरने दो', उसने कहा। फिर वह गाँव की ओर चल दिया। लड़का उजाला होने तक उसका इन्तज़ार करता रहा, लेकिन वह लौटकर नहीं आया...सो लड़का घोड़ा लेकर चला आया; और हुज़ूर, घोड़े पर ज़ीन कसी थी और बोरे में रिवॉल्वर की थैली पड़ी थी—सो यह भला और कौन हो सकता है?"

"आग के पास कौन आया था? किसके रिवॉल्वर की थैली बोरे में पड़ी थी?" कमांडर ने किसान की बात को समझने की विफल चेष्टा करते हुए पूछा।

किसान और भी अधिक उलझन में पड़ गया। वह अपनी टोपी उलटी-सीधी करता हुआ दोबारा समझाने लगा कि उसका गड़ेरिया सुबह ही एक अजनबी घोड़ा लेकर घर लौटा था; उस पर ज़ीन कसी थी और ज़ीन के पीछे बँधे बोरे में रिवॉल्वर की एक थैली पड़ी थी।

"अच्छा, अब समझा!" टुकड़ी कमांडर ने धीरे से कहा, "लेकिन यह इसे स्वीकार नहीं करता," उसने सिर हिलाकर लड़के की ओर इशारा किया। "अच्छी बात है, इसे मेरे पास ले आओ। अभी एक मिनट में इसकी ज़बान खोले देता हूँ।"

लड़के को किसी ने पीछे से धक्का दिया और वह ओसारे के पास बढ़ गया, किन्तु सीढ़ियों पर चढ़ने का साहस वह न कर सका। अफ़सर दौड़ता हुआ सीढ़ियों से नीचे उतरा और बालक के पतले, काँपते कन्धों को पकड़कर उसे अपने पास घसीट ले गया। फिर वह अपनी डरावनी पैनी आँखों से लड़के के आतंकित आँखों में घूरने लगा।

"आऽऽह!" लड़का सहसा पीड़ा से चीख़ उठा और उसकी आँखें उलटने लगीं।

"हाय, उस बच्चे के साथ वह क्या कर रहा है?" एक औरत सुबक उठी। उसकी घनीभूत भावना धीरज का बाँध तोड़ चली थी।

उसी समय किसी आदमी का छरहरा और चुस्त शरीर बाज़ के समान झपटकर सीढ़ियों को पार करता हुआ नीचे आया। भीड़ पीछे सरक गई और अनेक हाथ ऊपर उठ गए। टुकड़ी कमांडर की एक भीषण प्रहार ने ज़मीन पर चित लिटा दिया।

"उसे गोली से उड़ा दो! खड़े-खड़े क्या देख रहे हो?" अपने हाथ को असहाय मुद्रा में हिलाता हुआ ख़ूबसूरत अफ़सर चिल्लाया। आतंकित होकर वह भूल ही गया था कि गोली वह स्वयं भी चला सकता है।

अनेक घुड़सवार लपककर भीड़ में घुस गए। बिदकते घोड़ों के सामने भीड़ तितर-बितर हो गई। मेतेलित्सा अपनी पूरी ताक़त से शत्रु के शरीर का मर्दन कर रहा था और उसके गले को दबोचने का प्रयत्न कर रहा था। टुकड़ी कमांडर उसके शरीर के नीचे चिमगादड़ की तरह फड़फड़ा रहा था। उसका काला बुर्का डैनों के समान फैल गया था। रिवॉल्वर निकालने के लिए वह अपने हाथ को पेटी की ओर झटकते हुए बढ़ा रहा था। आख़िरकार वह रिवॉल्वर की थैली खोलने में लगभग उसी समय सफल हुआ, जबकि मेतेलित्सा की उँगलियाँ उसके गले पर पहुँच चुकी थीं। उसने मेतेलित्सा पर तीन-चार गोलियाँ दनादन दाग दीं।

कज़्ज़ाक दौड़कर मेतेलित्सा की टाँगों को पकड़कर घसीटने लगे। अभी तक वह मरा नहीं था। उसके हाथ अब भी घास को पकड़ने की कोशिश करते थे। वह अपने दाँतों को मसल रहा था और अपना सिर उठाने की कोशिश कर रहा था, किन्तु पलभर बाद ही उसका सिर लुढ़क गया और वह ज़मीन पर घिसटने लगा।

"नेचिताइलो!" ख़ूबसूरत अफ़सर चिल्लाया, "कम्पनी को चलने का हुक्म दो! क्या आप भी आ रहे हैं, जनाब?" उसने विनय के स्वर में कमांडर से पूछा, हालाँकि उसकी ओर नज़र उठाकर नहीं देखा।

"हाँ!"

"कमांडर का घोड़ा ले आओ!"

आध घंटे बाद कज़्ज़ाक कम्पनी गाँव से रवाना हो गई और उस सड़क पर बढ़ चली जिससे होकर पिछली रात मेतेलित्सा आया था।

बाक्लानोव, जो औरों के समान ख़ुद भी परेशान और चिन्तित था, अब अपनी उद्विग्नता को क़ाबू में न रख सका।

"सुनो, मुझे आगे बढ़ जाने दो," उसने लेविनसन से कहा, "भगवान जाने कैसी मुसीबत का सामना करना पड़ जाए!"

उसने घोड़े को एड़ लगाई और शीघ्र ही—अपनी आशा से भी अधिक तेज़ी से—ताइगा के उस छोर पर पहुँच गया जहाँ वह टूटी-फूटी झोंपड़ी खड़ी थी। मेतेलित्सा के समान उसे छत पर चढ़ने की ज़रूरत न पड़ी। लगभग आधे मील की दूरी पर पचास घुड़सवार एक पहाड़ी से नीचे उतरकर बढ़े आ रहे थे। उसने देखा कि बाक़ायदा एक फ़ौजी टुकड़ी चली आ रही थी। उन सबकी वर्दियाँ एक जैसी थीं, उनकी टोपियों में पीले फीते लगे थे और वे धारीदार पतलूनें पहने थे। उसकी पहली प्रतिक्रिया यह हुई कि वह फ़ौरन मुड़ चले और ख़तरे की चेतावनी दे दे (लेविनसन छापेमारों के साथ किसी भी क्षण ताइगा से बाहर निकल सकता था), किन्तु उसने ऐसा करने से अपने को रोका और एक झाड़ी के पीछे छिपकर उत्सुकता से देखने लगा कि वही एक टुकड़ी है या उसके पीछे और भी टुकड़ियाँ आ रही हैं, किन्तु कोई और टुकड़ी नहीं आई। टुकड़ी की चाल अब धीमी पड़ गई थी और उसकी पाँतें अस्त-व्यस्त सी थीं। सिपाहियों के ढीले-ढाले हाव-भाव और घोड़ों की लटकी गर्दनों से यह ज़ाहिर हो रहा था कि अब तक वे सरपट चाल से बढ़ते आए थे।

बाक्लानोव मुड़ गया और घोड़ा दौड़ाता हुआ लेविनसन के पास पहुँच गया। वह अभी ताइगा से बाहर निकल ही रहा था। बाक्लानोव ने उसे रुकने का इशारा किया।

"बहुत सारे हैं क्या?" लेविनसन ने बाक्लानोव की बात सुन लेने के बाद पूछा।

"लगभग पचास होंगे।"

"पैदल?"

"नहीं, सबके सब सवार हैं।"

"कुब्राक, दुबोव—घोड़ों से उतर जाओ!" लेविनसन ने शान्त भाव से हिदायत दी। "कुब्राक—दाएँ बाज़ू को सँभालो। दुबोव—तुम बाएँ को। तुम कहाँ जा रहे हो बदजात!" वह सहसा एक छापेमार को देख चिल्लाया, जिसके चेहरे पर पट्टी बँधी थी और जो अपनी पाँत से खिसकने लगा था। कुछ अन्य छापेमार भी उसके पीछे-पीछे चलने ही वाले थे। "लौट जाओ अपनी जगह पर!" लेविनसन ने हंटर फटकारकर उसे धमकाया।

उसने मेतेलित्सा के प्लाटून को बाक्लानोव के हवाले किया और उसे वहीं पर जमे रहने का आदेश दिया। फिर वह घोड़े से उतर पड़ा और तेज़ी से लँगड़ाता और अपने माउजर रिवॉल्वर को भाँजता हुआ क़तार के आगे चला आया।

उसने छापेमारों को झाड़ियों में क़ायदे से छितर जाने का आदेश दिया और स्वयं एक छापेमार के साथ पेट के बल रेंगता हुआ झोंपड़ी की ओर बढ़ गया। टुकड़ी बिलकुल उनके पास आ गई थी। उनके पीले फीतों और धारीदार पतलूनों से लेविनसन समझ गया कि वे कज़्ज़ाक हैं। काला बुर्का पहने उनका कमांडर भी उसे दिखाई दे रहा था।

"उनसे कहो कि रेंगते हुए यहाँ आ जाएँ," उसने छापेमार से फुसफुसाकर कहा, "कोई खड़ा न हो, वरना...अब काहे का इन्तज़ार है? जल्दी करो!" और झुँझलाते हुए उसने छापेमार को धकेल दिया।

हालाँकि कज़्ज़ाक संख्या में कम थे, फिर भी लेविनसन सहसा उसी तरह उत्तेजित हो उठा जिस तरह कि अपने सैनिक जीवन के शुरुआती दौर में हुआ करता था।

अपने सैनिक जीवन को वह दो दौरों में विभक्त करता था। गोकि इन दौरों को कोई निश्चित रेखा अलग नहीं करती थी, किन्तु उनका उसके मन पर जो प्रभाव पड़ा था, उसी के आधार पर वह उन्हें अलग-अलग देखता था।

पहले दौर में फ़ौजी शिक्षा नहीं होने पर भी—यहाँ तक कि वह ठीक से बन्दूक़ चलाना भी नहीं जानता था—उसे एक सैन्य-दल का कमांडर बनना पड़ा था। तब उसने यह अनुभव किया था कि वास्तव में वह सेना का निर्देशन नहीं कर रहा है, बल्कि घटनाएँ ख़ुद-ब-ख़ुद घटती जा रही हैं और उसका उन पर कोई प्रभाव नहीं पड़ रहा है। ऐसी बात नहीं थी कि उसने अपनी ज़िम्मेदारियों को पूरी तरह निभाया न हो। अपनी ओर से उसने कोई कोर-कसर न छोड़ी थी, न ही उसका ऐसा विश्वास था—न उस समय और न अब ही—कि एक अकेला व्यक्ति उन घटनाओं को प्रभावित नहीं कर सकता जिनसे कि लोगों की बड़ी संख्या का वास्ता हो। प्रभावित नहीं कर सकने की बात को वह पाखंड का सबसे गया-बीता रूप मानता था। वह समझता था कि ऐसा सोचना केवल अपनी कमज़ोरियों को, लड़ मरने के अपने संकल्प की कमी को छिपाना है। पहले दौर में घटनाओं को प्रभावित न कर सकने का कारण यह था कि अपने सैनिक जीवन के उस दौर में उसका लगभग सम्पूर्ण मनो़बल अपने प्राण के लिए उस भय पर क़ाबू पाने और उसे दूसरों से छिपाने में ख़र्च हो जाता था, जो लड़ाई के समय अनायास ही उसे आ दबोचता था।

किन्तु उसने काफ़ी तेज़ी से अपने-आपको परिस्थितियों के अनुकूल ढाल लिया था। उसने इतनी मानसिक दृढ़ता हासिल कर ली थी कि दूसरों के जीवन का निर्देशन करने में अब उसके अपने प्राण का भय, कोई व्यवधान नहीं रह गया था। इस दूसरे दौर में उसने घटनाओं का निर्देशन करने की शक्ति प्राप्त कर ली थी। घटनाओं तथा सैनिकों के पारस्परिक सम्बन्धों और उनके विकास-क्रम को वह जितनी ही स्पष्टता के साथ देख और समझ पाता, उसकी यह शक्ति उतनी ही ज़्यादा पूर्ण और कामयाब होती।

किन्तु इस समय लेविनसन पहले की अपनी उत्तेजना को दोबारा महसूस कर रहा था। उसने सोचा कि यह उत्तेजना उसकी अपनी मानसिक स्थिति, ख़ुद अपने बारे में उसके विचार और मेतेलित्सा के लापता हो जाने के कारण ही पैदा हुई है।

जब छापेमारों की क़तारें झाड़ियों की ओट में आगे बढ़ने लगीं, तो फिर उसने अपने पर क़ाबू पा लिया। उसकी हल्की-फुल्की, किन्तु तनी हुई आकृति को, उसकी आश्वस्त नपी-तुली हरकतों को देखकर छापेमारों को एक बार फिर यह महसूस हुआ कि वह एक अचूक योजना का प्रतीक है। इस प्रतीक पर वे आदतन विश्वास कर लेते थे। साथ ही उनके लिए यह एक मानसिक आवश्यकता भी थी।

टुकड़ी इतनी निकट आ गई थी कि घोड़ों के टापों और सैनिकों की बातचीत की धीमी आवाज़ सुनाई देने लगी; यहाँ तक कि उनके चेहरे भी अब साफ़ दिखाई देने लगे। लेविनसन तो उनकी भाव-भंगिमाओं तक को देख रहा था। उसने ख़ास तौर से एक मोटे ख़ूबसूरत अफ़सर को देखा जो अपनी ज़ीन पर अटपटे ढंग से बैठा और अपने दाँतों में एक पाइप दबाए था। वह दूसरों से कुछ आगे बढ़ आया था।

'कैसा वहशी होगा यह पट्ठा!' लेविनसन ने उस पर अपनी नज़र टिकाते हुए सोचा; वह अनायास ही उस ख़ूबसूरत अफ़सर के मत्थे उन तमाम शैतानी गुणों को मढ़ रहा था जो साधारणत: दुश्मन के मत्थे मढ़ी जाती है। 'मेरा दिल कितनी ज़ोर से धड़क रहा है! क्या अब गोली चलाने का हुक्म दे दूँ? क्या गोली चलाने का मौक़ा आ गया है? नहीं, उन्हें उस कटी-फटी छालवाले बर्च-वृक्ष तक पहुँच जाने दूँ। वह भला अपनी ज़ीन पर कोयले के बोरे के समान क्यों बैठा है? प्ला...टू...न!' टुकड़ी बर्च-वृक्ष तक पहुँची ही थी कि वह पतली खिंची हुई आवाज़ में चिल्लाया :

"गोली चलाओ!"

उसकी आवाज़ सुनकर ख़ूबसूरत अफ़सर ने अचम्भे में अपना सिर ऊपर उठाया, किन्तु अगले ही क्षण उसकी टोपी उसके सर से उड़कर दूर जा गिरी। उसके चेहरे पर आतंक और असमर्थता के अवर्णनीय भाव घिर आए।

"गोली चलाओ!" लेविनसन दोबारा चिल्लाया। ख़ूबसूरत अफ़सर को निशाना बनाकर उसने स्वयं एक गोली दागी।

टुकड़ी में खलबली मच गई; अनेक कज़्ज़ाक अपने घोड़ों से गिर पड़े, किन्तु ख़ूबसूरत अफ़सर अपनी ज़ीन पर टिका रहा। उसके घोड़े ने अपने जबड़े खोल दिये और उछलकर पिछली टाँगों पर खड़ा हो गया। कुछ क्षणों के लिए आतंकित सैनिक और बिदकते घोड़े आपस में गुँथ गए। सैनिक एक-दूसरे से चिल्ला-चिल्लाकर कुछ कह रहे थे, किन्तु गोलियों की गड़गड़ाहट में उनके शब्द डूब जाते थे। फिर काली टोपी और काला बुर्का पहने एक घुड़सवार जमघट में से छलाँग मारकर बाहर निकल आया। वह एक हाथ से अपने घोड़े को मज़बूती के साथ क़ाबू में करता तथा दूसरे हाथ से अपनी तलवार को हवा में घुमाता हुआ टुकड़ी के सामने थिरकने लगा। ऐसा लग रहा था कि सिपाही उसके आदेशों की ओर कोई ध्यान नहीं दे रहे हैं। उनमें से कुछ तो वास्तव में अपने घोड़ों पर चाबुक फटकारते हुए मैदान छोड़कर सरपट भाग रहे थे। क्षणभर बाद ही छापेमार उनके पीछे टूट पड़े। वे उछलकर मैदान में खड़े हो गए। वे इतने जोश में थे कि पैदल ही दौड़ रहे थे और गोलियाँ दागते जा रहे थे।

"अपने घोड़ों पर सवार हो जाओ!" लेविनसन चिल्लाया, "बाक्लानोव— सुनो, यह रहा तुम्हारा घोड़ा! सवार हो जाओ!"

बाक्लानोव तीर की तरह लेविनसन के पास से गुज़र गया। उसका चेहरा डरावना लग रहा था। उसका सम्पूर्ण शरीर आगे तो तना हुआ था और एक हाथ नीचे को लटक आया था। हाथ में तलवार अबरक के समान चमचमा रही थी। उसके पीछे-पीछे तलवारों को खनखनाती और चीख़ती-चिल्लाती मेतेलित्सा की प्लाटून आ रही थी :

शीघ्र ही सारी कम्पनी सरपट चाल से शत्रु का पीछा करने लगी।

आक्रमण की यह बाढ़ मेतचिक को भी अपने साथ बहा ले गई। उसे न केवल तनिक भी डर नहीं लग रहा था, बल्कि अपने ही विचारों और हरकतों का विश्लेषण करने तथा तटस्थ दृष्टि से उन्हें परखने की अपनी आदत को भी वह भूल गया था; बस, वह तो केवल अपने सामने किसी छापेमार की परिचित पीठ और उसकी लटों को देख रहा था। यह महसूस कर रहा था

कि उसकी घोड़ी निवका पीछे नहीं छूट रही थी। वह केवल इतना जानता था कि दुश्मन भाग रहा है। बाक़ी छापेमारों के समान एक ही विचार उसके मस्तिष्क पर छाया हुआ था : यह कि कज़्ज़ाकों को पकड़ ले और अपने सामने वाली परिचित पीठ से पीछे न रह जाए।

कज़्ज़ाक टुकड़ी बर्च-वृक्षों के एक झुरमुट के पीछे चली गई थी। कुछ देर बाद वे दनादन गोलियाँ दागने लगे, किन्तु कम्पनी अपनी रफ़्तार धीमी किये बिना सरपट आगे बढ़ती गई। गोलीबारी के कारण छापेमारों की उत्तेजना बढ़ती ही जा रही थी।

सहसा मेतचिक का सामनेवाला घोड़ा, जिसका शरीर बालों से भरा था, लड़खड़ाकर अपने मुँह के बल ज़मीन पर गिर पड़ा और छापेमार की परिचित आकृति हवा में हाथ हिलाती हुई उछलकर दूर जा पड़ी। अन्य छापेमारों के समान मेतचिक भी भूमि पर छटपटाती किसी बड़ी और काली आकृति से अपने घोड़े को बचाता हुआ आगे निकल गया।

मेतचिक के सामने अब वह परिचित पीठ नहीं थी। उसकी आँखें जंगल पर जम गईं, जो मानो छलाँग लगाता हुआ उसकी ओर बढ़ता आ रहा था। काले घोड़े पर सवार एक छोटी दाढ़ीवाली आकृति चिल्लाकर कुछ कहती हुई और अपनी तलवार से इशारा करती हुई उसके पास से गोली की तरह निकल गई। उसके निकट के कुछ घुड़सवार एकाएक बाईं ओर को मुड़ गए, किन्तु मेतचिक यह न समझ सका कि उन्होंने ऐसा क्यों किया। वह अपनी घोड़ी को सीधा दौड़ाता हुआ जंगल में पैठ गया। उसकी चाल इतनी तेज़ थी कि वह वृक्षों के तनों से टकराते-टकराते बचा। उनकी नंगी शाख़ों ने उसके चेहरे को क्षत-विक्षत कर दिया था। निवका झाड़ियों के बीच से बेतहाशा भागी जा रही थी। मेतचिक बड़ी मुश्किल से उसे रोक पाया। बर्च-वृक्षों के जंगल की स्निग्ध शान्ति में, सुनहरे पत्तों और लम्बी घासों के बीच वह अकेला रह गया था।

किन्तु अगले ही क्षण ऐसा प्रतीत हुआ मानो सारा जंगल कज़्ज़ाकों से भरा हुआ था। मेतचिक चीख़ उठा और बदहवास होकर घोड़े को सरपट

दौड़ाता हुआ वापस लौट पड़ा। वृक्षों की पैनी, नुकीली शाख़ें उसके चेहरे पर चुभ रही थीं, किन्तु उसे उनकी परवाह न थी।

जब वह जंगल से निकलकर मैदान में आया, तो कम्पनी का कहीं पता न था। लगभग दो सौ गज़ की दूरी पर एक घोड़ा मरा पड़ा था और उसकी ज़ीन एक ओर को झुक गई थी। घोड़े के पास एक आदमी अपने घुटनों को सीने से चिपकाए भूमि पर निश्चल बैठा था। वह मोरोजका था।

मेतचिक अपने हाल के भय पर लज्जित हो उठा। वह धीमी चाल से मोरोजका के पास चला आया।

मिश्का करवट लेकर भूमि पर पड़ा था। उसके जबड़े खुले हुए और दाँत नंगे थे। बड़ी-बड़ी पथराई आँखें एकटक शून्य को निहार रही थीं। तेज़ खुरों वाली अगली टाँगें घुटनों के पास मुड़ी हुई थीं, मानो मौत के बाद भी वह सरपट दौड़ने को तैयार हो! मोरोजका की सूखी और चमकती आँखें कुछ भी न देख पा रही थीं। वे आकाश पर टँगी थीं। उनमें गहरी निराशा का भाव था।

"मोरोजका!" मेतचिक ने उसके सामने आकर रुकते हुए धीमी आवाज़ में कहा। उसके दिल में मोरोजका और उसके मृत घोड़े के प्रति सहसा दया और सहानुभूति का भाव उमड़ आया और उसका गला रुँध गया।

किन्तु मोरोजका हिला-डुला नहीं। कुछ क्षण तक दोनों एक भी शब्द न बोले। दोनों जहाँ के तहाँ खड़े रहे। फिर मोरोजका ने एक गहरा नि:श्वास छोड़ा, अपनी हथेलियों को धीरे से फैलाया और घुटनों के बल बैठकर मृत घोड़े की पीठ से ज़ीन उतारने लगा। मेतचिक पर उसने निगाह तक न डाली। मेतचिक चुपचाप देखता रहा। दोबारा बोलने का साहस उसमें न था।

मोरोजका ने ज़ीन की पेटियों को ढीला किया—उनमें से एक फट गई थी। उसने पेटी के फटे चमड़े को ध्यान से देखा; उसमें ख़ून के निशान लगे थे; पल-दो पल उँगलियों से उलट-पलटकर देखने के बाद उसने उसे फेंक दिया। फिर वह कराहता हुआ उठा और कन्धे पर ज़ीन लादकर जंगल की ओर चल पड़ा। कमानी की तरह टेढ़ी टाँगों पर उसकी पीठ झुककर दोहरी हो रही थी।

"लाओ, मुझे दे दो उसे, या चाहो तो मेरा घोड़ा ही ले लो। मैं पैदल ही चला जाऊँगा," मेतचिक ने चिल्लाकर उसे पुकारा।

मोरोजका ने मुड़कर नहीं देखा; ज़ीन के बोझ के नीचे उसकी कमर और झुक गई थी।

मेतचिक को किसी कारणवश मोरोजका के साथ-साथ चलने में हिचकिचाहट हो रही थी। बाईं ओर को घूमकर लम्बा चक्कर काटता हुआ जब वह जंगल पार कर गया, तो थोड़ी ही दूरी पर उसे घाटी के आर-पार फैला हुआ एक गाँव दिखाई दिया। दाईं ओर की ढलवाँ ज़मीन पर पर्वतमाला तक एक जंगल फैला था। पर्वतमाला की तिरछी रेखा दूर होती हुई सलेटी गहराइयों में विलीन हो गई थी। आकाश, जो सुबह स्वच्छ और निर्मल था, अब उदास और बादलों से आच्छादित था; सूरज मुश्किल से ही दिखाई दे रहा था।

लगभग पचास क़दम पर कुछ कज़्ज़ाकों की लाशें ज़मीन पर बिखरी पड़ी थीं। इन्हें छापेमारों की तलवारों ने काट गिराया था। एक कज़्ज़ाक अब भी जीवित था। वह रह-रहकर बड़ी कठिनाई के साथ अपनी कुहनियों के बल उठता। फिर गिरकर कराहने लगता। मेतचिक उसकी कराहों को अनसुनी करने की कोशिश करता हुआ दूर से ही निकल गया। गाँव से कुछ घुड़सवार छापेमार उसकी ओर बढ़े चले आ रहे थे।

"उन्होंने मोरोजका के घोड़े को मार डाला," निकट आने पर मेतचिक ने उनसे कहा।

किसी ने उसका जवाब नहीं दिया। एक छापेमार ने सन्देहपूर्ण दृष्टि से उसकी ओर देखा, मानो वह मेतचिक से पूछना चाहता हो : 'जब हम यहाँ लड़ रहे थे, तो तुम कहाँ ग़ायब थे?' मेतचिक का चेहरा लटक गया और वह आगे बढ़ गया। उसके दिल में अनिष्ट की आशंका घिर आई थी।

जब उसने गाँव में प्रवेश किया तो देखा कि बहुत-से छापेमारों के ठहरने का इन्तज़ाम हो चुका है। बाक़ी लोग एक बड़ी झोंपड़ी के पास, जिसमें ऊँची-ऊँची खिड़कियाँ थीं, भीड़ लगाए खड़े थे। लेविनसन ओसारे पर खड़ा आदेश दे रहा था। उसकी टोपी तिरछी हो रही थी और चेहरा धूल

से भरा हुआ और पसीने से तर था। मेतचिक जँगले के पास घोड़े से उतर गया। वहाँ और भी अनेक घोड़े खड़े थे।

"सहसा कहाँ से आ टपके जनाब?" उसके सेक्शन कमांडर ने व्यंग्यपूर्ण स्वर में पूछा, "क्या कहीं घास चर रहे थे?"

"नहीं, मैं तो सिर्फ़ भटक गया था," मेतचिक ने जवाब दिया। उसे इस बात की परवाह नहीं थी कि वे उसके बारे में क्या सोचते हैं, किन्तु आदत से मजबूर होकर वह सफ़ाई देने की चेष्टा करने लगा, "मैं जंगल में चला गया था, और मेरे ख़याल से आप लोग बाईं ओर मुड़ गए थे।"

"ठीक है, हम लोग बाईं ओर मुड़ गए थे," उजले बालोंवाला एक जवान छापेमार चिल्लाया। उसके गालों में गड्ढे पड़े हुए थे और ललाट पर मुर्ग़े की कलंगी की तरह बालों का गुच्छा लटक रहा था। "मैंने तुम्हें बुलाया भी था, शायद तुमने सुना नहीं।" वह मेतचिक की ओर आनन्दविभोर होकर देख रहा था। उसके हाव-भाव से स्पष्ट था कि कज़्ज़ाकों के खदेड़े जाने की तफ़सीली बातों को याद कर वह मन-ही-मन ख़ुश हो रहा है। मेतचिक ने अपना घोड़ा बाँध दिया और उसकी बग़ल में बैठ गया।

थोड़ी देर में कुब्राक एक गली से बाहर निकला। उसके पीछे किसानों की भीड़ आ रही थी। वे अपने साथ दो आदमियों को, जिनके हाथ पीठ पर रस्सों से बँधे थे, खींचकर झोंपड़ी की ओर ला रहे थे। उनमें से एक ने काला वास्कट पहन रखा था और उसका सिर चपटा और बेडौल था। उसके बालों को देखकर ऐसा लगता था कि उस पर किसी ने जहाँ-तहाँ नमक का छिड़काव किया हो। वह थर-थर काँप रहा था और किसानों से गिड़गिड़ाकर दया की भीख माँग रहा था। दूसरा आदमी दुबला-पतला पादरी था। उसने एक फटा-पुराना चोग़ा पहन रखा था। चोग़े के नीचे से उसकी मैली-कुचैली पतलून नज़र आ रही थी। मेतचिक ने देखा कि कुब्राक की पेटी से चाँदी की एक ज़ंजीर लटक रही है। 'निस्सन्देह यह पादरी के सलीब की ज़ंजीर है,' उसने मन-ही-मन सोचा।

"क्या यही वह आदमी है?" लेविनसन ने वास्कट पहने आदमी की ओर उँगली से इशारा करते हुए पूछा।

किसान दोनों को ओसारे तक घसीट लाए थे। उन्हें देखकर लेविनसन की आँखों में ख़ून उतर आया था।

"यही है, यही है!" किसान एक आवाज़ में चिल्लाए।

"बदज़ात कहीं का!" लेविनसन ने स्ताशिंस्की की ओर मुड़ते हुए कहा, जो उसकी बग़ल में जँगले पर बैठा था। "लेकिन मेतेलित्सा को तो अब ज़िन्दा नहीं किया जा सकता।" उसकी आँखें तेज़ी से मिचमिचाने लगीं और उसने अपना मुँह फेर लिया। वह मेतेलित्सा को विस्मृत करने की चेष्टा करता हुआ कुछ क्षण मौन खड़ा रहा।

"साथियो, प्यारे साथियो," कुत्तों जैसी दीन दृष्टि से कभी लेविनसन को तो कभी किसानों को देखता हुआ क़ैदी गिड़गिड़ाया। "तुम सोचते हो कि मैंने जानबूझकर ऐसा किया था? या अल्लाह! प्यारे साथियो!"

किसी ने उसकी गिड़गिड़ाहट नहीं सुनी। किसानों ने उसकी ओर से मुख मोड़ लिया।

"अब बातें बनाने की क्या ज़रूरत है? सारे गाँव ने तुम्हारी हरकत को तभी देख लिया था जब तुम उस बालक को बोलने के लिए मजबूर कर रहे थे।" एक किसान ने उस पर कठोर नज़र डालते हुए कहा।

"तुम अपना दोष किसी दूसरे के मत्थे नहीं मढ़ सकते," एक दूसरा किसान बोला; फिर झेंपकर उसने अपना सिर झुका लिया।

"इसे गोली से उड़ा दो," लेविनसन ने कठोर स्वर में कहा, "लेकिन यहाँ नहीं, कुछ दूर ले जाकर।"

"और इस पादरी का क्या करें?" कुब्राक ने पूछा, "यह हरामी भी कुतिया का पिल्ला है—अफ़सरों की मेज़बानी करता था, साला।"

"जाने दो उसे—जहन्नुम में जाए!"

भीड़ कुब्राक के पीछे-पीछे चल पड़ी। वह वास्कटवाले आदमी को खींचकर ले जा रहा था। उनमें बहुत-से छापेमार भी शामिल हो गए। वास्कट वाले आदमी ने ज़मीन में अपने पैर धँसाकर अड़ने की कोशिश की और रोने लगा। उसके होंठ थरथर काँप रहे थे।

सिस्किन मेतचिक के पास चला आया। उसकी टोपी धूल में सनी हुई थी, किन्तु चेहरे पर विजयोल्लास का भाव खेल रहा था।

"आह, तो तुम यहाँ बैठे हो!" उसने ख़ुशी से और गर्बीली आवाज़ में कहा, "तुम्हारा चेहरा तो खरोंचों से भरा है। ख़ैर, चलो, चलकर कुछ पेट-पूजा का इन्तज़ाम करें। अब वे उस साले को जहन्नुम रसीद करेंगे," उसने अर्थपूर्ण लहज़े में कहा और सीटी बजाने लगा।

जिस झोंपड़ी में उन्हें भोजन परोसा गया, वह गन्दी और घुटनभरी थी; रोटी और सड़ती बन्दगोभी की बू आ रही थी। अँगीठी के पास का पूरा कोना बन्दगोभियों के ढेर से घिरा हुआ था। सिस्किन रोटी और स्ची निगलता जा रहा था और अपने कारनामों की शेख़ी बघारता जा रहा था। रह-रहकर वह उस लड़की पर भी नज़र डाल लेता था जो उन्हें खाना परोस रही थी। वह लजीली स्वभाव की और प्रसन्नचित्त दिखाई देती थी। मेतचिक ने सिस्किन की बातों को सुनने की चेष्टा की, किन्तु उसकी तमाम इन्द्रियाँ चौकन्ना हो रही थीं और ज़रा-ज़रा-सी आवाज़ पर वह चौंककर काँपने लगता था।

"सहसा वह मुड़ा और मेरा निशाना साधकर वार करने लगा," सिस्किन गले में फँसे कौर को निगलने की कोशिश करता हुआ कह रहा था। "लेकिन मैंने उसे ठिकाने लगा दिया।"

तभी झोंपड़ी की खिड़कियों के शीशे झनझना उठे और दूर से गोलियों की आवाज़ सुनाई पड़ी। मेतचिक ने चौंककर अपना चम्मच गिरा दिया और उसका चेहरा फक पड़ गया।

"क्या इस सबका कहीं अन्त न होगा?" वह निराशापूर्ण आवाज़ में चिल्लाया। उसने अपने चेहरे को हाथ से ढक लिया और भागकर झोंपड़ी के बाहर हो गया।

'उन्होंने उसे गोली से मार डाला, उस वास्कटवाले आदमी को,' उसने सोचा। वह किसी झाड़ी के पीछे अपने ओवरकोट के कॉलर में मुँह दुबकाए पड़ा था। उसे यह भी नहीं मालूम था कि वह वहाँ कैसे पहुँच गया। "मुझे भी देर-सबेर वे मार डालेंगे। लेकिन क्या मैं सचमुच ज़िन्दा हूँ?

इस हालत से तो मौत भली। मैं अपने प्रियजनों को अब फिर कभी न देख पाऊँगा...और अपनी घुँघराले बालोंवाली प्यारी को, जिसकी तसवीर मैंने फाड़ डाली थी...रोया होगा बेचारा वह वास्कटवाला आदमी...या ख़ुदा, मैंने उस लड़की की तसवीर को फाड़ा क्यों? क्या मैं उसे फिर कभी न देख पाऊँगा? कितना बदक़िस्मत हूँ मैं!"

जब वह झाड़ियों से बाहर निकला तो लगभग शाम हो चली थी। उसकी आँखें शुष्क थीं और चेहरे पर असीम वेदना का भाव अंकित था। पास ही से नशे में डूबी गाने की मदमस्त आवाज़ आ रही थी। कोई अकार्डियन बजा रहा था। फाटक पर लम्बी चोटियोंवाली एक लड़की से उसकी भेंट हुई। वह अपने कन्धे पर बाँस रखकर उसके सहारे पानी से भरी बाल्टियाँ ढो रही थी और उनके भार से किसी सुन्दर वनलता के समान झुकी जा रही थी।

"ओह, तुम्हारा एक बन्दा हमारे गाँव के जवानों के साथ आनन्द मना रहा है," उसने अपनी काली पलकों को उठाकर मुस्कराते हुए कहा, "सुनो—सुनते हो?" पास ही से आती संगीत की उल्लसित ध्वनि के साथ ताल मिलाती हुई वह अपनी गर्दन मटका रही थी। बाल्टियाँ भी डोलने लगीं और उनमें भरा पानी छलक-छलककर गिरने लगा। सहसा लड़की को संकोच ने आ घेरा और वह फाटक की ओर दौड़ गई।

'हम मुजरिम हैं, मुजरिम। हमें इसमें ही सन्तोष है!...' नशे में डूबी आवाज़ में कोई गा रहा था।

मेतचिक ने आवाज़ को पहचान लिया। उसने गली के कोने से झाँककर देखा कि मोरोजका अकार्डियन झुलाता हुआ चला आ रहा था। उसकी अस्त-व्यस्त लटें आँखों पर आ रही थीं और उसके पसीने से तर और तमतमाए चेहरे पर चिपक रही थीं।

वह गली के बीच भोंडे ढंग से झूमता और लड़खड़ाता हुआ पूरी ताक़त से अकार्डियन बजा रहा था और झूमता चला आ रहा था। उसकी भाव-भंगिमा एक ऐसे व्यक्ति के समान थी जो जानता हो कि वह अश्लील हरकतें कर रहा है और उसे अपनी हरकत पर अफ़सोस हो रहा है। उसके पीछे-पीछे उसी

के समान नशे में धुत्त कुछ और लोग आ रहे थे; उनके सिरों पर न टोपियाँ थीं, न कमर में पेटियाँ। उसकी अगल-बग़ल में बन्दरों के समान मुँह बनाते बालकों का समूह चीख़ता-चिल्लाता और धूल उड़ाता चल रहा था।

"ओह!...मेरे पुराने दोस्त!..." मेतचिक को देख वह पाखंडपूर्ण ख़ुशी दर्शाते हुए लड़खड़ाती आवाज़ में चिल्लाया, "कहाँ जा रहे हो—कहाँ? डरो नहीं, हम तुम्हें मारेंगे नहीं। आओ, हमारे साथ प्याली खनकाओ। अल्लाह तुम्हें जहन्नुम रसीद करे! ख़ैर, मरना तो हम सबको साथ ही है!..."

उन्होंने मेतचिक को चारों ओर से घेर लिया। कोई उसे आलिंगन में भरता, तो कोई शराब में धुत्त अपना मुस्कराता चेहरा उसके चेहरे से सटा देता और उसके मुँह पर गर्म और शराब की बदबू में डूबी साँसें छोड़ता। किसी ने उसके हाथ में शराब की बोतल और आधा खीरा थमा दिया।

"नहीं, नहीं, मैं पीता-वीता नहीं," मेतचिक ने अपने को छुड़ाने का प्रयास करते हुए कहा, "मैं पीना भी नहीं चाहता...।"

"पियो, अल्लाह तुम्हें जहन्नुम रसीद करे!" मोरोजका चिल्लाया। नशे के आनन्दातिरेक में उसकी आँखें लगभग डबडबा आई थीं।..."अल्लाह... ईसा मसीह...पवित्र माता!...हम सबको एक साथ मरना है!..."

"बस, तो फिर थोड़ा ही दो। बात यह है कि मैं पीता नहीं हूँ," मेतचिक ने आख़िर उनका आग्रह स्वीकार करते हुए कहा।

बोतल से वह कई घूँट पी गया। मोरोजका अकार्डियन खींच-खींचकर बजाता हुआ भर्राई आवाज़ में गाने लगा। बाक़ी लोग भी सुर मिलाने लगे।

"हमारे साथ चलो," मेतचिक का हाथ पकड़ते हुए एक ने कहा। उसने अपना खुरदरा गाल मेतचिक के गाल में सटा दिया और गाने की एक पंक्ति को पकड़ता हुआ नकियाती आवाज़ में गाने लगा, "यहीं मेरा बसेरा है।..."

ठहाका मारते हुए, गिरते-पड़ते, कुत्तों को डराते और अपने पर, अपनी माताओं पर तथा इस कठोर एवं आनी-जानी दुनिया पर गालियों की बौछार करते हुए वे सड़क पर चले जा रहे थे। उनके सिरों के ऊपर नक्षत्रहीन अँधेरा आसमान में फैला हुआ था।

16

दलदल

वार्या ने कज़्ज़ाकों के साथ छापेमारों की मुठभेड़ में हिस्सा नहीं लिया था, बल्कि माल-असबाब की गाड़ियों के साथ ताइगा में ही रह गई थी। जब वह गाँव पहुँची तो सारे छापेमार किसानों की झोंपड़ियों में जम चुके थे। उसने देखा कि छापेमार बड़े अव्यवस्थित ढंग से झोंपड़ियों में बँटे हैं; एक प्लाटून के छापेमार दूसरी प्लाटून में मिल गए हैं; कोई नहीं जानता कि उसके अन्य साथी कहाँ हैं; कमांडर के आदेशों की किसी को परवाह नहीं थी—वास्तव में देखा जाए तो सारी कम्पनी स्वतंत्र समूहों में बँट गई थी।

रास्ते में उसने मोरोजका के घोड़े की लाश को देखा था, किन्तु गाँव में कोई उसे ठीक-ठाक न बता सका कि मोरोजका का क्या हुआ। कुछ छापेमारों ने कहा कि वह मारा गया है—उन्होंने ख़ुद अपनी आँखों से उसे कटकर गिरते देखा है। कुछ अन्य का कहना था कि वह मरा नहीं, केवल ज़ख़्मी हुआ है। वे लोग, जिन्हें मोरोजका के बारे में कुछ भी मालूम न था,

ख़ुद अपनी बात को ले बैठते और मुठभेड़ से सही-सलामत निकल आने पर अपनी क़िस्मत को सराहने लगते। इन सब बातों ने वार्या की उस आशाहीन वेदना को और भी घनीभूत बना दिया जो मेतचिक के साथ सुलह करने के उसके असफल प्रयत्न के बाद से उसके दिल को मथ रही थी।

भूख, छापेमारों के प्रेम-प्रस्तावों और यातनापूर्ण विचारों से व्याकुल वार्या बड़ी कठिनाई से अपनी ज़ीन पर बैठ पा रही थी। उसके आँसू निकलने ही वाले थे कि आख़िरकार दुबोव उसे दिखाई पड़ गया। वही ऐसा पहला व्यक्ति था जिसे देखकर वार्या को सचमुच ख़ुशी हुई थी। उसने एक गम्भीर और सहानुभूतिपूर्ण मुस्कान के साथ उसका स्वागत किया।

जब वार्या ने उसके कठोर चेहरे को देखा—वह अब पहले से कहीं ज़्यादा उम्र का दिखाई देता था—उसके काले, झूलते हुए मूँछों को देखा, जब उसने अपने चारों ओर के लोगों को देखा—उन प्यारे, परिचित, खुरदरे चेहरों को—जो दुबोव के चेहरे के समान ही काले और कोयले की धूल से सने हुए थे, तो उसका दिल उन सबके लिए प्यार और स्वयं अपने लिए दया की भावना से भर गया और वह मीठी पीड़ादायक वेदना से द्रवित हो उठी। उन्हें देखकर उसे उन दिनों की याद आई जब वह फुज्जीदार चोटियों और बड़ी-बड़ी स्वप्निल आँखोंवाली एक सुन्दर और चतुर लड़की थी, खानों की काली पगडंडियों पर कोयले से भरे ठेले ढकेला करती थी और साँझ के जमावड़ों में नाचा करती थी और तब यही चेहरे वासना से तमतमाए और बेहूदी मुद्राएँ बनाए उसे घेरे रहा करते थे।

जब से वह मोरोजका के साथ झगड़ बैठी थी, तब से वह इन लोगों से किसी-न-किसी तरह कटकर अलग हो गई थी, हालाँकि केवल यही लोग उसके दिल के निकट थे—ये खनिक, जो कभी उसके पास ही रहते और काम किया करते थे और उससे प्रेम किया करते थे।

'इन लोगों को देखे हुए मुझे कितना अर्सा हो गया! मैं तो इन लोगों को जैसे भूल ही गई थी! ओह, मेरे प्यारे साथियो!...' उसने प्यार और पश्चात्ताप की भावना से सोचा और उसके दिल में ऐसा मीठा-मीठा दर्द

उठने लगा कि वह अपनी आँखों में उमड़ते आँसुओं को मुश्किल से ही रोक पाई।

दुबोव ही केवल ऐसा एकमात्र प्लाटून कमांडर था जो अपनी प्लाटून को व्यवस्थित ढंग से साथ की झोंपड़ियों में जगह दे पाया था। उसी की प्लाटून के आदमी गाँव के बाहर सन्तरी के काम पर तैनात थे और रसद जमा करने के कार्य में लेविनसन की सहायता कर रहे थे। जो बात घटनाचक्र की तीव्र गति और रोज़मर्रा के मामलों के बीच, जिनमें सभी लोगों ने एक जैसी भूमिका अदा की थी, छिप गई थी, वह उस दिन साफ़ हो गई : दुबोव की प्लाटून ही वह कड़ी थी जो सारी कम्पनी को छिन्न-भिन्न होने से बचाए हुए थी।

वार्या को उनसे पता चला कि मोरोजका ज़िन्दा है और उसे कोई ज़ख़्म भी नहीं लगा है। उन्होंने उसे मोरोजका का नया घोड़ा दिखाया जो शत्रु से हासिल किया गया था। वह एक ऊँचा, पतली टाँगोंवाला भूरा घोड़ा था। उसकी गर्दन लम्बी और पतली थी और अयाल के बाल कटे हुए थे। इस कारण वह चालाक और धोखेबाज़ लगता था। उन्होंने उसका नामकरण भी कर दिया था और उसे 'जूडास' कहकर पुकार रहे थे।

'तो वह ज़िन्दा है...' वार्या ने खोई आँखों से घोड़े को देखते हुए सोचा। 'मुझे ख़ुशी ही है कि वह ज़िन्दा है।'

भोजन के बाद वह भूसे की एक अटारी के ऊपर चढ़कर ख़ुशबूदार फूस पर लेट गई। उसे डर था कि कहीं कोई 'पुराना दोस्त' उसकी बग़ल में न आ जाए। मोरोजका के ज़िन्दा होने की बात फिर उसके दिमाग़ में घूम गई और उसका दिल एक कोमल, स्वप्निल, स्नेहसिक्त भावना से भर गया। इसी सुखद भावना में डूबी न जाने कब उसकी आँखें लग गईं।

वह सहसा बहुत घबरा गई और जागकर उठ बैठी। उसके हाथ ठंड से सुन्न हो रहे थे। रात के अन्धकार में भयावह प्रतीत होनेवाला अनन्त आकाश अटारी की छत से झाँक रहा था। ठंडी हवा का एक झोंका आया। टहनियाँ हिलने लगीं, फूस में सरसरी-सी दौड़ गई और बाग़ में पत्ते खड़खड़ाने लगे।

'ऐ ख़ुदा, मोरोजका कहाँ है? बाक़ी तमाम लोग कहाँ हैं?' वार्या ने भयभीत होकर सोचा। 'क्या इस काले भयानक खंदक में मुझे फिर अकेला छोड़ दिया जाएगा?'

ठिठुरते और अपने कपड़ों से उलझते हुए उसने जल्दी-जल्दी अपना ओवरकोट पहना और तेज़ी से अटारी के नीचे उतर आई।

फाटक के पास उसे आकाश की पृष्ठभूमि में एक सन्तरी की आकृति दिखाई दी।

"कौन है ड्यूटी पर?" वार्या ने उसके निकट आकर पूछा, "कोस्त्या? क्या मोरोजका लौट आया है?"

"तो तुम फूस की अटारी पर सो रही थीं!" कोस्त्या ने गहरी निराशा के भाव से कहा, "काश, मैं जान पाता! मोरोजका का इन्तज़ार मत करो—वह तो मौज मनाने गया है। अपने घोड़े की मौत को भुलाने के लिए वह शराब में धुत्त हो रहा है। ठंड लग रही है तुम्हें—क्यों, ठीक है न? तुम्हारे पास माचिस है क्या?"

वार्या ने अपनी जेबें टटोलीं और माचिस की डिब्बी उसके हाथ में थमा दी। सन्तरी ने एक तीली जलाई और हथेलियों की ओट कर जलती तीली वार्या के चेहरे के पास ले आया।

"तुम परेशान जान पड़ती हो वार्या," उसने मुस्कराकर कहा।

"माचिस तुम अपने पास ही रख लो," वार्या ने अपने ओवरकोट का कालर ऊँचा कर लिया और फाटक से बाहर निकल गई।

"कहाँ जा रही हो?"

"उसे ढूँढ़ने।"

"मोरोजका को? वाह, वाह! शायद उसकी जगह मैं ही तुम्हारे काम आ सकूँ! क्यों, क्या ख़याल है?"

"नहीं, तुमसे काम नहीं चल सकता।"

"हुँह, यह तो तुमने नई बात बताई!"

वार्या ने कोई उत्तर नहीं दिया।

'यह हममें से एक है...बढ़िया लड़की है!' सन्तरी ने सोचा।

अँधेरा इतना घना था कि वार्या को मुश्किल से सड़क दिखाई दे रही थी। बूँदा-बाँदी होने लगी। बग़ीचों से एक मन्द, विचलित मरमर उठने लगी। किसी जँगले के पीछे ठंड से अकड़ा हुआ एक पिल्ला चिचिया रहा था। वार्या ने जँगले के नीचे हाथ डालकर उसे उठा लिया और अपने ओवरकोट के नीचे छाती से सटाकर रख लिया। वह पत्ते की तरह काँप रहा था और अपनी थूथनी वार्या के सीने में धँसा रहा था। एक झोंपड़ी के पास उसे कुब्राक की प्लाटून का एक सन्तरी मिला। उसने उससे मोरोजका के बारे में पूछा। सन्तरी ने उसे गिरजे की दिशा में भेज दिया। वह भटकती हुई आधा गाँव घूम गई, पर मोरोजका कहीं नहीं मिला। हताश होकर वह लौट चली।

वह इतनी सारी गलियाँ पार कर गई थी कि अब उनके ताने-बाने में अपना रास्ता भूलकर निरुद्देश्य अवस्था में क़दम उठाती जा रही थी। पिल्ले को, जिसके शरीर में अब गर्मी आ गई थी, उसने और भी कसकर अपनी छाती से सटा लिया। जब वह उस सड़क पर पहुँची, जो दुबोव की प्लाटूनवाली झोंपड़ियों की दिशा में जाती थी, तो लगभग एक घंटा बीत चुका था। वह सड़क पर चलने लगी। कीचड़ में फिसलकर गिरने के डर से वह अपने ख़ाली हाथ से जँगलों को पकड़-पकड़कर चल रही थी। अभी उसने दो-चार क़दम ही उठाए होंगे कि सहसा मोरोजका से जा भिड़ी।

जँगले के पास अपने सिर को हाथों पर टिकाए वह पेट के बल पड़ा धीरे-धीरे कराह रहा था। वह अभी-अभी उल्टी कर चुका था। वार्या अँधेरे में उसे ठीक से देख नहीं पा रही थी, किन्तु उसने भाँप लिया कि वह मोरोजका ही है। यह पहली बार न था जबकि मोरोजका को उसने ऐसी धुत्त अवस्था में पड़े देखा हो।

"वान्या!" झुककर मोरोजका के कन्धे पर कोमल हथेली रखती हुई वह पुकार उठी, "यहाँ क्यों पड़े हो? क्या तबियत ख़राब है?"

मोरोजका ने अपना सिर उठाया और वार्या ने उसके पीले, सूजे हुए निष्प्राण चेहरे को देखा। वार्या का दिल उसके प्रति दया और अफ़सोस से

भर गया—वह इतना कमज़ोर और असहाय प्रतीत हो रहा था! वार्या को पहचानने के बाद मोरोजका के चेहरे पर एक विकृत मुस्कराहट खेल गई। वह होशियारी से अपने को सँभाल्ता हुआ उठा और कन्धे को जँगले का सहारा देकर दोनों टाँगें फैलाकर बैठ गया।

"ओह, तो तुम हो! मुझ 'नाचीज़' का 'सलाम' स्वीकार कीजिए!..." अपनी कमज़ोर आवाज़ में वह बुदबुदाया, हालाँकि अपने पुराने, लापरवाह लहज़े में बोलने की चेष्टा कर रहा था। "मेरा सलाम स्वीकार करो, कॉमरेड मोरोजका!..."

"मेरे साथ चले आओ, वान्या!" वार्या ने उसकी बाँह पकड़ते हुए कहा, "या शायद तुममें चलने की ताक़त भी नहीं है? पलभर ठहरो, मैं अभी सारा इन्तज़ाम कर देती हूँ, किसी को बुला लाती हूँ...।" और उसे सबसे पासवाली झोंपड़ी में ले जाने का निश्चय कर वह सीधी खड़ी हो गई।

पलभर के लिए भी उसके दिमाग़ में यह विचार न आया कि आधी रात गए अजनबियों को जगाना उचित भी है या नहीं; और न उसने यही सोचा कि एक शराब में धुत्त आदमी के साथ झोंपड़ी में उसे घुसते देख लोग क्या सोचेंगे। ऐसी नज़ाकत की बातों से उसका कोई वास्ता न था।

किन्तु मोरोजका सहसा डरकर अपना सिर हिलाने लगा और भर्राई आवाज़ में बोल उठा :

"नहीं—नहीं—नहीं!...अगर उन्हें जगाओगी तो ऐसा मज़ा चखाऊँगा कि नानी याद आ जाएगी! चुप हो रहो!..." और वह हवा में अपनी मुट्ठियाँ घुमाने लगा। वार्या को लगा कि वह डरकर होश में आ गया है। "क्या तुम्हें पता नहीं कि वहाँ गोंचारेंको है?...भला वहाँ जाने की तुम कैसे...?"

"गोंचारेंको है तो क्या हुआ? वह हमारा क्या लगता है?..."

"नहीं, तू नहीं समझती...।" मोरोजका का चेहरा पीड़ा से विकृत हो गया और उसने अपना सिर थाम लिया। "तू नहीं समझती...वह समझता है कि मैं एक मर्द हूँ, मुझमें पौरुष है...फिर भला इस अवस्था में मैं...नहीं, तुम वहाँ नहीं जा सकती...।"

"कैसी बेहूदी बातें करते हो, मेरे प्यारे!" वार्या ने दोबारा उसके ऊपर झुकते हुए कहा, "देखो—बारिश हो रही है। यहाँ नमी है? कल हमें चल देना है—चले आओ, मेरे प्यारे!"

"नहीं, मेरा पत्ता कट गया है!..." उसने उदास किन्तु सधी हुई आवाज़ में कहा, "अब मैं क्या हूँ, कौन हूँ, किसलिए ज़िन्दा हूँ?...ज़रा सोचो तो, साथियो!..." और वह याचनाभरी, सूजी और डबडबाती आँखों से अपने चारों ओर देखने लगा।

तब वार्या ने अपना ख़ाली हाथ उसकी बग़ल में डाल दिया और झुककर अपनी पलकों को उसके होंठों से सटाती हुई कोमल और सांत्वना भरे स्वर में फुसफुसाने लगी, मानो किसी बच्चे को मना रही हो!

"इतने दुखी क्यों होते हो, मेरे प्यारे? कौन-सी बात तुम्हें खाए जा रही है? घोड़े की मौत पर दुखी हो क्या? लेकिन वे तुम्हारे लिए एक दूसरा घोड़ा ले आए हैं—और क्या बताऊँ, बहुत ही बढ़िया घोड़ा है! दुखी मत होओ प्यारे, रोओ मत! ज़रा इस नन्हे कुत्ते को तो देखो; देखो, कितना बढ़िया पिल्ला है!"

उसने अपने कोट का कॉलर खोलकर उसे लम्बे कानवाला पिल्ला दिखाया जिसकी आँखें नींद से भारी हो रही थीं। वह इतनी द्रवित हो उठी थी कि ऐसा लगता था, मानो उसका समूचा व्यक्तित्व प्यार और कोमलता से विह्वल होकर मोरोजका को मना रहा है।

"ओह, ओह, नन्हे पिल्ले!" मोरोजका ने कुत्ते के कान ऐंठते हुए नशे के असर में कोमलता दर्शाते हुए कहा, "कहाँ मिला यह तुम्हें? काटता है, कुतिया का पिल्ला!"

"वाह, लो, अब सँभल गए न? चलो, चलें, प्यारे!"

वह उसे खड़ा करने में सफल हो गई। वह प्यार भरे शब्दों से उसे उत्साहित करती और दुःखदायी विचारों को उसके दिमाग़ से दूर भगाने की चेष्टा करती हुई झोंपड़ी की दिशा में ले चली। अब वह आना-कानी नहीं कर रहा था और वार्या पर भरोसा कर आदेशों के मुताबिक़ चल रहा था।

चलते समय मोरोजका ने एक बार भी मेतचिक का ज़िक्र न किया, न ही वार्या ने उसके सम्बन्ध में कोई बात कही। ऐसा लगता था कि उन दोनों के बीच मेतचिक कभी आया ही न हो। शीघ्र ही मोरोजका झुँझलाकर चुप्पी साध गया। उसका नशा अब काफ़ी उतर गया था।

जब वे उस मकान में पहुँचे, जहाँ दुबोव ने डेरा जमाया था, तो मोरोजका ने सीढ़ी के डंडे को पकड़कर फूस की अटारी पर चढ़ने की चेष्टा की, किन्तु उसकी टाँगों ने जवाब दे दिया।

"क्या मैं तुम्हारी मदद करूँ?" वार्या ने पूछा।

"नहीं, मैं ख़ुद ही चढ़ जाऊँगा, डायन कहीं की!" उसने अपने असमंजस को छिपाने के लिए सख़्ती से जवाब दिया।

"अच्छा, तो चलती हूँ मैं!"

मोरोजका के हाथ लटक गए और वह भयातुर नेत्रों से उसकी ओर घूर-घूरकर देखने लगा।

"क्या मतलब है तुम्हारा—कहाँ जा रही हो?"

"अब जाऊँ नहीं तो और क्या करूँ?" उसने झूठी हँसी हँसकर उदास स्वर में कहा।

सहसा मोरोजका उसके पास आ गया और उसकी कमर में झिझकते हुए अपनी बाँह डालकर उसके गालों से अपने गाल सटा दिये। वार्या को लगा कि मोरोजका उसे चूमना चाहता है। उसने उसे चूमा भी, हालाँकि ऐसा करते समय वह लज्जित-सा हो गया। कारण कि खानों में नौजवान लोग लड़कियों को चूमते कम ही थे। वे तो बस, उनके साथ हम-बिस्तर ही हुआ करते थे। पूरे जीवन में मोरोजका ने उसे एक ही बार चूमा था : विवाह के दिन, जब वह नशे में धुत्त था और पुराने रिवाज के मुताबिक़ पड़ोसियों ने चिल्लाकर कहा था कि 'वधू को चूमो!'

'तो यही जीवन है! यह तो पहले जैसा ही है, मानो कुछ हुआ ही न हो,' वार्या ने उदासी और कड़वाहट के भाव से सोचा। अपनी वासना तृप्त कर लेने के बाद मोरोजका उसके कन्धे पर सिर रखकर सो गया था।

'फिर वही पुराना ढर्रा, वही चक्कर, हमेशा वही परिणाम! लेकिन, ऐ ख़ुदा, कितना नीरस है यह जीवन!'

उसने अपनी पीठ मोरोजका की ओर घुमा ली, घुटनों को समेटकर पेट के पास ले आई और आँखें मींचकर लेट रही; किन्तु उस रात वह सो न सकी। गाँव से काफ़ी दूर, जहाँ से खाऊनीख़ेद्जा ज़िले का राजमार्ग शुरू होता था और जहाँ सन्तरी तैनात थे, गोली चलने की तीन आवाज़ें आईं। यह ख़तरे की सूचना थी। वार्या ने मोरोजका को जगा दिया। वह बालों से भरा अपना सिर उठा ही रहा था कि गाँव के पीछे से सन्तरियों द्वारा छोड़ी गई गोलियों की आवाज़ें फिर गूँज उठीं। उसके तुरन्त बाद ही इन गोलियों के जवाब में रात की निस्तब्धता को चीरती हुई एक मशीनगन तड़तड़ा उठी।

मोरोजका ने झुँझलाकर सिर हिलाया और वार्या के पीछे-पीछे सीढ़ियों से नीचे उतर गया। बारिश थम गई थी, किन्तु हवा तेज़ी से चल रही थी; कहीं कोई खुली खिड़की हवा में फटफटा रही थी और अन्धकार में गीले-पीले पत्ते जहाँ-तहाँ उड़ रहे थे। दुबोव का सन्तरी खिड़कियों को खटखटाकर लोगों को जगाता हुआ गली में दौड़ा जा रहा था।

फूस की अटारी के नीचे से अपने घोड़े जूडास को निकालने में मोरोजका को कई मिनट लग गए। इन मिनटों में पिछले दिन की तमाम घटनाएँ एक बार फिर मोरोजका के दिमाग़ में घूम गईं। मिश्का का पथराई आँखोंवाला मृत चेहरा उसके स्मृति-पटल पर मूर्त हो उटा। उसका दिल भर आया। सहसा उसे अपनी पिछली रात की हरकतों की याद आई और उसका दिल घृणा से भर गया। शराब में धुत्त होकर वह गलियों में लड़खड़ाता हुआ घूमा था और सबने नशे में धुत्त उस छापेमार को देखा था। गाँव के एक छोर से दूसरे छोर तक सभी लोगों ने उसके अश्लील गाने सुने थे। उसका दुश्मन मेतचिक उसके साथ था। वे पुराने दोस्तों की तरह हो-हल्ला मचाते हुए साथ-साथ घूमे थे और मोरोजका ने शपथ लेकर कहा था कि वह मेतचिक से प्यार करता है और उससे माफ़ी भी माँगी थी। क्यों? किसलिए?...उसे अपना वह आचरण अब घृणित लगा।

भला लेविनसन क्या कहेगा? इस हुड़दंगबाज़ी के बाद क्या गोंचारेंको का सामना करने का उसमें साहस होगा?

उसके लगभग सभी साथी अपने-अपने घोड़ों की ज़ीनें कस रहे थे और कुछ तो अपने घोड़ों को फाटक के बाहर भी ले जा रहे थे। पर मोरोजका का कोई भी काम ढंग से पूरा न हो रहा था। उसकी ज़ीन की पेटियाँ ग़ायब थीं और वह अपनी राइफ़ल गोंचारेंको की झोंपड़ी में छोड़ आया था।

"तिमोफेई, मेरे दोस्त, ज़रा मेरी मदद तो करो!" उसने दुबोव से, जो भागता हुआ आँगन पार कर रहा था, गिड़गिड़ाकर कहा, "मुझे एक पेटी दे दो—मैं जानता हूँ कि तुम्हारे पास फ़ालतू पेटी है।"

"क्या कहा?" दुबोव गरजा, "इतनी देर क्या तुम्हारा दिमाग़ घास चरने चला गया था?" उसने ज़ोर से गाली निकाली और घोड़े को इतनी ज़ोर का धक्का दिया कि वह बिदककर पिछली टाँगों पर खड़ा हो गया। फिर वह पेटी लाने अपने घोड़े की ओर लपका। "यह लो।" पलभर बाद मोरोजका के पास लौटकर उसने ग़ुस्से से काँपती आवाज़ में कहा। सहसा उसने पूरी ताक़त से पेटी घुमाकर मोरोजका की पीठ पर दे मारा।

'हाँ, उसे पीटने का अब मुझे अधिकार है—मैंने काम ही ऐसा किया है,' मोरोजका ने सोचा। विरोध में उसने एक शब्द भी न कहा, उसे दर्द तक महसूस न हुआ। पर उसके लिए सारा संसार मानो और भी गहरे अन्धकार में डूब गया। अन्धकार में गोलियों की सनसनाहट, स्वयं अन्धकार और गाँव के बाहर उसकी प्रतीक्षा में खड़ी नियति—ये सब मानो उसके जीवनभर के पापों के लिए उचित दंड थे!

इधर प्लाटून जमा हो रही थी, उधर गोलीबारी अर्द्ध-चन्द्राकार रूप में फैलकर नदी तक पहुँच गई थी। दहकते गोले आसमान में साँपों की तरह फुंकारते और गाँव में गिरकर दिल दहला देनेवाले धमाकों के साथ फट जाते।

बाक्लानोव ने ओवरकोट के ऊपर कसकर पेटी बाँध ली थी और हाथ में रिवॉल्वर ले लिया था। वह फाटक के पास दौड़कर पहुँचा और ऊँची आवाज़ में चिल्ला उठा, "घोड़ों से उतर पड़ो! इकहरी क़तार में खड़े हो जाओ!

घोड़ों के साथ केवल बीस आदमियों को छोड़ दो!" उसने दुबोव से कहा, "मेरे पीछे-पीछे चले आओ। दौड़कर!"

कुछ क्षण बाद वह फिर चिल्लाया और अन्धकार में दौड़ गया। उसके पीछे-पीछे अपने-अपने ओवरकोट को कन्धों पर लटकाए हुए और हथियार के थैलों को खोलते हुए छापेमारों की क़तार भागी आ रही थी।

रास्ते में उन्हें भागकर आनेवाले सन्तरी मिले।

"उनकी तो पूरी की पूरी फ़ौज वहाँ खड़ी है!" वे हाँफते और भयभीत होकर हाथ हिलाते हुए बोले।

तोपें गरज उठीं। गोले गाँव के बीच में गिर-गिरकर फटने लगे और आकाश का एक भाग, गिरजे का लड़खड़ाकर गिरता हुआ गुम्बज और ओस से चमचमाता हुआ पादरी का बग़ीचा विस्फोटों के प्रकाश में पलभर के लिए उनकी आँखों के सामने कौंध गया। बाद में अन्धकार और भी घनीभूत हो गया। गोले थोड़ी-थोड़ी देर बाद नियमित रूप से छूट रहे थे। गाँव के एक छोर पर उठती हुई लपटें दिखाई दीं : शायद कोई फूस की ढेरी जल रही थी।

बाक्लानोव की ज़िम्मेदारी दुश्मन को उस समय तक रोक रखने की थी जब तक कि लेविनसन पूरी कम्पनी को, जो सारे गाँव में बिखरी पड़ी थी, जमा कर अनुशासन में नहीं ले आता, किन्तु समय हाथ से निकल चुका था। इससे पहले कि बाक्लानोव प्लाटून को मैदान में ले जाता, उसने फटते गोलों की रोशनी में देखा कि दुश्मन की क़तारें उनकी ओर दौड़ी चली आ रही हैं। गोली-बारी की दिशा से आनेवाली गोलियों की सनसनाहट से उसने अनुमान लगाया कि दुश्मन उन्हें बाईं ओर से, नदी की दिशा से घेर रहा है और सम्भवत: उसी दिशा से वे किसी भी क्षण गाँव में घुस आएँगे।

प्लाटून के छापेमार भी एक तिरछी रेखा में दाईं ओर पीछे हटते हुए गलियों, आँगनों और बग़ीचों से छोटे-छोटे दस्तों में दौड़ते हुए जवाबी गोलियाँ दागने लगे। बाक्लानोव ने नदी के पास से आनेवाली गोली-बारी की आवाज़ ध्यान से सुनी। अब वह पहले से अधिक निकट से आ रही थी।

स्पष्ट था कि सारा गाँव शीघ्र ही शत्रु के क़ब्ज़े में चला जाएगा। सहसा दुश्मन का घुड़सवार दस्ता भयंकर शोर मचाता हुआ राजमार्ग पर आँधी की तरह निकल आया। ऐसा लगता था कि आदमियों और घोड़ों का एक काला, गरजता सैलाब उमड़ता आ रहा है।

बाक्लानोव और उसकी प्लाटून ने अब दुश्मन को रोकने की कोशिश छोड़ दी। वे जंगल की दिशा में भागने लगे। उनके दस आदमी खेत रहे थे। एक खाई के पास, जहाँ गाँव की झोंपड़ियों की अन्तिम पाँत खड़ी थी, वे अपनी कम्पनी से जा मिले। वहाँ लेविनसन उनकी प्रतीक्षा कर रहा था। कम्पनी की पाँत घटकर आधी रह गई थी।

"लो, ये आ गए!" लेविनसन सन्तोष की साँस लेता हुआ बोल उठा, "घोड़ों पर सवार हो जाओ, फ़ौरन!"

छापेमार घोड़ों पर सवार हो गए और तूफ़ानी गति से अपने घोड़े दौड़ाते हुए जंगल की दिशा में बढ़ चले। ढलवाँ ज़मीन पर जंगल एक विशाल काले धब्बे के समान दिखाई दे रहा था। दुश्मन ने उन्हें देख लिया। भागते छापेमारों के पीछे मशीनगनों की तड़तड़ाहट गूँजने लगी। उनके सिरों के ऊपर रात के आकाश में सीसे की मधुमक्खियाँ भनभनाने लगीं। काँपती और साँप की तरह बल खाती लपटें छोड़ते बमों से आकाश फिर उद्दीप्त हो उठा। बम अपनी प्रज्वलित पूँछों को फैलाते हुए आकाश से ज़मीन की ओर दौड़ते और गहरी सिसकारियाँ मारते हुए घोड़ों के पैरों के पास ज़मीन में धँस जाते। घोड़े औरतों की तरह चीख़ उठते और ख़ून से लिथड़े अपने गरम जबड़ों को खोलते हुए उछलकर एक तरफ़ को हट जाते। कम्पनी सिकुड़ती-सिमटती हुई आगे बढ़ती गई। वह अपने पीछे ज़मीन पर लोटते और छटपटाते घोड़ों और आदमियों की लाशों की लीक छोड़ती जा रही थी।

लेविनसन ने पीछे मुड़कर देखा कि गाँव में बड़ी-बड़ी लपटें धधक रही थीं—बहुत-से घर धू-धू करके जल रहे थे। लपटों की रोशनी में काली, बदहवास आकृतियाँ, अकेली और झुंडों में, इधर-उधर लपक रही थीं।

सहसा स्ताशिंस्की, जो लेविनसन की बग़ल में चल रहा था, अपने घोड़े से लुढ़ककर नीचे गिर गया। उसका एक पैर रकाब में अटका था और वह कुछ देर तक ज़मीन पर घिसटता रहा। फिर उसका पैर रकाब से निकल आया और घोड़ा उसके बिना ही दौड़ने लगा। सारी कम्पनी उस स्थान को बचाकर आगे बढ़ी जहाँ स्ताशिंस्की गिरा था। उन्हें डर था कि स्ताशिंस्की का मृत शरीर कहीं उनके घोड़ों के पैरों के नीचे न आ जाए।

"लेविनसन, देखो!" बाक्लानोव ने दाईं ओर का इशारा करते हुए उत्तेजित आवाज़ में चिल्लाकर कहा।

कम्पनी ढलान से नीचे उतर चुकी थी और तेज़ी से जंगल के नज़दीक पहुँच रही थी। उधर से काले खेत और आकाश के क्षितिज को काटती हुई दुश्मन की घुड़सवार फ़ौज उनका रास्ता रोकने के लिए सरपट चाल से बढ़ी आ रही थी। पलभर के लिए आकाश की पृष्ठभूमि में उनके घोड़ों की काली और तनी हुई गर्दनें और उन पर झुकी हुई उनकी आकृतियाँ दिखाई दीं, फिर ढलान से नीचे उतरने पर वे अन्धकार में विलीन हो गईं।

"तेज! और तेज़!" लेविनसन ने चिल्लाकर कहा। वह मुड़-मुड़कर पीछे देखता और अपने घोड़े को एड़ लगाता जा रहा था।

आख़िरकार वे जंगल के किनारे पहुँच गए और उछलकर अपने घोड़ों से उतर पड़े। कम्पनी के पलायन की सुविधा के लिए बाक्लानोव फिर दुबोव की प्लाटून के साथ ठहर गया। बाक़ी कम्पनी जंगल में और गहरी पैठ गई। छापेमार अपने घोड़ों की लगाम खींचते हुए भाग रहे थे।

जंगल में शान्ति और निस्तब्धता का राज था। मशीनगनों की तड़तड़ाहट, राइफ़लों की दनदनाहट और तोपों की गड़गड़ाहट अब पीछे छूट गई थी। ऐसा जान पड़ता था कि ये अप्रिय आवाज़ें जंगल की शान्ति को भंग न कर पाएँगी। कभी-कभी उन्हें किसी बम के विस्फोट का धमाका सुनाई पड़ जाता और जंगल की गहराइयों में पेड़ सरकंडों की तरह कटकर गिर जाते। लपटों की आभा कहीं-कहीं जंगल के काले जालों को पार करती हुई ज़मीन के टुकड़ों और पेड़ के तनों को ताम्र रंग के आलोक में मढ़ देती और पेड़ों पर लिपटी हुई नम काई ख़ून में लिथड़ी हुई प्रतीत होती।

लेविनसन ने अपना घोड़ा येफिमका के हवाले किया और कुब्राक को आगे की दिशा का संकेत कर (उसने संकेत भी इसलिए ही दिया था कि उससे निश्चित आदेशों की आशा की जाती थी) उसे बढ़ जाने दिया; और स्वयं एक ओर खड़ा होकर बचे छापेमारों की गिनती करने लगा।

छापेमार उसके सामने से गुज़र रहे थे—भीगे, पस्त और ग़ुस्से से पागल। वे अपने अकड़े घुटनों को मोड़ते और अन्धकार में घूरते चले आ रहे थे। उनके पैरों के नीचे पानी छपाछप कर रहा था। कभी-कभी जंगल की दलदली ज़मीन में घोड़े पेट तक डूब जाते थे।

दुबोव की प्लाटून के रक्षकों को ख़ास तौर पर कठिनाइयों का सामना करना पड़ रहा था। प्रत्येक के पास तीन-तीन घोड़े थे। केवल वार्या दो घोड़ों को सँभाले थी—अपने और मोरोजका के। ताइगा के बीच से छापेमारों की इस थकी-माँदी पाँत के पीछे एक कीचभरी, टेढ़ी-मेढ़ी, बदबूदार लीक बनती चली गई—मानो कोई कीच में लथपथ और बदबूदार विशालकाय घड़ियाल वहाँ से रेंगता हुआ गुज़रा हो।

लेविनसन कभी एक पैर से और कभी दूसरे पैर से लँगड़ाता सबसे पीछे-पीछे चल रहा था। सहसा कम्पनी रुक गई।

"क्या मामला है?" उसने पूछा।

"पता नहीं," उसके आगेवाला छापेमार बोला। वह मेतचिक था।

"सवाल को क़तार में फैला दो।"

शीघ्र ही, बीसियों काँपतें होंठों से गुज़रता हुआ जवाब आ गया :

'आगे एक बड़ी दलदली खाई है। पार जाने का कोई रास्ता नहीं।'

लेविनसन की टाँगें सहसा लड़खड़ाने लगीं, किन्तु उसने अपने को क़ाबू में किया और कुब्राक की दिशा में दौड़ा। वह अभी पेड़ों के पीछे गया ही था कि छापेमारों का रेला चारों ओर बिखरता हुआ पीछे की ओर उमड़ पड़ा। वे जिधर भी मुड़ते, वहीं काली अलंघ्य दलदली खाई मुँह फाड़े खड़ी मिलती। एक ही रास्ता था, और वह वही था जिससे होकर वे आए थे और जिसकी सुरक्षा के लिए खनिकों की प्लाटून बहादुरी के साथ दुश्मन से लोहा ले रही थी।

जंगल के किनारे होनेवाली गोलीबारी अब उन्हें दूर की चीज़ न लगी; अब वह उनके लिए फौरी चिन्ता का विषय बन गई थी; लगता था कि वह पास आती जा रही है।

छापेमार ग़ुस्से और पस्ती से पागल हो उठे। वे अपनी इस दुर्दशा के लिए ज़िम्मेदार व्यक्ति की खोज करने लगे : कहने की आवश्यकता नहीं कि वह व्यक्ति लेविनसन था। यदि उन सबने इस समय उसे देख लिया होता, तो वे भूखे भेड़ियों की तरह उस पर टूट पड़ते। जब वह उन्हें यहाँ लाया था, तो यह भी उसी की ज़िम्मेदारी थी कि वहाँ से उन्हें निकाल ले जाए।

और सचमुच उनके बीच वह सहसा प्रकट हो गया। आतंकित छापेमारों के बीच वह एक जलती मशाल लिये खड़ा था। मशाल की रोशनी में उसका शव के समान पीला, दाढ़ीदार चेहरा चमक रहा था। उसके दाँत भिंचे हुए थे। उसकी बड़ी-बड़ी, गोल और दहकती आँखें तेज़ी से छापेमारों के चेहरों को निहार रही थीं। उसके सहसा प्रकट होने के बाद जो चुप्पी छा गई थी, उसे केवल जंगल के किनारे पर होनेवाली घातक खेल की ध्वनियाँ ही भंग कर रही थीं। इस चुप्पी में उसकी पतली, तीखी, काँपती और भर्राई हुई आवाज़ सभी के कानों तक साफ़-साफ़ पहुँच गई :

"क़तारों को कौन तोड़ रहा है? पीछे हट जाओ! क्या तुम लड़कियाँ हो जो इस तरह घबरा उठे हो? चुप हो जाओ।" अपने दाँतों को भेड़िए की तरह किटकिटाते और अपना माउजर रिवॉल्वर निकालते हुए वह सहसा चिल्लाया। छापेमारों के होंठों पर विरोध के जो शब्द आ रहे थे, वे होंठों पर ही रह गए। "मेरे आदेशों को कान देकर सुनो! हम दलदली खाई पाटकर रास्ता बनाएँगे। और कोई चारा नहीं है। बोरिसोव!" (यह तीसरी प्लाटून का नया कमांडर था।) "अपने रक्षकों को यहीं छोड़कर बाक्लानोव की मदद के लिए रवाना हो जाओ। उससे कहो कि जब तक मैं पीछे हटने का आदेश न दूँ, वह मोर्चे पर डटा रहे। कुब्राक! तीन आदमियों को बाक्लानोव से सम्पर्क रखने के लिए तैनात कर दो। सुनो, छापेमारो! अपने घोड़े बाँध दो! दो दस्ते झाड़ियाँ काटने का काम करें। अपनी तलवारों की परवाह न करो!

बाक़ी सभी कुब्राक के मातहत होंगे! बिना हील-हुज्जत के उसके आदेशों का पालन करो! कुब्राक, मेरे पीछे चले आओ!" उसने छापेमारों की ओर अपनी पीठ कर दी और झुककर चलने लगा। चीड़ की सुलगती मशाल को सिर के ऊपर उठाता हुआ वह खाई की ओर चल पड़ा।

और सब-के-सब छापेमार, जो अभी तक पस्त, हारे हुए एक-दूसरे से सटकर खड़े थे, जो पलभर पहले गहरी निराशा में हाथ पसार रहे थे और मरने-मारने या रोने को तैयार थे, सहसा अनुशासनबद्ध होकर भयानक तीव्रता के साथ काम के भँवर में खिंच आए। पलक मारते उन्होंने अपने घोड़ों को बाँध दिया और कुल्हाड़ियाँ सँभाल लीं। उनकी तलवारों के वार के नीचे झाड़ियाँ कराह उठीं। बोरिसोव की प्लाटून के लोग दौड़ते हुए अन्धकार में चले गए। उनके अस्त्र-शस्त्र खनखना रहे थे। उनके पैर कीचड़ में छप-छप कर रहे थे। कटी और गीली टहनियों को अपनी बाँहों में लाते छापेमारों के पास से वे गुज़रे। कटकर गिरते एक पेड़ का धमाका सुनाई दिया। यह विशाल पेड़ पूरा का पूरा सरसराता हुआ किसी मुलायम, गिलगिले पदार्थ के अन्दर धँस गया। चीड़ की मशाल की रोशनी में उन्होंने दलदली खाई की गिलगिली, गहरी हरी सतह को, जो लम्बी हरी घास से अटी पड़ी थी, किसी बड़े अजगर के शरीर के समान ऊँची, भारी लहरों में उठते-गिरते देखा।

छापेमार मौत की इस खाई में टहनियों से चिपट-चिपटकर कीचड़ और पानी से जूझ रहे थे। धुआँ छोड़ती चीड़ की मशाल का प्रकाश अन्धकार की गोद से उनके विकृत चेहरों, उनकी झुकी कमरों और टहनियों के डरावने ताने-बाने को झपटकर छीन लाता था। उन्होंने अपने ओवरकोट उतारकर फेंक दिये थे और पतलूनों व क़मीज़ों में पड़े दरारों के बीच से उनके पसीने से तर, तने हुए, छिले और लहूलुहान शरीर चमक रहे थे। समय और स्थान की; लज्जा, पीड़ा और थकावट की, यहाँ तक कि ख़ुद अपने शरीर की भी उनमें कोई चेतना नहीं रह गई थी। वे पलभर के लिए रुकते, अपनी टोपी में मेढक के अंडों की बदबू से भरा गँदला पानी भरते, ज़ख़्मी जानवरों की तरह उसे गटागट पी जाते और फिर काम में जूझ पड़ते।

और गोली-बारी क्षण-प्रतिक्षण नज़दीक आती जा रही थी। उसकी आवाज़ और भी तेज़ और ऊँची होती जा रही थी। बाक्लानोव एक के बाद दूसरा आदमी भेजकर यह पूछ रहा था : 'अब और कितनी देर है? और कितनी देर?...'

उसके क़रीब आधे आदमी धराशायी हो चुके थे। ज़ख़्मों से छलनी दुबोव के शरीर का सारा ख़ून निचुड़ गया था और उसने प्राण त्याग दिया था। बाक्लानोव चप्पा-चप्पा ज़मीन के लिए लड़ता हुआ धीरे-धीरे पीछे हट रहा था। आख़िरकार वह उन झाड़ियों के पास पहुँचा जिन्हें खाई के ऊपर रास्ता बनाने के लिए काटा जा रहा था। वह अब और पीछे नहीं हट सकता था। खाई के ऊपर दुश्मन की गोलियाँ सनसनाती हुई गरजने लगीं। वहाँ कई छापेमार काम करते हुए ज़ख़्मी हो गए। वार्या उनके ज़ख़्मों पर पट्टी बाँध रही थी। गोलीबारी से डरकर घोड़े बेतहाशा हिनहिना रहे थे और आतंकित होकर बिदक रहे थे। कुछ घोड़े अपनी रस्सियाँ तुड़ाकर ताइगा में अन्धाधुन्ध भाग रहे थे, कुछ दलदली खाई में गिर रहे थे और दयनीय हालत में सहायता के लिए हिनहिना रहे थे।

दुश्मन को रोक रखनेवाले छापेमारों ने जब सुना कि रास्ता आख़िरकार बनकर तैयार हो गया है, तो वे अपनी जगहों से भागने लगे। बाक्लानोव अपनी ख़ाली पिस्तौल से उन्हें धमकाता और ग़ुस्से से सिसकता हुआ उनके पीछे-पीछे दौड़ रहा था। उसके गाल चिपक आए थे, आँखें अंगारों के समान धधक रही थीं और चेहरा बारूद के धुएँ से काला हो गया था।

अपनी मशालों और हथियारों को हवा में हिलाते और अपने चीख़ते-चिल्लाते अड़ियल घोड़ों को घसीटते हुए छापेमार एक साथ ही सड़क पर उमड़ पड़े। उनके बेताब घोड़े आगे बढ़ने से इनकार कर रहे थे और पागल होकर बिदक रहे थे। पीछेवाले आतंकित घोड़े आगेवालों पर चढ़ गए। सड़क के अन्तिम छोर पर जाकर मेतचिक का घोड़ा खाई में गिर गया। रोषपूर्ण चिल्लाहट और गालियों के बीच रस्सों की सहायता से उन्होंने उसे दलदल से बाहर निकाला। मेतचिक काँपते हाथों से चिकने रस्से को अपनी बदहवास

उँगलियों से कसकर पकड़ रहा था और घोड़ा पागल की तरह छटपटा रहा था। चिकनी टहनियों पर फिसलता हुआ मेतचिक पूरी ताक़त लगाकर रस्सा खींच रहा था और जब आख़िरकार उन्होंने घोड़े को बाहर निकाल लिया, तो मेतचिक घोड़े की अगली टाँगों में बँधे रस्से को खोलने की बेताब कोशिश करने लगा। उसकी आँख में हर्षोन्माद का एक विचित्र भाव भर आया था। वह कीचड़ से लथपथ बदबूदार रस्से की गाँठ दाँतों से खोल रहा था।

सबसे अन्त में खाई पार करनेवालों में लेविनसन और गोंचारेंको थे।

गोंचारेंको ने सड़क पर बारूद की सुरंग लगा दी। दुश्मन अभी खाई के पास पहुँचा ही था कि सड़क उड़कर हवा में छितर गई।

कुछ घंटे बीतने के बाद छापेमारों को होश हुआ और उन्होंने देखा कि सुबह हो चुकी है। सारी ताइगा उनके सामने चमचमाती, गुलाबी पाले की चादर ओढ़े फैली थी। वृक्षों के बीच से नीले आसमान के टुकड़े दिखाई दे जाते थे। सूरज जंगल के पीछे कहीं निकल रहा था। छापेमारों ने जलती मशालों को फेंक दिया। न जाने क्यों, वे अब तक उन्हें अपने कन्धों पर उठाए हुए थे! उन्होंने छालों से भरे अपने लाल हाथों और उन भीगे, थके घोड़ों को देखा जिनकी देहों से हल्की भाप उठ रही थी। अपने रात के तूफ़ानी करतब पर वे विस्मित होकर विचार कर रहे थे।

17

उन्नीस

उस जगह से, जहाँ उन्होंने टहनियों की सड़क बनाई थी, लगभग पाँच मील दूर तूदो-वाकू राजमार्ग पर दलदली खाई को पाटता हुआ एक पुल बना था। पुल से लगभग आठ वर्स्त की दूरी पर कज़्ज़ाक सिपाही पिछली रात को सड़क पर छिपकर बैठ गए थे। उन्हें आशा थी कि लेविनसन रात को गाँव में न ठहरकर सीधे आगे बढ़ चलेगा।

कम्पनी के इन्तज़ार में वे सारी रात वहाँ रुके रहे थे। दूर से उन्होंने गोलियों की आवाज़ें भी सुनी थीं। सुबह एक सन्देश-वाहक सरपट घोड़ा दौड़ाता हुआ उनके लिए आदेश लाया था। उन्हें वहीं रुके रहने का हुक्म मिला था, कारण कि लेविनसन की कम्पनी दलदली खाई पार करने में सफल होकर उसी दिशा में बढ़ी चली आ रही थी। सन्देश-वाहक के गुज़रने के केवल दस मिनट बाद ही लेविनसन की कम्पनी तूदो-वाकू राजमार्ग पर निकल आई। उसे दुश्मन के जाल की या उसके सन्देश-वाहक की चेतावनी की कोई जानकारी न थी।

सूरज जंगल के ऊपर चमक रहा था। पाला कभी का पिघल चुका था। आसमान खुल गया था और उसका नीला, बर्फ़-सा चमचमाता विस्तार उनके सिरों पर तना था। वृक्षों की गीली और सुनहरी डालें सड़क पर झुक आई थीं। लगता था कि दिन पतझर के समान ठंडा नहीं, बल्कि गर्म रहेगा।

लेविनसन खोई दृष्टि से इस स्वच्छ, निर्मल, चमचमाते सौन्दर्य को निहार रहा था, किन्तु वह कुछ अनुभव नहीं कर रहा था। उसने अपनी कम्पनी पर एक नज़र डाली। उसके दो-तिहाई आदमी लापता थे और बाक़ी थके-माँदे, पस्ती से झुके और पीछे-पीछे घिसट रहे थे। उसने महसूस किया कि वह कितना थक गया है और घिसटनेवाले अपने छापेमारों के लिए कुछ भी करने की ताक़त अब उसमें बाक़ी नहीं रह गई है। यही थके और वफ़ादार लोग थे जो उसके लिए सारी दुनिया में सबसे अधिक प्रिय थे; वे उसके लिए सभी वस्तुओं से अधिक प्यारे थे—ख़ुद उसके अपने प्राण से भी अधिक प्यारे, कारण कि क्षणभर के लिए भी वह उनके प्रति अपने उत्तरदायित्व को नहीं भूल पाता था। पर ऐसा जान पड़ता था कि उनके लिए कुछ भी करने की क्षमता अब उसमें नहीं रह गई है। लगता था कि वह अब उनका नेतृत्व नहीं कर रहा है, बल्कि छापेमार ही इस तथ्य को पहचान नहीं पाए हैं और नेता के पीछे आदत से मजबूर होकर चलनेवाले झुंड के समान उसके पीछे-पीछे सिमट रहे हैं। यही वह भयंकर बात थी जिसका ख़तरा उसने पिछले दिन सुबह-सुबह मेतेलित्सा की मौत के बारे में सोचते समय सबसे अधिक महसूस किया था।

उसने अपने को सँभालने की चेष्टा की। किसी ठोस और उपयोगी बात पर ध्यान लगाने का यत्न किया, किन्तु उसके विचार भटककर उलझ गए। उसकी पलकें चिपकती हुई मिचमिचा रही थीं और उसके दिमाग़ में विचित्र नज़ारे, खंडित स्मृतियाँ, चारों ओर के दृश्य के अस्पष्ट और धुँधले चित्र—सब-के-सब कुहरे में लिपटे और एक-दूसरे की काट करते हुए—बादलों के समान तिरते जा रहे थे; और वे चित्र चुपचाप और अनथक गति से अपना रूप बदलते जा रहे थे।

"अब यह लम्बा, अन्तहीन रास्ता, ये गीले पत्ते और यह निष्प्राण आकाश क्यों? मुझे इनसे क्या प्रयोजन? हाँ, मुझे तूदो-वाकू घाटी पहुँचना है। तूदो-वाकू घाटी—कैसा विचित्र नाम है! लेकिन मैं कितना थक गया हूँ, काश कि थोड़ा सो पाता! ये लोग मुझसे अब और क्या उम्मीद रखते हैं, जब मैं इतना अधिक सोना चाहता हूँ? यह मुझसे गुप्तचर की बात कर रहा है। हाँ, इसमें क्या शक है, गुप्तचर ज़रूर भेजा जाना चाहिए...। इसका चेहरा गोल और दयालु है...मेरे बेटे जैसा ...और हाँ, हमें गुप्तचर रवाना कर देना चाहिए और उसके बाद...नींद, नींद...। मेरे बेटे जैसा भी नहीं, बल्कि...। क्या कहा? क्या कहा तुमने?" उसने सिर उठाते हुए सहसा पूछा।

बाक्लानोव उसकी बग़ल में चल रहा था।

"हाँ, हमें गुप्तचर ज़रूर भेजना चाहिए। मेहरबानी करके ज़रूरी हिदायतें दे दो।"

एक मिनट बाद थकी हुई दुलकी चाल से कोई सवार घोड़ा दौड़ाता हुआ लेविनसन के पास से निकल गया। कमांडर ने सवार की झुकी कमर देखकर मेतचिक को पहचान लिया। उसने महसूस किया कि मेतचिक को दुश्मन की खोज-ख़बर लेने के लिए भेजना ठीक न होगा। पर वह यह जानने के लिए अपने दिमाग़ को परेशान न कर सका कि वह ऐसा क्यों महसूस करता है। अगले ही क्षण वह सारी बातें भूल भी गया। फिर एक दूसरा सवार उसके सामने से निकल पड़ा।

"मोरोजका!" बाक्लानोव ने दूसरे सवार को आवाज़ दी, "एक-दूसरे की आँखों से ओझल न हो जाना!"

'क्या वह अभी तक ज़िन्दा है?' लेविनसन ने सोचा, 'और दुबोव मर गया है। बेचारा दुबोव! लेकिन मोरोजका को हो क्या गया था? हाँ, याद आया, वह तो कल रात की बात है। क़िस्मत थी उसकी जो उस पर मेरी नज़र नहीं पड़ी।'

मेतचिक ने पीछे मुड़कर देखा। वह काफ़ी आगे निकल गया था। मोरोजका उससे लगभग पचास गज़ पीछे था और उसके पीछे कम्पनी भी

अभी दिखाई दे रही थी। फिर सड़क के एक मोड़ के पीछे मोरोजका और कम्पनी, दोनों ओझल हो गए। निवका दुलकी चाल से चलना नहीं चाहती थी और मेतचिक यंत्रवत् उसे एड़ियों से ललकारता जा रहा था। मेतचिक ठीक-ठीक नहीं जानता था कि उसे आगे क्यों भेजा गया है। उसे दुलकी चाल से आगे बढ़ जाने का आदेश मिला और वह उसका पालन कर रहा था।

सड़क नम ढलानों का चक्कर काटती हुई आगे चली गई थी। ढलानें ओक और मेपल के वृक्षों से आच्छादित थीं। वृक्ष अभी अपने लाल पत्तों की ओढ़नी ओढ़े हुए थे। निवका परेशान-सी काँप रही थी और झाड़ियों से सटकर चल रही थी। सड़क पर चढ़ाई आई तो उसकी चाल धीमी हो गई। मेतचिक अब ज़ीन पर बैठा ऊँघ रहा था और घोड़ी को ललकार नहीं रहा था। जब-तब वह होश में लौट आता और चकित नेत्रों से जंगल की अनन्त गहराइयों को निहारने लगता। जंगल का न कोई आरम्भ था और न कोई अन्त—उसी प्रकार जैसे कि उसकी नींद की खुमारी का, निराशा का और अस्तित्वहीनता की भावना का कोई आदि-अन्त न था।

सहसा निवका आतंकित होकर गुरगुराई और मेतचिक को टहनियों से सटाती हुई झाड़ियों में पैठ गई। उसने अपना सिर उठाया और उसकी नींद एकाएक ग़ायब हो गई। उसका स्थान एक अवर्णनीय आतंक ने ले लिया : सड़क पर, उससे कुछ ही क़दम के फ़ासले पर, कज़्ज़ाक खड़े थे।

"उतर पड़ो!" उनमें से एक ने मोटी आवाज़ में कहा।

एक अन्य कज़्ज़ाक ने निवका की रास थाम ली। मेतचिक के मुँह से एक चीख़ निकल पड़ी। वह ज़ीन से नीचे सरक आया और हीन भाव से अपना बचाव करता हुआ सहसा बिजली की गति से ढलान से नीचे कूद पड़ा। उसके हाथ किसी पेड़ के गीले, खुरदरे तने से टकराए। वह उछलकर खड़ा हो गया, किन्तु फिर दोबारा फिसलकर गिर पड़ा। भय से अन्धा होकर कुछ मिनटों तक वह हाथ-पैर के बल भटकता रहा; आख़िरकार वह उछलकर खड़ा हो गया और खाई में भागने लगा। उसे अपने शरीर का बोध न रह गया था। जो भी चीज़ हाथ में आती, उसी को वह पकड़ लेता।

वह बहुत ऊँची छलाँगें मारता हुआ दौड़ रहा था। वे उसका पीछा कर रहे थे। उसके पीछे झाड़ियाँ फड़फड़ा रही थीं। कोई आदमी ग़ुस्से से हाँफता और गालियाँ बकता हुआ उसके पीछे-पीछे भागा जा रहा था।

मोरोजका जानता था कि उसके आगे एक और गुप्तचर चल रहा है, अतः वह अपने चारों ओर कोई विशेष ध्यान नहीं दे रहा था। वह गहरी थकावट की उस अवस्था में पहुँच चुका था जब प्रत्येक विचार, यहाँ तक कि अत्यन्त महत्त्वपूर्ण विचार भी, खुमारी में ग़ायब हो जाते हैं और आराम करने की ही—किसी भी क़ीमत पर आराम करने की—इच्छा बाक़ी रह जाती है। अब वह न अपने जीवन के बारे में सोच रहा था, न वार्या के बारे में, और न यही कि गोंचारेंको उसके बारे में क्या सोचता होगा; यहाँ तक कि दुबोव की मौत पर अफ़सोस करने की भी उसमें ताक़त नहीं रह गई थी; हालाँकि दुबोव उसे उतना ही प्यारा था, जितना कि कोई और। वह केवल उस क्षण की प्रतीक्षा कर रहा था जब चिरवांछित प्रदेश के द्वार आख़िरकार उसके सामने खुल जाएँगे और वह अपने थके-माँदे सिर को ज़मीन पर टिकाकर आराम कर सकेगा। इस चिरवांछित प्रदेश की कल्पना उसने ऐसे बड़े, शान्तिमय गाँव के रूप में की जहाँ धूप छिटकी होगी, गायें चरती होंगी और लोग भले-मानस होंगे, फूस और मवेशियों की गन्ध हवा में व्याप्त होगी। वह सपना देख रहा था कि किस प्रकार पहले अपना घोड़ा बाँधेगा, उसके बाद मीठी ख़ुशबूदार राई की रोटी के एक बड़े टुकड़े के साथ दूध का कटोरा पीएगा और फिर फूस की अटारी पर किसी के कन्धे पर सिर रख अपने ओवरकोट को अच्छी तरह ओढ़कर गहरी नींद में सो जाएगा।

जब उसके सामने कज़्ज़ाकों की पीले फीतोंवाली टोपियाँ सहसा प्रकट हुईं और जूडास एकाएक ज़ोर से बिदककर उसे जंगली गुलाबों की झाड़ी में ले गया, जिसके लाल पत्ते ख़ून की बूँदों के समान मोरोजका की आँखों के सामने काँप उठे, तो धूप छिटके बड़े गाँव का सपना पलक मारते ही ग़ायब हो गया। अभी-अभी इस जगह जो अकथनीय, निन्दाजनक विश्वासघात का कांड रचा गया था, उसका बोध उसके दिमाग़ में कौंध गया...।

"वह भाग खड़ा हुआ, सँपोला!" मेतचिक की नफ़रतभरी आँखों की असाधारण स्पष्टता से कल्पना करते हुए मोरोजका ने कहा। साथ ही साथ अपने लिए और पीछे आते छापेमारों के लिए एक यातनापूर्ण दयाभाव से उसका कलेजा हिल उठा।

उसे इस बात का अफ़सोस नहीं था कि क्षणभर में ही वह मर जाएगा—क्षणभर में ही वह न हिल सकेगा, न महसूस कर सकेगा, न यातना ही भोग सकेगा। इस विचित्र और कल्पनातीत अवस्था में वह अपनी कल्पना भी नहीं कर सकता था, क्योंकि वह अभी ज़िन्दा था, यातनाएँ झेल रहा था और चल-फिर रहा था, किन्तु इस बात को वह साफ़ तौर से समझ रहा था कि अपनी कल्पना के उस धूप में नहाते बड़े गाँव को अब वह नहीं देख सकेगा और न अपने पीछे घोड़ों पर आते प्रिय साथियों और बन्धुओं से ही मिल सकेगा। थकान से चूर और ख़तरे से बेख़बर वे छापेमार, जिन्होंने भरोसे के साथ अपने जीवन को उसके हाथों में सौंप दिया था, मोरोजका की अपनी ज़िन्दगी के इतने अभिन्न अंग बन गए थे कि वह अपने को बचाने की चिन्ता न कर सका और समय रहते ही छापेमारों को चेतावनी देने की बात ही सोच सका...। उसने रिवॉल्वर बाहर निकाला, उसे अपने सिर के ऊपर तान लिया, ताकि आवाज़ ज़्यादा सफ़ाई से सुनाई दे सके, और निश्चित हिदायत के मुताबिक़ हवा में तीन गोलियाँ दाग दीं।

तभी ज़ोर का धमाका हुआ और बिजली-सी कौंध गई। ऐसा प्रतीत हुआ कि दुनिया दो-टूक होकर गिर रही है। मोरोजका का सिर पीछे को झटक गया और वह जूडास के साथ झाड़ियों में गिर पड़ा।

जब लेविनसन ने गोलियों की आवाज़ सुनी, तब अपनी वर्तमान मानसिक अवस्था में उसे यह बात इतनी अप्रत्याशित और अविश्वसनीय जान पड़ी कि पहले तो वह यही न समझ पाया कि आख़िर हो क्या रहा है। वह उसका मतलब तभी समझ पाया जब उसने कज़्ज़ाकों द्वारा मोरोजका पर चलाई गई गोलियों की आवाज़ सुनी और घोड़े अपने कन्धे उठाकर और कान खड़े करते हुए ठिठक गए।

उसने असहाय मुद्रा में पीछे मुड़कर देखा। पहली बार वह दूसरों का सहारा ढूँढ़ने लगा, किन्तु छापेमारों के पीले और लटके हुए चेहरों में, जो मानो सब-के-सब मूक सवाल पूछते हुए एक ही भयावह रूप में बदल गए थे, उसे वही आतंक और असहायता का भाव दिखाई दिया। 'अब आ पहुँची वह घड़ी जिसकी मुझे बराबर आशंका हो रही थी!' लेविनसन ने सोचा। उसने अपने हाथ इस तरह हिलाए मानो सहारे के लिए किसी वस्तु को पकड़ना चाहता हो, किन्तु पकड़ न पा रहा हो।

सहसा बाक्लानोव का सीधा-सादा बाल-सदृश चेहरा उसे एकदम साफ़-साफ़ दिखाई दिया। उसके चेहरे में थोड़ा लड़कपन अवश्य था, किन्तु थकान और बारूद के धुएँ से वह कठोर और काला हो गया था। उसने एक हाथ में रिवॉल्वर थाम रखा था और दूसरे से घोड़े के सिर के बालों को कसकर पकड़ लिया था। उसकी मोटी, बाल-सदृश उँगलियों के निशान साफ़ तौर से घोड़े के बालों पर अंकित हो गए थे। वह उस दिशा में एकटक घूर रहा था जहाँ से गोलियों की आवाज़ें आई थीं। ऊँची गाल की हड्डियोंवाला उसका लड़कों जैसा चेहरा आदेश की प्रतीक्षा में उत्सुकता से आगे को झुक आया और उस सर्वोपरि सच्ची भावना से उद्दीप्त हो उठा जिसके नाम पर कम्पनी के सबसे उत्तम छापेमारों ने अपने प्राण न्योछावर कर दिये थे।

लेविनसन चौंककर तन गया। उसके दिल में एक मीठे दर्द की लहर दौड़ गई। सहसा उसने अपनी तलवार मियान से बाहर खींच ली और वह भी चमकते नेत्रों के साथ आगे को झुक गया।

"क्या उनके बीच से निकल जाने की कोशिश करें?" उसने बाक्लानोव से भर्राई आवाज़ में पूछा।

अचानक उसने अपनी तलवार सिर के ऊपर उठा ली जिससे वह धूप में चमचमाने लगी। देखते-देखते सभी छापेमार अपनी-अपनी ज़ीन पर तन गए और अपने आगे एकटक घूरने लगे।

बाक्लानोव ने अपनी तलवार पर एक उन्मादपूर्ण दृष्टि फेंकी और कम्पनी की ओर घूमकर पैनी, तीखी आवाज़ में चिल्लाकर कुछ कहा और जिसे लेविनसन समझ नहीं पाया। उस समय वह भी उसी भावना से प्रेरित था जो बाक्लानोव की हरकतों का संचालन कर रही थी और जिसके वशीभूत होकर उसने अपनी तलवार सिर के ऊपर उठा ली थी। उसने सड़क पर अपने घोड़े को तीर की तरह दौड़ा दिया। उसे पूरा भरोसा था कि उसके आदमी भी उसके पीछे टूट पड़ेंगे।

कुछ क्षणों के बाद जब लेविनसन ने मुड़कर देखा, तो छापेमार सच ही उसके पीछे सरपट दौड़े आ रहे थे। वे अपने घोड़ों की गर्दनों पर झुके हुए थे, उनकी ठुड्डियाँ बाहर को निकली हुई थीं और उनकी आँखों में उसी घनीभूत भावना की ज्वाला धधक रही थी जिसे उसने बाक्लानोव की आँखों में देखा था।

उसके दिमाग़ में स्पष्ट रूप से उतरनेवाला यही अन्तिम दृश्य था, कारण कि अगले ही क्षण आँखों को चौंधियाती और कान के परदों को फाड़ती हुई कोई वस्तु उस पर धड़ाम से आ गिरी। उसकी गिरफ़्त में आकर वह भँवर में फँसे पत्ते के समान घूमने और पिसने लगा। वह अपनी सुध-बुध खो बैठा था। उसे केवल इस बात का बोध था कि वह जीवित है। वह नारंगी रंग की एक उबलती-उफनती खाई के ऊपर से लुढ़कता जा रहा था।

मेतचिक ने पीछे मुड़कर नहीं देखा। न उसे पीछा करनेवालों की आवाज़ ही सुनाई दी, हालाँकि वह जानता था कि उसका पीछा किया जा रहा है। जब एक के बाद दूसरी तीन गोलियों की आवाज़ आई और उसके बाद गोलियों की बौछार गूँज उठी, तब उसने सोचा कि गोलियाँ उसी पर दागी जा रही हैं।

वह और भी तेज़ी से भागने लगा। सहसा खाई एक छोटी वनाच्छादित घाटी में खुल गई। मेतचिक कभी दाईं ओर मुड़ता तो कभी बाईं ओर। आख़िर वह एक-दूसरे ढलान से नीचे लुढ़कता चला गया। उसी बीच गोलियाँ फिर दनदनाती हुई गरज उठीं। यह बौछार पहलीवाली से कहीं अधिक घनी और भीषण थी। फिर लगातार एक के बाद दूसरी बौछार की भीषण गड़गड़ाहट से सारा जंगल इस तरह काँप उठा मानो किसी भूचाल ने उसे झकझोरकर जगा दिया हो!

"हाय, ऐ ख़ुदा! ऐ ख़ुदा! आह, आह, ऐ ख़ुदा!..."

प्रत्येक नई कर्णभेदी बौछार के साथ मेतचिक कभी होठों ही होठों में फुसफुसाता, तो कभी चीख़ उठता। वह जानबूझकर अपने क्षत-विक्षत चेहरे को दयनीय रूप से इस तरह बिचकाता मानो कोई बच्चा फफक-फफककर रोने का बहाना कर रहा हो, किन्तु उसकी आँखें घृणित, लज्जाजनक रूप से सूखी थीं। वह भागता गया, भागता गया, यहाँ तक कि उसकी सारी ताक़त जाती रही।

मेतचिक ने कई बार मुड़कर देखा। अब उसका पीछा नहीं किया जा रहा था। उसके चारों ओर की सूनी, खोखली नीरवता को अब कोई अप्रिय ध्वनि भंग नहीं कर रही थी। वह हाँफता हुआ सबसे पास की झाड़ी के पीछे गिर पड़ा। उसका हृदय धौंकनी की तरह चल रहा था। कई मिनटों तक वह दोहरा होकर, हथेलियों पर गाल टिकाए अपनी सीध में एकटक देखता रहा। उससे दस क़दम फ़ासले पर किसी नंगे पतले बर्च-वृक्ष की शाख़ पर, जो धूप में नहा रही थी और जो लगभग ज़मीन के पास तक झुकी हुई थी, एक गिलहरी बैठी हुई थी और अपनी निर्दोष पीली आँखों से उसे घूर रही थी।

मेतचिक एकाएक उठ बैठा और अपने हाथों से सिर को पकड़ता हुआ ज़ोर से कराह उठा। गिलहरी आतंकित होकर चीख़ पड़ी और घास में भाग गई। मेतचिक की आँखों में एक उन्मादपूर्ण चमक आ गई।

वह अपने बाल नोचने लगा और भूमि पर लोटता हुआ पीड़ा से रोने-चिल्लाने लगा, "मैंने क्या कर डाला! हाय, मैंने क्या कर डाला!"

वह अपने पेट और कुहनियों के बल लोटता हुआ बार-बार कह रहा था। अब उसके दिमाग़ में अपने भाग खड़े होने का, गोलियों की उन पहली तीन आवाज़ों का और उनके पीछे होने वाली गोलीबारी का असली मतलब स्पष्ट होता जा रहा था। वह शर्म और ख़ुद अपने प्रति दया की भावना से गड़ा जा रहा था : "मैंने क्या कर डाला? मुझसे यह कैसे हो गया? मैं तो एक सीधा-सादा, ईमानदार आदमी हूँ, किसी का अनिष्ट न चाहनेवाला—हाय, मुझसे यह क्या हो गया...!"

उसे अपनी हरकत जितनी ही अधिक घृणित और नीचतापूर्ण प्रतीत हो रही थी, उतना ही ज़्यादा उसे यह लग रहा था कि इस हरकत के पहले वह एक बेहतर, पवित्र और ऊँचा आदमी था। अपने इस विचार से उसके अधिक त्रस्त होने का कारण यह न था कि उसकी हरकत के परिणामस्वरूप बीसियों आदमी, जिन्होंने अपने प्राणों को उसके हाथों में सौंप दिया था, तबाह हो गए। उसकी परेशानी का असली कारण यह था कि इस अमिट, गन्दे, शर्मनाक धब्बे ने उसके उन तमाम अच्छे और पवित्र गुणों को झूठा साबित कर दिया था, जिनसे वह अपने को सम्पन्न मानता था।

उसने यंत्रवत् अपना रिवॉल्वर बाहर निकाला और आतंक व अविश्वास के साथ उसे घूरने लगा। वह जानता था कि वह आत्महत्या नहीं करेगा क्योंकि ऐसा करने की हिम्मत उसमें नहीं है। संसार में वह अपने से अधिक किसी और वस्तु को प्यार नहीं करता था—अपना सफ़ेद, गन्दा, शक्तिहीन हाथ, अपनी बिलबिलाती आवाज़, अपनी परेशानियाँ और अपनी हरकतें (यहाँ तक कि सबसे गई-गुज़री हरकतें भी) ही उसके लिए सबसे अधिक प्यारी थीं। जल्दी से, चोरी-चुपके, अपराधियों की तरह उसने अपना रिवॉल्वर फिर जेब में डाल लिया और ऐसा बहाना करने लगा मानो उसे यह पता ही न हो कि वह क्या कर रहा था।

अब वह रो या कराह नहीं रहा था। अपने चेहरे को हाथ से ढककर वह पेट के बल लेटा रहा। शहर छोड़ने के बाद से पिछले कुछ महीनों में जो कुछ भी उस पर बीती थी, वे सब बातें अब फिर एक बोझिल, उदास जुलूस बनाकर उसकी आँखों के सामने से गुज़रने लगीं : उसके लड़कपन भरे सपने, जिन पर उसे अब शर्म आ रही थी; पहली मुठभेड़ की यातना और उसका पहले-पहल ज़ख़्मी होना; मोरोजका; अस्पताल; रुपहली लटोंवाला बूढ़ा पिका; मृत फ्रोलोव; वार्या और उसकी बड़ी-बड़ी उदास आँखें (जैसी आँखें उसने न पहले कभी देखी थीं और न भविष्य में ही देखने की आशा थी); और अन्त में दलदली खाई को पार करने का लोमहर्षक अनुभव (जिसके मुक़ाबले में बाक़ी सब बातें महत्त्वहीन और मामूली जान पड़ती थीं)।

'मैं अब इस तरह का जीवन नहीं बिताना चाहता,' मेतचिक ने अप्रत्याशित ईमानदारी और गम्भीरता के साथ सोचा और उसका दिल ख़ुद अपने लिए दया से लबालब भर गया।

'अब वह सब मेरे बर्दाश्त के बाहर हो गया है। मैं ऐसी गई-गुज़री, अमानुषिक, ख़ौफ़नाक ज़िन्दगी नहीं बिता सकता,' उसने दोबारा सोचा।

ख़ुद अपनी हालत पर दया की इस भावना को वह बढ़ावा देना चाहता था और इन कायरतापूर्ण विचारों में अपने कमीनेपन और नग्नता को डुबो देना चाहता था।

वह अब भी अपने को दोष दे रहा था और अपनी हरकत पर अफ़सोस कर रहा था। साथ ही उसके मन में यह विचार भी आया कि वह अब पूर्ण रूप से स्वतंत्र है और ऐसी जगह जा सकता है जहाँ उसे ऐसी भयानक परिस्थितियों का सामना न करना पड़ेगा और जहाँ उसकी हरकत का किसी को बोध न होगा। इस विचार से उसके दिल में आशा और आनन्दपूर्ण महत्त्वाकांक्षा का एक बवंडर उठ खड़ा हुआ जिसे वह दबा न पाया।

'मैं अब शहर लौट जाऊँगा; इसके अलावा और कोई चारा भी तो नहीं है,' उसने फ़ैसला करते हुए सोचा।

ऐसा लगता था कि हालात से मजबूर होकर ही वह शहर जाने का फ़ैसला कर रहा है। पर शहर जाने के विचार से उसके मन में आनन्द और लज्जा की जो मिली-जुली भावना जगी थी, उसे वह दबा नहीं पाया। उसे यह डर भी सता रहा था कि कहीं उसके सपने धरे के धरे न रह जाएँ।

सूरज झुके बर्च-वृक्ष के दूसरी तरफ़ चला गया था और बर्च-वृक्ष अब पूरी तरह छाया में चला आया था। मेतचिक ने अपना रिवॉल्वर निकाला और उसे दूर झाड़ियों में फेंक दिया। उसे एक छोटा-सा झरना दिखाई दिया। उसने झरने के पानी से हाथ-मुँह धोया और उसके पास बैठ गया। सड़क पर जाने का उसे अभी साहस न हो रहा था।

'अगर कज़्ज़ाक अभी वहीं हुए तो भला क्या करूँगा?' उसने डरते हुए सोचा। उसे घास के बीच में बहते नन्हे झरने की कल-कल सुनाई पड़ी। 'ख़ैर, फ़र्क़ क्या पड़ता है?' उसने बिना लाग-लपेट के सोचा।

कोरी भावुकता की मोटी परत के नीचे छिपी स्पष्टवादिता से वह अब काम लेना जान गया था।

उसने एक गहरा निःश्वास छोड़ा, क़मीज़ के बटन बन्द किये और तूदो-वाकू राजमार्ग की दिशा में धीरे-धीरे चलने लगा।

लेविनसन को यह पता न चला कि उसकी अर्द्ध-चेतना की अवस्था कब तक बनी रही। उसे लगा कि यह अवस्था बहुत देर तक क़ायम रही थी, हालाँकि वास्तव में वह एक मिनट से अधिक देर न रही होगी। जब वह होश में आया तो अपने-आपको अभी तक ज़ीन पर बैठा पाकर चकित हो उठा। पर उसकी तलवार अब उसके हाथ में न थी। अपने सामने वह

अपने घोड़े का काले बालोंवाला सिर देख रहा था जिसका एक कान ख़ून से लथपथ था।

तब कहीं जाकर उसे गोलीबारी का बोध हुआ और वह यह समझ पाया कि गोलियाँ उन्हीं पर दागी जा रही हैं। उसके सिर के ऊपर से गोलियाँ सनसनाती हुई निकल रही थीं। पर उसे यह मालूम था कि गोलियाँ अब उनके पीछे से आ रही हैं और ख़तरे का सबसे भयानक क्षण भी पीछे छूट गया है। फिर दो सवार उससे आ मिले—वे वार्या और गोंचारेंको थे। सुरंग लगानेवाले का गाल ख़ून से लिथड़ा था। लेविनसन को कम्पनी की याद आई और उसने पीछे मुड़कर देखा, लेकिन कोई कम्पनी दिखाई न दी। सारी सड़क छापेमारों और घोड़ों की लाशों से अटी पड़ी थी। कुछ घुड़सवार, जिनके आगे-आगे कुब्राक था, लेविनसन के पास तक पहुँचने की बेतहाशा कोशिश कर रहे थे। उनके पीछे और भी छोटे-छोटे जत्थे नज़र आ रहे थे; पर उनकी तादाद तेज़ी से घटती जा रही थी। किसी लँगड़ाते घोड़े पर एक सवार, जो पीछे छूट गया था, अपना हाथ हिलाता हुआ चिल्ला उठा। पीले फीतेवाले सिपाहियों ने उसे घेर लिया और अपनी राइफ़लों के कुन्दों से उसे मारने लगे। वह लड़खड़ाकर गिर पड़ा। लेविनसन का मुँह पीड़ा से बिचक गया। उसने अपनी आँखें फेर लीं।

तभी वार्या, गोंचारेंको और लेविनसन सड़क की एक मोड़ पर पहुँच गए। गोलीबारी की आवाज़ धीमी पड़ गई; गोलियों की बौछार थम गई। लेविनसन ने अपने घोड़े की लगाम यूँ ही खींच ली। बचे हुए छापेमार एक-एक कर उससे आ मिले। गोंचारेंको ने अपने और लेविनसन समेत उन्नीस आदमी गिने। वे ढलवाँ सड़क पर सरपट चाल से बड़ी देर तक आगे बढ़ते रहे। किसी के मुँह से कोई शब्द न निकल रहा था। सबकी आँखें, जिनमें अभी आतंक दुबका बैठा था और साथ ही उल्लास का भाव भी हिलोरें लेने लगा था, सामने बिछी उस सँकरी सड़क पर एकटक जमी थीं जो किसी बदहवास पीले कुत्ते के समान तेज़ी से उनके सामने भागती जा रही थी...।

धीरे-धीरे घोड़े दुलकी चाल से चलने लगे और अब छापेमार सड़क के किनारे जले हुए ठूँठों, झाड़ियों, मील पत्थरों और ऊपर फैले निर्मल आकाश को साफ़-साफ़ देख रहे थे। घोड़ों की चाल अब और धीमी हो चली।

लेविनसन दूसरों से कुछ आगे-आगे चल रहा था। उसका सिर झुका हुआ था। वह विचारों में डूबा था। कभी-कभी वह लाचार निगाहों से अपने चारों ओर इस तरह देखता मानो किसी चीज़ के बारे में पूछताछ करना चाहता हो और याद न आ रहा हो कि वह क्या पूछना चाहता है। वह छापेमारों की ओर देर तक सूनी आँखों से देखता रहता। उसकी निगाहों में पीड़ा के विचित्र भाव की लझक मिलती। सहसा उसने अपने घोड़े की लगाम खींच ली और पीछे मुड़ गया। उसकी बड़ी-बड़ी और गहरी नीली आँखों में पहली बार समझदारी का भाव दिखाई दिया। अठारह के अठारहों छापेमार लेविनसन के साथ ही रुक गए। सन्नाटा सा छा गया।

"बाक्लानोव कहाँ है?" लेविनसन ने पूछा।

अठारह के अठारहों छापेमार चकित आँखों से उसे चुपचाप देखते रहे।

"बाक्लानोव को उन्होंने मार डाला," अन्त में गोंचारेंको ने कहा; और वह अपने उस बड़े और गठीले हाथ को कठोर मुद्रा में घूरने लगा जिसमें उसने लगाम थाम रखी थी।

वार्या, जो उसकी बग़ल में झुकी बैठी थी, सहसा अपने घोड़े की गर्दन पर झुक गई और फफक-फफककर रोने लगी। उसकी लम्बी, उलझी हुई चोटियाँ भूमि पर लटक आई थीं और साँपों के समान बल खा रही थीं।

घोड़े ने थकान से कान हिलाए और अपने लटकते निचले होंठ समेट लिये। सिस्किन ने कनखियों से वार्या को देखा। उसका गला भर आया और उसने जल्दी से अपनी आँखें फेर लीं।

लेविनसन की आँखें कुछ क्षण तक छापेमारों के माथों पर एकटक जमी रहीं। फिर सहसा वह सिकुड़-सिमट सा गया। सभी छापेमारों ने तत्काल यह देख लिया कि वह बहुत कमज़ोर और बूढ़ा हो गया है। उसे अपनी कमज़ोरी पर शर्म नहीं आ रही थी और न ही वह उसे छिपाने की चेष्टा कर रहा था।

वह पलकें झुकाए निश्चल बैठा रहा और उसकी गीली, धीरे से मिचमिचाती पलकों से आँसुओं की बूँदें ढुलक-ढुलककर उसकी दाढ़ी को भिगोने लगीं। छापेमारों ने अपना मुँह फेर लिया : उन्हें डर था कि उसे देखकर कहीं उनके संयम-बाँध भी न टूट चले।

लेविनसन ने धीरे से अपने घोड़े को मोड़ा और मन्द गति से आगे बढ़ चला। बाक़ी कम्पनी उसके पीछे-पीछे चल रही थी।

"रोओ मत। रोने से भला क्या फ़ायदा?" गोंचारेंको ने वार्या के कन्धों को थपथपाते हुए अपराधियों जैसे स्वर में कहा।

लेविनसन जब-जब अपनी सुधि भूलकर अनिश्चित-सी मुद्रा में पीछे की ओर मुड़कर देखता, तब-तब उसे स्मरण हो आता कि बाक्लानोव अब नहीं रहा; और वह फफक-फफककर रोने लगता।

आख़िर वे उन्नीस छापेमार जंगल से बाहर निकल आए।

जंगल एकाएक ख़त्म हो गया। उन्होंने अपने दोनों ओर धूप में नहाते, चमचमाते, कत्थई रंग के खेतों को पाँव पसारे देखा। उनके सरों पर विस्तृत नीला आकाश फैला हुआ था। एक ओर विलो वृक्षों के झुरमुट के परे, जिसकी झाड़ियों के बीच से एक नदी की चमकती नीली सतह दिखाई देती थी, एक खलिहान दिखाई दे रहा था। फूस के मोटे, सुनहरे गट्ठरों से अटा खलिहान चमचमा रहा था। वहाँ पर एक दूसरा जीवन हिलोरें ले रहा था—आनन्दपूर्ण और व्यस्त जीवन। वहाँ लोग रंग-बिरंगी चींटियों की तरह काम में जुटे थे; गेहूँ की ढेरियाँ ओसाई जा रही थीं; फटकने की मशीन की घरघराती आवाज़ स्पष्ट सुनाई दे रही थी; धूल और भूसे के चमकते बगूलों के बीच में से युवतियों के खिलखिलाने की तेज़ आवाज़ें आ रही थीं। नदी के पीछे आकाश को अपने सिरों पर थामे और पीताम्बरी वृक्षों का परिधान पहने नीली पर्वतमालाएँ झूमती हुई खड़ी थीं और उनके आरे के दाँतों के समान छितरे शिखरों के बीच में से निर्मल, ताज़े दूध के समान स्वच्छ और फेनिल, श्वेत-गुलाबी बादल घाटी में उमड़ता चला आ रहा था।

लेविनसन ने मौन और सजल नेत्रों से विशाल आकाश को, रोटी और विश्राम का निमंत्रण देती हुई धरती को, खलिहान में काम करते हुए उन पराये लोगों को देखा जिन्हें शीघ्र ही उसे अपना बनाना था और अपने पीछे चुपचाप आते अठारह छापेमारों के समान ही जिन्हें अपने दिल में बसाना था। उसके आँसू अब सूख चले।

क्योंकि आदमी को ज़िन्दा रहकर अपना फ़र्ज़ पूरा करना होता है।